순수한 유부녀 1

순수한 유부녀 1

미래힐 장편소설

Vol.1

부부끼리 하는 것	7
딜을 하는 어린양	40
처음엔 다 그렇게 시작하는 거다	74
둘이 흠뻑 젖어서	106
우리 집 뽀시래기	140
정한의 귀납적 추리	195
죽도록 노력하고 싶은 일	228
불순한 위로	265
오빠는 직진	299
트라우마	333
작은 노력	357
뽀시래기의 아찔한 탐구생활	397
반전에 반전	440
역대급 고백	477
눈부시게 용감한 디데이	505

[Contents]

Vol. 2

어느 날 멀리	7
슈퍼맨의 로드맵	39
누구보다 공정한 남자	75
뜻밖의 사고	118
김정한은 내 남자니까!	156
착각은 자유	200
꼭 만나야 할 사람	236
굿 럭	277
널 다시 만날 수 있을까	316
이별 준비	357
뜻밖의 전개	392
불타는 신혼여행	430
외전 1. 연애는 시간 낭비	469
외전 2. 예쁜 그림	499
외전 3. 해피는 엔딩이 아니라 ing!	530
작가 후기	550

chapter 1

부부끼리 하는 것

　오늘은 크리스마스이브고 내일은 3주년 결혼기념일이 되는 날이다.
　그린은 긴장한 모습으로 계단 앞에 서 있었다. 잠시 망설이다가 종종걸음으로 층계를 올라 2층 응접실을 가로질렀다.
　이윽고 남편의 방문 앞, 크게 심호흡을 한 그린은 떨리는 손으로 노크를 했다.
　똑. 똑.
　"들어와."
　살며시 문이 열렸다.
　가로등 형 스탠드 아래, 책상 앞의 그림자는 꿈쩍도 하지 않았다. 직각으로 넓은 어깨가 차고도 넘치게 눈 안 가득 들어왔다. 그린은 주춤주춤 다가가 들고 있던 종이를 조심스레 내밀었다.
　"뭐지?"
　"이혼 서류요."

그린의 입에서 간결하고 시크한 대답이 떨어졌다.

'좋아. 떨지도 않고, 목소리도 흔들리지 않았어.'

그린은 속으로 대담한 자신을 한껏 칭찬했다. 심장이 너무 떨려 뜨끈해질 정도였지만, 긴장한 티는 죽어도 내고 싶지 않았다.

협의이혼의사확인신청서

부　　김정한
처　　민그린

가만히 들여다보더니, 정한은 예상대로 순순히 받아들였다.

"지금 처리해야 될 서류가 많아. 이건 내일 도장 찍어서 돌려줄게."

그 말을 끝으로 정한은 다시 보고 있던 서류로 시선을 옮겼다.

정한에게 그린과의 이혼 서류는 쌓여 있는 서류 중 한 장에 불과한 모양이었다. 씁쓸한 기분이 올라왔지만, 내색 않고 꾸벅 고개를 숙였다.

"감사합니다."

정한은 끝까지 아무런 대답도 하지 않았.

이제 끝났다. 내일 이혼 서류를 돌려받으면 진짜로 끝이다.

정말? 이렇게 허무하게 끝이 났다고?

마음 한구석에 끈질기게 남아 있는 못난 미련 때문에, 이혼 서류를 날리고 시크하게 돌아서려던 굳은 결심은 쉽게도 흔들렸다. 마지막이라는 생각을 하니 잠깐이라도 더 이야기를 나누고 싶었다.

잠시 후, 꾸욱 말아 문 입술이 풀리더니 부질없는 용기가 튀어나왔다.

"저기…… 위자료는 필요 없어요."

그제야 이쪽으로는 눈길 한 번 주지 않던 정한이 스윽 고개를 들었다.

길게 뻗은 모양 좋은 눈이 가늘어졌다. 싸늘한 눈매, 차가운 입매. 우뚝한 콧날에 비현실적으로 수려한 외모가 아까우리만치 건조하고 무표정한 얼굴로 입을 열었다.

"무슨 의도로 그런 말을 하는진 모르겠지만, 위자료는 제대로 지급될 거야. 법정 기준으로 산정된 만큼."

"아뇨. 이건 진심이에요. 정말 안 주셔도 돼요."

또박또박 야무진 목소리에 정한의 굵은 눈썹이 꿈틀 움직였다.

"그동안, 엄마 병원비로 엄청 들어갔잖아요. 거기다 위자료까지 받을 만큼 염치없진 않아요. 생활비 주신 것도."

당당하던 말끝이 살짝 흐려졌다.

"……개인적으로 쓴 건 꼭 갚을게요."

어처구니가 없다는 표정 끝에 시니컬한 무관심이 걸렸다.

"마음대로 해. 나중에라도 생각 바뀌면 다시 얘기하고."

부부끼리 하는 것

"나중에 언제요?"

"……기한을 지금 정해줘야 하나?"

"아뇨. 생각 안 바꿀 거예요. 그냥 물어본 거예요."

생각은 안 바뀔 예정이었다. 이대로 그냥은 나가기 싫어 아무 말이나 던진 거니까.

정한은 더 이상 말을 섞기 귀찮은지 다시 서류에 코를 박았다.

허탈하게 바라보던 그린의 고개가 푹 떨구어졌다. 지난 3년간, 대화다운 대화를 나눠본 적도 없었는데 이제 와 쥐어짜낸들 할 말이 생길 리는 없었다. 떨어지지 않는 발걸음을 옮기며 돌아선 순간…….

"잠깐. 거기 서."

명료한 중저음이 내리꽂혔다. 잽싸게 돌아보니, 정한은 서류 한 장을 들어 뚫어지게 노려보는 중이었다. 잘생긴 얼굴엔 당황한 표정이 역력했다.

움켜쥔 서류와 제 앞에 서 있는 그린을 번갈아 쏘아보다가, 정한은 싸늘하게 내용을 읊기 시작했다.

"서울시 xx구, xx동, 미래아파트, 101동, 1001호. 010-xxxx-xxxx."

"어?"

"같은 휴대폰 번호에, 처가댁 주소를 적어 넣은 민그린이 동명이인일 리는 없고."

설마 하는 표정으로 듣고 있던 그린은 와락 반색을 띠며 책상 앞으로 뛰어갔다.

헐! 대박! 파일 밖으로 삐죽 나온 겉장에 쓰여 있던 건…….

> 20XX년도 넥스트메딕,
> 상반기 신입 사원 서류 전형 합격자 명단

정한이 재빨리 커다란 손바닥을 들어 감추었지만, 그린은 보고 말았다. 그린의 눈이 믿을 수 없다는 듯 커다래졌다. 작은 두 손이 답싹 입을 틀어막았지만 튀어나오는 돌고래 함성은 막을 수 없었다. 온몸으로 기쁨을 발사하며 팔짝팔짝 튀어오르는 그린을 본 정한의 눈동자는 충격과 당황스러움으로 흔들리고 있었다.

넥스트메딕.

의료 행위와 IT가 융합된 스타트업 회사. 방사선 가속기를 이용해서 원자핵 입자로 브래크 피크를 발생시키는 장치. 쉽게 말해, 암 치료를 부작용 없이 할 수 있는 의료 기기를 만드는 벤처 기업인 넥스트메딕에, 몇십 장인지 세기도 지칠 만큼 줄기차게 써댄 그린의 이력서가 통과되었단다.

"민그린! 너 제정신이야?"

행복해 죽겠다는 얼굴로 밟고 있던 그린의 스텝이 뚝 멈추었다.

"뭐가요?"

"무슨 생각으로 이력서를 넣은 거야?"

"당연히 취직할 생각이죠."

뭘 그런 당연한 걸 묻느냐는 듯, 동그래진 눈동자에 당돌함이 들어찼다.

정한이 날카롭게 쏘아붙였다.

"그걸 몰라서 물어? 왜 하필 넥스트메딕에 원서를 넣었냐는 말이잖아. 합격 통보 날아갈 즈음에는 이혼 서류에 도장 찍은 전남편 회사로 면접을 보러 가야 되는데, 대체 생각이라는 걸 하고 지원을 한 거냐고."

서슬 퍼런 목소리에도 그린은 조금도 기가 죽지 않았다.

"그럼 어떻게 해요? 저도 먹여 살릴 식구가 있는데, 마냥 손가락 빨고 있을 순 없잖아요."

"위자료 받은 걸로 일 안 해도 평생 먹고 살 수 있잖아."

"그건 필요 없다고 했잖아요. 불로 소득 말고 제 수고와 노력을 들인 정당한 노동의 대가를 받고 싶다고요."

"이혼 위자료가 왜 불로 소득이야. 지난 3년간 이 결혼에 네가 수고한 정당한 기여분을 지급해주겠다는 건데."

"제가 기여한 게 뭐가 있는데요? 집안일은 송천댁 아주머니랑 한 씨 아저씨가 다 해주셨잖아요. 딱히 한 일도 없이 그 큰돈을 어떻게 받아요?"

"그럼 사람들 수십 명씩 부리고 사는 재벌이나 셀럽들은? 그 사람들은 집에서 하는 일도 없는데 왜 천문학적인 액수를 놓고 재산 분할 소송을 하겠어?"

"그 사람들은 일반적인 부부들처럼 애 낳고 지지고 볶고 살다가 헤어지는 거니까 그렇죠!"

결국 말문이 막혀버린 정한은 기가 차다는 표정을 지었다.

지난 3년 내내, 있는지 없는지도 모를 만큼 조용하게 지냈던 어린 아내.

"우리처럼 손도 한 번 못 잡아본 무늬만 부부랑 같아요?"

저렇게 야무지게 따박따박, 나오는 족족 받아칠 정도로 말을 잘 하는 줄은 꿈에도 몰랐다.

정한은 혼란한 생각을 가다듬으며 그린을 물끄러미 바라보았다. 까만 머리에 뽀얀 피부. 연하게 속 쌍꺼풀이 진 커다랗고 새카만, 말 그대로 호수같이 맑은 눈망울. 단아한 수묵화 같기도, 싱그러운 수채화 같기도 한, 정말 이름 그대로 그린 것 같이 고운 얼굴. 목덜미고 손목이고 드러난 곳은 죄다 가늘어 정한 같은 건장한 남자가 톡 치면 부러질 듯 가냘파 보였다.

처음 결혼할 당시 어리디어린 대학생이던 그린은 3년 전과 크게 달라진 게 없어 보였다.

하지만 곧 전남편이 될 정한의 회사에 기어이 이력서를 밀어 넣고, 거액의 위자료를 한사코 거부하는 야무지고 당찬 모습은 지난 3년간 정한의 머릿속에 존재하던 정략결혼의 상대, 마냥 어리게만 보였던 뽀시래기 민그린의 모습은 절대 아니었다.

정한은 차분하게 단어를 골라가며 달래듯 입을 열었다.

"너는 주부로서도, 며느리로서도, 네 몫을 충실히 해냈어. 덕분에 나도 일에만 전념할 수 있었고. 또 이 결혼 덕분에 회사도 단기간에 초고속으로 성장할 수 있었고."

가만히 정한의 말을 듣고 있는 맑은 눈동자에 이채가 돌았다. 묘하게 빠져들 것 같은 반짝거리는 빛을 지그시 응시하며, 정한은 깔끔하게 매듭을 지었다.

"그러니까, 부담 없이 가져가. 위자료."

"그러면요……."

또랑또랑한 목소리와 달리 복사꽃처럼 발그레해진 뺨. 오물거리던 앙증맞은 입술에서 불쑥 엉뚱한 소리가 튀어나왔다.

"한 가지 조건이 있어요. 그거 들어주면 위자료 받을게요."

"조건?"

정한의 미간이 설핏 찌그러졌다.

애써 태연한 척 마주 보고 있었지만 그린은 속으로는 경악의 비명을 내지르는 중이었다.

그 짧은 시간에, 왜 그런 미친 생각이 번개처럼 머릿속을 뚫고 나온 걸까. 지난 3년간의 짝사랑이 아무리 안타까웠다 해도 말이다.

"그래도 3년이나 겨, 결혼한 사이였는데…… 그, 그냥 이대로 헤, 헤어지기엔……."

"우물거리지 말고 결론만 말해. 부탁이 뭔데?"

너무 긴장한 나머지 하얀 얼굴이 창백해진 줄도 모르고, 그린은 한껏 뜬 눈으로 정한을 바라보았다. 그러다 커다란 눈이 질끈 감겼다.

"우리, 같이 자요!"

폭탄처럼 떨어진 그린의 부탁에 고요했던 공기마저 멈춘 듯 느껴졌다.

정한은 한동안 아무런 말도 하지 않았다. 그저 커다란 눈을 꼭 감고, 부들부들 떨고 있는 그린을 빤히 지켜보고만 있었다. 가슴 속 깊은 곳에서, 황당함을 넘어 걱정이 몰려오기 시작했다.

'갑자기 왜 저러지? 평생 안 하던 소리를 하고.'

문득 지난 3년간, 길고 지루했던 정략결혼의 나날이 눈앞을 스쳐갔다. 유서 깊은 학자 가문이었지만 가난하고 힘든 집안의 딸 민그린. 가진 건 돈밖에 없는 졸부 집안의 아들 김정한. 그런 둘의 정략결혼은 예견된 수순이었을지 모른다. 게다가 정한에게는 친구인 진우와 야심차게 벌여놓은 사업 투자금이 너무도 간절했다.

가만히 그린을 쏘아보고 있던 정한은 결심한 듯 스윽 몸을 일으켰다.

얼마나 그러고 있었을까. 한참을 기다려도 아무런 반응이 없자 그린은 한쪽 눈이 살며시 열렸다. 그러다 시야에 걸린 것을 확인하자 놀라 숨을 들이켰다. 바로 코앞에서, 거대한 그림자가 그린을 덮고 있었다.

겁에 질린 얼굴이 치켜 올라가자, 한참 위에서 내려다보는 시선과 눈이 마주쳤다.

심장이 얼어붙을 만큼 무서운 이 순간에도 지독하게 잘생긴 얼굴. 얼어붙은 심장을 순식간에 쪼그라들어 버리게 만들 만큼 지독하게 멋진 피지컬.

"같이 자자고? 무슨 뜻으로 한 얘기지?"

두껍게 내려앉는 정한의 저음을 뚫고 속삭임에 가까운 그린의 대답이 새어 나왔다.

"별다른 뜻 없어요."

"별다른 뜻이, 있는 말 같은데? 방금 그 말, 내가 어떻게 해석해야 하지?"

가까이 다가와 힘주어 묻는 정한의 뚝뚝한 음성에 한 걸음 주춤 물러서던 그린이 망설이다 툭 뱉었다.

"문자 그대로는 아니에요. 보통 부부들이 하는 그런 거……."

"부부들이, 하는 거?"

"뭔지 알잖아요."

터질 정도로 붉어진 얼굴을 내려다보며 정한은 재차 확인하듯 물었다.

"그냥 잠이 아니라 잠자리를 말하는 거 맞아?"

"네."

'맞아?'라는 말과 거의 동시에 대답이 나왔다.

"하아……."

터져 나오는 한숨도 미치게 섹시하다. 정한은 복잡한 얼굴로 마른세수를 하듯 얼굴을 비볐다. 고민에 빠진 잘생긴 얼굴은 한동안 언어를 잃은 듯 굳어 있었다.

갑자기 정한이 길쭉한 팔을 뻗어 와락 그린을 당겨 안았다.

"으앗!"

순식간에 일어난 접촉은 교통사고만큼이나 강렬했다.

그린의 작은 몸은 정한이 쭉 뻗은 팔 안에 꼼짝없이 갇혀버렸다. 단단한 팔과 맞닿은 선 고운 어깨와 등허리, 할딱거리는 가슴과 쿵쿵거리는 상복부 어딘가…… 밀착된 모든 틈 사이로 찌릿찌릿 전기가 흐르는 것 같았다.

"나랑 자고 싶어?"

강인한 팔보다 더 견고하게 옥죄는 목소리로 정한이 물었다.

"네."

'네'래. 바로 '네'래. 헐, 미쳤나 봐.

한 치의 오차도 없이 정교하게 만들어진 '대답봇'처럼, 그린은 질문이 떨어지기가 무섭게 냉큼 '네'를 뱉었다.

"민그린."

"네."

또, '네'. '네'밖에 할 줄 모르지. 이렇게 답싹. '왜요? 3년 만에 처음 불러주는 거 알아요, 내 이름?' 이런 도발적인 대답도 있는데, 네멍충이. 민그린 아니고, 네그린.

창 밖에 사위어가는 어둠보다 더 짙은 눈빛이 그린의 얼굴을 훑었다. 단지 내려다보는 것만으로도 드러난 살갗에 화악 열기가 어릴 만큼 강렬한 눈빛이었다.

"민그린."

다시 중얼거리듯 그린의 이름을 되뇌어 보다가 나른한 입매로 정한이 웃었다. 처음이었다. 지난 3년 내내 단 한 번도 본 적 없는 표정이었다. 정한의 웃는 얼굴. 무표정일 때도 지독하게 멋있었던 얼굴에 미소가 흐르자 지독하게 섹시해 보였다.

지독하다는 형용사는 정한을 위해 만들었나 할 정도로, 다른 아무런 표현이 필요 없는 지독하게 잘생기고, 지독하게 섹시한 남자 김정한.

"민그린."

다시 한번 흘러나온 그린의 이름에서 상쾌한 숨결이 느껴졌다. 알싸하면서도 시원한, 거칠게까지 느껴지는 남자의 체향.

어느새 정한의 얼굴이 코앞까지 바짝 다가왔다.

그린은 들뜬 얼굴로 까치발을 한 채, 턱을 한껏 위로 치켜올렸다. 생전 처음 해보는 키스는 어느 정도 각도로 고개를 꺾어야 할지 감도 잡히지 않았다.

그러나 정한의 입술은 그린의 입가를 아슬아슬하게 스쳐 작고 깜찍한 귓바퀴로 향했다.

"민그린."

고막 저 깊은 곳까지 가득 찬 나직한 정한의 목소리는 무시무시할 정도로 매력적이었다. 차마 대답도 못 하고 어느새 두근거리는 가슴께를 부여잡은 그린의 귓가에, 차가운 언어가 툭 떨어졌다.

"정신 차려."

"네?"

화들짝 놀란 그린이 번쩍 고개를 젖혔다. 오만하게 각이 잡힌 말투가 다시 한번 여린 고막을 쓸었다.

"이혼 서류를 들이밀면서, 다짜고짜 잠을 자자고? 내가 욕정에 휘둘리는 금수만도 못한 사내로 보이나?"

그제야 무슨 짓을 저질렀는지 실감이 난 듯, 그린의 얼굴이 터져버릴 정도로 빨개졌다. 그대로 어깨를 감싼 정한의 커다란 손이 작고 여린 몸을 빙글 돌렸다.

"뒤로 돌아서. 문까지 직진."

굳이 문 앞까지 어깨를 잡은 채, 떠밀 듯 그린을 배웅한 정한이 툭 내뱉었다.

"굿 나잇."

탁—.

방문이 닫혔다. 알차게 담은 버라이어티팩 같은 참담한 후회가 뒤늦게 밀려들어왔다.

'아아아아. 미쳤어, 미쳤어, 미쳤어, 미쳤어!'

닫힌 문 앞에 선 그린은 입모양으로만 호들갑을 떨며 발을 굴렀다. 죽을 만큼 부끄럽고, 민망했다. 터덜터덜 방에 돌아온 그린은 기운이 쪽 빠져 침대에 주저앉았다. 당장 내일부터 정한의 얼굴을 어떻게 봐야 하는 걸까.

"하."

허탈한 웃음이 터져 나왔다. 그린은 침대 헤드에 옆머리를 콩 콩 박았다.

"이름값 좀 해라, 민그린."

민승로. 그린의 할아버지는 저명한 국문학자이다. 일명, 살아 있는 위인. 한글날을 비롯한 우리말과 관련한 중요한 행사에는 하루 종일 티브이며 각종 언론에 등장하는 입지전적인 인물. 어릴 적 교과서에서 하도 많이 접했기에 이름만 대면 전 국민이 다 아는 한글학회의 상아탑. 노년에는 강직하고 꼿꼿한 태도로 나라의 큰 어른으로 일컬어지는 한국 최고 대학의 석좌교수.

그런 할아버지가 지어준 한글 이름이었다.

민그린.

— 그려놓은 것처럼 예쁜 아이구나. 그린 것처럼 예쁘게 살아가거라.

얼마나 소중하게 지어주신 이름이었는데.

'낙서보다도 못하게 살고 있어.'

자꾸만 폭폭 한숨이 나왔다. 방금 저지르고 온 어마어마한 짓을 다시 떠올리니 귀 끝이 홧홧하게 달아오르고 손발은 자꾸만 오그라들었다.

왜 오늘에서야 욕심이 난 걸까. 처음부터 이 결혼의 목적은 분명했는데. 넘쳐나는 건 돈뿐인 정한의 부친 김홍삼 사장은 족보 매수, 혼맥으로 파벌 형성, 가풍 세탁을 통한 신분 상승에 목을 매고 있었다. 그린의 집에서 원한 건 엄마의 병원비와 감당할 수 없을 만큼 막대한 빚 청산이었다. 김홍삼 사장은 정한이 막 시작한 스타트업 회사에 막대한 자금을 투자하는 조건으로 기어이 정한과 그린의 결혼을 성사시켰다.

그린은 아까 냉정하게 돌려 세우던 정한의 서늘한 얼굴을 떠올렸다. 손 한 번 잡아본 적 없는 사이지만, 법적으로 3년간 부부였던 사람.

스르르 침대에 주저앉자, 머릿속에 지난 3년간의 굵직한 기억이 플래시백처럼 스쳐갔다.

결혼 첫날 밤, 정한은 건조한 목소리로 이렇게 말했다.

― 나는 이 결혼을 평범하게 유지할 생각이 조금도 없어.

커다랗게 눈만 끔뻑거리며 정한의 말이 무슨 뜻인지 이해하려 애쓰기도 전에.

― 3년 후에 이혼하지.

철저한 김정한은 미리 만들어 온 계약서까지 들이밀며 확인사살까지 시켜주었다. 말 그대로, 무늬만 부부로 지내다 3년 후에 깨끗하게 헤어지자는, 정한만큼이나 간결한 계약서였다. 그 후, 3년간의 혼인 기간 내내 정한은 그린에게 실수로라도 스쳐본 적 없었다.

대신 무서울 만큼 일에만 매달렸다. 결혼 초기에 정한은 집에 들어오지 않는 날도 허다했다. 시작부터 부모의 재력을 등에 업고 시작한 정한의 스타트업 회사는 나날이 무서운 기세로 치고 올라갔다.

그린도 나름 바빴다. 갓 유부녀가 되었다 해도, 아직 대학생이었기에 일단 학업을 마쳐야 했다. 주변에는 알리지 않고 식도 간소하게 치렀기에 딱히 결혼했다는 실감도 나지 않았다. 그래서 정한의 선전 포고도 처음에는 깊게 와닿지 않았다.

그린은 가물가물한 그날의 기억을 떠올렸다.

결혼 초, 엄마가 쓰러졌다는 연락에 급하게 병원으로 달려갔던 날.

이 시한부 결혼의 막막함이 처음으로 또렷하게 와닿았던 날.

3년 전.

그린의 엄마인 영은은 난산으로 인한 합병증으로 원인을 알 수 없는 희귀한 자가면역질환을 앓았다. 치료는 힘들고 완치는 안 되는 병에 무시무시하게 돈만 깨졌다.

"혈압이 순식간에 치솟아서 위험한 상태입니다. 일단 무균실로 옮기고 긴급 수혈부터 들어갈 예정입니다."

의료진이 부산하게 사라지자 그린은 혼자 혈액 병동 복도에 덩그러니 남겨졌다.

[할아버지 폐렴이 심해져서 당장은 못 올라가는데, 어떻게 해야 할지 모르겠다.]

"걱정 마세요, 아빠. 저 혼자서도 충분해요."

마침 시골에 내려가 있던 민 교수와 통화를 하며 큰소리는 쳤지만 두려웠다. 범혈구감소증. 엄마인 영은에게 재발되면 안 되는 가장 큰 합병증. 자칫 말초혈액이 파괴되고 그러다가 생명을 위협받을 수도 있는 증상. 검사 결과, 피가 깨지기 시작했다는 말에 걷잡을 수 없는 절망감이 몰려오기 시작했다.

그린은 무균실 앞 의자에 막막한 표정으로 주저앉았다.

'이번에 좋아진다고 해도, 앞으로도 계속 이러면 어떻게 하지?'

'3년 후에, 그 후에도 아프면…….'

앞으로 3년 후, 정한과 이혼하고 나면 덩그러니 홀로서기를 해야 한다. 그제야 정신이 번쩍 들었다. 겉옷도 제대로 챙겨 입지 않고 뛰어나와 서서히 한기가 몰려오기 시작했다.

그린은 오들오들 떨면서도 자리를 떠나지 못했다. 엄마에게 패혈증 쇼크가 언제 올지 몰라 보호자 한 명이 무조건 붙어 있어야 했다. 목 위로 치밀어 오르는 뜨거운 것을 몇 번이나 눌러 삼키며 운동화 앞코만 바라보기를 몇 시간째. 저벅저벅 다가오는 발소리에 그린은 텅 빈 시선을 치켜올렸다.

"괜찮아?"

눈앞에 서 있는 사람은 출장으로 내일 돌아올 예정이었던 정한이었다.

"어떻게……?"

정한이 코트를 벗어 가냘픈 그린의 어깨 위로 둘러주며 말했다.

"왜 전화 안 했어? 병원에서 연락받았어."

두툼한 패브릭의 따스한 온기가 포옥 그린의 몸을 감쌌다. 서늘한 공기를 닮은 정한의 체향이 훅 코끝으로 스몄다.

"장모님은 어떠셔?"

그린은 홀린 듯 중얼거렸다.

"지금 수혈받는 중이에요."

마침 무균실에서 간호사 한 명이 모습을 드러냈다.

성큼 다가간 정한이 살짝 고개를 숙였다.

"박영은 환자분 보호자입니다. 저랑 혈액형이 같으신데 바로 헌혈 가능한가요?"

정한을 올려다본 간호사는 저도 모르게 붉어진 얼굴로 고개를 끄덕였다.

"이쪽으로 오세요."

그 후 엄마가 입원해 있는 며칠간 정한은 아침, 저녁으로 꼬박꼬박 병원에 들렀다. 그린과 민 교수의 식사를 챙기고, 주치의와 상담을 하고, 의료진에게 음료와 간식을 돌리는 것까지 하나하나 세심하게 신경 썼다.

"남편분이 너무 자상하셔서 부러워요."

데스크를 지날 때마다 얼굴을 익힌 간호사들에게 꼭 한 번씩은 듣는 말이었다. 그때마다 그린의 사과꽃처럼 뽀얀 얼굴도 잘 익은 사과처럼 빨개지곤 했다.

그날 병원에서처럼 발그레해진 얼굴로, 어느새 자리에 누운 그린은 다시 한번 가늘게 한숨을 내쉬었다. 오늘에서야 욕심을 낸 게 아니었지. 오늘이 아니면 영영 기회가 없을 것 같아

죽을힘을 다해 용기를 짜낸 거니까.

그린은 스르르 눈을 감았다. 정한 오빠. 공대 오빠. 무심한 말투와는 달리 한없이 다정했던 내 첫사랑. 기억도 오랜 길모퉁이 폐가 안. 나란히 쪼그리고 앉아 내내 곁을 지켜줬던, 어릴 적 풋사랑. 지난 3년간 서서히 그린의 마음 안에 지분을 늘려 이제는 한가득 넘칠 만큼 차버린 짝사랑. 감은 눈 안에 차오르는 물기를 애써 외면하며 씁쓸하게 웃었다.

'어차피 안 될 운명이었나 봐.'

정한의 후배가 되고 싶어, 힘든 시간을 딛고 공부에 매달렸다. 그때 그 일로, 수능을 망치지만 않았어도 정한이 다니던 대학교에 들어가고도 남을 성적이었는데. 졸업하면 바로 취직을 해서 당당한 커리어 우먼이 되고 싶어 최선을 다해 스펙을 쌓았다. 정략결혼으로 맺어진 꼬맹이 대학생이 아닌 어엿한 여자로 정한의 앞에 서고 싶으니까. 엄마의 병세가 악화돼 1년간 휴학만 하지 않았어도, 지금쯤 성숙한 커리어 우먼이 되어 정한을 능숙하게 유혹했을지도 모르는데.

'그래요. 결국은 이렇게 끝이 나는군요. 안녕, 정한 오빠. 손 한 번 못 잡아본 내 남편. 그래도 지난 3년 동안, 진심으로 행복했어요.'

다음 날 아침.

"어휴, 추위."

'호호' 입김을 불어보며 집을 나선 그린은 집 뒤편 창고로 발걸음을 옮겼다. 집안일을 봐주는 한 씨 아저씨가 모아둔 건지, 정원 한편에 허연 눈 봉우리가 수북하게 올라와 있었다.

끼이익―.

커다란 창고 문을 열자 익숙한 온기가 흘러나왔다. 그린은 안으로 들어서며 주위를 두리번거렸다.

"초록아! 초록아!"

미야우~

기다렸다는 듯 반가운 울음소리가 구석에서 흘러나왔다. 그린은 뛰어가 느릿느릿 다가오는 물체를 안아들었다.

"거기 있었어? 우리 초록이 여기 있었어요? 왜 집 놔두고 맨날 구석에 들어가 있어?"

그린의 구슬 같은 목소리에 더 없이 귀여운 애교가 철철 흘러 넘쳤다.

초록이. 작년 겨울 언저리, 배가 불룩한 어미 고양이 하나가 창고를 찾아들었다. 한 씨 아저씨의 말에 그린은 한달음에 창고로 달려갔다. 그 뒤, 냄새도 나고 시끄럽다는 한 씨와 송천댁에게 사정을 해서 낡은 담요와 종이상자를 얻어 집을 만들어주었다.

며칠 후 고물고물한 새끼들이 태어났다. 그린은 인터넷에서 이것저것 정보를 알아본 뒤 여러 가지 용품을 주문해두었다.

신이 나서 사료며 장난감에, 탈취제에 스크래처 등 각종 고양이용품을 한 아름 가져다 둔 다음 날, 한낱 미물이 무슨 호강에 겨워 장난감이냐며 투덜거리던 한 씨가 고까워서였을까. 하루아침에 그 많은 새끼를 어떻게 옮긴 것인지 창고는 다시 텅 비어버렸다.

울상이 된 그린이 돌아서는데 창고 구석에서 희미한 소리가 났다. 달려가 보니 일부러 놓고 간 건지, 잊고 떨구고 간 건지, 제일 작고 약한 치즈냥 한 마리가 바르작거리고 있었다.

그린은 한 씨 아저씨와 송천댁의 잔소리를 들어가면서도 매일 새벽부터 찾아가 정성껏 새끼고양이를 돌봤다. 마침 정한이 장기 출장을 가 있어서 다행이었다.

만들어 놓은 집에서 잠을 자는 걸 한 번도 본 적이 없어서 그렇지, 새끼고양이는 창고 구석구석에 숨어 있다 그린만 오면 쪼르르 다가와 몸을 비벼댔다. 이 시키가 고양이인지 강아지인지, 네 정체가 뭐냐는 한 씨의 우스갯소리가 무색하지 않게 고양이 아가는 애교가 넘쳤다. 그린이네 고양이라서일까, 자연스럽게 이름은 초록이가 되었다.

그렇게 초록이가 창고 한쪽에 자리 잡은 지도 벌써 1년이 훌쩍 넘었다. 몰라보게 자란 초록이는 완연히 배가 불룩한 어미 고양이의 모습을 하고 있었다.

"아가냥들이 언제 나오려나? 초록아, 조금만 참아줘. 며칠 후면 이사 갈 수 있으니까 새 보금자리에서 맘 편하게 산후조리 하자?"

문득 전화벨 소리에 들여다보니 부동산 사장님이었다.

"여보세요?"

[아가씨. 그때 보고 간 옥탑방. 오늘 나갔어요. 그렇게 알고 있어요.]

"네?"

그린은 소스라치게 놀라며 떨리는 손으로 휴대폰을 움켜잡았다.

"갑자기 왜요? 다음 주까지 기다려주신다고 하셨잖아요!"

[아니. 나도 백 번 그러고 싶었는데. 쩝. 집주인 맘이 바뀌었다는데 낸들 어떡하나. 오늘 급하게 들어오기로 한 사람이 보증금도 백이나 더 준다고 했다는데……]

전화를 끊은 그린은 허탈하게 고개를 숙였다.

그동안 틈틈이 해온 교정, 교열 알바비와, 작지만 여러 공모전에서 수상한 상금도 고스란히 모아뒀는데……. 초록이를 데리고 들어갈 옥탑방 보증금에 간신히 맞춰놓은 액수였는데. 요 며칠 한참이나 발품을 팔아 찾아다닌 집 중 제일 싼 집이 그 집이었는데.

"와아, 진짜 너무한다. 여기서 이혼 서류까지 받으면 오늘 기분 끝내주겠다."

그린은 실성한 듯 웃으며 집으로 발걸음을 옮겼다. 뺨 위에 찌르르 닿는 차가운 감촉에 올려다보니 하늘하늘 눈송이가 떨어지고 있었다.

'아, 그러고 보니 오늘이…….'

어제가 크리스마스이브. 그렇다는 건 오늘이 바로…….

'울면 안 돼. 울면 안 돼. 산타 할아버지는 우는 아이에게는 선물을 안 주신대.'

현관에 들어서 긴 복도를 지나니 거실 한가운데 우뚝 서 있는 정한이 보였다. 산타 할아버지 대신, 오늘부로 그린을 순결한 이혼녀로 만들어줄, 홀리할 정도로 잘생긴 전남편.

길쭉하고 곧게 뻗은 손가락 사이에 끼워진 건 어제 그린이 내밀었던 이혼 서류가 분명했다. 그린은 시무룩하게 손을 뻗었다.

"주세요."

메리 크리스마스 당일.

기특하게 울지 않은 그린을 기다리고 있는 건, 선물 대신 이혼 서류. 다른 한 손에는 휴대폰을 움켜쥔 채, 정한은 왠지 얼떨떨해 보이는 표정을 짓고 있었다. 한참이나 들고 있던 종이와 그린의 얼굴을 번갈아 바라보다가 정한은 들고 있던 서류를 꽈악 우그려버렸다.

굳게 다물려 있던 정한의 입에서 뜻밖의 말이 흘러나왔다.

"이혼 서류는, 안 돌려줄 예정이야."

"왜요?"

"일단 이혼은 보류야."

"왜, 왜요?"

'네봇'을 업그레이드하면 '왜봇'이라도 되는 건지. 고장 난 시계처럼 그린의 머릿속에선 '왜, 왜, 왜'라는 단어가 반복해서 째깍거렸다. 어리둥절한 표정의 그린을 보는 정한의 속마음도 당황스럽긴 마찬가지였다.

정확히 10분 전, 책상 앞에 서서 거침없이 사인을 휘갈기던 정한 역시 이런 돌발 상황은 전혀 예측하지 못했다. 오늘 아침, 약속한 3년을 지나, 햇수로만 네 번째 반복되는 크리스마스가 도착했다. 그린에게는 자유로운 선물 같을, 정한에게는 내내 미안함과 죄책감으로 점철될 마지막 날이.

그동안 수고했다고, 미안했다고, 잘 살라고, 행복하라고……. 감히 축복의 말도, 어쭙잖은 응원도 던지지는 못하지만 한시라도 빨리 그린을 자유의 몸으로 만들어주고 싶었다.

씁쓸하면서도 홀가분한 마음으로 1층으로 내려온 순간, 갑작스러운 벨 소리가 귓가를 파고들었다.

"네. 아버지."

[오늘 새한이 색시 될 애 인사 올 거다.]

"새한이 결혼해요?"

동생인 새한의 결혼 소식에 정한이 심드렁한 반응을 보인 것도 잠시…….

[엄연히 서열이라는 게 있는데 세월아 네월아 넋 빼고 있지 말고. 오늘부터라도 죽도록 노력해서 애부터 가져라.]

"네에?"

아침부터 다짜고짜 들이대는 부친의 요구에 당황한 정한의 목소리가 한껏 높아졌다.

"무슨 쓸데없는 얘기를 하시는 거예요? 그건 제 일이니 상관하지 마세요!"

[알아서 하겠거니 하고 내버려둔 게 3년이다. 집안 서열이 달린 문제인데 어떻게 상관을 안 해!]

김홍삼 사장도 오늘은 단단히 작정을 한 듯 전혀 물러설 기미가 없어 보였다. 하지만 아들 셋 중 유난히 고집도 기도 센 정한 역시 한 치의 양보도 없었다.

"그런 소리 하시려고 전화하신 거면 이만 끊겠습니다. 이런 일로 다시는 연락 안 하셨으면 합니다."

[잠깐! 둘째 너. 올해 안에 좋은 소식 못 들려주면…….]

"못 들려드리면요!"

서슬 퍼런 아들의 기세에 잠시 주춤하던 김홍삼 사장은 결심한 듯 와락 비장의 카드를 꺼내들었다.

[내가 투자한 돈, 당장 빼서 들고 와!]

뚝—.

느닷없는 선고에 정한은 끊긴 전화를 들고 넋이 나간 듯 서 있었다. 그러다 마침 그린이 들어오자 본능적으로 이혼 서류를 돌려주지 않겠다고 한 것이었다. 눈앞엔 뜻밖의 말에 당황한 표정의 그린이 정한을 빤히 올려다보고 있었다. 커다란 손에 움켜쥔 종이처럼, 정한의 미간 역시 잔뜩 구겨져 있었다.

"잠깐 본가에 다녀올 테니까, 일단 기다리고 있어."

"왜요? 무슨 일인데요? 혹시 시부모님한테 무슨 일 생겼어요?"

"그런 거 아니야. 그게……!"

잠시 멈칫하던 정한은 복잡한 표정으로 벅벅 머리를 헝클어뜨렸다.

"일단 다녀올게. 오후에 다시 얘기하자."

서둘러 2층으로 올라간 정한은 외출복 차림으로 내려오더니 곧장 집을 나섰다. 멀뚱히 서 있던 그린은 거실 통창 너머, 성큼성큼 정원을 가로지르는 정한의 뒷모습에 황망한 시선을 꽂았다.

본가로 향하는 차 안.

정한은 초조한 듯 연신 핸들 가장자리를 두드렸다. 혼자 집에 덩그러니 남아 있을 말갛고 작은 얼굴이 자꾸만 눈앞에 아른거렸다.

지금으로부터 3년하고도 몇 개월 전. 정한은 친구인 진우와 스타트업 회사를 차려 고군분투하는 중이었다. 꿈과 야망만 가득 넘치는 두 젊은이에게 현실은 가혹하기 그지없었다. 아이디어가 넘치는 만큼 돈 들어갈 곳도 많았다.

그때 제안받은 민 교수 집안과의 정략결혼. 부친인 김홍삼 사장은 이 결혼만 성사되면 정한의 사업을 조건 없이 전폭적으로 지지해주겠다 선언했다.

하지만 흔들리던 정한의 마음이 단칼에 잘리고, 여지없이 무너지는 계기가 있었다.

 민 교수의 딸이 이제 겨우 스물하나라는 것. 당시 스물여덟인 정한은 내일, 그리고 모레가 지나면 서른이었다. 일찍 철이 들었고, 일찍 사업에 뛰어든 정한은 제 나이보다 훨씬 앞서가는 기분으로 살고 있었다. 대학교 2학년인 그린에 비하니 스물여덟이라는 제 나이가 한없이 뻔뻔하고 파렴치하게 느껴졌다.

 일단 속는 셈 치고 나가보자 했던 선 자리. 그런데 그린이 무조건 이 결혼이 하고 싶다며 적극적으로 고개를 끄덕였다. 결국 일사천리로 결혼 날짜가 잡혔다. 날짜까지 잡았는데 서로에 대해 아는 게 거의 없었다.

 어느 주말, 정한은 시간을 내어 그린을 불러내 카페로 향했다. 향긋한 허브티 한 잔을 앞에 두고 그린은 턱을 괴며 푸우 한숨을 쉬었다.

 ― 저 어제 과제 하다가 밤새웠어요.

 ― 오늘 약속 취소할 걸 그랬군.

 ― 아니에요. 이제 기말고사 시작하면 못 볼 텐데…….

 순간 정한의 마음속에서 무언가 '와장창' 하고 깨져 나갔다. 그 후엔 그린이 무슨 말을 하는지 아득하게 멀게만 들렸다. 조별 과제, 학점, 겨울 방학, 교수님, 동기들, 토익.

 ― 저도 내년이면 3학년이잖아요. 스펙도 쌓고 취업 준비
    도…….

 그때 정한은 나머지 정신이 번쩍 들었다. 눈앞의 꼬맹이는 변변한 남자 친구는커녕, 첫 키스도 못 해봤을 스물하나. 어린

나이에 돈에 팔려 원하지도 않은 결혼을 해야 하는 처지. 저렇게 예쁜 나이에, 족쇄 같은 '유부녀'라는 타이틀을 달아야 하는 불행한 아이.

그날 이후로, 정한은 그린을 철저하게 무시하고 최대한 멀리했다. 더 이상 여자로 보이지 않았기에 신혼여행도 생략했다.

그렇게 3년간, 정한은 그린을 철저하게 외면하고 남보다 못한 사이로 지냈다. 가끔 언뜻언뜻, 괜히 저 설레라고 그러는 것도 아닌데 예쁘게 웃는 얼굴, 호소하듯 커다란 눈동자로 빤히 저를 바라보는 시선은 일부러 더 못 본 척 외면했다.

지금도 집에서, 아른거리는 말간 얼굴을 하고 기다리고 있을 그린은 그저 뽀시래기 대학생.

3년간의 형식적인 결혼 생활 후 훨훨 날려 보내줄 애벌레. 이혼 서류를 내미는 날 겁도 없이 들이대는 철부지 어린양.

꽈악, 핸들을 움켜쥔 정한의 미간이 사정없이 찌그러졌다.

이 이혼은 어떻게든 진행시켜야 했다.

몇 시간 후, 정한은 혼까지 다 빠져버린 표정으로 집으로 돌아왔다.

돈줄이라는 무시무시한 방패를 들고 있는 김홍삼 사장은 요지부동이었다.

부친이 투자한 자금은 영혼까지 끌어모아 유증을 발행하고 투자를 받으면 어떻게든 해결할 수는 있을 것 같았다. 하지만 넥스트메딕은 결혼과 동시에 같이 큰 회사였다. 이 혼인으로 형성된 자산에서 그린에게 줄 위자료가 차지하는 부분 또한 상당했다. 어제 그린은 위자료는 필요 없다며 선을 그었지만 물정 모르는 뽀시래기의 당찬 한마디를 그대로 받아들일 수는 없는 일.

'1년. 최소 1년만 버티면 투자금 반환도, 이혼 위자료도 가뿐하게 해결하고도 남을 텐데.'

초조한 심정으로 집에 들어선 정한은 굳은 얼굴로 그린의 방문을 두드렸다. 안에서는 답이 없었다.

주방으로 향한 정한은 바쁘게 손을 놀리는 송천댁에게 물었다.

"아내, 어디 갔습니까?"

송천댁이 반색을 하며 고개를 돌렸다.

"아가씨요? 창고에 한번 가보세요. 요즘엔 틈만 나면 거기 들락거리는 게 일인데."

고개를 갸우뚱하며 뒤뜰로 향한 정한은 조용히 창고 문을 열어젖혔다. 창고 한가운데, 바닥에 쪼그리고 앉은 그린은 고개를 숙인 채 뭔가 종알거리고 있었다. 한없이 상냥하고 애교가 넘치는 말투로.

"걱정 마. 우리 살 길은 언니가 어떻게든 마련해볼게. 언니 믿지? 그린이 파이팅. 초록이 파이……."

"거기서 뭐 해?"

"꺄악!"

깜짝 놀란 그린이 엉덩방아를 찧었다. 그제야 그린의 품에 안겨 있던 복슬복슬한 무언가가 보였다. 정한은 놀란 듯 눈썹을 치켜올렸다.

'고양이? 귀여워!'

고양이는 어기적어기적 그린의 품을 빠져나가 창고 구석 어딘가로 숨어버렸다. 차가운 바닥에 엉덩방아를 찧은 채로, 그린은 고개를 들어 위를 올려다보았다. 거꾸로 들여다보는 건조한 정한의 시선과 정확히 눈이 마주쳤다.

'와, 난 이제 죽었다.'

머리 위에서부터 얼음물을 뒤집어쓴 듯 부르르 몸이 떨려왔다. 정한은 와들와들 떨며 저를 올려다보는 그린의 얼굴을 가만히 들여다보았다. 깜빡깜빡, 예쁘기도 한 속눈썹이 날갯짓이라도 하듯 자꾸만 내려앉았다 올라갔다. 어젯밤에도 느꼈지만, 그린의 눈동자는 별이라도 박아놓은 것처럼 총총, 참으로 예쁘게도 빛났다. 보고 있으면 자꾸만 빠져들 것만 같았다. 그 호수같이 맑은 눈동자가 갈 곳을 잃고 흔들거렸다.

"자, 잘못했어요."

겁에 질린 목소리가 톡 튀어나왔다. 고개를 바로 한 그린의 작은 머리가 연신 창고 안을 두리번거렸다. 차마 부르지는 못하고, 방금 품 안에서 빠져나간 그 둔해 보이는 노란 고양이를 찾는 눈치였다.

"일단 일어나."

차가운 바닥에 그대로 앉혀 둘 수도 없어서 정한은 팔을 뻗어 그린부터 일으켰다.

"아저씨랑 아줌마는 아무 잘못도 없어요. 제가 우겼어요."

그린은 용감하게도 송천댁과 한 씨부터 감쌌다.

"조금만 기다려주시면 안 될까요? 아직 한겨울인데……."

그린은 당장에라도 정한이 초록이를 내쫓을까 걱정이 되는 모양이었다.

"고양이, 키우는 건가?"

그린은 잔뜩 긴장한 눈빛으로 창고 구석을 바라보았다.

"초록이요!"

"초록이?"

정한이 흠칫 눈썹을 치켜올렸다. 왜 하필 그 이름을 지어줬냐는 듯. 무척이나 못마땅한 말투에 그린의 심장이 서늘하게 조여들었다.

"말썽도 안 부리고 되게 착해요!"

불현듯 그린의 머릿속에서 10년 전의 기억이 뇌리를 스쳤다. 고양이 먹이가 든 참치 캔을 발로 걷어차 버리던 정한의 모습이. 그때 그 고양이들은 어떻게 됐을까. 치즈랑 소시지, 참치랑 햄이.

그 기억은 오래도록 그린을 괴롭혔다. 갑자기 그날의 기억이 생각나 괴롭고 무서웠다. 하지만 마냥 떨고 있을 수만은 없는 일이었다. 그때는 비겁하게 도망갔지만, 초록이는 어떻게든 지켜야 했다.

"제가 데리고 나갈 거예요! 이혼한 다음에 바로……!"

그린의 입에서 튀어나온 '이혼'이라는 말에 정한이 흠칫 미간을 찌푸렸다.

"그래, 이혼."

"네. 이혼하면 바로요. 그러니까 며칠만 봐주세요. 제발요."

"이혼."

한 번 더 나직하게 '이혼'이라는 말을 뇌까린 정한이 난감한 표정으로 그린을 내려다보았다. 꼴깍, 긴장해서 침이 넘어가는 소리가 그린 자신의 귀에도 너무 크다 싶게 울렸다. 어떻게든 살 길을 도모해야 하는데, 이혼만 하면 초록이를 데리고 이 집을 나가겠다고 큰소리도 땅땅 쳐놓았는데, 지금은 긴장한 얼굴로 정한의 선고를 기다리는 것 말고는 딱히 할 수 있는 게 없었다.

"그 이혼 말이야."

날카로운 눈매로 한동안 뚫어지게 그린을 바라보던 정한의 입에서는 예상과는 전혀 다른 말이 튀어나왔다.

"사정이 생겨서. 1년간 유예할까 해."

"네?"

커다랗게 치뜬 눈동자만큼 그린의 목소리도 스타카토로 솟아올랐다.

"무슨 사정이요?"

"자세한 건 알 거 없고, 그렇게 됐으니까 양해 좀 구할게. 네가 동의한다면 위자료 지분도 더 늘려주고, 요구하는 모든 편의를 봐줄게. 원한다면 따로 나가 살아도 좋아."

 말은 부탁이었지만 어투는 통보였다. 정한은 조금 더 부드러운 화법으로 말하지 못하는 제 어투가 난생처음으로 원망스러워졌다. 결혼 첫날부터, 시한부 결혼임을 통보하고, 다시 제멋대로 계획을 엎어버린 제가 얼마나 파렴치해 보일까. 경멸에 찬 시선으로 이혼 서류나 빨리 달라고 해도 할 말 없지.

 이제 상황이 역전돼 처분을 내려줄 그린은 무언가 생각에 잠긴 얼굴이었다. 정한은 반쯤은 자포자기한 심정으로 답을 기다렸다.

 "좋아요! 이 결혼, 1년 연장해요."

 예상외의 답변에 정한의 동공이 놀란 듯 확장되었다.

 "진심이야?"

 "네! 대신 그냥은 안 돼요. 저도 조건이 있어요!"

 생각해보니 코앞에서 반짝거리는 환한 얼굴을 들이대는 이 여자. 비장한 표정의 뽀시래기는 지난 3년간 알고 지내던 순하고 얌전한 어린양이 아니었다. 순간, 아찔한 생각이 정한의 머릿속을 강타했다.

 이런, 내가 자충수를 두었구나!

Chapter 2

딜을 하는 어린양

잠시 후, 2층 응접실에 마주 앉은 그린과 정한은 옥신각신, 일명 이혼 계약서를 작성하는 중이었다. 정확히 1년 후에 깔끔하게 마무리를 하자며 그린이 먼저 제안한 것이었다. 이제 이 관계의 갑은 그린이었기에 정한도 꼼짝없이 받아들일 수밖에 없었다.

"일단, 초록이도 우리 식구로 인정해주세요. 제가 이 집에 사는 동안은 초록이도 무조건 같이 지내야 돼요."

"초록이? 그 고양이 말하는 거야?"

정한의 한쪽 눈썹이 치켜 올라갔다. 그 모습을 보자, 10년 전 정한과의 마지막 만남이 절로 떠올랐다.

저 봐, 저 봐. 그날, 참치 캔 발로 걸어찰 때부터 알아봤다. 정한은 고양이를 싫어하는 게 분명했다. 그러니 저렇게 삐딱해 빠진 표정을 짓고 있지. 초록이와의 동거를 첫 번째 조건으로 내세우길 잘했어. 그린은 '이, 건, 절, 대, 양, 보, 못, 해.'라는 표정을 지으며 커다란 두 눈에 힘을 주었다.

"마음대로 해."

의외로 흔쾌히 고개를 끄덕인 정한은 그린이 내건 첫 번째 조항을 빠르게 종이에 적어 내려갔다.

"그리고 또."

"위자료는 안 받는 걸로."

"하, 진짜 그놈의 위자료."

"대신."

'위자료'라는 말에 진절머리가 나는지 고개를 젓던 정한은 움찔했다. 저 '대신'이라는 말 뒤에 이번엔 또 무슨 엉뚱한 소리가 나올지 걱정부터 밀려왔다.

"저 오빠 회사 면접 붙으면 무조건 다닐 거예요. 회사에 뼈를 묻을 각오도 하고 있으니까 나중에 이혼해도 자르기 없기."

정한은 못마땅하다는 표정으로 불퉁거렸다.

"왜 하필 우리 회사야. 대한민국에 하고많은 기업체 중에 하필 왜 넥스트메딕이냐고."

"하필 거기에 원서를 넣은 게 아니라, 하필 거기에 합격을 한 건데요."

"네 말대로 이혼했다고 자를 수는 없어. 껄끄럽게 얼굴 마주치고 싶지 않아. 다른 데 가."

"안 돼요! 어떻게 붙은 회사인데 그렇게 쉽게 다른 데로 가라고 할 수가 있어요?"

"너 자격증 따고 스펙 쌓는다고 열심히 노력했잖아. 4년 내내 성적 우수 장학금도 받았다며. 네 실력이면 어디든 골라서 들어갈 수 있어."

"골라서 어디요?"

"어디든. 네 전공하고 좀 더 밀접하게 관련 있는 곳. 언론사, 기자나 아나운서 좋잖아. 광고 기획사. 유망한 미디어 콘텐츠 회사도 많잖아."

"그런 데는 벌써 SKY 출신들이 다 꿰차고 들어갔죠. 우리 학교는 명함도 못 내밀어요."

정한은 한심하다는 듯 혀를 찼다.

"그러게 뒤늦게 대학 들어와서 악바리같이 굴면 뭐해. 뼈를 깎는 노력, 몇 년만 더 일찍 하지 그랬어."

빈정거리며 받아치는 정한의 느긋한 말투에 그린의 작은 주먹이 꽉 쥐어졌다.

"고등학교 때도 공부 잘했어요! 아파서 수능을 망친 거지!"

왈칵 서러움이 밀려왔는지 커다란 눈동자에 반들거리는 물기가 맺혔다.

"아팠다고? 어디가 아팠는데?"

"몰라도 돼요."

그제야 정한은 깊어진 눈빛으로 찬찬히 그린을 응시했다. 아파서 수능을 망쳤다니, 대체 어디가 아팠던 걸까. 재수는 엄두도 못 내는 집안 형편에 대충 점수 맞춰 들어갔나 보다. 학교라는 네임밸류가 발목을 잡아 가장 속상하고 뼈아픈 건 다른 누구보다 민그린일 테고.

"크흠, 아무리 사장이라도 인사에 관여할 수는 없어. 합격한다면 정당한 네 실력으로 붙은 거야. 그런 하나 마나 한 조항은 굳이 계약서에 안 넣어도 돼."

씩씩거리며 서러움을 참는 듯 보였던 뽀시래기는 눈에 띄게 안심한 표정을 지었다. 그 모습이 귀여워 피식 웃음이 났다. 순간 정한의 얼굴에 당혹감이 스쳤다.

'귀엽다니. 철없는 소리나 팽팽 해대는 요 꼬맹이가 어디가.'

정한은 애써 건조한 표정을 지으려 노력했다. 하지만 이제는 귀여워 보이기까지 하는 이 미지의 생물체와 대화를 나눌수록, 없던 호기심이 자꾸만 스멀스멀 번지고 있었다.

"한 가지 물어볼 게 있는데."

"뭔데요?"

"어제 왜 갑자기 그런 말을 한 거야?"

"무슨 말이요?"

그린은 동그란 토끼 눈을 뜨고 천진하게 반문했다. 묵직하니 고저 없는 톤이 훅 들어왔다.

"나랑 자고 싶다고 했잖아."

"아."

대답 같지도 않은 애매한 반응을 끝으로 그린은 꾸욱 입을 다물어버렸다. 사실은 당신이 너무 좋아서 그랬다고, 지난 3년의 짝사랑이 아까워 호기를 부린 거라고, 솔직하게 답해줄 생각은 물론 없었다. 차갑게 거절은 당했을지언정, 알량한 자존심 한 자락은 어떻게든 지키고 싶었다.

그린은 우물우물, 별일 아닌 척 대수롭지 않게 넘겨버렸다.

"왜긴요. 부부 생활이 알고 싶어서 그랬죠. 그냥 해본 소리니까 신경 쓰지 마세요."

황당한 기색을 감추지 않고, 정한은 나직이 한숨을 흘렸다.

"그런 게 대체 왜 알고 싶은 건데."

밤새 한숨 못 자고 치열하게 고민한 정한의 타는 속도 모르고.

"당연히 궁금하죠. 3년차 유부녀면 알고 있는 게 정상이잖아요?"

정한은 나직이 한숨을 흘렸다. 그런 게 대체 왜 알고 싶다는 걸까. 기한이 정해진 시한부 정략결혼이면서. 철없는 어린양의 앙증맞은 입술에서 나오는 소리는 점점 더 가관이었다.

"어제 일은 괜히 오해 마세요. 진짜로 순수하게 궁금해서 그런 거고. 그렇다고 대뜸 모르는 남자한테 가서 자자고 할 수는 없잖……."

"뭐라고!"

순간 버럭한 정한의 고함에 움찔, 그린의 말이 끊겼다. 그린은 멍한 표정으로 정한을 바라보았다. 뭐가 그리 화가 나는 건지. 미간은 사정없이 구겨지고 꽈악 틀어진 주먹에는 뿌드득 힘이 들어가 있었다.

정한 역시 부글대는 속을 가라앉히느라 안간힘을 쓰는 중이었다.

지난 3년, 고운 그림처럼 모셔 놨다 손가락 하나 대지 않고 고이고이 보내주는 이유. 스물하나. 설레는 첫사랑을 만나서 귀엽고 상큼하게 연애도 하고, 군대도 보내보고, 차고 차여서 울고불고, 뭐든 다 할 수 있는 예쁜 나이. 다시는 오지 않을 청춘의 한 자락.

3년을 살아내고 이혼을 해도 내년이면 스물다섯. 정한의 눈에 그린은 까마득하게 어리고 예쁜 나이였다.

'네 나이 또래의 고만고만한 순진한 남자애를 만나야지. 나 같은 삼십 대 말고. 꽃다운 나이에는 꽃다운 연애를 해야 하니까.'

'그러니까 가서 어린 친구들하고 놀라고. 나이에 맞게.'

'그런데 뭐라고? 모르는 아무 남자한테나 가서 뭘 어쩌고 어째?'

정한은 속으로 이를 갈며 끓어오르는 분노를 삼켰다.

'어떤 놈인지 몰라도 앞에 나타나기만 해. 추릴 뼈는커녕 갈아먹어도 시원찮을 놈.'

물론, 가슴에 손을 얹고, 한 점 부끄럼 없는 양심을 걸고, 이 분노에 흑심이나 사심은 조금도 포함되어 있지 않다는 확신은 있었다. 그저 저 물정 모르는 순진한 어린양이 지옥 불구덩이로 걸어 들어가겠다는데, 모르는 아무 남자한테 가서 덥석 엉뚱한 소리를 하겠다는데, 그걸 듣고 난 이상은 서른 살 아재가 문제가 아니었다.

그래도 꼬박 3년을 한 집에서 부부로 지낸 인연이 있는데. 어린양 한 마리가 '메에에' 하며 지옥불에 타 죽는 걸 방관한다면 그거야말로 인면수심. 저 어린양이 바른 길로 들어설 때까지는 조금이나마 바른 길로 인도하는 게 인지상정이니까.

그린은 영문도 모르고 동그랗게 뜬 눈으로 가만히 정한을 바라보았다.

'화가 난…… 건가?'

조용히 숨을 몰아쉬고는 있지만, 정한은 끓어오르는 화를 간신히 눌러 참는 것처럼 느껴졌다.

'왜?'

어제는 정신 차리라고 돌려보냈으면서. 하룻밤을 보내자는 말에 눈썹 하나 꿈쩍 안 했으면서. 방금 한 말 중 무언가가 분명 정한의 심기를 건드린 게 분명했다. 쿨하게 보이려고 아무 말이나 막 던진 것뿐인데.

정한의 심기 불편한 주파수를 어떻게든 해석하고 싶었다. 그린은 초집중 모드로 정한을 관찰하기 시작했다. 하지만 어느새 정한은 평소의 뚝뚝한 표정과 사무적인 말투로 돌아와 있었다.

"일단은 이 정도에서 마무리하면 될 거 같은데."

역시, 그냥 착각한 걸까. 아까의 도발에 조금이라도 신경을 쓰고 있는 줄 알았는데.

"혹시 더 추가하고 싶은 사항 있어?"

혹시? 퍼뜩 기가 막힌 생각이 그린의 입술을 '팝!' 열고 튀어나왔다.

"네! 있어요."

지난 3년간의 짝사랑에, 마지막으로 특별한 이벤트 하나쯤은 해줘도 되지 않을까? 오늘은 크리스마스니까. 온 누리에 사랑이 넘치는 크리스마스니까.

"또? 뭔데."

겉으로는 최대한 당당하고 시크한 표정을 지어가며, 간절하게 쥐어짜낸 용기가, 앙증맞은 붉은 입술을 씩씩하게 통과했다.

"제 마지막 조건은요."

잠시 후, 정한은 이번에는 진짜로 화가 난 사람처럼 딱딱거렸다.

"그러니까, 아무리 이혼 계약서라고 해도 연애가 웬 말이냐는 거야."

"그래도 그 조항은 꼭 넣고 싶어요. 안 되면 이 계약 안 할래요."

정한은 뭐 이런 애가 다 있나 하는 표정으로 한참이나 그린을 바라보았다.

"안 한다니까요."

생각하면 할수록 어이가 없고 화가 치밀어 올랐다. 정한은 입을 굳게 다문 채, 파르르 거친 숨을 가다듬었다. 코앞에 찰싹 마주 앉은 그린의 까만 눈망울은 유난히 고집스럽게 반짝거렸다.

대체 왜 이런 말도 안 되는 억지를 부리는지 알 수가 없으나, 겨우 1년. 정한은 짧다면 짧은 그 기간 동안 형식상으로라도 부부간의 신뢰를 흩트리는 짓은 절대 하고 싶지 않았다.
 "제발 이 조항은 좀 빼자. 응?"
 "그럼 계약 안 할 거예요."
 "뭐라고?"
 "진짜로 안 해요."
 정한의 심정에 쾅쾅 못이라도 박듯, 그린은 야무진 표정으로 고집을 부렸다.
 "절대로 안 할 거예요."
 "하, 참나."
 정한은 졌다는 얼굴로 혀를 내둘렀다. 요 조그만 꼬맹이가 이렇게 고집이 센 줄은 미처 몰랐다. 지금껏 살면서 학업이든 연애든 일이든 이렇게 막혀본 적이 없었다. 손만 대면 척척, 정한의 인생은 정한의 뜻대로 쉽게 움직이는 편이었다. 모든 부분이 유기적으로 맞물려 규칙적이고 체계적으로 굴러갔다.
 한 치 빈틈없던 김정한의 인생에 끼어든 변수. 아니, 이제는 한 치 앞도 예측을 할 수 없는 미지수. 민그린. 그냥 민그린 아니고 깜짝할 만큼 요망한 민그린.
 "알았다. 알았어."
 왜 자꾸 이 요망한 깜짝이, 아니 깜짝한 요망이한테는 자꾸만 져주게 되는 건지.
 정한은 한숨을 쉬며 단정하게 펜을 잡았다. 반듯한 정한만큼이나 시원하고 정갈한 글씨가 '연애'나 '참견', '규제' 부분에서 잠시 멈칫하긴 했지만, 정한은 일필휘지로 마지막 조항을

써 내려갔다.

그린은 그저 반짝반짝 신이 난 얼굴로 계약서를 들여다보고 있었다.

"그럼 앞으로 1년간 잘 부탁드려요."

한 장씩 나눠 가진 계약서를 손에 쥐고, 그린은 의기양양한 미소를 지었다. 우기고 우겨서 작성한 계약서의 마지막 조항은 다음과 같았다.

> 1년의 갱신 기간 동안, 서로의 연애활동에
> 일절 참견이나 규제를 하지 않으며,
> 적극적으로 지지하고 응원한다.

일주일 후.

여느 때보다 조금 일찍 퇴근한 정한은 창고로 발걸음을 옮겼다. 바쁜 와중에도 문득 한 번씩 창고에 자리 잡은 고양이가 잘 있는지 궁금했다. 구석으로 느릿느릿 걸어가던 누런 고양이의 뚱실한 뒤태를 떠올리니 입가에 부드러운 호선이 그어졌다.

하필 초록이라는 그 이름만 아니었다면. 백 점, 천 점, 만 점짜리 귀여운 고양이였는데.

조용히 창고 문을 연 정한은 조명을 켜고 안을 둘러보았다.

한쪽에 못 보던 커다란 박스가 놓여 있었다. 파란 바탕에 하얀 별모양의 두툼한 새 이불까지 깔려 있었다. 본격적으로 고양이 집이라도 마련해 놓은 건가.

다가가던 정한은 흠칫 날카로운 시선을 내리꽂았다. 쥐라도 잡아다 놓았나? 회색 빛 작은 공 모양의 무언가가 고물거리고 있었다. 가만! 한 마리가 아닌데? 그 옆에는 노란색, 하얀색 무언가도 고물고물······. 뭐지?

요옹!

박스 안쪽에 벌러덩 누워 있던 초록이가 발딱 머리를 들고 날카롭게 울었다. 조금 더 가까이 다가가 들여다보던 정한은 아연한 표정을 지었다.

박스 안에서 고물대는 털 뭉치들은 분명!

끼이익—.

창고 문이 열리고 뒤에서 또랑또랑한 소리가 울려 퍼졌다.

"이혼 계약서 추가 조항 제1조! 민그린의 반려묘 초록이를 엄연한 가족으로 인정하고, 어떤 상황이 닥쳐도 편안히 기거할 환경을 조성해주기로 한다."

천천히 돌린 정한의 시선에 의기양양한 뽀시래기의 표정이 가득 들어찼다. 정한은 다시 발치 아래에서 고물거리는 아가냥들을 내려다보았다.

아, 추가 조항은 1조부터 강력했다. 김정한이 지난 3년간 알고 있던 민그린은 세상물정 모르는 대책 없고 순진무구한 어린양이 아니었다. 이제 보니, 표정 하나 안 바뀌고 딜을 쳐내고, 목적을 달성해 내는 솜씨가 보통이 아니었군. 그것도 기가 막히게 귀엽고 깜찍한 빅 딜을! 졸지에 강력한 딜 한 방을 맞아버렸다.

잠시 멍해 있던 정한은 피식 웃으며 고양이 박스를 향해 몸을 굽혔다. 이게 지금 무슨 상황인지는 알겠고, 그린이 강력하게 추가 조항 1조를 외친 이유도 알겠고. 그 전에 고물거리는 아가냥들이 미칠 만큼 사랑스러워 만지지 않고서는 못 배길 것 같았다.

순간, 그린이 혼비백산한 표정으로 다가와 정한의 팔을 야무지게 끌어당겼다.

"나오세요. 아직 일주일도 안 돼서 사람 손 타면 안 돼요."

정한은 아쉬운 표정으로 고양이들을 흘끔 돌아보며 창고 밖으로 떠밀리듯 나왔다. 그린은 창고 밖으로 나오고 나서야 안도의 한숨을 내쉬었다. 계약서의 추가 조항만 믿고 큰소리는 쳤지만 역시 두려운 건 두려운 거였다. 성큼성큼 앞서가던 정한을 따라가던 그린의 목소리에는 바짝 긴장한 조바심이 묻어났다.

"계약서에 '어떤 상황이 닥쳐도'는 출산도 포함되는 거 아시죠? 혹시 초록이만 놔두고 다 쫓아내려고 하는 건 아니죠?"

홱, 정한이 고개를 돌렸다. 잡아먹을 듯 불꽃이 튀는 눈빛에 그린은 다시 얼어붙은 듯 멈춰 섰다.

"대체 넌 날……!"

겨울바람보다 더 서늘한 목소리로 정한이 퉁명스럽게 내뱉었다.

"추우니까 집으로 데리고 들어오든지."

"안 들어가려고 해요. 초록이 아가 때 몰래 시도해봤는데 하도 발광을 해서 다시 창고에 데려다 놨어요."

"왜?"

"몰라요. 수의사 선생님이 그러는데, 초록이처럼 실내에 들어오는 걸 거부하는 고양이도 있대요."

그린의 대답을 끝으로 정한은 더 말이 없었다. 언제 또 아가냥들의 거취 문제를 얘기할까 걱정이 된 그린은 재빨리 화제를 돌렸다.

"그런데 창고에는 무슨 일로 오셨어요?"

정한은 순간 머쓱한 표정을 지었다. 고양이의 뚱실하고 귀여운 뒤태가 자꾸만 생각나서 보러 왔다는 말을 차마 할 수는 없었다. 정한 역시 다른 얘기로 말을 돌렸다.

"참, 면접 일정 문자로 통보 받았지? 준비는 잘 하고 있어?"

"네? 아, 면접이요! 뭐, 나름 최선은 다 하고 있는데……."

면접 얘기가 나오니 천하의 씩씩한 뽀시래기도 긴장되는 건 어쩔 수 없나 보다.

"후, 하. 최선을! 다, 해야죠."

스스로에게 하는 다짐인 듯, 크게 심호흡을 한 뽀시래기는 두 주먹을 불끈 쥐었다. 씩씩하게 파이팅을 외치는 모습에 정한은 미간을 조이며 생각에 빠져들었다. 긴장한 모습이 역력한데도 애써 각오를 다지는 모습이 기특했다. 격려 차원에서,

함께 마지막 점검이라도 해볼까. 딱히 체크할 만한 게 있었던가?

언론정보학과를 나온 그린이 지원한 부서는 경영지원팀에 직책 역시 평범한 사무직 인턴. 업무야 나와서 배우면 되는 거고. 특별히 전문적인 스킬이 필요한 부서도 아니었다.

아, 그러고 보니 보통 청바지에 학생다운 맨투맨이나 니트. 아니면, 시어머니인 순옥이 사준 고가의 명품 원피스로 양극을 달리는 그린의 옷차림이 생각났다.

"출근용으로 적합한 옷은 준비돼 있는 거지?"

"아……."

'아?'

반사적으로 튀어 나온 건 듣기만 해도 심란하고, 걱정이 묻어나는 '아'.

무슨 옷을 사야 하는지 잘 모르나? 인터넷 찾아보면 나오겠지. 출근룩 같은 키워드로. 정한은 어깨를 으쓱하며 더 이상 묻지 않았다.

"한 가지 부탁할 게 있는데요……."

이쪽에선 묻지 않았지만, 저쪽에서 알아서 고민 상담을 할 모양이었다.

"부탁?"

"돈 좀, 빌려줄 수 있어요? 월급 타면 꼭 갚을게요!"

"뭐?"

근로 계약서를 쓰기도 전에 월급 운운하다니. 심기가 상한 정한은 돌려 말하지 않고 직선으로 꽂아 물었다.

"돈이 왜 필요한데."

"출근용 옷 사려면……."

"돈이 없어?"

"네. 없어요."

서늘할 정도로 단정했던 정한의 미간이 깊이 패기 시작했다.

결혼식 바로 다음 날. 현금 출금도 할 수 있게 포스트잇에 비밀번호까지 적어둔 카드. 그걸 그린에게 건넸다. 물론 정한의 이름으로 되어 있긴 했지만. 3년 내내 그린이 가지고 있던 신용카드는 한도도 꽤 높고 잔고도 넉넉해야 했다. 매달 충분하다고 생각되는 금액을 생활비 겸 용돈으로 넣어줬으니까. 그런데 냉큼 돈이 없다니.

정한으로서는 꽤나 마음에 안 드는 대답이었다. 혹시 몽땅 뽑아다 친정에 쏟아부었나. 건조하게 물었지만 못마땅한 말투는 살짝 날이 서 있었다.

"통장에 돈 없어?"

"무슨 통장이요?"

준 돈은 죄다 어디로 탕진한 건지, 전혀 영문 모르겠다는 순진한 말투가 깜짝하게 느껴질 정도였다.

"카드 계좌. 매달 얼마씩 빠져나갔길래 벌써 돈이 떨어졌어?"

"거기에 돈이 있어요?"

정한을 보며 갸웃대는 얼굴은 여전히 순진무구한 표정을 띠고 있었다. 맙소사. 설마 하는 생각이 머릿속을 스쳐갔다.

"내가 준 카드, 뭐 하는 데 썼어. 그동안?"

"장 봤죠. 거의 생활비만 썼어요!"

"그리고."

"그리고요? 어…… 음…… 저…… 제 거도 좀…… 쓴 적 있어요."

발그레해진 얼굴로 머뭇머뭇 대답이 나왔다.

"뭘 샀는데."

"……."

"괜찮으니까 말해봐."

그렇잖아도 기어들어가는 그린의 목소리가 점점 작아졌다.

"그동안 생……리 용품이랑…… 감기 걸려서 병원도 가고…… 송천댁 아줌마랑 빵도 사 먹고…… 초록이 사료도요……."

발개진 얼굴. 잔뜩 겁을 집어먹은 눈망울이 한껏 죄스러운 빛을 띠고 있었다.

헛웃음이 나왔다. 사람이 너무 황당한 일을 겪으면 말문이 막힌다더니. 정한은 널 어쩌면 좋으냐는 표정으로 한동안 멀거니 그린을 바라보았다.

"화나셨으면 죄송……해요. 돈 벌자마자 그거부터 갚으려고 다 적어 놨어요."

"민그린."

정색을 띤 정한의 목소리가 차갑게 울렸다.

'와, 또다. 창피한 걸 무릅쓰고 뭐, 뭐 샀는지 몽땅 이실직고까지 했는데. 돈도 많이 버는 사장님이면서, 갑자기 치사하게. 월급 받아서 갚는다고까지 했는데, 이제 와서 치사하게.'

쭈욱 나오는 입술을 삐죽거리고 싶었지만 일단 생활비 카드를 사적인 데 쓴 건 사실이니 한 발 후퇴. 그린은 최대한 미안한 표정을 지으며 정한의 눈치를 살폈다.

잠시 말이 없던 정한은 휴대폰을 꺼내들었다. 살짝 넘겨다보니 은행 앱에 접속하는 눈치였다.

잠시 후…….

"맙소사."

굳게 다물린 정한의 입이 열리더니 여과 없는 감탄사가 터져 나왔다. 한동안 붉으락푸르락한 얼굴로 들여다보던 정한은 화면을 뒤집어 그린의 앞에 내밀었다.

"3년 동안 매달 꼬박꼬박 넣어준 돈. 얼마나 남았는지 직접 네 눈으로 확인해 봐."

그린은 땡그래진 눈으로 화면에 써 있는 숫자를 세기 시작했다.

일, 십, 백, 천, 만, 십만, 백만, 천만…… 어…… 어! 어! 억?

중얼중얼 숫자를 세던 앙증맞은 입술이 벌어졌다.

"거, 거기에 돈이 왜 그렇게 많아요?"

정한은 한숨을 내쉬며 머리를 짚었다. 그동안 준 생활비로 매번 장이나 보고 겨우 빵이나 사 먹는 데 찔끔찔끔 썼을 줄이야. 3년 내내 있는지 없는지도 모르게 조용히 지내던 아내가 요 며칠 작정을 하고 정한의 속을 긁어댄다. 진짜 민그린 때문에 요즘에는 쌩 골치가 아플 정도였다.

동시에 자괴감이 몰려왔다. 아무리 손끝 하나 안 대고 남남처럼 지냈다 해도, 매달 날아오는 카드 내역서나 통장 잔고만 한번 훑어봐도 됐을 것을. 본의 아니게 짠돌이 남편이 된 탓에 지난 3년간 미안했던 마음이 몇 배는 더 커져버렸다.

"하, 내가 그 카드로 필요한 거 뭐든……!"

치밀어 오르는 화를 꾹 누르며 정한은 고개를 흔들었다. 더 이상 왈가왈부하고 싶지도 않았다.

"아니다. 일단 알았으니까, 내일 시간 비워 둬."

주말 오전, 유난히 붐비는 백화점 안.

정한은 성큼 앞장서서 젊은 모델의 사진이 걸려 있는 여성복 매장으로 들어갔다.

"어서 오세요. 찾으시는 거 있으세요?"

직원이 상냥하게 웃으며 다가왔다.

"제 아내가 취직을 해서요."

"어머, 축하드려요."

직원의 호들갑에 쭈뼛쭈뼛 뒤를 따르던 그린은 민망한 얼굴로 살짝 미소를 띠었다.

"출근용으로 적합한 옷 몇 벌만 골라주세요."

가격은 전혀 고려하지 않은 듯한 정한의 말에 직원은 더더욱 반색을 하며 말했다.

"그럼 저희 매장이 딱이네요. 요즘 박세인 배우가 나오는 드라마 보셨어요? 거기 박세인 출근룩이 저희 브랜드에서 협찬하는 옷이거든요."

직원은 블라우스와 스커트 몇 벌을 골라 매장 중앙의 행거에 걸었다.

"이게 다 박세인 배우가 드라마에서 입고 나온 옷이에요. 마음에 드는 거 있으세요?"

"다 좋네요. 일단 입어 보죠."

역시 일말의 고민도 없는 정한의 말에 직원은 서둘러 그린을 탈의실로 안내했다.

"구두는 안에 있는 거 신으시구요."

그린의 스니커즈를 본 직원이 센스 있게 탈의실 안의 구두를 가리켰다. 정한은 매장 한쪽 의자로 걸어가 앉았다. 무심하게, 건조한 표정으로.

태블릿을 꺼내 급한 업무를 보던 정한이 잠시 후 고개를 들었다. 순간 정한의 모양 좋게 뻗은 기다란 눈매는 극히 현실적인 놀라움의 빛을 담은 채 커다랗게 변해버렸다.

옷을 갈아입은 그린이 머뭇거리며 탈의실 밖으로 나왔다. 연한 베이지색 스커트는 요즘 유행하는 하이웨스트 스타일로 허리 위쪽까지 매끄럽게 올라와 있었다. 단정하게 넣어 입은 크림색 블라우스. 목깃엔 리본 형태의 타이가 살짝 늘어뜨려져 있었다. 길고 우아한 목과 가녀린 어깨선이 돋보여 여성스러움을 한껏 강조하는 옷이었다.

정한은 눈이 튀어나올 정도로 놀란 표정을 지으며 벌떡 일어났다.

'민그린? 저게 민그린이라고?'

놀란 건 정한뿐만이 아니었다. 시착을 도와주던 직원도 감탄을 내뱉기 바빴다.

"세상에! 이 허리 가느다란 것 좀 봐! 얼굴도 작고, 비율도 완벽하고, 모델이 따로 없네!"

직원의 호들갑에 얼굴을 붉힌 그린은 수줍은 얼굴로 정한을 돌아보았다.

'어때요?'

정한의 귀는 완벽하게 진공 상태로 된 공간에라도 들어온 듯 닫혀버렸다. 멍하니 서 있는 정한을 보던 그린의 입술이 다시 나폴나폴 움직였다.

'별, 로, 예, 요?'

남편인 정한의 반응이 애매해 보였는지 이번에는 직원이 물었다.

"진짜 잘 어울리시는데, 아니면 다른 걸로 입어 보실래요?"

음소거를 해 놓은 티브이 리모컨의 해제 버튼을 누른 듯, 그제야 주변의 소음이 다시 귀에 들어왔다. 그린은 정한의 컨펌을 기다리는 얼굴로 이쪽을 주시하고 있었다. 정한은 간신히 고개를 끄덕이며 중얼거렸다.

"……나쁘지 않아. 일단 그거 해. 다음."

발그레해진 얼굴로 그린은 직원이 건네주는 두 번째 옷을 들고 탈의실로 들어갔다.

그 후로는 시간이 정신없이 흘러갔다.

그린이 입어 본 모든 옷이 어쩌면 그렇게 찰떡처럼 어울리는지. 정한은 입고 나오는 모든 옷에 거침없이 '합격!'을 외쳤고, 직원은 바쁘게 옷을 주워 담았다.

쇼핑을 마치고, 돌아서던 그린이 갑자기 발걸음을 멈추었다.

"우리 여기 가보면 안 돼요?"

백화점에 입점한 팝업 스토어 배너를 본 그린은 잔뜩 흥분한 기색이었다.

반려묘 특별전 – 슬기로운 집사생활

정한은 무표정하게 배너를 응시했다. 그린이 조르듯 중얼거렸다.

"초록이 뭐 사주고 싶은데."

그린의 말에 정한의 눈빛이 차가워졌다.

"아니면 잠깐 기다려 주실래요? 저 혼자 다녀올게요."

그린은 힐끔 눈치를 보면서도 쭈물쭈물 고집을 부렸다.

"같이 가."

정한은 못마땅한 얼굴로 에스컬레이터로 향했다. 그린이 먼저 올라서자 모양 잘 잡힌 동그란 뒤통수가 시야에 들어왔다. 예쁜 뒤통수에 대고 정한이 툭 말을 걸었다.

"고양이."

"네?"

"이름 바꾸면 안 되나?"

고개를 돌린 그린의 동그래진 눈이 영문 모를 표정을 지었다.

"초록이요?"

"어. 그러니까 그 이름 좀. 다른 걸로 바꾸면 안 되냐고."

"왜요?"

"그냥. 마음에 안 들어."

"초록이라는 이름. 예쁘지 않아요?"

그래서 마음에 들지 않는다는 속마음은 누른 채 정한은 짓씹듯 퉁명스럽게 내뱉었다.

"예쁘긴 한데 개랑은 안 어울려. 차라리 노랭이 해라. 노랭이."

"에이, 노랭이가 뭐예요?"

"온통 노랗잖아. 딱이네. 노랭이."

"싫어요. 노랭이는 촌스럽고 이상해."

그린은 다음 층으로 올라가는 에스컬레이터에 발을 올렸다.

따라 올라선 정한이 못을 박듯 다짐시켰다.

"촌스러워도 무조건 노랭이 해. 계속 키우고 싶으면 오늘부터 초록이는 금지야."

"와아! 치사해!"

휙 돌아본 그린이 중심을 잃고 비틀거렸다. 정한은 다급하게 외마디 소리를 뱉었다.

"조심!"

"으앗!"

잽싸게 손잡이를 잡고, 정한은 한 팔로 그린의 허리를 낚아챘다. 휘청한 그린은 정한의 목에 두 팔을 감았다. 가녀린 몸이 완전히 상체를 기댄 채 파닥거렸다.

"괜찮……?"

촉. 말캉하고 촉촉한 무언가가 정한의 입술과 턱 사이로 사뿐 내려앉았다. 순간, 둘 다 얼어붙은 듯 굳어버렸다. 모든 것이 일시에 멈춰버렸다.

"엄마. 저 사람들 뽀뽀해!"

"쉬잇. 그런 말 하는 거 아니야."

맞은편, 내려가는 에스컬레이터에서 한 아이가 손가락질을 했다. 아이의 말대로, 둘은 한 치의 틈도 없이 밀착된 채 얼어붙은 듯 껴안고 있었다.

"우읍!"

정한이 맞물린 입술 틈으로 무언가 외쳤다. 어느새 에스컬레이터가 끝나는 지점이었다. 정한의 목에 매달려 있는 그린은 미처 뒤를 볼 새가 없었다. 다급해진 정한은 번쩍 그린을 안아 들었다. 순간 그린의 몸이 부웅 공중으로 솟아올랐다.

아찔할 정도로 갑작스러운 자극. 혼자만 높은 하늘 위를 날고 있는 기분. 발가락이 차갑게 곱아들었다. 순식간에 멀어지는 바닥과의 간극에 질끈 눈이 감겼다.

다행히 정한은 그린 정도는 가뿐하게 치켜 올릴 수 있는 체력과 순발력의 소유자였다. 쫙 펼쳐진 커다란 손바닥과 흔들림 없는 강인한 팔이 그린을 사뿐히 착지시켰다. 결국 아무런 사고 없이 무사히 에스컬레이터에서 내렸다.

"어휴, 남사스러워라. 요즘 젊은것들은. 쯧쯧."

"모텔을 가라. 모텔을 가."

뒤따라 내리던 사람들은 한마디씩 흘리며 정한과 그린을 스쳐갔다. 그린은 한동안 고개를 숙인 채, 땅바닥과 눈싸움을 했다. 저러다 터지지는 않을까 걱정이 될 만큼 빨개진 얼굴. 수중기가 새듯 기어가는 목소리가 흘러나왔다.

"……죄송해요."

"아니야. 내가 괜히 말을 시켜서 그런 거잖아."

나름 격한 동작 후에도 차분한 목소리. 흐트러짐 없는 숨소리. 그린은 시선을 올려 정한의 기색을 탐색하기 시작했다. 아무리 살펴봐도 정한에게서는 단 1%의 민망함도 묻어나지 않았다.

그냥 사고. 에스컬레이터에서 앞뒤로 밀착해 옥신각신하다 보면 충분히 일어날 수 있는 일. 정한은 진정 그리 생각하는 듯 보였다.

'이거 키스 아니야.'

무를 얹은 도마까지 썰어버릴 단호한 표정. 정한이 유유히 몸을 돌렸다. 저벅저벅. 정한은 시원하게 뻗은 긴 다리로 거침없이 멀어져갔다.

덕분에 세차게 두근거리던 그린의 심장도 어느 정도 제 속도를 찾아가는 듯했다. 몇 걸음 따라 걷다 말고 우뚝 멈춰 선 그린은 제 입술에 떨리는 손가락을 가져다 대었다.

'아까 그거, 나는 첫 키스였는데. 오빠한테는 아니어도 나한테는 그거 맞는데.'

언제부터였을까. 골목 끝 오래된 폐가에 앉아, 진지한 얼굴로 제 얘기를 들어주던 대학생 오빠. 그건 설익은 풋사랑도 못 되었을 것이다.

아픈 엄마 걱정 없이, 따돌림 당할 두려움 없이, 별거 아닌 작은 얘기를 주고받으며 아득하게 웃었던 시절. 그건 그냥 '다음에 만나서 또 놀자.'라는 소꿉놀이 같은 거였다.

떨리는 마음으로 나갔던 선 자리. 아득한 기억을 헤집어 겹쳐 본 그 시절의 정한보다 훨씬 더 근사하고 세련된 모습을 하고 있었지만.

"김정한입니다."

깊숙이 허리를 꺾은 뒤 고개를 일으킬 때, 정확히 그린에게 꽂히던 시선과 목소리는 그대로였다. 서늘하고도 단정한 이목구비. 자로 잰 듯 딱 맞춰 입은 슈트. 어렵고 긴장된 자리임에도 김정한은 말도 안 되게 섹시해 보였다. 하지만 그린의 설렘을 두근거림으로 바꿔놓은 순간은 따로 있었다.

상견례는 낯설고 어려운 오뜨 뀌진 레스토랑에서 열렸다. 당시 가장 핫하고 세련된 방식으로 주목을 받던 분자 요리. 스타 셰프가 심혈을 기울여 제공한 고난이도의 요리. 테이블 위에 올려진 요리들은 어떻게 먹어야 하는지 도통 알 수 없게 어렵고 복잡했다. 그린은 난감한 표정으로 쩔쩔매며 접시 위를 바라보았다.

정한은 여상한 표정으로, 그린의 아빠이자, 국문과 교수인 민 교수와 담소를 나누고 있었다. 지금 생각해보면, 그날의 대화는 뼛속까지 이과에 공돌이인 정한이 살면서 단 한 번도 관심을 가졌을 리 없었을 게 분명했을 주제. 주시경과 우리말. 아름다운 우리글. 국내에서 주시경 연구 일인자로 꼽히는 민 교수는 정한을 상대로 일방적인 강의를 펼쳤다.

식사 내내, 정한은 진지하게 고개를 끄덕이면서도 차분하게 식사를 이어 나갔다. 모든 동작이 절도 있으면서도 자연스럽게 흐르는 물결 같았다. 그런데 꼭 먹기 전에 그린의 접시 위로 슬쩍 눈길을 주었다. 그린이 먹는 속도를 확인하는 것처럼. 어느새 그린은 거울처럼 정한을 따라하고 있었다.

'이건 이렇게 먹으면 되는구나.'

'이 주사기를 들고?'

'아, 이건 하나씩 먹는 게 아니라 한꺼번에 겹쳐서 이렇게.'

정한은 모든 동작 사이사이, 차분하게 그린을 기다리고 이끌었다. 마치 그린 한 사람만을 위해 시범을 보여주듯이.

식사가 끝날 무렵. 반짝, 서로 눈이 마주친 순간, 그린은 오래 간직해 온 첫사랑인 김정한과 어떻게든 결혼해야겠다고 마음먹었다.

다시 덜컹덜컹, 제 기능을 하지 못하겠다는 듯 소심하게 반항을 시도하는 하트비트. 그린은 떨리는 손으로 가슴팍을 문질렀다.

모든 신경은 온통 저릿한 입술 끝에 몰려 있었다. 정한은 벌써 저만치 앞서가는 중이었지만 그린은 다이어리에 '오빠랑 첫 키스를 한 날!'이라고 적어도 될까 하는 엉뚱한 고민까지 하는 중이었다. 하지만 미련 한 점 묻어나지 않는 단호한 뒷모습에 설레는 마음은 아쉽게 접어두고 서둘러 매장 안으로 들어갔다.

과연 슬기로운 집사를 위한 특별전다웠다. 반려묘 용품 팝업 스토어는 별천지였다.

그린은 고양이 간식이며 장난감 등을 눈에 들어오는 족족 주워 담기 시작했다. 그러던 중 저쪽에 서 있는 정한에게 힐끗 눈길이 갔다.

"어?"

정한은 고양이 낚싯대를 흔들거리며 부드러운 미소를 짓고 있었다. 그린은 낯선 눈길로 정한을 바라보았다.

'고양이. 싫어하지 않았나……?'

갸우뚱하며 바라보던 그린은 금방 진지한 얼굴로 카트 가득 담긴 고양이 용품을 뚫어지게 노려보았다.

지금부터는, 영혼까지 끌어모아 진지하게 고민할 시간. 비장하게 시작한 고양이 용품 월드컵에서 1, 2, 3등을 차지한 물건을 남기고, 그린은 나머지 것들을 아쉬운 눈으로 훑어보았다.

'미안하다, 얘들아. 너흰 취직해서 월급 타면 꼭 데리러 올게.'

"다 골랐어?"

불쑥 머리 위에서 부드러운 저음이 흘러내렸다.

"미안해요. 너무 오래 기다리게 했죠?"

그린은 골라 둔 물건을 정한의 손에 맡겼다.

"이거 잠깐만 들어주세요."

"그건?"

정한의 질문에 그린이 바구니를 들어 보이며 방긋 웃었다.

"다 제자리에 갖다 놓으려구요."

"그건 안 사?"

"네."

"사지도 않을 걸 그렇게 많이 담았어?"

"꼼꼼하게 비교해 보고 고르려구요. 마음 같아선 다 사고 싶지만 그럼 돈이 얼마야."

겸연쩍게 웃은 그린은 아쉬운 듯 코를 찡긋거렸다.

"얼른 갖다 놓고 올…… 이리 주세요! 제가 할게요."

바구니를 뺏다시피 채간 정한에게 그린이 손사래를 쳤다. 정한은 바구니째 들고 계산대로 향했다.

"그냥 둬. 이깟 거 얼마나 한다고."

"안 돼요!"

당황한 그린을 뒤로하고, 벌써 저만큼 멀어져 간 정한이 계산대에 바구니를 올렸다. 체념한 표정으로, 그린은 꼼꼼하게 영수증을 챙겼다. 옷도 몇 벌이나 샀는데, 오늘 정한이 긁은 카드 액수가 얼마나 될지, 대충 계산해 봐도 심장이 조여드는 기분이었다.

정한이 계산을 마치고 돌아 나왔다.

"영수증 다 챙겨놨으니까요. 오늘 쓰신 돈, 꼭 갚아 드릴게요."

"야, 민그린."

결국 '야' 소리까지 나오게 만드는 맹랑한 꼬맹이.

"누가 네 돈 주고 사래?"

그린은 믿기지 않는다는 듯 동그랗게 뜬 눈으로 정한을 올려다보았다.

"이거 다 제 돈으로 사는 거 아니었어요?"

자꾸만 헛다리를 짚는 뽀시래기 때문에 정한은 밀려 나오는 한숨을 삼키며 차로 향해야 했다.

 집에 돌아온 그린은 쇼핑한 물건을 정리하느라 정신이 없었다.
 책상에 앉아 챙겨 온 영수증을 보며 열심히 계산기를 두드리는데 똑똑 노크 소리가 났다.
 "네에!"
 훤칠한 기럭지가 돋보이는 몸체가 반쯤 문 안으로 들어섰다.
 '오빠가 내 방에!'
 당연히 송천댁 아주머니라고 생각했던 그린의 얼굴이 화악 달아올랐다.
 처음이었다. 정한이 그린의 방을 찾은 건. 한집에 살고, 용건이 있으면 당연히 찾아올 수도 있는데, 첫사랑과 첫 키스까지 해버린 날이라서일까. 이런 소소한 일에도 두근거렸다.
 무의식의 발현은 꿈에서만 일어나는 일인 줄로만 알았는데.
 "어서 오세요!"
 결혼 후 처음으로, 정한이 제 방을 찾아줬다는 감격에 엉뚱하게 환영의 멘트가 튀어나오고 말았다. 깔끔하고 아기자기한 방에는 눈길 한 번 주지 않은 채, 정한 역시 멀거니 혼란에 빠지고 말았다.

분명 이쪽에서 할 말이 있어서 문을 두드린 건데, 저 반가운 표정은 무얼까. 거기다 '어서 오세요'라니. 올 줄 알고 기다리고 있었던 것처럼. 그러나 더 이상 발을 들이지 않은 채, 정한은 휘익 고갯짓을 했다.

"잠깐 나와 봐."

"왜요?"

"할 얘기가 있는데, 거실이 나을 것 같아서."

"이거만 마저 하고 나갈게요. 금방 끝나요."

"나와서 해. 기다릴게."

조용한 거실에 마주 앉은 정한은 잠시 침묵을 지켰다. 그린은 다이어리를 펼쳐 금액을 적고 계산기를 두드리느라 바빠 보였다.

"대박. 이렇게 많이 썼다고?"

믿기지 않는 듯 한참이나 합산한 금액을 들여다보던 그린은 난처한 표정을 지었다. 팔짱을 낀 채, 물끄러미 지켜보던 정한은 결국 피식 웃어버렸다. 아까는 패기 넘치는 얼굴로 꼭 갚겠다더니. 입술을 깨물며 다이어리를 들여다보는 표정은 놀라다가, 시무룩해졌다가 난리도 아니었다.

누군가의 얼굴을 실시간으로 직관하는 게 이렇게 재밌는 일일 줄이야. 재미있어하는 정한의 표정은 눈치채지 못한 채, 그린은 떨떠름한 얼굴을 치켜들었다.

"끝났어요. 할 말이라는 게 뭐예요?"

바로 사무적인 태도로 돌변한 정한이 휴대폰을 꺼내 들었다.

"계좌 번호 좀 불러 봐."

"제 계좌요?"

끄덕, 더 이상의 자세한 설명은 생략하겠다는 단호한 고갯짓에 그린은 홀린 듯 계좌 번호를 불렀다.

"미래 은행. 999······."

잠시 후, 그린의 휴대폰에 문자 알림이 도착했다. 무심코 휴대폰을 들어 확인한 그린은 벌린 입을 다물지 못하고 뚫어지게 화면을 응시했다.

"생활비 쓰고 남은 돈. 전부 이체했으니까 앞으로는 네가 관리해."

"이, 이걸."

"앞으로 생활비도 거기로 넣어줄 테니까 그렇게 알고."

"그, 그런데 이건······."

"내 용건은 끝났으니까 그것도 그렇게 알고."

미련 없이 일어선 정한을 당황한 목소리가 돌려세웠다.

"이건 너무 1억이잖아요!"

"그래서?"

돌아보는 무심한 표정.

"1억이요! 1억 원이라구요."

"그러니까, 그게 왜."

"모르고 '0' 하나 더 누른 거 아니에요? 혹시 실수하신 거 아니에요?"

딜을 하는 어린양

"내가?"

그렇지. 매사 징그러울 정도로 꼼꼼하고 철저한 김정한에게는 모욕에 가까운 질문이었다.

"그럴 리가. 지난 3년간, 네가 쓰고 남은 돈을 이체한 것뿐이야."

"그렇다고 그게 제 돈은 아니잖아요."

"그럼 내 돈이야?"

아까부터 상식을 거뜬히 파괴하는 저 거침없는 태도에 더 말을 잇지 못하고 어버버거리는 그런에게.

"부부 사이에 네 돈, 내 돈 따지는 것도 우습지만, 굳이 구분 짓기 원한다면 네 돈 맞아."

"아니, 이게 왜 제 돈······."

정한은 단호한 태도로 못을 박았다.

"통계청에서 공식적으로 가사 노동의 경제적 가치까지 책정해 발표하는 시대야. 그동안 내가 가사 노동에 기여한 부분은 '0'에 수렴하니까 그 돈은 민그린 네 돈이 맞고. 절대 받을 수 없다고 우긴다면 지금 이 순간에도 수많은 가정 경제에 정당하게 일조하는 모든 전업주부의 노력을 폄훼하고 무시하는 꼴이 되니까."

요즘 들어 따박따박 따지기 좋아하는 저 꼬맹이가 간과한 게 하나 있었지.

논리적으로 따지고 들기 시작하면 세상 그 누구도 당해 낼 자가 없는 사람이 김정한이라는 것을.

"그것마저 불로 소득이라고 할 거면 경제학자든, 정부 부처든 관련된 데 가서 따져보고. 그 돈은 네 돈 맞으니까 버리든 갖든 알아서 해."

돌아서는 정한의 표정에 간만에 만족한 웃음이 걸렸다. 지난 며칠간, 당당하게 할 말 다 하고 의기양양하게 돌아서던 뽀시래기가 모처럼 얼이 빠진 표정을 짓고 있는 걸 보니 재미있다는 생각마저 들었다. 하지만 정한의 의기양양한 기분은 얼마 가지 못했다.

chapter 3

처음엔 다 그렇게 시작하는 거다

그날 저녁.

똑똑.

정한의 방 문 밖에서 조심스러운 노크 소리가 들렸다.

"저 그린인데요. 들어가도 돼요?"

"들어와."

지난 3년간 2층에는 얼씬도 안 하던 그린이 며칠도 안 되어 또 정한의 방을 찾아왔다. 펄럭이는 종이 한 장을 들고. 그런 그린을 본 정한은 흠칫 놀란 표정을 지었다.

며칠 전 크리스마스이브에는 이혼 서류. 다음 날엔 기간 연장의 조건이 담긴 이혼 계약서. 저렇게 순진무구한 얼굴로 들고 오는 종이에는 당돌한, 아니 발칙하기까지 한 내용이 담겨 있으니, 이젠 민그린의 손에 종이 비슷한 것만 들려 있어도 노이로제까지 걸릴 지경이었다.

"그건 또 뭔데?"

그린의 손에 뚫어지게 시선을 고정하고 있던 정한이 다짜고짜 물었다.

"아, 이게요."

그린은 멋쩍은 웃음을 지으며 책상 앞으로 다가왔다.

"저 다음 주에 면접이잖아요. 면접 예상 질문 뽑아서 혼자 연습해 봤는데 아무래도 긴장감이 없어서요."

그제야 정한도 슬며시 힘을 풀며 긴장해 있던 상체를 의자에 기대었다.

"바쁘신 건 알지만 이거 잠깐만 같이해주시면 안 돼요?"

'바쁜 거 안다며? 안 돼.'

속으로는 단호한 거절의 말을 뱉으면서도 반사적으로 손을 뻗었다.

"이리 줘 봐."

질문지는 생각보다 빼곡했다. 스윽 훑어보던 정한이 날카로운 눈으로 그린을 올려다보았다.

"면접 보러 가는 회사 대표한테 이런 부탁을 하는 사람이 어디 있어?"

"그치만 계약직 사무직원 뽑는 자리까지 대표님이 오는 건 아니잖아요. 면접 예상 질문 뽑아 달라고 한 것도 아니고 연습만 같이 해 달라는 건데."

당돌한 반박에 이번에도 말문이 막혀버렸다. 한숨을 내쉰 정한은 결국 고개를 끄덕이고 말았다.

"잠깐만 해주는 거야."

"네! 문 열고 들어오는 거부터 시작할게요!"

그린은 환해진 얼굴로 쏜살같이 방 밖으로 뛰어나갔다.

똑! 똑! 똑!

듣기만 해도 패기가 넘치는 노크 소리에 쿡 웃음을 지은 정한은 금방 표정을 가다듬었다. 진지한 표정으로 걸어 들어온 그린이 제법 의젓한 자세로 정한의 앞에 섰다.

"안녕하십니까. 지원자 민그린입니다."

"당사에 지원한 동기를 말해 보세요."

곧게 몸을 펴고 대답을 이어가는 그린은 정한이 보기에도 야무지고 포부가 넘쳐 보였다. 오늘의 시뮬레이션대로만 한다면 회사 입장에서도 탐나는 지원자라는 생각이 들었다.

잠시 후, 이어지는 질문을 읽다 말고 정한이 말끝을 흐렸다.

"평소 좋아하는 음식은…… 누가 면접에서 이렇게 개인적인 걸 물어봐. 이건 패스."

"만에 하나라는 게 있잖아요. 실제로 주량까지 물어보는 회사도 있다고 하는데."

그게 우리 회사는 아니거든. 지구가 두 쪽으로 갈라져도 그런 질문은 나올 일이 없다고 못 박아주고 싶었지만 딱 잘라 특혜는 거절이라는 말에 어깨만 으쓱하고 말았다.

"평소 좋아하는 음식은 무엇입니까?"

얼마 지나지 않아 정한은 흥미로운 기색을 띠며 상체마저 앞으로 기울인 채였다.

무려 3년을 한집에 살았지만 그린의 사적인 모습에 대해 관심도 없었고, 굳이 알려고 하지도 않았는데.

감명 깊게 읽은 책, 좋아하는 음악, 기억에 남는 영화. 다채로운 대답을 듣는 동안 민그린에 대한 사적인 정보가 머릿속에 하나하나 입력되기 시작했다.

"맞다. 그리고 저희 고양이가요, 얼마 전에 새끼를 낳았는데……."

처음 딱딱하고 진지하던 면접장은 종알종알 귀여운 수다의 장으로 변해가고 있었다. 두 사람의 머릿속에서 어느새 면접은 까맣게 잊히고 있었다. 말을 하다 말고 그린은 다리가 아픈지 무심코 허벅지를 두드렸다.

'이런. 너무 세워 놓았군. 그만할까?'

하지만 얼마 전에 고양이가 새끼를 낳은 데서 이야기가 절묘하게 끊기고 말았다. 그러잖아도 고물거리는 새끼 고양이들이 눈앞에 아른거리던 정한이었다. 결국 그린의 말을 끊고 주위를 둘러보았다.

"이쪽으로."

벌떡 일어선 정한은 책상 앞의 의자를 번쩍 들어 침대 맞은편에 내려놓았다.

"이 다음부터는 침대에서 하지. 앉아."

정한의 말에 그린의 동공이 놀란 듯 크게 열렸다. 사실, 진지하게 응해주는 정한에게는 미안하지만 모의 면접은 핑계였다. 지피지기면 백전백승 아닌가. 남은 1년간, 어떻게든 오빠의 마음을 열고 들어가고 싶다는 간절한 희망이 모의 면접 작전을 꾸며냈던 것이다. 개인적인 이야기를 주고받다 보면 조금이

처음엔 다 그렇게 시작하는 거다   77

라도 가까워지겠지.

모의 면접을 가장한 백문백답은 오랜 짝사랑을 이대로 끝낼 수 없다는 그린의 깜찍, 발칙한 계획 중의 하나였다. 그런데 이렇게 효과가 좋다니. 단숨에 오빠의 침대까지 점령하게 될 줄은 몰랐다.

"진짜로 앉아도 돼요?"

그린은 속에서 올라오는 돌고래 비명을 꾸욱 누르며 얼굴을 붉혔다. 반면 정한은 무감한 표정으로 받아칠 뿐이었다.

"앉기 싫으면 계속 서 있든가."

"아뇨!"

냉큼 정한의 침대 위에 앉은 그린의 얼굴에 살며시 꽃물이 들었다. 무릎이 거의 닿을 듯 말 듯 가깝게 붙어 앉아 있으려니 설레는 표정을 감출 자신이 없을 정도였다. 그린의 두근거리는 마음은 전혀 눈치채지 못한 듯, 정한은 여전히 뚝뚝한 표정으로 물었다.

"고양이 얘기 좀 더 해봐. 어쩌다가 키우게 된 거지?"

"초록이요?"

반색을 하며 묻는데 남자답게 굵은 눈썹이 살짝 찌그러졌다. 아, 또다.

"오빠는…… 혹시 고양이를 싫어해요?"

"뭐, 싫어하는 건 아니야."

사실 좋아했다. 굳이 분류하자면 정한은 고양이를 아주 많이 좋아하는 축에 들었다. 단지 초록이라는 이름이 마음에 들지 않았을 뿐.

속사정을 알 리 없는 그린은 고개를 갸우뚱할 뿐이었다.

"새끼 고양이가 세 마리인데 벌써 이름도 지어놨어요."

"뭔데?"

"일단 연두, 나무, 베르. 아, 베르가 프랑스어로 초록이라는 뜻이래요. 다 초록이랑 비슷한 느낌이죠?"

"안 돼. 다른 걸로 지어."

"왜요?"

"마음에 안 들어."

"또? 대체 왜요?"

"왜가 어딨어. 마음에 안 드니까 그런 거지."

얼핏 험상궂어 보이기까지 하는 딱딱한 말투였지만 그린은 귀까지 빨개진 채 입을 다물었다. 오늘 낮에도 이런 식으로 옥신각신하다 입을 맞췄으니까. 자동적으로 그린의 시선은 정한의 우아하고 매끄러운 입매로 향했다. 오늘 낮에 나눴던 짜릿한 첫 키스의 말랑한 감촉에 다시금 입술이 찌릿거렸다. 정확히는 입술이 아니라 입술과 턱 사이에 꾸욱 도장을 찍은 거였지만.

얼빠진 표정이 기가 죽은 걸로 보였는지 정한이 조금 누그러진 말투로 화제를 돌렸다.

"고양이들 이름. 내가 지어도 되나?"

"오빠가요?"

홀린 듯 정한의 입술에 시선을 고정하고 있다가 그린은 질색하는 표정을 지었다.

"또 촌스럽고 이상한 이름 붙여주려고요? 노랭이 이런 거?"

"노랭이가 어때서. 좋기만 한데."

정한은 요지부동이었다. 상의도 없이 키우고 있었으니 이름 정도는 양보해줄까 고민하다가 그린이 제안을 내밀었다.

"그럼 가위바위보 해요. 이긴 사람이 이름 지어주기."

"좋아."

"가위, 바위, 보!"

그린의 패였다. 그린은 바로 당황한 표정을 지었다.

"방금 건 연습 게임이었어요! 이제 진짜로 해요. 가위, 바위, 보!"

정한은 심드렁한 표정으로 주먹을 내밀었다. 연달아 져버린 그린은 울상을 짓고 말았다.

"무슨 가위바위보를 이렇게 잘해요? 어떻게 한 번을 안 져?"

"어차피 확률이잖아."

"확률이요?"

"처음 냈을 때 이기거나 비기는 수를 내고, 상대방이 낸 수에 맞춰서 확률함수를 대입하는 거지. 그러면 백 번을 해도 이기는 건 일도 아니야."

헐. 뼛속까지 이과형 인간, 공대 오빠, 수학 잘하는 오빠.

이성과 과학적 프레임으로 세상을 보는 김정한이라는 걸 깜빡하고 있었다. 그린은 발끈한 표정으로 발을 굴렀다.

"치사해! 이길 줄 알고 있었으면 다른 걸로 승부를 하자고 했어야죠."

"이길 줄 아니까 하자고 했지."

자신만만한 말투로 받아치던 정한은 문득 울리는 벨 소리에 고개를 돌렸다. 책상 앞으로 다가간 정한이 폰을 들여다보더니 고개를 갸웃거렸다.

"Hello. This is Kim from Nextmedic."

해외 발신으로 걸려온 전화는 중요한 거래처에서 걸려 온 전화였다. 손짓으로 '잠깐만'이라는 제스처를 한 정한은 책상 위에 걸터앉아 유창한 발음으로 통화를 이어갔다.

그린은 물끄러미 그런 정한의 모습을 바라보았다.

정한은 전혀 기억을 못 하는 것 같았지만 처음 정한을 만난 건 10년도 더 전의 일이었다. 서울로 전학을 온 후, 하루하루가 지옥 같았던 그 시절. 하루하루를 눈물 젖은 얼굴로 잠자리에 들던 나날들. 잠깐이었지만 정한과의 시간은 그래서 더 애틋하고 특별한 추억으로 남아 있었다.

모처럼 정한과 마주 앉아 콩닥콩닥 얘기를 주고받으려니 그때 기억이 새록새록 떠올라서 신이 났는데.

"At this moment, It needs a little more in depth discussion with my team."

날카로운 표정으로 비즈니스에 관련된 이야기를 주고받는 정한의 모습을 보니 절로 움츠러드는 느낌이었다. 아까도 분명 '너 같은 꼬맹이'라고 했었지. 유치하게 고양이 이름으로 옥신각신, 가위바위보나 하고 놀아주는 내가 여자로 보일 리가 없잖아.

그린은 시무룩한 표정으로 침대 헤드에 상체를 기댔다. 차라리 면접 예상 질문에 더 완벽한 대답을 준비해서 프로페서널한 모습만 보여줄걸. 방금 침대 앞에 앉아 있던 정한과 책상 위에 걸터앉은 정한의 모습에는 둘의 나이 차이 이상의 커다란 거리감이 느껴졌다.

'오늘 모의 면접 작전은 실패다.'

잠시 후, 통화를 마친 정한이 침대 옆으로 성큼 다가오며 물었다.

"미안해. 오래 기다렸……."

기다리다 지쳐 이불 속으로 기어들어 간 건지, 그린은 새근새근 잠이 든 모습이었다. 긴 속눈썹이 발그레한 뺨에 그늘을 드리우고, 예쁘게 솟은 입술은 살짝 벌어져 한없이 무방비해 보였다.

고개를 숙여 가만히 내려다보던 정한의 얼굴에 난감한 기색이 돌았다.

'겁도 없이, 지금 어디에서 잠을 자는 거야?'

정한의 길쭉한 손가락이 하얀 이마에 드리워진 머리칼을 살그머니 거뒀다. 분명 3년 전에는 눈길도 안 가는 보송보송한 꼬꼬마 대학생이었는데, 지금은 살짝 벌어진 입술로 잠이 든 스물다섯의 성숙한 여인이었다.

물론 정한도 신체 건강한 남자였으니, 무방비하게 누워 있는 그린의 모습에 마음 한구석이 어수선한 건 사실이었다. 하지만 그건 단순히 제 침대 위에 여자가 누워 있어서는 아니었다. 잘 모르는, 낯선 여자라면 아무리 예뻐도, 아무리 유혹적인 자태로 누워 있어도 눈 하나 꿈쩍하지 않을 정한이었다.

지난 3년간 나눈 대화의 양을 다 합해도 지난 며칠간, 그리고 오늘 정한의 방에서 주고받은 이야기들이 훨씬 많아진 지금, 그린은 더 이상 무시하고 지나칠 수 있는 그저 '꼬맹이'가 절대 아니었다.

오늘 낮, 백화점에서 눈이 튀어나올 정도로 달라진 모습을 하고 있던 그린의 잔상이 아른거렸다.

'정신 차려라.'

바로 고개를 저은 정한은 조심스럽게 팔을 넣어 그린을 안아 들었다. 혹시라도 깰세라 숨 죽여 방을 나간 정한은 조심조심 층계를 내려가 그린의 방으로 향했다.

달칵.

살며시 침대에 눕히고 나와 닫힌 문 앞에 선 정한이 절레절레 고개를 저었다.

잠깐 흔들린 거라고, 어차피 1년 후엔 자유롭게 훌훌 놓아줘야 한다고.

"당분간 거리를 좀 둬야겠군."

처음엔 다 그렇게 시작하는 거다

소란해진 마음을 칼같이 베어 낸 정한은 굳은 표정으로 계단을 올랐다.

며칠이 흘러 한 해의 마지막 날.
한집에 살고 있기는 하는 건지 깊은 의심이 들 정도로 정한은 모습을 보여주지 않았다. 분명 새벽같이 나가 한밤중에 들어오는 게 분명했다.
그린은 거실에 앉아 하염없이 티브이를 바라보고 있었다. 송천댁 아주머니는 일찌감치 별채로 퇴근하고, 정한은 오늘도 꼭두새벽에 나가 아직 돌아오지 않았다. 쟁반 위에 한 아름 귤을 올려놓은 채 이리저리 리모컨을 돌리던 그린은 '푸우' 한숨을 내쉬었다.
"심심해."
사실, 심심한 건 아니었다. 말벗이라고는 할아버지, 할머니뿐이던 한적한 어린 시절부터 혼자 놀기의 달인으로 철저한 수련을 한 민그린이었으니까.
이상하게 이번 연말은 유난히 외로운 느낌이 들었다. 꼬맹이로만 봐도 좋으니 유치하게 가위바위보라도 하던 며칠 전이 새록새록 아쉬운 날이었다.
세상 무심한 표정으로 마주 앉아 툭, 툭, 짧은 대답이나 던지던 모습이 왜 그리 멋있게만 느껴지는 건지. 늘 건조한 말투지만 깊은 중저음도 곱씹을수록 섹시하기만 했다.

"와, 이 정도면 중증이다. 중증이야."

쿠션을 끌어안은 그린은 발을 동동 구르다 결심 어린 표정을 지었다.

"오늘은 안 자고 기다릴 거야."

남은 1년간, 할 수 있는 건 다 해보기로 했으니까. 그래서 한 해의 마지막 날인 오늘만큼은 꼭 함께 보내고 싶었다.

"몇 시에나 오려나? 오늘도 한밤중에 올까?"

그린의 기다림은 생각보다 길어지지 않았다. 잠시 후, 정한은 성큼성큼 정원을 가로지르고 있었다. 손에는 오다가 로드샵에서 산 와인 1병이 들려 있었다.

문득, 한 해의 마지막 날까지 불개미처럼 일에만 매달려 있는 게 지겹다는 생각이 들었다.

집 안은 고요했다. 초저녁에 잠자리에 드는 송천댁과 한 씨 역시, 연말이라고 뭐 별다를 것 없기에 일찌감치 별채로 건너갔을 것이다.

이윽고 현관에 들어서 복도를 지나자 거실 불이 환했다. 소파에 쪼그리고 앉아 있던 그린이 번쩍 고개를 들었다.

"다녀오셨어요?"

졸지도 않았는지 명랑한 목소리였다. 빨간색 카디건을 어깨 위에 걸친 그린은 크리스마스트리에 매달린 귀여운 꼬마전구 같았다. 눈을 뗄 수 없는 싱그러운 얼굴을 홀린 듯 바라보던 정한은 곧 정신을 차리고 무심한 말투로 물었다.

처음엔 다 그렇게 시작하는 거다

"안 잤니?"

"네. 기다렸어요."

"나를?"

대답 대신 그린은 제 옆자리를 톡톡 두들겨 보였다. 할 말 있으니 이리 와 앉아 보라는 깜찍한 손짓이었다.

천진한 그 모습에 며칠 전, 어울리지도 않게 같이 자자며 객기 같은 도발을 부리던 모습이 겹쳐져 정한은 저도 모르게 피식 웃음이 났다.

재킷도 벗지 않은 채로, 풀썩 건장한 정한의 몸이 푹신한 소파 위로 안착했다. 그린은 호기심 어린 눈으로 정한을 바라보았다. 정한의 근사한 몸을 최대치로 돋보이게 해주는 새카만 슈트에 흐트러짐 없이 단정하게 매여진 타이. 슈트를 입은 남자는 언제나 멋지지만 슈트를 입은 정한은 무조건 진리.

그린은 홀린 듯한 눈으로, 정장을 차려입은 정한을 뚫어져라 바라보았다.

"뭔데."

말해 보라는 듯, 정한이 내리깐 저음을 내뱉자 그제야 '아' 하며 얼굴을 붉혔다.

"오늘도 수고하셨어요."

"그리고."

"오, 오늘도 일하느라 고생하셨다고요."

사실은 한 해의 마지막 밤을 같이 기다렸다 새해맞이 카운트다운을 하고 싶다는 말이 목구멍까지 올라왔지만, 세상 차가운 얼굴을 보니 단칼에 거절을 당할 것만 같았다. 그리고 제 아무리 씩씩한 민그린도 오늘 같은 날 정한이 밀어낸다면 충격이 상당할 것만 같았다.

"그 말 하려고 앉으라고 한 거야?"

"아뇨!"

그린은 허둥거리더니 쟁반 위의 귤을 집어 들었다.

"귤이 엄청 맛있길래, 드리고 싶어서요! 원래 귤이 비타민도 풍부하고 섬유질도 많잖아요. 오늘도 방에서 일하실 거죠? 이거 드시면서 하세요."

정한은 얼떨떨한 표정으로 손바닥 위에 올려진 귤을 내려다보았다.

"손이 크시니까 많이도 올라가네요? 이거 다 먹으면 발바닥 노래지겠다. 내일 아침에 일어나서 발바닥 노랗게 변해도 놀라지 마세요."

아무 말 대잔치를 퍼붓는 그린의 얼굴은 울기 직전이었다.

"할 말 끝! 얼른 올라가세요. 얼른!"

언제는 앉으라더니, 왜 지금은 빨리 올라가라며 성화를 부리는 건지. 정한은 떨떠름한 표정으로 양손 가득 귤을 거머쥐고 2층으로 사라졌다.

"흐아아! 망했어! 망했어!"

그린은 소파에 엎드려 발을 굴렀다.

"멍충아. 발바닥 노래지는 얘기를 왜 하는 건데!"

벌게진 얼굴을 쿠션에 묻으며 코를 훌쩍이는데 발소리가 들렸다.

"벌써 자려고? 들어가서 자."

"아뇨! 아직 안 자요."

냉큼 일어나며 보니, 정한의 손에 자그마한 쇼핑백이 들려 있었다.

"이거, 크리스마스 날 주려고 했는데 정신이 없어서."

그린은 물끄러미 손에 들린 쇼핑백을 바라보았다.

이번에도 크기가 작은 걸 보니 시계가 틀림없어 보였다. 결혼 후 첫 크리스마스 때부터 정한은 그린에게 결혼기념일 선물로 시계를 선물해줬다.

— 큰 의미는 없어. 대충 추천해주는 거 골랐으니까 맘에 안
  들면 바꾸든가.

툭 말을 던진 정한은 쇼핑백 역시 툭 내려놓고 돌아서기 일쑤였다. 다채로운 스트랩을 갈아 끼울 수 있는 가죽 시계부터, 매끈한 메탈 시계, 시계라기엔 주얼리에 가까운 시계. 정한은 참 다양하게도 여러 가지 디자인의 시계를 선물해주었다.

하지만 그린은 '대충', '추천해주는 거'라는 말에 빈정이 상해 거의 차고 다니지도 않았었다.

시댁에 갈 때나 한 번씩 찼다. 정한이 선물한 시계들은 거의 대부분의 시간을 그린의 화장대 위 보석함에서 째깍거리며 쉬고 있었다.

"지금 풀어 봐도 돼요?"

오늘도 성의 없이 대충 추천해줘서 골라온 시계임에 틀림없

겠지만 정한과 한마디라도 더 나누고 싶던 그린은 조심스럽게 포장을 풀었다.

"와, 예쁘다."

핑크색 스트랩에 시계알도 핑크빛으로 반짝거리는 귀엽고 깜찍한 디자인의 시계였다. 신기하게도, 정한이 선물한 시계는 언제나 그린의 취향과 찰떡이었다.

"한번 차볼래?"

시계를 받아든 그린은 특이하게 생긴 스트랩을 보며 고개를 갸웃거렸다.

"여기, 안쪽을 이렇게 젖히면 돼."

달칵, 스트랩을 푼 정한이 그린의 팔을 끌어다 시계를 채워 주었다.

"꼭 맞네. 대충 줄여 온 건데."

대충 줄여 온 것치고는 시계는 그린의 가느다란 팔목에 맞춘 것처럼 꼭 맞았다. 정한은 그린의 팔목에 채워진 시계를 물끄러미 들여다 보았다.

결혼식 날, 신혼여행을 생략하고 곧장 이 집으로 들어온 그린은 무척이나 어색하고 긴장한 얼굴이었다. 3년 후에 이혼하자며 계약서를 들이밀었을 때는 긴장하다 못해 딱딱하게 굳어져 있었다. 별다른 대꾸 없이 고개를 끄덕이던 그린에게 정한은 시계를 들이밀었다.

― 예물도 받았는데…… 이건 안 받을래요.

머뭇거리며 거절의 의사를 비친 그린에게 정한은 단호하게 못 박아 답했었다.

— 그건 그거고, 이건 결혼한 기념으로 주는 거야.

사실은 죄책감이 상당했다. 모친의 병원비가 쌓이고 쌓여, 막대한 빚을 해결할 길이 없어 선택한 거라 해도 어린 그린에게는 가혹한 일이었다.

이 3년간의 시간이 너에게 헛되지만은 않기를. 앞으로 너의 시간이 찬란하게 반짝이기만 하기를.

그린은 전혀 모르고 있었지만, 최고급 명품 중에서도 하이주얼리 라인에서 고심하고 고심해서 골라 온 시계는 정한 나름의 위로였고 보상이었다. 야심차게 벌인 사업이 몇 번이나 기로에 서고 언제 엎어질지 몰라 전전긍긍하면서도 정한은 자신 몫으로 책정된 연봉을 거의 쏟아부어 그린의 시계를 준비했다. 3년 후, 혹시라도 충분한 위자료를 지급하지 못하면 선물 받은 시계라도 팔아 새 출발을 하는 자금이라도 마련할 수 있도록.

"아끼지 말고, 취직하면 꼭 차고 다녀."

이제는 이깟 시계 몇 개라도 사 줄 수 있게 되었다. 도통 시계를 차는 모습을 보지 못한 정한이 못 박듯 내뱉은 말에 그린은 고개를 끄덕거렸다. 그 길로 성큼, 정한이 주방으로 향하자 그린이 자석처럼 조르르 따라붙었다.

"저녁은 드셨어요?"

"음."

고개를 끄덕인 정한이 덧붙였다.

"한잔하고 자려고."

매우 드문 날이었지만, 송천댁 아주머니는 2층 청소를 마친 후 빈 위스키 잔이나 와인 잔을 가지고 내려오고는 했다. 그런 날은 늘 집에 와서도 업무를 보는 정한이 유일하게 쉬는 날이었다. 오늘도 그런 날 중의 하루인지 오프너를 꽂아 능숙하게 코르크를 돌리던 정한이 문득 그린을 바라보았다.

"한잔할래?"

"술 마실 줄 몰라요."

다시 고개를 끄덕인 정한에게 그린이 다급하게 물었다.

"오늘은 1층에서 마시면 안 돼요?"

의아한 듯 바라보는 정한에게 그린이 수줍은 듯 답했다.

"오늘이 마지막 날이니까. 새해 카운트다운 같이하면 좋잖아요."

"알았어."

의외로 흔쾌히 나온 수락에 놀랄 새도 없이 정한은 자그마한 법랑 냄비를 꺼내 와인을 콸콸 들이부었다.

"뭐 하는 거예요?"

"아까 귤 하나만 가져와 봐."

그린이 거실로 가 귤을 들고 돌아오는 동안, 정한은 향신료 병이 줄지어 장식된 선반에서 통계피를 꺼내고 설탕도 꺼냈다.

"약식으로 만드는 거긴 하지만, 제법 먹을 만할 거야."

재료를 넣고 알코올이 거의 날아갈 때까지 와인을 팔팔 끓인 정한이 머그 컵에 냄비의 것을 부었다.

"와, 냄새 좋다."

"글루바인이야. 원래는 살짝 데우는 건데 오래 끓이면 알코올이 날아가거든."

거실에 자리를 잡은 둘은 시상식을 보며 말없이 잔에 든 걸 마시기 시작했다. 둘 다 별다른 말은 하지 않았지만 나란히 앉아 한 해의 마지막 날을 보내는 이 시간이 더없이 아늑하게 느껴졌다.

한참 후, 홀짝거리며 정한이 만들어준 글루바인을 마시던 그린이 문득 옆을 돌아보았다. 소파에 기댄 정한은 지그시 눈을 감고 있었다.

스르르, 잔을 거머쥔 커다란 손이 내려오는 걸 보니 어느새 깜빡 잠이 든 모양이었다. 살그머니 잔을 치운 그린은 바싹 얼굴을 대고 잠든 정한의 얼굴을 바라보았다. 살짝 피로감이 감돌기는 했지만 숨이 멎을 만큼 섹시한 얼굴은 눈을 감고 있으니 더욱 빛을 발하는 것 같았다.

한참을 망설이다가 그린은 조심스럽게 입술을 가져갔다. 매끄러운 정한의 뺨에 살짝 입술을 누르는 순간……

"엄마야!"

순식간에 팔목이 잡힌 채 소파에 누운 그린의 몸 위로 건장한 그림자가 드리워졌다.

"민그린."

위에서 내려다보는 치명적인 눈빛은 위험할 정도로 찬란하게 빛나고 있었다.

"진짜 혼나 볼래? 자꾸 이런 식으로 도발할 거야?"

네. 오늘 밤 오빠한테 혼나고 싶어요.

순간 차오르는 기대감에 격하게 고개를 끄덕이고 싶었지만 정한은 단단히 화가 난 얼굴이었다. 언제나 서늘할 정도로 단정해 보이던 미간이 잔뜩 구겨져 있었다. 이를 악물고, 하고 싶은 말을 고르는지 정한은 아무 말 없이 한참 숨을 몰아쉬었다.

댕— 댕— 댕— 댕—.

어디선가 희미하게 자정을 알리는 종소리가 울렸다. 생각보다 긴 침묵을 견디지 못한 그린은 머뭇머뭇 새해 인사 비슷한 것을 흘렸다.

"어…… 지금 해피 뉴 이어인가 봐요. 종…… 울리네요."

"……."

"해피 뉴 이어라구요! 그냥 가볍게 인사한 건데. 서양식으로."

아무 말 동네잔치를 4년에 한 번 열리는 아무 말 올림픽으로 업그레이드하듯 그린은 필사적으로 둘러댔다.

"왜, '뛰어서 세계 속으로' 보면 나오잖아요. 이런 거 마시다가 뺨에다 뽀뽀하면서 새해 인사하는 거. 이게 도발이면 그 사람들은 다 혼나야 되나?"

정한은 난감한 표정을 지었다. 대책 없는 소리만 해대는 이 어린양을 새해에는 어떻게 바른길로 인도해야 하는 걸까. 어디로 튈지 모르는 뽀시래기의 엉뚱한 도발이 마트 포인트마냥 신나게 쌓여가고 있다.

처음엔 다 그렇게 시작하는 거다

머릿속에 온갖 잡념이 엉켜갔지만, 사실 정한이 정신을 차리지 못한 이유는 따로 있었다. 제 아래 깔린 그린의 반짝이는 눈동자가, 흐트러진 머리칼과 윤기 나는 입술이, 살짝 드러난 목덜미가 자꾸만 아찔하게 박혀 들어왔다. 지금 이 순간은 난감한 생각도, 엄하게 훈계를 늘어놓고 싶은 마음도 전부 뒷전이었다.

잠시 후, 한숨을 내쉰 정한이 그린을 일으켜 세웠다.

"그만 가서 자. 내일 일찍 일어나야 되니까."

질끈 이를 악문 채, 정한은 뒤도 안 돌아보고 2층으로 올라가 버렸다.

다음 날.

새해 첫 날인 오늘, 둘은 정한의 본가로 새해 인사를 하러 왔다. 식사가 끝난 후, 김홍삼 사장은 세 아들과 사업 얘기를 나누며 서재로 향했다.

그린은 손위 동서인 서현과 예비 며느리인 은별과 거실에 남게 되었다. 졸부인 김홍삼 사장은 좋은 집안과 명예에 대한 집착이 강했다. 그래서 강남의 넓은 평수의 아파트, 결혼식에 드는 비용 일체는 물론, 막대한 예단을 주고 판사 집안의 서현과 의사 집안의 은별을 며느리로 맞이했다.

서현은 비리 판사의 딸이었고, 은별의 부친은 탈세와 리베이트로 스캔들을 일으킨 의사였기에 가능한 일이었다. 만나자마자 죽이 맞은 서현과 은별은 그린을 무시하고 따돌리기 시작했다.

자신들과 달리 청렴한 학자 집안이라는 그린의 배경이 아니꼬웠던 것이다.

"은별 동서, 이번에 아젤딘 알라이아에서 나온 신상 봤어?"

"어머. 그거 저도 찜해놨는데, 형님도 보셨어요?"

오늘도 그림자 취급을 당한 그린은 시무룩한 표정으로 주방으로 향했다. 도우미 아줌마는 뒷정리에 한창이었다. 딱히 할 일이 없던 그린은 사과를 집어 들었다. 사각사각. 사과를 깎는 동안, 눈시울이 뜨거워졌지만 애써 힘을 주며 꾸욱 입술을 말아 물었다.

그린은 중학교 때 서울로 전학을 왔다. 말수도 적고 낯을 가리는 성격이었기에 조용하게 학교생활을 시작했다. 하지만 민승로의 친손녀라는 사실이 알려지자 바로 따돌림이 시작되었다. 사춘기에 흔히 일어날 수 있는 일이라기에는 날이 갈수록 정도가 심해졌다.

몸이 아픈 엄마가 충격을 받을까 걱정이 돼서 집에는 한마디도 못했지만 그린은 매일 울다 지쳐 잠드는 날이 많아졌다. 결국 중학교를 졸업할 즈음에는 전교에서 알아주는 심한 왕따 신세가 되었다.

'괜찮아. 이런 것쯤이야 뭐. 익숙하잖아.'

무념무상으로 사과를 깎으며 울컥하는 마음을 달랜 그린은 쟁반을 들고 거실로 나왔다. 못마땅한 표정으로 그린을 흘겨 보던 은별이 입을 열었다.

"저기요."

"네?"

"그쪽이랑 나랑 동갑인 거 알고 있죠?"

삼 형제 중 정한이 둘째였고, 은별은 셋째인 새한과 결혼할 예정이었으니 기실 형님이라고 부르는 게 맞는데.

"어차피 동갑이니까 그냥 그린 씨라고 부를게요. 괜찮죠?"

그린의 대답은 들을 생각도 없다는 듯 은별은 서현에게 살갑게 변명을 했다.

"형님은 아시죠? 제가 미국에서 공부하고 왔잖아요. 한국식 호칭이 익숙하지가 않아서요."

"당연히 이해하지. 동갑끼리 무슨 형님이야. 쟤한테는 그냥 이름 불러. 은별 동서는 학교도 좋은 데 나왔잖아."

은근히 그린의 학벌을 깎아내리는 서현의 부추김에 은별은 도도한 표정으로 턱을 치켜들었다.

"급이 다르긴 하죠. 우리 학교야 워낙 유명한 데라 이름만 대면 다 아니까요."

"아이비리그 맞지? 은별 동서 전공이 뭐라고 했지?"

은별이 발음을 꼬아 영어로 전공을 답했다.

"그리 대단한 학교는 아닌데요?"

갑자기 서현과 은별의 뒤에서 서늘한 음성이 들려왔다.

"네?"

놀란 은별이 휙 뒤를 돌아보았다.

"전공을 들어보니까 말이지, 강은별 씨 나온 데는 C.C. 아닌가? 학비만 내면 아무나 다 받아주는 일명 커뮤니티 컬리지."

팔짱을 끼고 우뚝 선 정한이 얼음장보다 싸늘한 표정을 짓고 있었다.

"외국에 몇 년 살지도 않았으면서 한국식 호칭이 익숙하지 않아서 못 하겠다. 나만 이해가 안 되는 건가?"

은별의 얼굴이 시뻘게졌다.

"앞으로 그쪽이 그린이한테 호칭, 어떻게 하는지 지켜볼 겁니다."

정한은 으르렁거리듯 경고를 던진 뒤 그린에게 시선을 돌렸다.

"그린아, 일어나. 이만 돌아가자."

주차장으로 내려오는 길.

차갑게 굳어진 얼굴, 짙은 눈동자 안에 번쩍 불꽃이 튀었다. 험악한 표정과는 대조적으로 정한의 커다란 손은 그린의 손을 다정하게 붙들고 있었다.

지난 3년간, 본가에 갈 일이 거의 없기도 했고, 크게 관심도 없었다. 이제 와 생각해 보니, 그린이 서현과 있을 때는 한 번도 웃는 걸 본 적이 없었다. 윗사람이 어려워서 그런가 보다 넘기고 말았는데, 저런 취급을 당하고 있었을 줄이야.

조수석에 앉은 그린은 아무런 말이 없었다. 우뚝한 코로 깊은 한숨을 내쉰 정한이 툭 내뱉었다.

"왜 당하고만 있어."

"……."

힐끗 바라보니 작은 고개가 푸욱 수그러지고 있었다. 마음 같아서는 대체 그동안 무슨 일을 당한 건지, 서현이 항상 이런 식이었는지, 캐묻고 싶었지만 쉽게 입이 떨어지지가 않았다. 갑자기 불이 꺼진 듯 풀이 죽어버린 그린의 모습 때문이었다.

이럴 땐 다정한 위로라도 건네면 좀 나을 것 같은데…….

평생을 제 입에 사근사근한 한마디를 올려본 적 없는 정한이었다.

묵묵히 운전대를 잡고 있던 정한은 한동안 침묵을 지키다 머뭇거리듯 물었다.

"왜 그동안 말 안 했어."

"뭐를요?"

방금 일은 다 털어버린 건지 돌아오는 물음은 더없이 해맑았다.

"……봉변당했잖아. 아까."

잠깐의 침묵이 흐르고, 정한이 툭 던진 말에 그린의 눈동자가 크게 열렸다.

"알았으면 안 마주치게라도 했을 텐데."

"아, 아뇨."

그린은 황급히 고개를 저으며 말했다.

"뭐 하러요. 1년에 몇 번 볼 일도 없는데······."

 대수롭지 않은 일이라는 듯 말끝을 흐렸지만 차창 밖으로 고개를 돌린 그린의 얼굴이 슬며시 달아올랐다. 정한이 입에 올린 봉변이라는 말이 그린의 마음속 어딘가를 찌르르 울렸기 때문이었다.

 정한뿐 아니라 누구에게도 말할 생각은 꿈에도 한 적 없었다. 그린의 할아버지가 항상 강조하던 말이 있기 때문이었다. 집안에 분란을 일으켜봐야 좋을 것 하나 없다. 가족 간에 반목해 봐야 결국엔 후회만 남는다.

 '이깟 일이 뭐라고. 학교 다닐 땐 이보다 더 심한 왕따도 당했는데 뭐.'

 이런 일쯤이야 워낙 익숙하기도 하고, 다시 생각해 봐도 굳이 분란의 당사자가 되고 싶지 않았다. 그런데 오늘 정한은 대놓고 편을 들어주고 계속 기분을 살펴주고 있었다.

 희미하게 번지던 미소가 노골적으로 길어지기 시작했다. 설렘 가득한 얼굴을 혹시라도 눈치챌까 봐, 창밖으로 돌렸던 그린의 고개가 다시 아래로 숙여졌다.

 힐끗 옆을 본 정한의 표정은 심각해졌다. 괜한 얘기를 꺼낸 건가. 어린 나이에 감당하지 못할 계약 결혼도 버거울 텐데, 뒤에서 그런 일까지 당하고 있었다니. 말없이 고개를 수그리는 모습에 마음이 무거워졌다.

 기다란 손가락으로 운전대를 툭, 툭, 건드리던 정한은 유유히 핸들을 꺾었다. 도로 위를 미끄러지듯 달리는 차 안에는 한동안 차분한 침묵이 흘렀다.

잠시 후, 고개를 돌린 그린이 힐끔 정한을 바라보았다. 측면에서 봐도 수려한 얼굴. 건장한 어깨와 무심하게 핸들을 잡은 커다란 손. 정한이 운전을 하면 옆자리에 앉아 힐끔힐끔 감상하는 건 그린의 커다란 낙 중 하나였다. 어쩌다 슈트라도 입은 날이면, 쿵쿵 뛰는 심장 소리가 들릴까 봐 창 쪽으로 최대한 몸을 붙이곤 하는 때도 있었다.

새해 첫날인 오늘도 정한은 은혜로운 슈트 차림이었다. 유난히 넓은 어깨와 쭉 뻗은 당당한 허리선. 허벅지를 따라 딱 떨어지게 재단된 핏. 클래식한 슈트의 정석을 우아하면서도 카리스마 있게 살린 모습은 하루 종일 보고 있어도 질리지 않을 것 같았다.

말없이 운전에만 몰두하던 정한을 훔쳐보던 그린은 문득 차창 밖으로 시선을 옮겼다. 벌써 집에 도착하고도 남았어야 하는 차가 하염없이 도로 위를 달리고 있었다.

"어? 집으로 가는 거 아니에요?"

정한에게서 무감한 음성이 흘러나왔다.

"바람 좀 쐬려고."

무미건조한 대답이었지만 이대로 집에 들어가면 다시 적막한 집 안에 틀어박힐 그린이 오늘따라 신경이 쓰였다.

"잠깐 드라이브 하는 거 괜찮지?"

"너무 좋아요!"

드라이브라는 말에 그린은 활짝 웃으며 들뜬 마음을 가감 없이 내보였다. 별것도 아닌 고작 드라이브에도 저렇게 금방 기분이 풀리는 걸까.

"어디 가고 싶은 데 있으면……."

풀어줄 거면 확실하게 풀어주고 싶은 마음에 정한이 선심을 꺼낸 순간.

"저기요! 저기 가볼래요!"

그린이 들뜬 목소리와 함께 정한의 팔을 콩콩 두드렸다. 힐끗 바라보니 옥외 전광판에 자동차극장 광고가 스쳐가고 있었다.

"영화를 보자고?"

"네! 꼭 한 번 가보고 싶었는데. ……안 돼요?"

잠시 망설이던 정한이 흔쾌히 끄덕였다.

"안 될 거 뭐 있어. 가보자."

정한은 사실 난생처음 가보는 자동차 극장이 딱히 내키지는 않았다. 하지만 다른 것도 아닌 제 본가에서 당한 일이다. 모른 척 넘어가기엔 마음 한구석이 껄끄러웠다. 게다가 잔뜩 기가 죽어 있는 그린의 모습을 보는 것보다는 이쪽이 만 배는 낫겠다 싶었다.

영화 시작 직전에 아슬아슬하게 맞추어 도착한 둘은 티켓팅을 하고 상영관으로 이동했다. 휴일이라 그런지 자리가 많이 남아 있지 않아 제법 뒤쪽에 주차를 해야 했다. 티켓에 적혀 있는 대로 주파수를 맞추자 얼마 지나지 않아 영화가 시작되었다.

그린과 정한이 보기로 한 영화는 스파이 첩보물이었다. 그런데 시작부터 순탄치가 않았다. 분명 스파이가 주인공인 액션 영화로 알고 있는데.

"Oh! honey~."

나랏밥을 먹는 공무원이 하라는 일은 안 하고 밤낮 연애질만 하다 초스피드로 결혼식을 마치고 신혼여행을 가는 걸로 영화 초반부가 흘러가 버렸다. 주인공 부부와 정체불명의 조직, 예전에 주인공이 몸담았던 암흑가의 패거리가 열대의 섬에 모인 순간……

"Oh! baby~!"

숨 막히게 긴장감 넘치는 상황. 남국의 호텔 방에서 광란의 허니문이 시작되었다. 차 안 오디오를 통해 흘러나오는 야릇하게 질척이는 사운드는 바로 옆에서 듣는 것처럼 리얼하게 느껴졌다. 벌게진 얼굴로, 목덜미를 쓸던 정한이 흘끗 그린을 바라보았다.

발그레하게 꽃물이 든 두 뺨. 상기된 눈빛과 무방비하게 벌어진 도톰한 붉은 입술. 귀 끝까지 빨개진 채로, 넋을 잃고 화면을 보던 그린은 문득 느껴지는 시선에 고개를 돌렸다. 오늘은 한겨울 엄동설한이라 덥고 싶어도 더울 수가 없는 1월 1일. 그런데 계속 화면 가득 펼쳐지는 야릇한 살색의 향연을 보다 보니 등줄기를 따라 후끈하게 열기가 올라왔다.

작은 숨소리마저 고스란히 느껴질 정도로 은밀하게 닫혀 있는 공간. 영화를 보러 왔으니 영화배우는 스크린에서 찾아야 하는데, 화면 속의 잘생긴 배우에게조차 조금도 양보를 하지 않는 남자의 완벽한 이목구비가 바로 코앞에 있었다. 그저 짙은 눈동자로 이쪽을 보고 있을 뿐인데, 정한의 아우라는 신혼부부의 뜨거운 첫날밤과는 비교도 안 될 만큼 관능적으로 느껴졌다.

밀폐된 공간 안에서, 영화 속 주인공의 거친 호흡을 타고 둘의 시선도 뜨겁게 엉키기 시작했다.

어젯밤엔 깜빡 잠이 든 오빠를 덮쳤는데, 이러다간 눈 똑바로 뜨고 있는 오빠를 덮치는 거 아냐? 그린은 이미 마음속으로는 수도 없이 화면 속의 배우들을 따라 하고 있었다. 지금 이 순간, 그린에게는 쨍할 정도로 차갑고 맑은 공기가 절실히 필요했다.

"잠깐 창문 좀, 열어도 돼요? 좀 더운 거 같은데……."

간신히 이성을 쥐어짜 낸 그린이 호소하듯 입술을 달싹인 순간, 정한의 슬며시 뻗은 손가락이 그린의 입술을 스쳤다.

"……!"

길쭉한 손가락이 도톰하게 벌어진 입술을 지나 말랑한 뺨을 매끄럽게 쓸고 갔다. 순간, 자글자글 끓던 열기가 안면부에서 펑 터져버린 느낌이었다. 손가락이 스쳐 간 자리가 불에 덴 것처럼 홧홧했다. 아찔하던 기분이 멍해지더니 이제는 더운지 추운지도 모르겠고, 아까부터 세차게 뛰던 심장 소리만 점점 크게 귓가를 울렸다.

혹시 오빠도 나랑 같은 마음? 나만 오빠를 덮치고 싶은 게 아니었나 봐! 그린 역시 반사적으로 손을 뻗어 정한의 얼굴에 작은 손바닥을 가져다 댄 순간…….

"머리카락."

그제야 그린은 정한이 입가에 감긴 머리카락을 떼어낸 것뿐이라는 걸 깨달았다. 그린의 눈동자가 순간적으로 흔들리다가, 정한의 매끄러운 뺨에 착 달라붙은 제 손을 황급히 털어냈다.

"소, 속눈썹 같은 게 붙어서……!"

정한이 무심하게 고개를 끄덕이며 말했다.

"감기 걸리니까 창문은 열지 말고. 아까 보니까 매점 있던데 마실 것 좀 사 올게."

탁―.

차 문이 닫히자마자, 그린은 두 손에 얼굴을 묻으며 발을 굴렀다. 또, 또, 혼자 김칫국 사발로 드링킹 하고 있었네. 이러다 물김치의 달인이 되는 거 아니야? 지난번 정신 차리라며 돌려보낼 때도 그렇고, 정한의 의미 없이 한 행동에 가슴 설레하고 혼자서 쭉쭉 진도를 나가는 모습이.

"한심해."

쭈욱 입술을 빼문 그린은 차창에 꽁 머리를 박았다.

한편, 매점으로 향한 정한은 차가운 녹차가 든 병을 2개를 집어 계산을 하고 나오자마자 그중 하나를 열어 단숨에 들이 컸다. 호쾌하게 움직이는 목울대를 따라 병이 비워지자, 정한은 손등으로 입술을 문지르며 중얼거렸다.

"한심해 빠진 자식."

아까 그린이 창문 좀 열어 달라는 말을 하지 않았더라면……. 그대로 손을 뻗어 가녀린 목덜미를 부드럽게 끌어당기려고 한 것도 모자라, 도톰하게 열린 붉은 입술에 그대로 입을 맞췄을지도 모른다는 생각을 하니 다시 한번 아찔했다.

저 순진한 어린양은 이번에는 아무런 도발도 하지 않았는데. 아니, 생각해보면 이번이 문제가 아니라 자꾸 밑도 끝도 맥락도 없는 도발을 걸어오는 통에 나도 어느 샌가 말려든 게 아닐까.

순간적으로 입가에 감긴 머리카락을 빼주긴 했지만, 다시 언제 또 이런 상황이 일어날지 모를 일이었다. 지금 이 순간, 정한에게는 앞으로 남은 1년이 한없이 까마득하게만 느껴졌다.

chapter 4
둘이 흠뻑 젖어서

 지금까지 나온 시리즈 중 역대급이었다는 액션 장면을 감흥 없이 보고 영화관을 빠져나오는 길. 영화가 끝날 무렵부터 후두둑 떨어지던 빗방울이 서울에 도착할 즈음에는 점점 더 굵어지고 있었다.
 "바람이 심상치가 않네."
 창밖을 살피던 정한이 은은하게 살려 두었던 라디오의 볼륨을 올렸다.
 [밤사이 강풍 주의보가 내려진 남부 지방 곳곳에서 크고 작은 안전사고가 잇달았습니다. 지금은 서울과 인접한 수도권에 돌풍이 불고 있는데요. 현장에 나가 있는 취재 기자 연결해 보죠. 김연선 기자?]
 [네! 김연선 기자입니다. 지난밤 서해안을 강타한 겨울 돌풍의 최대 풍속이 초속 31.4m를 기록했는데요. 태풍 급 바람이 방향을 꺾어 잠시 후 서울 시내를 관통할 것 같습니다.]
 [분명 아침 예보에서는 서해상으로 빠져나가면서 소멸된다

고 했는데요. 겨울철 급작스럽게 일어나는 돌풍, 원인은 무엇이고…….]

다시 볼륨을 줄인 정한이 걱정스럽게 중얼거렸다.

"여차하면 집에 도착할 때쯤 비바람이 제일 심할 거 같은데. 벨트 잘 맸지?"

고개를 끄덕이던 그린이 퍼뜩 놀란 얼굴로 외쳤다.

"초록이!"

"초록이?"

정한이 의아한 얼굴로 되물었지만 그린은 대답할 정신도 없는지 다급하게 휴대폰을 꺼내들었다.

"여보세요? 아줌마. 지금 아저씨 집에 계시죠? ……어디 가셨는데요?"

[갑자기 친척 어른 상을 당해서요. 우리 발인 때까지 있다가 갈 거니까 사장님한테도 말씀 좀 드려 주세요.]

망연자실하게 전화를 끊은 그린이 떨리는 얼굴로 정한을 돌아보았다.

"초록이 있는 창고에, 문이 고장 나서 가만 놔둬도 자꾸 열리는데……."

대충 알아들은 정한이 고개를 끄덕였다.

"10분만 더 가면 돼. 꽉 잡아."

다행히 신호에 걸리는 일 없이 집에 도착할 수 있었다. 집에 들어서자마자 그린은 쏜살같은 속도로 정원을 가로질렀다. 차고에 차를 주차한 정한도 급하게 따라나섰다.

창고 쪽으로 가보니 그린은 활짝 열린 문을 닫으려고 안간힘을 쓰는 중이었다. 태풍 급이라더니, 바람이 어지간히 거센지 그린은 휘어질듯 젖혀진 문에 매달려 있는 것처럼 보였다. 찰랑거리던 머리칼도 세찬 바람 때문에 작은 얼굴에 찰싹 달라붙어 버렸다.

"이러지 말고 들어가."

정한은 창고 안으로 그린을 밀어 넣은 뒤 힘주어 문을 닫았다. 퍽! 그러나 돌풍에 밀린 창고 문은 튕기듯 바로 열려 버렸다. 정한은 단단하게 창고 문을 틀어잡았다.

그린은 불을 있는 대로 다 켜고 고양이 쪽으로 뛰어갔다.

"초록아! 초록아!"

"요옹!"

초록이는 창고 안쪽 깊숙한 곳으로 들어가 품 안에 새끼들을 단단히 품은 채였다.

"아가들만이라도 집에 옮겨 놓을까요?"

그린이 울상을 지으며 정한을 돌아보았다.

"거기."

정한이 한쪽을 가리켰다.

"공구 상자 좀 가져와 봐."

그린은 고양이를 내려놓은 뒤 커다란 공구 상자를 낑낑거리며 들고 왔다. 정한은 문을 단단히 잡은 채 한쪽 무릎을 꿇고 공구 상자 안을 뒤적거렸다.

"여기 어디 경첩이……."

"없어요. 아저씨가 설 지나고 사러 가신다고 했는데."

그린이 풀이 죽어 답하자 정한은 다시 고개를 들어 창고 안을 두리번거렸다. 오래된 단독 주택인지라 이런저런 건축 부자재가 창고 한쪽에 가지런히 쌓여 있었다.

"저쪽에 합판, 한 장 가져올래?"

잽싸게 달려간 그린이 넓적한 합판을 끌어왔다. 정한은 공구 상자에서 못을 한 움큼 꺼내 주머니에 넣은 뒤 망치를 집어 들었다.

"뭐 하려구요?"

그린의 눈이 휘둥그레졌다.

"하루만 막아 놓을 거야."

"그냥 가둬 놓자구요? 그러지 말고 의자 같은 걸로 기대 놓으면……."

"이런 바람에 의자 따위는 바로 날아가 버려."

그린은 할 수 없다는 듯 고개를 끄덕였다.

"지금 문 열 테니까 그대로 집으로 뛰어 들어가는 거다."

"나도 옆에 있을래요."

"넌 있어 봤자 아무 도움 안 돼."

"오빠 혼자 비 다 맞잖아요."

그린이 걱정스러운 표정을 지었다.

"같이 있으면 내가 맞을 비를 덜 맞아?"

"혼자 들어가기 미안해서요……."

"그러다 감기라도 걸리면 그게 더 미안한 일일 텐데."

둘이 홈빽 젖어서

정한의 엄한 표정에 그린은 풀 죽은 얼굴로 고개를 끄덕였다. 그린은 양팔로 머리를 감싼 채 집 안으로 뛰어 들어갔다.

그린이 뛰어 들어가자마자 더 거세진 바람을 타고 폭우가 쏟아지기 시작했다. 정한의 건장한 어깨가 삽시간에 젖어 들었다. 아랑곳하지 않은 채로 정한은 못을 꺼내 입에 물었다.

쾅쾅쾅.

몇 번의 망치질 끝에 창고 문이 폐쇄되듯 막혀 버렸다.

"아침에 바로 열어줄게."

손으로 가볍게 두들기며 중얼거린 정한도 빠른 걸음으로 정원을 가로지르기 시작했다.

허겁지겁 뛰어온 그린은 방으로 돌아와 옷을 갈아입고 대충 물기를 닦았다. 잠시 화장대 앞에 걸터앉아 숨을 돌렸다.

잠깐 맞았는데도 온몸이 흠뻑 젖어 버렸다. 겨울비, 겨울바람이어서인지 오한이 들 정도로 차게 몸이 식어 버렸다. 빨개진 손은 자꾸만 곱아들고 떨리는 몸은 좀처럼 가라앉을 생각을 안 했다.

'고양이 식구들. 괜찮겠지?'

아가냥들이 태어난 후로 조심스럽게 시도해봤지만 답답한지 집 안으로는 절대 들어오지 않으려고 하는 초록이의 고집을 결국 꺾을 수가 없었다.

헐겁게 삐거덕대던 문이 세찬 바람에 밤새 활짝 열려 있을 생각에 애가 탔는데. 임시방편이지만 일단 정한이 문을 막아 주어 다행이라는 생각이 들었다.

 고양이를 싫어하니 나 몰라라 할 수도 있는데. 그 비를 다 맞으며 뛰어나와 도와주고, 내일 바로 고쳐준다고까지 하고.

 '오빠는 역시 좋은 사람이야.'

 다시 마음 한쪽이 시큰거렸다. 아까 자동차 극장에서처럼 착각은 눈덩이처럼 커져만 갈지라도. 이대로 포기하기에는 정한에 대한 마음이 너무 커져 버렸다.

 과연, 1년의 시간 동안 오빠의 마음을 사로잡을 수 있을까. 앞으로 남은 1년이 더없이 짧게만 느껴졌다. 끝내 정한의 마음을 열지 못한다면, 과연 미련 없이 이 집을 떠날 수 있을까.

 아닐 미. 단련할 련. 쉽게 버려지지 않으니 '미련'이 맞다. 꾸욱 다물린 입술을 억지로 끌어올려도, 아무리 쿨한 척 씩씩한 척해 봐도, 역시 쉽지가 않을 것만 같았다.

 "일단 씻자."

 그린은 벌떡 일어나 옷장을 열었다.

 "가만. 괜히 감기라도 걸리려나?"

 아무래도 찬바람과 함께 비를 맞아서인지 몸이 으슬으슬했다. 뜨끈한 탕에 오래 몸을 담그고 싶은 맘이 가득했다. 침실에 딸린 샤워실 말고, 거실에 있는 큰 욕실에서 탕목욕을 해야겠다는 생각이 들었다.

 그린은 갈아입을 옷을 챙겨 감싸 안은 뒤, 방을 나섰다. 거실을 가로지르던 그린은 무심코 바닥을 내려다보고 놀라는 표정을 지었다.

"어디서 이렇게 물이 샌 거지?"

큰 욕실 문 앞. 바닥에 물이 흥건했다. 그린은 고개를 갸우뚱거리며 욕실 문을 활짝 열었다. 문이 열리자 하얀 안개 같은 수증기가 뭉게뭉게 뿜어져 왔다.

"와앗!"

바깥의 찬 공기에 서서히 수증기가 흩어졌다.

수증기 속에 서 있는 아폴론 남신…… 아니, 정한이었다.

정한은 샤워 가운이 있는 선반을 향해 한 팔을 막 뻗은 참이었다. 근육질의 탄탄한 몸에는 물방울이 매달려 반짝이고 있었다. 발치에는 커다란 수건이 떨어져 있었는데 정한의 눈이 재빨리 그쪽으로 향하는 걸로 보아 집어 몸을 가릴 작정인 것 같았다.

하지만 하필 지금 이 순간, 그린의 시선은 빛보다 빨랐다.

한순간, 아니, 정말 찰나였다. 뿌옇게 흩어지는 시야. 정한의 나신을 헤매던 그린의 시선이 한곳에 꽂혔다.

순간 모든 사고가 정지된 느낌이 들었다. 그린은 두 손을 들어 화르르 붉어진 얼굴을, 아니 딱 벌어진 입을 틀어막았다. 그린이 품 안에 들고 있던 옷가지가 떨어져 함부로 나뒹굴었다. 눈을 꼭 감아야 하는데 도저히 눈을 뗄 수가 없었다.

벗은 정한의 조각상처럼 매끄럽고 탄탄한 근육은 실제로 본 것만 해도 '오, 마이, 갓'인데, 오빠의 완벽한 근육이 문제가 아니었다.

 태어나서 생전 처음 보는 낯선 무언가가, 자욱한 물안개를 헤치고 모습을 드러냈다. 그것도 바로 정면에서 당당한 자태를 드러낸 채로. 그것은 저 머나먼 은하계 켄타우로스 성운 어딘가에 실제로 있을 것만 같은, 자기주장 뚜렷한 외계…….

 정한이 재빨리 수건을 집어 든 순간, 그린은 '쾅!' 하고 욕실 문을 닫았다.

 바로 문손잡이가 돌아가더니 제대로 닦지도 못하고 가운을 걸친 정한이 튀어나왔다. 그린은 정한을 향해 홱 붉어진 얼굴을 쳐들었다.

 "거기서 뭐 하고 있었어요?"

 설마 욕실에서 다 벗고 뭘 하고 있었는지 몰라서 물어보는 건가?

 정한이 뚱하니 답했다.

 "씻었지."

 "왜요?"

 바로 이어진 질문은 첫 질문보다 더 황당했다.

 "왜라니?"

 "왜 하필 거기에서 씻었냐구요?"

 혹시 지금 따지는 건가. 정한은 기가 막혔다. 꼼짝없이 다 벗고 보여준 사람도 가만히 있는데.

 다 입고 보기만 한 사람이 어째서 눈물까지 그렁그렁한 채 화를 내는 건지 알 수가 없었다.

노크도 없이 벌컥 들어온 주제에 대체 요 뽀시래기가 왜 혼비백산한 얼굴을 하고 있는 건지.

"옷이고 뭐고 다 젖어서 2층까지 올라갈 수가 없었어."

"그럼 문이라도 잠갔어야죠!"

"누가 들어올 줄 알았나. 이 집에 누가 있다고."

"나는요?"

"넌 네 방에 있는 욕실 쓰는 줄 알았지."

정한의 완벽한 변명에 할 말이 없었다.

입술을 삐죽 내밀고 돌아서던 그린은 슬그머니 정한을 째려보았다. 그런데 왜 저렇게 당당하게 서 있어? 급하게 걸친 가운 앞섶이 벌어져 맨 가슴팍은 무람없이 드러나고 허리띠는 아슬아슬 묶은 시늉만 해 놓았을 뿐이었다.

말 그대로 당당하게 허리에 손을 짚은 정한은 전혀 창피하고 민망한 사람으로 보이지 않았다. 방금 일어난 일에 귀까지 후끈할 정도로 부끄러운 사람은 오직 민그린뿐인 걸까.

"옷 떨어졌다."

정한이 허리를 굽혀 그린이 떨어뜨린 파자마를 주워 태연하게 건넸다.

툭—.

그때 파자마 안에 꽁꽁 숨겨 뒀던 손바닥만 한 천 조각이 바닥에 떨어졌다.

"으아아아아!"

그린은 호다닥 주저앉아 잽싸게 뒤로 감춘 뒤 정한을 올려다보았다.

"봐, 봤죠?"

"뭘?"

처음 파자마를 주울 때 한 번, 그린의 속옷이 떨어졌을 때 또 한 번. 정한의 동공이 순간적으로 흔들리는 걸 눈치채지 못한 그린은 무심하게 내려다보는 얼굴에 슬슬 서운함이 밀려들었다.

'내가 여자로서 아예 매력이 없나?'

서운함은 심통이 되고 한번 엇나가기 시작한 심통은 삐딱선을 탈 수밖에 없었다.

"그런데 사과 안 할 거예요?"

"사과?"

"미안하다고 해야죠. 빨리 미안하다고 해요."

그린은 다짜고짜 사과를 하라며 억지를 부렸다.

영문을 모르는 정한은 미간을 조이며 신중하게 그린의 기색을 살폈다. 대체 이 야밤에, 요 뽀시래기는 뭐 때문에 저리 심통이 난 걸까. 이 민망한 상황을 정한도 길게 끌고 갈 생각이 없었기에 일단 빠르게 마무리 짓기로 했다.

"내가 사과를 하면 되는 건가? 갑자기 쳐들어와서 본 건 너고, 졸지에 알몸을 보여줘서 창피하고 민망한 사람은 분명 나인 거 같은데. 그래도 일단 내가 사과를 하면 이 상황이 해결이 되겠어?"

그린의 가늘어진 눈이 점점 더 샐그러지더니 위험하게 콧김을 뿜기 시작했다.

"무슨 사과를 그렇게 당당하게 해요?"

"아직 사과한 건 아니고, 그래야 되는지 물어본……."

대화를 하면 할수록 정한의 입장에서는 역시나 좀 억울했다. 바닥에 물을 뚝뚝 흘리기 싫어서 1층 욕실에서 샤워를 한 것뿐인데, 저렇게까지 펄펄 뛰는 뽀시래기를 보니 졸지에 대역 죄인이라도 된 기분이었다. 그래도 이 상황을 가장 빠르게 마무리하려면 역시…….

"그래, 미안하다. 내가 잘못했다."

"미안하다고 다가 아니잖아요."

하, 이거 봐라. 정한은 그럴 줄 알았다는 표정을 지었다. 어쩐지 사과를 한다고 이 상황이 해결이 될 거 같지가 않더라니. 말꼬리를 잡고, 또 억지를 부릴 것 같더라니.

지금 말도 안 되는 억지를 부리고 있다는 건 그린 자신이 제일 잘 알고 있었다. 하지만 분명 키스하는 거라고 두 번이나 착각하게 만든 죄. 홀딱 벗은 모습을 보여주고도 뻔뻔할 정도로 당당한 태도를 보인 죄. 바닥에 떨어진 내 속옷을 보고도 세상 심드렁한 표정을 지은 죄.

결정적으로, 도무지 절 여자로 보는 것 같지 않는 정한의 한결같은 태도에 참고 참았던 조바심과 서운함이 한꺼번에 터져 버린 것이었다.

"오빠는 항상 그런 식이야. 아직 아기냥들 이름도 안 지었죠?"

"아기, 냥? 혹시 고양이들 말하는 거야?"

"오빠가 지어 준다고 해서 기다리고 있었는데 이름도 없이 하루하루 지내는 아가들이 불쌍하지도 않아요?"

"잠깐. 여기서 고양이 얘기가 왜 나오는 거야?"

"오빠가 그만큼 무책임하다는 말이에요."

아, 이건 뼛속까지 이과인 김정한에게 절대적으로 불리한 대화였다. 갑자기 대화가 산으로 가고 있었다.

순간적으로 어질해진 정한은 답답한지 입바람으로 흐트러진 앞머리를 날렸다.

"잠깐, 이 상황에 책임 소재를 좀 명확하게 할 필요가……."

"몰라요. 책임져요. 책임져!"

불현듯 나온 '책임'이라는 단어에 그린은 남은 억지를 다 몰아 쓰기로 작정한 듯 보였다. 좀처럼 감정이라고는 드러내지 않는 정한도 이번만큼은 세상 답답하고 황당한 얼굴이었다. 다짜고짜 책임을 지라니. 뭘 어떤 식으로 책임을 지라는 건지 감도 잡을 수 없었다.

"책임을 어떻게 지면 되는데?"

"그것까지 일일이 알려줘야 해요? 오빠가 알아서 생각하세요."

보통 남녀 관계에서 한쪽이 책임지라는 말을 하면 뻔한 거 아니야?

새침하게 돌아서는 그린을 뚫어져라 보던 정한이 퍼뜩 생각난 듯 물었다.

"혹시, 실질적인 손해 배상을 하라는 얘긴가?"

결국 그린도 답답해진 표정으로 씩씩거리며 외쳤다.

"바보! 멍충이! 외계인!"

쾅—.

방문이 닫히고 나서도 한참이나 정한은 난감한 얼굴로 우뚝 서 있었다.

다음 날 오전, 창고에 있던 정한은 '읽음' 표시가 사라져도 답이 없는 휴대폰만 뚫어지게 들여다보는 중이었다. 경첩을 사다 튼튼하게 문짝을 수리해 놓은 뒤, 사과의 메시지까지 보냈지만 그린은 묵묵부답이었다.

결국 답답한 표정이 된 정한은 벅벅 머리를 헝클어뜨리며 고양이를 향해 툭 던졌다.

"어이, 노랭이."

"냐아."

"네 주인은 대체 왜 그러는 거냐."

정한이 툭 던진 말에 고양이는 잠깐 골골거리더니 열심히 새끼들을 핥았다. 물끄러미 바라보던 정한은 난감한 표정을 지었다. 그린의 마음을 풀어줄 방법이 더 이상 생각이 나지 않았다.

한편으로는 할 만큼 한 거 같은데 더 이상 신경 쓰지 말까

하는 생각도 들었다.

하지만 언젠가부터 함께 있을 때는 온 신경이 그린에게 가 있었다. 1층에서 샤워 한 번 했다가 외계인 소리까지 들은 게 억울하긴 했지만, 저대로 방에 꽁꽁 틀어박히게 놔둘 수도 없었다.

문득 눈도 못 뜨고 꼬물꼬물 어미 옆에 붙어 있는 새끼들에게 시선이 향했다.

─ 오빠는 항상 그런 식이야. 아직 아기냥들 이름도 안 지었죠?

"흐음, 이름이라······."

불현듯 네 마리 아기 고양이가 머릿속을 스쳐갔다.

─ 얘가 치즈구요. 얘는 소시지. 앤 참치. 얘는 햄이에요.

그때가 10년쯤 전이었던가. 보통은 커다란 후드티를 푹 뒤집어쓰고 있거나 가끔은 뺑뺑이 안경을 쓰고 나타나 이름도 얼굴도 끝까지 알지 못했던 중학생 여자아이. 속이 답답할 때면 습관처럼 찾아가던 오래된 폐가에는 항상 그 아이가 있었다. 그 아이를 마지막으로 봤던 날이 떠올랐다.

오래된 폐가로 향하던 길, 그 아이와 같은 교복을 입은 여자아이 서넛을 마주쳤다. 반가운 마음에 빙그레 웃으며 지나치는데.

"그 흉가 찐따. 거기서 고양이 키운다."

"으…… 소름 돋아. 흉가에서 고양이라니."

설마…….

정한은 설핏 미간을 조이며 일부러 느릿하게 보폭을 옮겼다.

"고양이 진짜 싫지 않냐. 냄새나고. 시끄럽고."

"그 흉가 찐따가 더 싫어. 하필 우리 동네 사냐. 재수 없게."

"내가 걸레통에 운동화 몇 번 담갔잖아. 그래도 고양이 때문에 그른가, 요즘엔 처웃고 다니더라."

무리 중 가장 키가 큰 아이가 표독스럽게 말했다.

"앞으론 질질 짜고 다닐걸?"

"왜?"

"내가 오늘 아침에, 사료 봉지에 몰래 쥐약 넣어 놨거든."

말이 떨어지기가 무섭게 정한이 뛰기 시작했다. 한달음에 달려간 정한은 폐가의 문을 부서져라 밀어젖혔다.

몰려선 고양이들 앞에 쭈그리고 앉은 여자아이가 놀란 표정으로 정한을 올려다보았다. 두 손에는 방금 부었는지 작은 고양이 사료 봉지가 들려 있었다. 반가움에 웃는 얼굴에 대고 설명할 시간도 없었다.

정한은 뛰어 들어가 고양이들이 막 입을 대고 있는 참치 캔을 발로 걷어차 버렸다. 눈물이 그렁그렁한 눈으로 와들와들 떨다가 여자아이는 벌떡 일어나 대문 밖으로 달려 나갔다.

따라 나가고 싶었지만 정한은 흩어진 고양이 먹이를 줍느라 정신이 없었다. 바닥에 떨어진 쥐약 섞인 사료를 새끼 고양이들이 그새 달려들어 먹기라도 하면 큰일이었으니까. 그 후로 두세 번 더 찾아가 봤지만 다시는 그 여자아이를 볼 수 없었다.

옛 기억을 떠올린 정한의 얼굴에 잔뜩 쓸쓸함이 묻어났다. 그 아이, 학교에서 심하게 따돌림을 당했던 거 같던데 지금은 어떻게 지내고 있을까.

새삼 쓴 후회도 밀려왔다. 그래도 정한은 대학생이고, 성인이었는데. 어른으로서, 조금은 더 그 아이의 사정을 살펴봐줄걸. 집에 연락이라도 해줄걸. 무슨 고민이 있는지, 뭐가 그리 힘들어서 울고 있었는지 한번 물어라도 볼걸.

결국 힘들어하는 그 아이를 위해 아무것도 해주지 못했다. 어쩌면 그 귀여운 못난이는 정한에게 주어진 두 번째 기회였을지도 모르는데.

"끼잉낑!"

갑자기 새끼 고양이가 우는 소리에 정한은 다시 현실로 돌아왔다. 어떻게 나온 건지 초소형 치즈냥 한 마리가 보금자리에서 굴러 나와 있었다.

"이런."

정한은 얼른 다가가 조심스레 감싸 어미 곁에 넣어준 뒤 창고를 나섰다.

그날 오후, 방문에 귀를 대고 있던 그린은 살그머니 문을 열어 보았다. 미어캣처럼 빼꼼 머리를 내민 그린의 시야에 정한의 모습이 포착되었다.

오늘따라 거실 통창에 반사된 햇살을 받아 더 빛나 보이는 우월한 이목구비. 떡 벌어진 어깨.

그린의 시선이 건장한 상체를 타고 아래로 흐르기 시작했다. 문득 정신을 차려보니 뚫어질 듯 시선을 꽂고 있는 건 오빠의…….

'아아악! 나 미쳤나 봐! 도대체 왜 이러는 거야!'

초조한 표정으로 거실에서 서성이던 정한은 '달칵' 소리에 고개를 돌린 뒤, 그린을 발견했다.

"민그린!"

정한이 재빨리 뛰어가 방문 손잡이를 붙잡았지만 그린은 소스라치게 놀란 표정으로 허둥지둥 문을 닫아버렸다.

달칵달칵—.

"잠깐 문 좀 열어 봐."

정한은 답답하고 애가 타는 얼굴로 손잡이를 돌렸다. 안쪽에서 손잡이를 부여잡고 있던 그린은 거의 울상이 된 채로 외쳤다.

"저리 가요!"

혹시나 하고 거실에서 서성이던 정한이 재빨리 뛰어가 손잡이를 잡았지만 그린은 단단히 화가 난 게 틀림없었다.

쪼그만 게 잽싸기도 하지. 그새 야무지게 문까지 잠근 거 봐라. 속사정을 모르는 정한은 잠긴 문 앞에서 맥없이 돌아서야만 했다.

정한은 결국 회사로 향했다. 재택근무를 하는 날이었지만 좀처럼 일이 손에 잡히지 않았기 때문이었다. 회사에 도착한 정한은 사무실의 보안 장치가 해제된 걸 보고 살짝 눈썹을 치켜올렸다. 대표 이사인 정한이 부재중이어도 집무실에 무단으로 드나들 수 있는 단 한 사람.

하진우. 초등학교, 중학교, 고등학교 내내 붙어 다니던 죽마고우. 정한이 처음 창업을 할 때 진우는 레지던트였다. 초기에는 정한의 회사에 자문 형식으로 붙어 있던 진우는 전문의를 취득한 뒤에야 정식으로 넥스트메딕에 눌러앉았다.

지금은 주요 사업의 핵심 연구원. 정한과는 공동 대표이자 회사 내의 가장 큰 실세. 정한의 표정이 아무리 험악해져도 유일하게 깐족거릴 수 있는 대범한 측근. 문을 열고 들어간 정한은 익숙한 뒷모습을 보며 가볍게 핀잔을 주었다.

"넌 또 왜 여기 나와 있어."

돌아서는 진우의 얼굴은 하얗게 질려 있었다. 정한은 흠칫 놀란 얼굴로 진우의 손에 들려 있는 걸 바라보았다. 정한에게는 형제보다 더 가까운 진우이기에, 제 집무실을 들락거리는 건 아무렇지도 않았지만 지금 같은 행동은 평생을 본 정한도 도저히 이해할 수 없는 모습이었다.

"너 뭐 하냐?"

실과 바늘을 들고 있던 진우가 핼쑥한 얼굴로 답했다.

"정한아, 나 손 좀 따줘."

"체했어?"

"어. 떡국 먹고."

"잘한다."

더 거들떠도 보지 않고, 정한은 집무실 밖으로 나왔다. 김 비서의 책상으로 다가가 서랍을 열자 비상약이 담긴 구급함이 나왔다. 상자를 열어 뒤적거린 정한은 소화제를 찾아 집무실로 돌아왔다.

"받아."

소화제가 든 상자가 포물선을 그리며 날았다.

잠시 후, 한결 편안해진 얼굴로 소파에 드러누워 있던 진우가 물었다.

"나야 아침부터 밥맛 떨어지는 얼굴 봐서 그렇다 치고, 넌 표정이 왜 그러냐?"

"······."

"분명 뭐가 있는데. 오늘은 평소보다 인상이 더러운데."

"······."

좀 살 만한지 진우는 슬슬 깐죽거리기 시작했다. 정한은 대꾸 없이 굳은 표정으로 서류를 들여다보고 있을 뿐이었다.

"혹시 그거 때문에 그러나? 앞으로 1년간 각자의 연애 활동에 노터치, 노상관 해야 되니까?"

"너……!"

정한은 기가 막힌다는 표정으로 입을 딱 벌렸다.

"계약서는 언제 또 본 거야?"

잡아먹을 듯 노려보는 정한에게 진우는 뻔뻔하게 능청을 떨었다.

"사무실 금고 안에 있던데? 보라고 갖다 놓은 거 아니야?"

정한은 '끙' 하며 혀를 찼다.

가져다 놓은 지 며칠이나 됐다고. 호기심 대마왕 하진우답게 그새 뒤져본 모양이었다.

"그렇게 대놓고 싫은 표정을 지을 거면 진작에 비번을 바꿨어야지. 맨 재미없는 것들만 갖다 놓고 세상에 1225가 뭐냐. 1225가. 괜히 사람 설레게 비번이 크리스마스가 뭐냐고."

"너 설레라고 그 번호로 해놓은 거 아니거든."

정한의 서늘한 반응에도 진우의 깐족임은 계속됐다.

"그런데 이혼 계약서라니. 그런 해괴망측한 계약서는 왜 만든 거야? 아니, 그것보다 마지막에 그거, 그 말도 안 되는 조항은 왜 넣은 거야?"

"내가 미쳤냐. 그딴 걸 넣게."

으르렁거리는 정한의 반응에 진우의 눈이 휘둥그레졌다.

"헐! 그럼 제수씨가 넣자고 한 거야? 우와, 제수씨 안 그렇게 봤는데 완전 나이스네."

정한은 한숨을 흘리며 다시 서류로 시선을 향했다. 하지만 좀처럼 집중을 할 수가 없었다.

정한의 머릿속은 언제나 계획도시의 쭉쭉 뻗은 도로처럼 단순하고 간결하게 정비되어 있었다. 그런데 요즘은 헝클어져 잔뜩 매듭이 진 실타래 같다. 자꾸만 엉켜 버리는 가닥을 잡고 따라가 보면 그 끝엔 지금 집에 있는 뽀시래기가 찰싹 달라붙어 있었다.

결국 서류를 내려놓은 정한은 의자에 깊숙이 몸을 묻었다. 처음에 불순한 생각으로 결혼을 감행한 건 사실이었다. 정한은 방금 벌려 놓은 스타트업 투자금이 절실했고, 그린 역시 엄마의 병원비 때문이겠지만 이 결혼에 적극적이었다. 하지만 거기까지였다.

스물하나. 손가락 하나 대어 볼 엄두도 안 나는 대학교 2학년. 섣부른 결정과 뒤늦은 후회는 결국 머리를 쥐어뜯게 만들었다. 진우는 절친답게 간결한 해결책을 던져줬다.

— 그냥 집에 뽀시래기 하나 맡아뒀다고 생각해.

그래. 뽀시래기 좋다. 뽀시래기. 오늘부터 민그린은 우리 집 뽀시래기다.

그렇게 지난 3년간 그린은 완벽한 뽀시래기였다. 그 뽀시래기가 요즘 시도 때도 없이 정한의 머릿속을 휘젓고 다니니 미칠 노릇이었다.

"나 참, 대체 뭐 하자는 거야. 이렇게까지 신경을 쓸 일인가."

정한이 투덜거리자 팔을 괴고 누워 있던 진우가 느릿하게 중얼거렸다.

"이혼 계약서?"

"……."

"그러게, 처음엔 재미있었는데 은근 신경 쓰이네. 아니, 궁금해 죽겠단 말이지."

"……."

정한의 침묵을 오해한 진우는 한참 고개를 갸우뚱거리다 벌떡 몸을 일으켰다.

"안 되겠다. 너 일단 집에 가서 제수씨랑 밥부터 먹어라."

"밥?"

"같이 밥이라도 먹으면서 친해진 다음에 진지하게 물어봐야 할 거 아니야."

"같이 밥을 먹는다고 친해져?"

정한이 코웃음을 쳤다.

졸지에 비웃음을 당한 진우는 억울하다는 표정으로 외쳤다.

"원래 한국 사람은 밥정이 최고라고 했어!"

정한이 딱딱한 소리로 받아쳤다.

"넌 의사라는 놈이…… 체했다고 손을 따질 않나, 하다하다 밥정 같은 소리나 하고."

"밥정은 진짜 있거든? 원래 한국 사람들은 밥 먹으면서 친해지는 거라고!"

"밥정? 지난 몇 년간, 개발팀, 연구팀, 임상팀, 분석팀. 그 외 여러 부서의 팀원들하고 밥을 몇 번을 먹었는데. 그중에 친해진 사람 한 명이라도 있어?"

정한의 말이 맞았다. 같이 마주 앉아 밥을 먹으면 먹을수록, 직원들은 점점 더 정한을 어려워했다.

"와, 김정한은 내 생각보다 훨씬 더 미친놈이었구나."

진우는 혀를 내두르며 질린다는 표정을 지었다.

"이렇게 감성이 메말랐으니 좋아하던 여자들이 하나같이 못 버티고 튕겨져 나갔지. 야! 그건 업무의 연장이지 밥을 먹은 게 아니잖아! 내가 말하는 밥정은 말이지!"

진우는 열을 내며 같이 밥을 먹는 행위의 중요성에 대해 강조했다.

"……예전에 구 여친들도 화내다가도 맛있는 거만 사주면 바로 풀렸거든?"

순간, 진우의 말 중 한 부분이 정한의 귀를 파고들었다.

집에 돌아온 정한은 주방에 사 온 것을 가져다 두고 거실에서 기다렸다.

달칵—.

문손잡이가 돌아가더니 어김없이 고개만 쏘옥 내미는 그린과 눈이 마주쳤다. 이번엔 정한 역시 빛만큼 빨랐다. 기회를 놓치지 않고 달려가 막 닫히려는 문을 잡았다. 하지만 우리 집 뽀시래기는 역시 빛보다 빠르다. 문을 열고 들어가 두리번거린 정한은 침대 위를 보고 흠칫 놀란 표정을 지었다.

저건…… 꼬깔콘인가?

자그마한 삼각형의 눈사람 형체가 오들오들 움직이고 있었다. 정확히는 이불을 뒤집어쓰고 꼬물거리는 그린이었지만.

"으아아아! 불순해, 불순해, 불순해!"

뒤돌아 앉은 그린은 찰싹찰싹 두 뺨을 두드리는 중이었다.

"훠이, 저리 가. 저리 가란 말이야."

주문처럼 자꾸 무언가를 중얼거리는 모습에 대체 뭐가 어떻게 돌아가는 상황인지 알 수가 없었다. 가만히 서서 지켜보던 정한이 나직이 말을 걸었다.

"우리 얘기 좀 하자."

바쁘게 부스럭거리던 눈사람이 고드름처럼 굳어 버렸다.

"설명했다시피 내가 생각이 짧았어. 그 욕실은 쓰면 안 되는 걸 전혀 몰랐어."

"……."

"풀어 주려고 노력은 했는데 내가 요령이 없어서……."

"……."

"진짜 블랙홀이라도 있다면 들어가고 싶어. 이론상으로만 가능하지만 평행 세계가 존재한다면 어제 그 순간으로 돌아갈 수 있으니까."

이론으로만 철저하게 무장한 오빠는 계속 헛다리를 짚고 있었다.

"배 안 고파? 종일 아무것도 안 먹었잖아."

"……."

"뭐 사다 놨는데, 생각 있으면 늦게라도 좀 먹도록 해."

결국, 끝까지 반응이 없는 뽀시래기를 공략하는 데 실패한 정한은 축 가라앉은 목소리로 마지막 진심을 건넸다.

"그만 화 풀어. 미안하다."

"······화 안 났어요."

우물우물 밀려나오는 소리에 반가운 정한은 그린에게 성큼 다가가 물었다.

"그럼 왜 방에서 한 발자국도 안 나왔어?"

"그냥······."

오들오들하던 하얀 꼬깔콘이 고개를 돌렸다. 칭칭 둘러맨 이불 밖으로는 갸름한 얼굴만 쏙 나와 있었다. 아, 웃으면 안 되는데. 오늘도 위험할 정도로 귀여운 치명적인 뽀시래기.

정한은 부릅뜬 눈에 힘을 주며 먼 데로 시선을 돌렸다.

잠시 후 불쑥, 영롱한 목소리가 떨리듯 터져 나왔다.

"조금 놀라서······ 놀라서요. 조금! 아니 사실은 많이!"

웃음이 터질까 봐 일부러 전방을 주시하던 정한은 그대로 고개를 갸웃했다.

"놀랐다고?"

화가 난 게 아니라 놀라서 그런 거였다니.

그린의 눈이 질끈 감겼다.

"태어나서 처음이었단 말이에요!"

한 번, 두 번 읽어봐도 여전히 이해되지 않는 문제를 받아든 사람처럼 정한은 난색을 지었다.

"처음이라니?"

"다, 다 벗고 계셨잖아요. 다 벗은 거…… 처음 봤다고요. 남자가."

화가 난 게 아니라, 놀랐다고? 정한은 역대급으로 얼떨떨한 표정으로 중얼거렸다.

"미안해. 그런 불쾌한 경험을 하게 해서."

"아뇨! 불쾌한 게 아니구요……."

우물우물 엉뚱한 대답이 기어나왔다.

"그게 생각보다 너무…… 오빠는 얼굴은 잘생겼는데. 그건 너무……."

"뭐라고?"

역시나 도통 이해할 수 없는. 한국말인데 전혀 한국말로 느껴지지 않는 그린의 화법. 말하다보니 부끄러웠는지 그린은 다시 이불을 뒤집어썼다.

"나도 알아요. 이런 내가 한심해 보이죠? 그런데 결혼 전엔 모태 솔로였고, 오빠도 알다시피 결혼 후에도 뭐……."

아, 그제야 그린의 그 모든 반응이 이해가 되었다. 무슨 말인가를 하려다가, 잘생긴 입매는 다시 굳게 다물려 버렸다.

"아직까지 심장이 벌렁벌렁해서 죽겠어요. 사실은 제가요. 살면서 바바리맨도 마주쳐본 적이 없었거든요. 아무런 마음의 준비도 안 됐는데 그걸 눈앞에서 생으로! 생 라이브로……!"

아직도 체감상으로는 스물한 살. 모태 솔로에 머물러 있던 그린은 현재의 심정에 대해 열성적으로 서술하다가 문득 이상함을 느끼고 고개를 들었다.

커다란 손을 쫙 펼쳐 얼굴을 짚은 정한의 어깨가 가늘게 떨리고 있었다. 그러고 보니 저 근육으로 꽉 짜인 가슴과 배도, 팔꿈치까지 두 갈래로 쫙 갈라진 탄탄한 팔도 사시나무 떨리듯 떨린다. 격렬하게.

"어디…… 안 좋으세요?"

천천히 손을 내린 정한은 목이 멘 소리로 중얼거렸다.

"아, 진짜 미치겠다."

아마도 정한을 아는 사람들이 봤다면 기절초풍할 만한 광경이었을 것이다. 늘 무감한 얼굴. 웃을 때 쓰는 표정 근육이 있기는 한 건지 의구심이 들 정도로 냉랭한 정한이 눈물이 맺힐 정도로 웃고 있었다.

정한은 하얀 이불을 폭 뒤집어쓰고 동그마니 앉아 있는 형상에서 눈을 떼지 못했다. 그제야 왜 그렇게 그린이 신경 쓰였는지 어렴풋이 알 것 같았다. 어디로 튈지 모르는 엉뚱함. 한 점 가감 없는 솔직함.

정한의 기준과 상식을 벗어나는 그린의 말과 행동이 도저히 이해가 되지 않아서. 하늘에서 뚝 떨어진 외계 생명체도 이렇게까지 흥미롭진 않을 테니까. 딱 떨어지는 정답 같은 삶을 살던 정한에게 그린은 일종의 연구 대상처럼 느껴졌다.

맞은편에서 의아한 얼굴로 올려다보던 그린은 살짝 자존심이 상했다.

'이게 그렇게 박장대소까지 하면서 웃을 일이야?'

나도 알 건 다 아는데. 너무 코앞에서 생생하게 목격해서 놀랐던 것뿐인데. 동시에 슬며시 걱정도 밀려왔다.

'이러다 아무것도 모르는 어린애 취급이라도 하면 어떡하지?'

그린은 허겁지겁 이불을 걷어내며 애써 쿨한 표정을 지었다.

"앞으로 1층 욕실은 편하게 쓰세요."

"아니, 다시는 안 쓸게."

"괜찮아요. 내가 어린애도 아니고."

이어지는 그린의 다음 멘트에 정한은 당황한 표정을 지었다.

"부부끼린데 뭐 어때요?"

부, 부부 사이에 뭐 어떠냐고? 이건 또 무슨 도발이지? 정한은 당황한 표정으로 뚫어져라 그린을 바라보았다.

당당한 말투와는 달리 목덜미까지 불그스름해진 그린은 슬쩍 눈길을 피하고 있었다. 그제야 민망함을 감추려는 시도였다는 걸 눈치채고, 정한은 다시 피식 웃음을 지었다. 더 이상 그린이 민망하지 않게 화제를 돌릴 필요가 있었다.

"나가자."

"어딜요?"

"저녁 먹어야지."

화제가 다른 곳으로 돌아가 다행이라고 생각하며 그린은 정한과 함께 주방으로 향했다.

식탁 위에는 커다란 종이 가방이 놓여 있었다.

"이거 초밥이에요?"

"음, 집에 먹을 만한 게 딱히 없는 거 같아서."

"와아, 배고팠는데 잘 됐다."

정한이 종이 가방에 든 걸 먹기 좋게 세팅하는 동안 그린은 신난 얼굴로 젓가락을 꺼내 들었다. 정한과 단둘이, 오붓하게 저녁을 먹다니. 가슴속에 뭉게구름이 포근포근 굴러다니는 것 같았다.

하지만 한 점을 밀어 넣자마자 바로 입가가 굳어졌다.

'와앙, 이거 너무 커. 그래도 이런 건 한 입에 먹어 주는 게 예의지.'

연달아 커다란 초밥을 하나 더 밀어 넣은 그린의 시선이 맞은편에 앉은 정한에게로 향했다. 곧고 단정한 자태. 우아하게 느껴질 정도로 절도 있는 젓가락질. 먹는 사이사이마저 절제미가 느껴졌다.

그런 정한에 비하면 지금 그린은 자꾸만 볼때기가 불룩불룩. 머릿속엔 양볼 가득 도토리를 저장한 다람쥐 짤이 스쳐갔다. 그제야 '아차' 하는 생각이 몰려왔다.

'하아, 이러고 무슨 여자로 봐주길 바라는 거야.'

불룩해진 뺨이 절로 수그러졌다. 그런 그린의 상태도 모르고 정한은 자꾸만 그린을 관찰, 아니 홀린 듯이 바라보는 중이었다.

한쪽 뺨이 불룩해진 모습이 귀여운 햄스터 같기도 하고. 기다란 속눈썹을 내리깔고 새침하게 오물거리는 모습은 새하얀 눈토끼 같기도 하고. 누군가가 오물오물 밥을 먹는 모습이 종일 봐도 질리지 않을 것 같다는 생각은 처음이었다.

무엇보다 한결 가벼워진 마음으로 마주 앉아 있다는 사실이 만족스러웠다. 평생을 무엇 때문에도 이렇게 답답하고 속이 탄 적이 없었는데, 꼬박 하루 가까이 엉뚱하게 삽질을 하고 있었다니.

오해가 풀려 다행이라는 생각을 하던 순간, 아까는 한 판을 다 먹어 치울 기세더니, 그린은 초밥 한 알을 이리 굴리고 저리 굴리며 시큰둥한 표정을 짓고 있었다.

정한이 걱정스러운 표정으로 입을 열었다.

"혹시 초밥 싫어하는 건 아니지?"

마침 또 하나를 밀어 넣은 그린은 입에 든 걸 다급히 삼켰다.

"아뇨! 조, 좋아……! 콜록. 콜록!"

정한이 재빨리 티슈를 뽑아 건넸다. 그린은 민망해 빨개진 얼굴로 톡 쏘아붙였다.

"먹는데 말 시키면 어떻게 해요."

정한은 난감한 얼굴로 그린을 바라보았다.

저건 분명 화가 난 얼굴인데. 혹시, 초밥이 싫은 게 아니면 내가 싫은 건가. 분명 진우가 한국 사람은 친해지려면 밥정이 최고라고 했는데.

뒤늦게 후회가 밀려들었다. 사기꾼 같은 새끼. 그 새끼 말을 믿은 내가 등신이지. 아무리 초조했어도, 난봉꾼 하진우의 말을 믿는 게 아니었는데.

순식간에 복잡해진 정한의 머릿속은 꿈에도 눈치채지 못하고, 그린은 벌게진 고개를 틀며 울상을 지었다.

'망했어, 망했어! 하필 왜 그 타이밍에 말을 시키냐구!'

식탁 위에는 처음보다 더 어색한 침묵이 흘렀다. 그린은 접시 위에만 시선을 꽂고 있는 정한의 눈치를 살폈다.

"죄송……해요."

정한이 곧게 뻗은 눈썹을 무심하게 치켜 올렸다.

"뭐가?"

"일부러 저녁도 사다 주셨는데……."

"아."

짧게 고개를 끄덕인 정한의 듣기 좋은 저음이 공간을 울렸다.

"나야말로. 같이 밥 먹는 거 싫어하는 줄도 모르고."

"아뇨! 절대로!"

그린은 휘둥그레진 눈으로 손사래를 쳤다.

"같이 밥 먹어서 너무너무 좋아요. 그런데 초밥이 너무 커서, 먹다가 사레가 들려서……."

그제야 정한은 그린이 초밥에 거의 손도 대지 않은 이유를 알게 되었다.

잠시 후, 그린은 발그레해진 얼굴로 접시 위를 내려다보았다. 정한이 하나하나, 먹기 좋게 손수 가위로 잘라준 초밥이

오와 열을 맞춰 가지런하게 놓여 있었다.

정한과 눈이 마주친 그린이 방긋 웃었다. 해사한 눈웃음에 마음 속 가득 사랑스러움이 밀려왔다. 정한의 입꼬리도 잠시 실룩대더니 순간적으로 당황한 듯 시선이 접시 위로 돌아갔다.

'착각하지 마.'

그린이가 고물거리는 새끼 고양이들보다 1000배는 더 귀엽다는 착각. 방금 웃은 건 내가 좋아서 웃은 거라는 착각. 저도 모르게 마주 웃어줄 뻔했다는 위기감에 목덜미가 뜨끈해진 정한의 머릿속에 문득 한 가지 생각이 밀려왔다.

'식사를 한다는 것.'

일상에서 매번 행해지는 생리학 차원의 영양 보충 행위. 인간이라면 누구나 하고 있는 활동이 '밥정'이라는 명분하의 동조 행동이 되는 순간, 그 관계는 친밀감이 쌓이는, 쉽게 말해, 친해지는 계기가 되기도 한다.

여전히 하진우는 신뢰할 수 없지만 어느 정도 일리는 있는 말이라고 고개를 끄덕이던 정한의 머릿속에 진우가 했던 또 다른 얘기가 슬쩍 뇌리를 스쳐갔다.

— 그런 해괴망측한 계약서는 왜 만든 거야? 마지막에 그 말도 안 되는 조항은 왜 넣은 거야?

그러고 보니, 왜 넣은 걸까. 다시 정한의 미간이 조여들었다.

'서로의 연애 활동에 노 상관, 노터치.'

저 호기심 많은 하진우보다 수십 배는 더 신경이 쓰이고 궁금한 사람은 정한 자신이었다.

도무지 속을 알 수 없는 여자. 민그린. 이깟 동조 행동 한 번으로는 절대 파악할 수 없는 미스터리한 존재. 밥정이라는 게, 한 번 마주 앉아 밥을 먹었다고 해서, 눈부신 속도로 쌓이는 것도 아닐 테고.

'혼자서 끙끙댈 일이 아니라, 과감하게 물어보는 게 낫지 않나?'

결국 정한은 슬쩍 돌려 물어보기로 결심했다.

"그…… 계약서 있지."

"네?"

오물오물.

"그…… 조항 말이야."

"무슨 조항이요?"

오물오물.

"이혼 계약서. 마지막 조항."

"네. 그게 왜요?"

그린은 듣고 있다는 표정으로 고개를 끄덕였다.

"한번 들어나 보자. 대체 그 조항은 왜 넣자고 한 거야?"

기습적으로 들어온 정한의 질문에 그린은 순간적으로 당황해 우물거렸다.

"뭐, 뭘 그렇게 알려고 하세요."

자세한 내막을 안다면 정한은 박장대소를 할지도 모른다. 여자는커녕 날 가위로 초밥이나 잘라 줘야 먹는 꼬꼬마로 보는 게 확실한데. 차마 이 조항을 넣어서 오빠의 질투심을 유발하려는 작전이었다는 말은 죽어도 털어놓을 수 없었다. 결국 그린은 또다시 우기기 작전을 끌어다 쓸 수밖에 없었다.

"그냥 한번 넣어본 거예요. 왜요. 넣고 싶으면 넣을 수도 있죠."

정한은 고개를 절레절레 흔들었다.

"넌 도대체 어느 별에서 온 거냐."

"난 지구인 맞거든요? 외계인은 오빠잖아요."

"내가? 내가 왜 외계인이야?"

"정확히는 오빠가 아니고 오빠의……."

"내? 내 뭐?"

설마…… 눈, 코, 입, 팔다리, 남들 다 달려 있는 신체 기관, 나도 똑같이 가지고 있는데 겉모습만 보고 외계인이라고 할 리는 없고. 내 뭐가 외계인인데? 사고방식? 라이프 스타일?

정한이 궁금한 얼굴로 뚫어지게 바라보자 그린은 젓가락을 내려놓으며 발딱 일어섰다.

"바! 밥맛 떨어지는데 외계인 얘기는 그만해요!"

그린은 뒤도 안 돌아보고 방으로 줄행랑을 쳤다. 한참이나 의아한 시선을 거두지 못한 정한은 결론을 내렸다. 이 낯선 궁금증을 해결하기 위해서라도 당분간은 저 뽀시래기를 더 심도 있게 관찰해야 할 필요가 있겠다고.

chapter 5

우리 집 뽀시래기

다음 날, 미래 백화점.

"저기! 하은이 큰삼촌…… 맞지?"

은별과 팔짱을 끼고 명품관을 돌던 서현이 놀라며 물었다. 서현의 손가락 끝을 따라 은별도 시선을 옮겼다.

모델이 아닌가 싶을 만큼 우월한 기럭지와 뒤태가 확 눈에 띄는 남자. 긴가민가하면서 살펴보는데…… 이쪽으로 몸을 돌린 얼굴은 분명 정한이었다.

'진짜 잘생기긴 했다. 싸가지가 없어서 그렇지.'

입을 삐죽거리던 은별은 고개를 갸우뚱거렸다.

"근데 옆에…… 누구지? 와이프는 아니죠?"

은별의 말에 서현도 미간을 찡그렸다. 굽 높은 하이힐에 붉은 기가 도는 와인 빛 펜슬 스커트. 세련된 블라우스 차림의 여자가 정한의 옆에 바짝 붙어 있었다. 얼굴은 보이지 않았지만 누가 봐도 성숙미가 넘치는 스타일이었다.

"하은이 삼촌 옆에 있는 여자. 분명 민그린은 아니지?"

"절대 아니에요. 그 촌티 나는 애를 어디 갖다 붙여요?"
"어머, 저거 봤어?"
"대박!"
서현과 은별이 동시에 놀란 건 정한이 단순히 낯선 여자와 함께 있어서는 아니었다.

여자의 어깨에 고가의 신상 백을 다정하게 메어주는 정한의 입가에는 부드러운 호선이 그어져 있었다. 눈빛에도 사랑스럽다는 듯 애정이 담겨 있었다.

"세상에. 하은이 큰삼촌 바람피우나 보다."
서현의 목소리가 호들갑스럽게 한 톤 올라갔다.
"형님 말이 맞아요. 저거 백 프로 바람이에요. 바람!"
은별이 재빨리 폰을 꺼내며 앞으로 걸음을 옮겼다.
"여자 얼굴이 안 보여. 대체 누굴까?"
서현이 갸웃하자 은별이 삐죽거리며 답했다.
"누군지는 뻔하죠. 오래 만난 애인 아니면 스폰."
찰칵대며 사진을 찍어대는 은별의 입술이 묘하게 뒤틀리기 시작했다.

'재수 없어. 서열 따지면서 애처가인 척할 때는 언제고.'
그러던 중, 사진을 찍다 말고 은별과 서현의 눈이 동시에 커다래졌다.

"어머!"
정한이 곁에 서 있는 여자를 확 끌어안은 것이다.
정한과 내연녀의 사이는 분명 깊고 가까운 게 틀림없었다.

환한 대낮에 인파가 많은 백화점에서 대놓고 애정 행각을 벌이는 걸 보면.

"봤어? 은별 동서. 봤어?"

"지금 보고 있어요."

찰칵. 찰칵.

은별은 빠르게 셔터를 눌렀다.

― 앞으로 그쪽이 그린이한테 호칭, 어떻게 하는지 지켜볼 겁니다.

섬뜩할 정도로 서늘한 말투와 눈빛. 정한에게 망신을 당했던 일이 아직도 생생했다.

'하! 저나 잘할 것이지.'

세상 애처가인 척할 때는 언제고, 밖에서는 대놓고 바람이나 피우고 다니는 정한의 이중성에 어이가 없었다.

'두고 봐. 언젠가는 제대로 망신을 줄 테니까.'

휴대폰 화면 속의 정한을 노려보는 은별의 입가가 뒤틀려 있었다.

서현과 은별이 정한의 사진을 찍기 조금 전.

명품관 앞에 서 있던 그린은 난감한 얼굴로 제 어깨에 걸린 핸드백을 내려다보고 있었다.

"이거 비싼 거잖아요."

무심히 가방을 메주던 정한은 별다른 대꾸가 없었다.
"이렇게 비싼 거 필요 없어요."
"취직 선물이라니까."
"누가 취직 선물로 이렇게 비싼 걸 사 줘요?"
"이깟 가방 하나 얼마나 한다고."
"이깟 가방? 혹시 가격표 보고 '0' 하나 착각한 거 아니에요?"
가방을 만지작거리던 그린은 종알종알 타박을 놓았다.
"괜히 말했나 봐. 난 그냥 합격한 게 너무 신나서 오빠한테라도 자랑하고 싶었던 것뿐이었는데."
"잘했어."
"잘한 게 아니죠. 같이 기뻐해 달라고 했지 선물 사 달라고 한 건 아니잖아요."
내려다보는 정한이 슬쩍 미소를 짓고 있는 것도 모르고.
"과해요, 과해. 사회 초년생한테 이건 너무 과해요."
이젠 학생도 아닌데 에코 백만 주구장창 메고 다니는 그린이 신경 쓰여서 적당한 걸 하나 골라줬을 뿐인데.
"이렇게 사치하다가는 늙어서 거지꼴을 못 면할지도 몰라요."
오늘 알게 된 것 또 하나. 우리 집 뽀시래기는 걱정도 많고 잔소리도 많은 귀여운 바가지쟁이였군.
피식피식 새어나오던 웃음을 굳이 감추지 않던 정한의 눈이, 순간 서늘하게 빛났다. 대각선 맞은편에서 이쪽을 뚫어져라 주시하는 두 명이 정한의 날카로운 시야에 여지없이 걸려

들었던 것이다.

서현과 은별이었다. 정한의 얼굴이 차갑게 굳어졌다. 하필 여기서 만나다니, 꼭 필요하지 않으면 굳이 마주치게 하고 싶지 않았는데. 저 둘의 면상을 보니 나도 이렇게 기분이 더러운데 그린이는 어떨까.

어려운 취업 문턱을 넘어 잔뜩 들떠 있는 그린의 기분에 찬물을 끼얹고 싶지 않았다.

"안 되겠어요. 이거 그냥 환불……."

그린이 종알거리며 몸을 돌린 순간, 반사적으로 손을 뻗은 정한은 그린을 품 안으로 당겼다.

"주차장은 저쪽이야."

건조한 말투와는 달리 당기는 강도와 속도는 세차고 빨랐다.

"으앗!"

넓고 단단한 가슴팍에 그린의 얼굴이 폭 파묻혔다. 커다란 손이 올라와 그린의 뒷머리를 살포시 감쌌다. 천천히 고개를 기울인 정한이 귓가에 대고 속삭였다.

"그냥 받아 주면 안 되나."

그윽하게 깔리는 저음에 순식간에 온몸의 힘이 풀리면서 나른해졌다. 세차게 뛰는 심장을 부여잡기 바빠 도저히 거절의 말이 떠오르지 않았다.

하. 이 오빠. 큰일 날 오빠네. 이런 식으로 치사하게 심쿵 멘트를 날리는데 어떻게 거절해. 그린은 넋이 나간 표정 그대로 정한에게 손이 잡혀 백화점을 나오고 말았다.

차에 도착해서야 가까스로 놓쳤던 정신 줄을 붙잡을 수 있었다. 그린은 이렇게 비싼 걸 받아도 되는지 모르겠다며 정한의 다음 달 카드 값 걱정을 한 바가지나 늘어놓았다. 그게 싫지 않았던 정한은 피식 웃음을 머금으며 잠자코 듣기만 했다.

"그런데 지금 어디 가는 거예요? 집으로 가는 길 아니잖아요."

한참을 달리던 중, 그린이 눈을 동그랗게 뜨고 물었다.

"지금 신사옥으로 가는 길이야."

"신사옥이요?"

집에서 가까운 기존 본사와 달리 신사옥은 지하철로 출퇴근 하려면 1시간쯤 걸리는 위치에 있었다.

"마침 업무를 좀 봐야 하는데 같이 가서 보면 어떨까 하고."

무심하게 답하는 정한을 그린은 멍하니 바라보았다.

"왜, 가기 싫어?"

뚫어져라 보는 시선이 느껴졌는지 돌아오는 건조한 물음에.

"아뇨! 안 그래도 입사 전에 한번 가보고 싶었어요!"

목소리에서부터 활짝 피어나는 웃음기에 정한도 슬쩍 미소를 흘렸다.

넥스트메딕이 처음 둥지를 튼 곳은 디지털 단지의 오피스텔 한구석이었다. 이 작은 스타트업 회사가 빠르게 성장을 하다가 한 층을 먹어버린 것도 잠시, 하루가 다르게 몸집을 불려나간 넥스트메딕은 3개 층을 써도 모자라는 날이 왔다.

결국 정한은 신사옥 이전 계획을 세웠다. 그리고 약 1년간의 준비 끝에 회사를 통째로 옮길 수 있게 되었다.

곧 매끄럽게 달리던 차가 신사옥 주차장에 도착했다.

1층으로 올라간 정한이 로비를 가로질렀다.

"이게 신사옥이야. 직원들 중에 정식으로는 네가 처음 보는 거야."

"우와!"

마침내 도착한 신사옥의 전경을 본 그린은 저도 모르게 탄성을 내질렀다.

"중간 몇 개 층은 암 치료 센터고, 협력 기관이 연구소로 쓰기도 할 거야. 넥스트메딕은 다음 주부터 정상 근무를 시작할 거고."

정한의 부연 설명답게 신사옥의 규모는 상상 이상으로 컸다. 정한 역시도 처음엔 이렇게까지 커도 되나 고민하며 너무 거대한 빌딩에 덜컥 터를 잡은 걸 떨려 하던 순간도 있었다. 하지만 정한의 도박은 순전히 운에 의존해 잭팟을 터트린 게 아니었다. 지난 몇 년간 치열한 노력 끝에 이 신사옥에 치료 센터와 가속기 연구소까지 들여올 수 있었다.

마침 로비에 나와 있던 건축사 대표가 정한을 알아보고 황급히 뛰어왔다.

"김 대표님 나오셨습니까."

"서 대표님이 웬일이세요."

정한은 그린에게 '잠깐만'이라며 고개를 끄덕이고 한쪽으로 자리를 옮겨 두런두런 이야기를 나누기 시작했다. 혼자 남은 그린이 한껏 목을 꺾으며 로비를 올려다보는데……

"저기요."

돌아보니 흰 가운을 입은 젊은 남자가 서 있었다.

"네?"

"이거, 떨어뜨리셔서."

아직 정식 입주 전이라 발급받은 주차권을 그린이 들고 있었는데 오다가 흘린 모양이었다.

"감사합니다."

그린은 밝게 웃으며 공손하게 고개를 숙였다.

"혹시 여기 근무하세요?"

"네? 네. 다음 주부터."

"다음 주면…… 넥스트메딕 직원이세요?"

"네. 맞아요."

"그러시구나. 아, 저는 암 치료 센터에서 근무해요."

안 그래도 가운 차림에 그렇게 짐작하고 있었는데.

"저기 실례가 안 된다면 혹시 전화번호……."

"오래 기다렸지?"

갑자기 뒤에서 정한이 그린의 어깨를 감싸 안으며 남자의 말을 끊었다.

우리 집 뽀시래기

"무슨 일입니까?"

정한이 감히 마주치지도 못할 만큼 살벌한 눈빛을 쏘며 물었다. 물론 등을 지고 서 있는 그린은 꿈에도 몰랐지만, 마주치기만 해도 수명이 단축되는 거 아닌가 할 정도로 살 떨리는 눈빛에 남자가 주춤 뒤로 물러섰다.

"이, 일행이 계셨네요. 그, 그럼 이만."

허둥지둥 멀어지는 남자의 뒷모습을 보며 정한이 툭 물었다.

"아는 사람이야?"

"아뇨?"

그런데 그렇게 활짝 웃고 있었단 말이야?

못마땅한 마음을 꾹 눌러 삼키며 정한이 투덜거렸다.

"정신 바짝 차려. 모르는 사람이 가자고 해도 다 따라갈 거 같은 얼굴을 하고 있으니까 아무 놈이나 와서 말을 걸지."

"에이. 내가 무슨 어린애예요? 모르는 사람을 왜 따라가요?"

'그냥 주차권 주워 준 건데.'라는 그린의 말이 끝나기도 전에, 정한은 차게 몸을 돌렸다. 정한을 따라 회사를 한 바퀴 돌아본 그린은 함께 꼭대기 층으로 향했다.

꽤나 널찍한 대표 이사실.

정한의 사무실은 드라마에서 보던 일반적인 사장실과는 달랐다. 곳곳에 당구대와 흡사한 테이블이 있었다. 흡사 연구소나 실험실, 아니면 전시룸 같은 인테리어였다.

"이 위에 가속기 모형이 올라갈 거야. 이쪽엔 중성자 에너지를 구체화시켜서 정렬시킨 피규어. 여기엔 약물 시뮬레이션 전개도……."

지난 몇 주간, 정한의 회사인 넥스트메딕과 주요 사업에 대해 열심히 공부했기에, 그린도 바로 알아들을 수 있었다.

"여긴 이사가 끝난 거 같네요."

"보안 작업할 게 좀 있어서 먼저 옮겨 왔어. 그래서 얼마 전부터 나하고 진우만 먼저 출근하는 거고."

그린이 고개를 끄덕였다. 사무실을 둘러보던 그린의 시선이 한곳에 멈추었다. 거대한 변신 로봇 같은 사무용 기기를 바라보던 그린이 물었다.

"저거, 복사기예요?"

망설이듯 던진 질문에 정한은 짤막하게 고개를 끄덕였다.

"맞아. 복사기 다뤄본 적 있어?"

"아니요."

"온 김에 한번 해볼래? 경영지원팀에 들어가면 처음엔 가장 많이 해야 될 업무가 복사일 거야."

정한은 복사기 스위치를 딸각 켠 뒤 근처에 놓여 있던 서류를 한 뭉치 집어 들었다. 정한의 시범을 유심히 관찰한 그린은 서툴지만 찬찬한 손길로 복사를 시작했다.

자리로 돌아간 정한은 새벽 일찍부터 보던 업무를 이어서 들여다보기 시작했다.

 시간이 얼마나 지났을까.

 정한은 새삼스러운 눈길로 그린의 뒷모습을 한참이나 바라보았다. 그새 기능을 다 익힌 건지 그린은 재빠른 손길로 몇십 장의 서류를 한 번에 척척 처리하고 있었다. 호기심도 왕성한지 이것저것 눌러보다 웬만한 기능은 다 익힌 듯싶었다.

 '요리나 가사 일을 좋아하는 데다 그쪽에 소질이 있는 줄 알았는데.'

 그래서 막연히, 이혼 후에 그린이 베이커리나 카페 같은 걸 창업할 수 있도록 도와줄 생각이었다. 그건 정한의 오만한 착각이었다. 그린은 유난히 집안 살림을 잘하는 게 아니었다. 그냥 민그린 자체가 총명하고 뭘 해도 야무지게 해내는 사람이었던 것이다. 머리가 좋은지 한 번 배운 건 금세 기억한다. 꼼꼼한 데다 손도 재빠르다.

 "그쯤하면 예습은 충분하겠지?"

 머리 위에서 울린 나직한 소리에 바쁘게 움직이던 그린의 손길이 뚝 멈췄다.

 고개를 치켜든 그린이 배시시 웃었다.

 "시간 가는 줄도 몰랐어요. 단순 노동이 원래 그렇지만."

 빙그르르 돈 그린이 정한을 보며 귀여운 투정을 부렸다.

 "그동안 정말 많은 걸 이뤘네요. 뿌듯하시겠어요. 난 3년간 한자리에 멈춰 있었는데."

 그린의 말에 정한의 얼굴에 당황의 빛이 스쳤다.

"벌써부터 속단하지 마. 고작 복사나 시키려고 널 뽑은 건 아니야. 신입 사원 업무 중에는 복사도 만만치 않아. 미리 알아둬서 나쁠 것도 없고."

그린이 예쁘게 웃으며 답했다.

"오해하지 마세요. 진짜로 대단해 보여서 칭찬해 드린 건데."

"칭찬?"

전혀 예상치 못한 단어였는지 정한의 눈썹이 살짝 위로 솟았다.

"네. 칭찬이요."

꼬맹이 주제에 맹랑한 대답이 야무졌다.

작은 손이 뻗어 나와 정한의 옷깃을 가볍게 두드렸다.

"칭찬합니다."

구슬같이 맑은 목소리가 영롱하게 굴렀다. 피식 웃은 정한도 손을 뻗어 그린의 머리를 톡톡 쓰다듬었다.

"민그린 씨도 칭찬합니다. 알고 보니 복사의 달인이었네."

"어유, 이게 다 대표님 덕분이죠. 대표 이사실까지 와서 복사 연습을 다 하다니 영광입니다."

그린은 종이 뭉치를 들어 가지런하게 정리하며 너스레를 떨었다.

마침 머리 아픈 업무를 들여다보던 중이어서인 걸까, 별거 아닌 얘기를 주고받는 이 순간이 정한은 즐겁다는 생각이 들었다. 문득 장난이 치고 싶어진 정한은 그린의 농담에 한술 더 뜨기 시작했다.

"넌 그냥 신입 사원이 아니라 사장 와이프잖아. 이 정도 특혜는 누려도 되지 않나?"

"사, 사장 와이프요?"

"음, 나랑 결혼한 거 알면 이 정도는 특혜라고 하지도 못하니까 괜한 걱정 마."

커다란 눈이 휘둥그레지더니, 겁에 질린 목소리가 터져 나왔다.

"그러지 마요!"

정한은 속으로만 웃음을 지으며 뻔뻔한 표정으로 되물었다.

"뭘 그러지 마?"

"저 입사해서 오빠랑 결혼했다고 밝혀야 되는 건 아니죠? 숨겨도 되죠?"

"굳이 숨길 이유는 없잖아."

"있어요. 많아요!"

그린은 세차게 고개를 저었다.

"우리 결혼한 거 회사에는 제발 비밀로 해주세요. 네?"

"그러니까 왜."

"진짜 지겹단 말이에요!"

"뭐라고?"

역시나 또 예상을 빗나가는 엉뚱한 대답에 정한은 이해할 수 없다는 표정을 지었다.

"내 와이프로 사는 게 그렇게 지겨웠어?"

"아니, 아니."

그린이 다급하게 고개를 흔들었다.

"그런데 왜 숨겨. 그냥 시원하게 밝혀. 회사 다니기도 편할 거 아니야."

더 크게 고개를 가로저은 그린은 정한의 옷을 잡고 필사적으로 매달렸다.

"안 돼요. 말 안 할 거라고 해줘요. 빨리."

서남 민승로. 학창 시절 할아버지의 그늘은 너무도 크고 힘들었다. 시샘의 눈초리와 말도 안 되는 편견 때문에 오랫동안 왕따를 당했다. 그 시절의 기억을 지우려고 얼마나 노력했는데. 주목 받기 싫어서, 눈에 띄기 싫어서, 평범하게 살고 싶어서 얼마나 움츠리고 다녔는지 모른다. 당연히 사장 와이프라는 타이틀은 부담스럽기 전에 두려웠다.

"회사에서는 철저하게 대표님이라고 부를 거예요. 원하신다면 집에서도 대표님이라고 부를게요!"

옷깃을 틀어잡은 손마디가 하얘질 정도였다.

"알았으니까 이거 좀 놓고 얘기해."

정한은 토닥이듯 그린의 작은 주먹을 감쌌다.

"농담한 거야, 농담."

그제야 정신을 차린 그린은 제 손을 감싼 커다란 손등에 시선을 꽂았다. 생각보다 밀착된 자세. 겹쳐진 커다란 손. 거기다 오늘도 더없이 치명적인 슈트 차림. 별안간 얼굴이 화악 달아올랐다.

우리 집 뽀시래기

가까워. 미처 생각도 못했는데. 바싹 다가붙은 정한과의 거리가 위험할 정도로 가까워 보였다.

그린의 뻣뻣해진 고개가 삐거덕 위를 향했다. 바로 위에서 내려다보는 저 짙은 눈빛에 몸도, 마음도 화르르 열이 오르기 시작했다.

아. 하루에 두 번은 위험해. 심장에 해로워. 잠깐 설레고 마는 게 아니라 너무 뜨거워. 이대로 뜨거워진 심장이 끓어 넘치다 펑 터져버리는 건 아닐까.

잠깐의 정적 후, 정한의 매끈한 입술이 보기 좋은 호선을 긋듯이 길어졌다. 정한은 그대로 엄지를 치켜들어 스스로 제 입술을, 그 지독하게 관능적인 라인을 천천히 훑기 시작했다. 마치 핥는 것처럼.

별빛이 내린다. 샤라랄라라랄라. 스스로 제 입술을 따라 어루만지는 정한의 동작이 슬로 모션처럼 펼쳐졌다.

블라인드를 몽땅 올려 햇살이 환하게 들어차는 거대한 집무실 안. 이런 대낮에도 별빛이 무한대로 쏟아질 수 있는 거구나. 더없이 빛나는 오빠의 모습에 넋이라도 있고 없고.

'이건 절호의 찬스야!'

자꾸만 집 나가려던 정신 줄도 이제는 대놓고 가출을 했겠다. 홀린 듯 발끝을 치켜든 그린이 살며시 입술을 오므리던 순간…….

"농담한 거라니까. 비밀 지켜줄게."

정한은 나직하게 웃으며 다시 입술 위로 지퍼를 채우는 시능을 했다.

하! 이건 착각을 넘어 망상 수준. 오빠는 나를 보고 야릇한 신호가 아니라 농담을 던진 거였고, 입에 지퍼를 채우는 동작을 슬로 모션으로 왜곡하면서 입맛을 다신 사람은 나였을 뿐이고. 순간 밀려오는 부끄러움에 그린은 불에라도 덴 듯 후다닥 정한을 밀쳐냈다.

"당연하죠! 비, 비밀. 꼭 지키세요!"

"지켜야지. 결혼이 문제가 아니라 1년 후에 이혼했다는 거 알려지면, 이쪽이야말로 피곤해져."

아까는 시원하게 밝히고 다니라더니.

깜빡 속아 넘어갈 만큼 진지한 표정으로 농담을 할 때는 언제고 이리 칼 같이 선을 그으시나.

먼저 비밀로 해 달랄 때는 언제고 서운했는지, 그린은 뾰로통해진 얼굴로 돌아섰다.

"그럼 저는 먼저 가 볼게요. 일 보고 오세요."

"좀 기다리면 안 되나? 곧 끝날 거 같은데."

"아뇨. 되게 급한 일이 생겨서요. 이따 집에서 봐요!"

후다닥 가방을 챙겨 든 그린은 뒤도 안 돌아보고 집무실을 나섰다.

넥스트메딕 정문. 지금은 한시라도 빨리 돌아가 급한 일을 처리할 시간. 한결같이 눈치 없는 흑역사와 대면할 시간. 열정적으로 이불킥을 하며 칼로리를 불태울 시간.

'거기서 입술을 왜 내밀어.'

이 정도면 중증을 넘어선 소생 불가 수준.

정한의 모든 행동을 착각해 설레는 의미 부여를 하고 나면 기다렸다는 듯 뜨거운 본능부터 치밀어 오르니.

'이걸 어쩌면 좋냐구.'

추욱 처진 어깨를 하고 몇 걸음 걷기도 전에.

"민그린?"

뒤에서 울리는 낯선 목소리에 그린은 발걸음을 멈췄다.

"맞지? 미래 고등학교 민그린?"

생각지도 못한 곳에서, 굳이 담아 두지 않았던 기억이 소환됐다.

그린은 소스라치게 놀라 뒤를 돌아보았다.

훌쩍 큰 키. 부드러워 보이는 머리칼만큼이나 맑고 유한 미소. 훈훈한 남친의 정석 같은 서글서글한 눈웃음을 지으며 다가온 그가 말했다.

"그린이 맞네. 너무 예뻐져서 못 알아볼 뻔했어. 아, 얼굴은 그대로긴 한데."

언뜻 스치는 기억에 가물가물. 그린은 입 안에서 뱅뱅 도는 이름을 끄집어냈다.

"류……."

"맞아. 나 제오야. 류제오."

제오가 환하게 웃었다.

"와, 이게 얼마만이야? 설마 했는데 진짜 민그린이었어."

반가운 목소리가 높아지는 만큼 제오의 서글서글한 눈매도 한껏, 예쁘게 휘어졌다.

"나 기억하지?"

그린은 얼떨결에 고개를 끄덕였다.

제오와는 고등학교 1학년 때 같은 반이었다. 아직 1학년인데도 또래보다 머리 하나는 훌쩍 큰 키. 늘상 웃고 다니던 강아지상의 잘생긴 얼굴. 거기다 공부도 곧잘 하고 욕이나 험한 말 한 번을 하는 법이 없어 인기도 많았다. 그래서 생긴 제오의 별명이 '남친의 정석'.

하지만 풋풋한 추억을 곱씹기엔 두려움이 더 크게 몰려왔다. 그린의 고등학교 1학년은 온통 힘들고 어두운 기억만 가득했으니까. 씁쓸하기만 한 기억에 그린은 미묘한 표정으로 쓴웃음을 지었다. 허겁지겁 뛰어온 제오는 덥석 손을 끌어다 힘차게 흔들었다.

"다시 만나니까 진짜 반갑다. 와아, 그린이 넌 진짜 하나도 안 변했다."

"그래…… 반갑다, 류제오."

그린은 어색하게 웃으며 손을 뺐다.

"여긴 웬일이야?"

제오가 먼저 물었다.

"아, 나 여기 취직했어! 넥스트메딕."

그제야 그린의 목소리가 조금 밝아졌다.

"목소리도 여전히 예쁘네."

제오는 복잡한 표정을 지으며 바람에 슬쩍 넘어간 앞머리를 가다듬었다.

"뭐라구?"

"아니야. 넥스트메딕? 대박. 이 동네 이직 희망 1순위가 넥스트메딕이던데."

"난 그냥 계약직이야. 이번에 신사옥 이전해서 사무 보조를 많이 뽑았거든."

겸손한 말과는 다르게 그린의 얼굴에 기쁨을 감추지 못하는 미소가 번졌다.

'으아아아아. 귀! 여! 워!'

보고 있던 제오는 심장을 부여잡고 무릎이라도 꿇고 싶었다.

"제오 넌 여기 웬일이야?"

가까스로 정신을 다잡으며, 제오는 재킷 안에 걸고 있던 사원증을 꺼내 흔들었다.

"난 넥스트메딕 바로 옆 건물에 있지롱."

"너도 취직했구나. 축하해. 그런데 학교는? 벌써 졸업했어?"

제오가 멋쩍게 웃으며 얼버무렸다.

"어쩌다 보니까 사정이 좀 있어서. 이러지 말고 어디 카페라도 들어가자."

"아니야. 난 이제 가려구."

"왜? 약속 있어?"

"그런 건 아닌데……."

제오와 단둘이 차를 마실 만큼 친했던 사이도 아닌데 부담스러웠다.

"잠깐 들어가자. 날씨도 추운데."

조르듯 처다보는 제오의 눈빛에 왠지 마음이 약해졌다. 그린이 고개를 끄덕이자 제오의 얼굴이 순식간에 환해졌다.

빌딩숲이 즐비한 이곳에는 건물 하나에도 카페가 여럿 입점해 있다. 제오가 그중 한 군데로 들어서며 말했다.

"이 동네 맛집은 내가 다 꿰고 있으니까 궁금하면 나한테 물어봐."

"알겠어."

그린의 대답이 떨어지기 무섭게 제오가 휴대폰을 내밀었다.

"그럼 번호 알려 주는 거다?"

"번호?"

"맛집 알려 준다고 했잖아? 얼른 번호 찍어줘."

엉겁결에 번호를 찍자마자 제오는 잽싸게 통화 버튼을 눌렀다.

"혹시! 혼자 밥 먹을 일 있을 때도 꼭 연락해. 꼭!"

"으……응."

제오는 세상을 다 가진 듯 환한 웃음을 지었다.

"뭐 마실래?"

가방을 뒤적여 지갑을 꺼낸 그린이 메뉴판을 훑었다.

우리 집 뽀시래기

"난 허브티. 으음……."

예전에 정한이 시켜 줬던 허브티가 뭐였더라. 결혼 전, 정한과 카페에서 만난 적이 있었다. 주문부터 픽업까지 알아서 다 해온 정한이 들고 왔던 허브티 한 잔. 상큼하면서도 은은하고, 시원하면서 마음이 편안해지는 향이었다. 분명 이름을 들었던 거 같은데 아무리 생각해도 기억이 나지 않았다.

기다리는 제오에게 미안해 대충 아무거나 골랐다.

"히비스커스 주세요."

정한은 무표정한 얼굴로 서류를 뒤적거렸다. 여느 때 같으면 술술 읽힐 빼곡한 수치가 계속 흐릿하게 뭉개졌다. 아까 복사기 앞에서 가두듯 밀착해 내려다본 순간, 파르르 떨던 그린의 모습이 떠올랐다. 정한은 속으로 코웃음을 쳤다.

'설마, 일 시켜놓고 덮치기라도 하겠냐. 세상에 어느 변태가.'

그래도 모양 좋게 솟아오른 예쁜 입술에서 눈길을 떼기란 힘든 일이었다. 두 뺨엔 잔뜩 꽃물이 들고, 한없이 떨리던 눈망울은 별처럼 반짝거렸는데. 조금만 더 오래 눈을 맞추고 있었으면 위험했을지도 모르지.

문득 낯선 기분이 정한을 휘감았다.

'방금 뭐지. 왜 또 민그린을 떠올리고 있는 거지.'

그동안 정한의 일상은 규칙적이고 체계적으로 맞물려 한 치의 오차도 없이 돌아가고 있었다. 저 뽀시래기도 지난 3년간, 있는지 없는지도 모를 만큼 조용히 지내고 있었다.

그런데 요즘에는 그 평온했던 일상이 그린으로 인해 자주 어긋나고 흐트러진다는 생각이 불쑥 치밀었다. 예상치 못한 돌발적인 요청들. 전혀 종잡을 수 없는 낯선 반응들. 오늘도 그린은 기대를 뛰어넘는 기상천외한 대답을 내놓았다. 땡그란 눈으로 호소 아닌 호소를 하던 말간 모습이 아른거렸다.

― 지겨워요!

지겹단다. 사장 와이프 타이틀이.

'지겹다고? 왜? 내가 뭘 어쨌는데?'

정한은 잔뜩 억울한 얼굴로, 소스라쳐 외치던 그린의 모습을 떠올렸다. 얌전하고, 단순하고, 조용하고, 순하기만 한 아이인 줄 알았는데. 생각보다 도발적이고 복잡한, 자꾸 호기심이 생기는 수수께끼 같은 여자. 꾸욱 다물렸던 입술이 스스로를 나무라듯 짜증스럽게 열렸다.

"정신 차려라. 커피라도 마시든가."

아, 아무것도 없다. 커피 아니라, 커피 비슷한 것도. 자판기 한 대도, 믹스커피 한 봉지도 없다. 아직 신사옥이 정식으로 옮겨오기 전이다. 미리 옮겨온 정한의 사무실을 제외하고는 건물 전체가 거의 비어 있었다. 정한은 목을 꺾어보고 기지개를 켜다 결국 일어났다.

"할 수 없군. 잠깐 카페라도 다녀와야지."

우리 집 뽀시래기

회사 근처. 발걸음을 옮기던 정한의 무심한 시선이 어느 카페 창가에 가 닿았다. 정확히는 카페 창가에 앉아 있는 한 남자에게. 누가 봐도 신입 사원. 사회 초년생. 그는 자랑스러운 듯 사원증을 목에 건 채 들뜬 얼굴로 밝게 웃고 있었다.

보아하니 아무리 많이 쳐줘도 우리 집 뽀시래기보다 한두 살이나 더 많겠다. 뭐가 그리 신이 나서 저리 입이 찢어져라 웃고 있나. 흘끗 스치다가 정한은 맞은편 등지고 앉은 여자의 익숙한 뒤태에 우뚝 멈춰 섰다. 눈에 익은 코트는 분명 그린의 것이었다. 정한은 이맛살을 찌푸리며 가만히 그린의 뒷모습을 주시했다.

대체 저 남자는 누구지. 친근한 듯 웃고 있는 남자의 얼굴을 보니 오다가다 만난 사이는 아닌 듯 싶었다.

'급한 일이 생겼다더니, 혹시?'

문득 새로 작성한 계약서의 마지막 조항이 휑한 겨울바람처럼 정한의 가슴속을 스쳐 지나갔다.

> *1년의 갱신 기간 동안, 서로의 연애활동에*
> *일절 참견이나 규제를 하지 않으며,*
> *적극적으로 지지하고 응원한다.*

빠르기도 하다. 벌써 시작한 거냐. 신나는 연애 활동. 일 배우는 것도 잽싸더니 정식 출근도 전부터. 기동력도 끝내주는 뽀시래기.

정한은 다시 한번 찬찬히 맞은편 남자의 얼굴을 뜯어보았다. 서글서글 웃는 인상도 선한 맞은편 저 남자애. 저 정도면 이쁘게 생겼네 뭐. 그래. 그런 놈을 만나라고, 그런 놈을. 그린이 네 또래. 귀엽고, 산뜻하고, 젊고, 어리고.

이제 막 사회생활 시작했으면 월급도 코딱지만 할 것이고, 모아둔 돈도 없을 것이고. 함부로 장래를 약속하기에는 까마득한 햇병아리. 가진 거라고는 젊다는 특권 하나? 뭐 그런 거나 가진 애송이를 만나……라고. 처음에는 칭찬이었는데. 뒤를 따라 한없이 삐딱하고 치졸한 마음이 올라왔다.

투명한 창을 사이에 두고 둘의 옆을 빠르게 스치던 정한은 흘끗 시선을 옮겼다. 기운차게 웃고 있는 저 애송이처럼, 그린이도 밝게 웃고 있을까. 한없이 신나고 들뜬 얼굴로. 세상을 다 가진 듯 마냥 행복하고 설레는 얼굴로.

정한은 홱 고개를 돌려 그린을 뚫어지게 쏘아보았다.

'뭐지?'

순간적으로 겁에 질린 표정. 순식간에 하얘진 얼굴을 한 그린이 찻잔을 놓치는 모습이 슬로 모션으로 박혀 들어왔다. 정한은 급하게 뒤돌아 정신없이 뛰기 시작했다.

고등학교 시절. 딱 한 번 같은 반이었다가 졸업 후 한 번도 만난 적 없는 사이. 그린과 제오 사이에 오가는 화제는 거의 대부분이 고등학교에 관한 것이었다. 듣고 싶지 않았던 그린의 입가는 자꾸만 굳어져 갔다. 애써 힘을 주며 억지로 미소를 짓는 것도 한계가 있었다. 제오가 세세한 기억을 끄집어낼수록, 그린의 속마음은 점점 위축되고 작아졌다.

"넌 고등학교 때 친구 중에 누구랑 연락하고 지내?"

"나?"

화들짝 놀란 그린은 달달 떨리는 손을 뻗어 찻잔을 집었다.

"나는…… 딱히 없어."

"그래? 난 동창회도 계속 나갔는데. 맞다. 우리 1학년 때."

신이 나서 떠들던 제오가 말을 멈췄다. 제오는 놀란 표정으로 그린을 응시했다.

"너 추워? 왜 이렇게 떨어?"

그제야 그린은 찻잔을 움켜쥔 제 손에 시선을 옮겼다.

눈에 띌 만큼 떨리고 있었다.

"내 옷이라도 걸치고 있을래?"

"아니야. 아직 뜨거우니까…… 마시면 괜찮을 거야."

애써 웃은 그린이 찻잔을 들며 말을 돌렸다.

"아까 어디까지 얘기했지?"

"맞다. 그린이 너 기억하지? 그때 우리 같은 반이었던 조가연."

제오의 입에서 나온 이름 3글자는 날카롭고 묵직했. 썩둑. 순간 심장이 썰리는 느낌이 들었다. 챙강! 전신에 힘이 빠진 그린은 찻잔을 놓치듯 내려놓았다. 유리로 된 찻잔이 접시 위에 그대로 엎어졌다. 찻잔은 깨지지 않았지만 안에 든 새빨간 히비스커스 티가 테이블 위로 주르륵 흘렀다.

뚝. 뚝. 핏방울처럼, 구두 위로 떨어지는 찻물을 보며 그린은 꾹 눈을 감았다. 제오는 재빨리 음료 준비대로 뛰어갔다.

삐이ㅡ. 귓속에서 시끄러운 이명이 울리기 시작했다. 그린은 애써 무시하며 아플 정도로 세게 눈을 감았다. 속이 꽉 막히고 어지러운 기분에 고개조차 들 수 없었다. 재빨리 뛰어가 티슈를 들고 뛰어온 제오는 허리를 굽혀 찻물로 얼룩진 그린의 구두부터 닦아냈다. 발치에 느껴지는 희미한 자극에 그린은 간신히 고개를 들었다. 몸을 일으킨 제오가 테이블 위를 닦아 냈다. 그러다 퍼뜩 그린의 얼굴을 보더니 다급한 표정으로 물었다.

"너 괜찮아?"

아니, 괜찮지 않아. 조금도. 전혀 괜찮지 않아. 폐와 기도 안에 물먹은 진흙이 꽉 들어찬 기분이 들었다.

"어디 아파? 너 얼굴이 너무 창백해."

그린은 헐떡거리며 필사적으로 숨을 빨아들였다. 이대로 놔두면 곧 공황 발작이 시작될지도 모른다. 예전에 한동안 훈련했던 이완호흡법. 어떻게…… 했지? 생각해내려 안간힘을 쓰는데…… 이미 머릿속은 하얗게 비어가고 있었다.

곧 기절이라도 할 것 같은 얼굴로 그린이 헐떡거리기 시작했다. 갑작스러운 상황에 놀란 제오는 안절부절못하고 당황하기만 했다.

순간 성큼 다가온 누군가 그린과 제오의 사이에 불쑥 끼어들었다.

"ㅁ……그……린."

크고 따뜻한 손이 뻗어와, 그린의 작은 어깨를 쥐었다.

"민그린."

삐이— 뚝.

귓가에 들어차는 굵직한 목소리. 정한이 부르는 소리가 걷잡을 수 없이 얽히고 헝클어지는 이명을 단숨에 밀어냈다.

"천천히. 숨 쉬어 봐."

파르르 떨리는 속눈썹이 올라갔다. 그린은 고개를 들어 괴로운 눈으로 정한을 찾아냈다.

"그래. 나야."

흔들리던 그린의 시선에 똑바로 와 박히는 정한의 짙은 눈빛. 다정하면서도 힘 있는 그 눈빛을 그린은 하염없이 매달리듯 마주 보았다.

"괜찮아. 숨 쉬어."

부드럽지만 확신에 찬 목소리. 창백한 얼굴로, 그린은 무너지듯 정한에게 기대었다. 한쪽 무릎을 꿇은 정한은 온통 그린에게만 집중했다. 주위에 아무것도 보이지 않는 것처럼. 길게 뻗은 강인한 팔은 작은 어깨가 부서질세라 조심스레 감싸고 있었다.

"괜찮아. 숨 쉬어봐. 천천히."

잠시 후 막혀있던 숨이 터져 그린이 흐으으 떨리는 숨을 내뱉었다. 그제야 안심한 듯 정한도 후, 짧고도 성난 숨을 뱉었다. 바로 이어 얼음장보다 더 싸늘하고 날카로운 목소리가 튀어나왔다.

"너 뭐 하는 놈이야."

"네?"

옆에서 안절부절못하던 제오는 움찔 놀라 겁먹은 시선을 옮겼다.

"너 방금 무슨 짓 했어?"

나직하지만 오금이 다 얼어붙을 만큼 매서운 말투.

"아뇨. 전, 그냥……."

비록 지금은 꿇어앉아 있지만 이 장신의 남자가 몸을 일으키면 저보다 머리 하나는 더 클 것만 같았다. 떡 벌어진 정한의 어깨는 같은 남자의 눈에도 절로 웅장해 보였다. 괜스레 위축이 된 제오는 저답지 않게 말을 더듬었다.

"그냥, 고등학교 때 얘기…… 하고 있었는데."

"학교 동창이야?"

"네. 맞아요. 미래 고등학교. 1학년 때 같은 반이었어요."

제오는 필사적으로 자신이 나쁜 놈이 아니라는 걸 어필했다. 처음 보는 이 남자에게 초등학생처럼 또박또박. 다행히 그린이 가냘프게 편을 들어줬다.

"제오가 그런 거…… 아니에요."

살며시 얼굴을 찡그리다가 그린은 힘겹게 바르작거리며 말을 내뱉었다.

우리 집 뽀시래기

"……갑자기 불안 장애가 와서."

정한과 제오. 두 남자의 얼굴에 당혹감이 번졌다.

"불안 장애가 있었어?"

"불안 장애라고?"

같은 듯 비슷한 질문을 던진 둘에게 그린이 미세하게 고개를 끄덕였다.

"일단 집에 가자."

정한이 조심스레 그린을 부축해 일으켰다.

"잠깐만요."

돌연 제오가 용감하게 정한을 가로막았다.

"누구신데 갑자기 나타나서 그린이를 데려가는 거죠?"

가소롭구나. 정한은 날카롭게 눈을 치뜨며 싸늘한 시선을 쏘아 보냈다. 뜻밖에 용기를 내지른 무모한 햇병아리에게 정한이 오만하게 각이 잡힌 말투를 뱉었다.

"그건 그쪽이 알 거 없고."

"안 돼요. 누군지는 알아야 저도 안심을 하고 그린이를 맡기죠. 갑자기 끼어들어서 이렇게 막무가내로 데려가는 게 어딨어요?"

"데려갈 만하니까 데려가는 거야. 신경 끊어."

정한은 조심스레 부축하며 그린의 손을 잡았다. 그걸 본 제오의 눈이 뒤집혔다. 제오도 질 수 없다는 듯 나머지 한 손을 잡았다. 가소로운 애송이는 막무가내로 고집을 부렸다.

"어떻게 신경을 끊어요? 난 이미 친한 동창이라고 밝혔는데. 누군지도 모르는 험악하게 생긴 사람이 그린이를 끌고 가는데 그걸 그냥 지켜보라고요?"

말 그대로 제오를 내려다보는 남자의 눈에서 험악한 불꽃이 튀었다. 제오는 혀를 내둘렀다. 험악하게 생기기는 개뿔. 정면에서 보니 소름이 끼칠 만큼 우월했다. 조각처럼 각이 잡힌 수려한 이목구비. 신화에 나오는 남신마저도 압도할 정도로 지독하게 잘생긴 얼굴.

곱상한 제오의 얼굴을 내려다보던 정한의 입꼬리가 나른하게 휘었다.

"그깟 동창보다는 가까운 사이지. 내가."

피지컬로는 양보를 단 1도 안 하겠다는 건지.

눈앞의 남신이 씨익 웃으니 고강도의 페로몬이 흘러나오는 착각마저 들었다. 온통 섹시하다. 눈앞에서, 노골적으로 독점욕을 드러내는 이 남자는 그런 부류의 남자. 뿜어 나오는 아우라가 주변의 모든 것을 압도했다.

제오는 약이 올랐다. 어떻게 만난 그린인데. 운명처럼 다시 마주친 민그린인데. 간신히 잡고 있는 이 손을 놓치면 다시는 잡을 수 없을 것만 같았다. 이대로는 보낼 수 없다. 이 재수 없는 인간한테는 죽어도 뺏기고 싶지 않았다.

"그럼 성함하고 연락처라도 남겨 놓고 가세요. 내 눈으로 확인하기 전에는 못 보냅니다."

저릿한 눈길로 제오를 쏘아보다가 실소를 지은 정한이 품속에 손을 넣었다. 심플하면서도 고급스러운 티타늄제 명함 케이스가 열렸다. 눈부시게 하얀 명함이 1장, 정한의 손가락 사이로 딸려 나왔다.

"원하신다면."

단단한 뼈마디가 툭 불거져 곧게 뻗은 검지와 중지가 그린을 잡고 있는 제오의 손을 정확하게 겨냥했다. 팔랑 넘어온 명함에 제오는 어쩔 수 없이 그린의 손을 놓아야만 했다.

그린을 부축한 정한은 뒤도 안 돌아보고 카페를 나섰다.

(주) 넥스트메딕 대표 이사

김정한

허겁지겁 명함을 확인한 제오는 넋이 나간 얼굴로 멀어져 가는 뒷모습을 바라보았다.

그린은 정한에게 거의 기대다시피 한 채, 후들후들 떨리는 발걸음을 옮겼다. 오는 동안도 몇 번이나 휘청거렸다. 정한이 조심스레 벨트를 매줄 때도 하얗게 질린 얼굴로 눈을 감고 있었다.

"출발할게. 불편하면 바로 말해."

정한은 엔진 버튼을 누른 뒤, 조심스럽게 액셀을 밟았다. 부드러운 배기음과 함께 반짝거리는 세단이 매끄럽게 주차장을 빠져나갔다.

불안 장애가 있었다니, 지난 3년간 조금의 낌새도 채지 못했는데. 정한은 그린을 흘끗 돌아보았다. 시트에 머리를 기댄 그린은 미동도 없이 고요했다. 작은 얼굴은 걱정이 될 정도로 창백하게 질려 있었다.

"좀 막히네. 잠깐 눈이라도 붙여."

정한이 달래듯 말했다. 잠시 후, 차가 신호 대기에 정차했다. 돌아본 정한의 눈동자가 흔들렸다. 하얗고 고운 이마에 식은땀이 배어 나와 있었다. 서둘러 핼쑥한 얼굴로 시선을 주었다. 그린은 입을 꾹 다물고 있었지만 속이 메스꺼운지 안간힘을 쓰며 참는 모습이었다.

정한은 급한 대로 갓길에 차를 대었다.

"토할 거 같아?"

도리도리, 간신히 고개를 저었지만, 다시 한번 우욱. 정한이 다급히 조수석의 콘솔 박스를 열었다. 바스락거리며 물티슈를 꺼내든 순간…….

"우웩!"

급하게 엎드린 그린이 속 안의 것을 게워내 버렸다. 정한의 재킷 소매와 그린의 코트, 치마 일부분에 말간 액체가 후두둑 쏟아졌다.

"괜찮아?"

정한은 재빨리 그린의 등을 가볍게 두들겼다. 더 이상은 나올 게 없었는지 그린이 힘없이 고개를 저었다.

"아까 그놈이 진짜 이상한 짓이라도 한 거야?"

정한은 치밀어 오르는 목소리를 눌러 참으며 물었다. 다시 고개를 저은 그린의, 바들바들 떨리는 입술이 조심스럽게 벌어졌다. 우아하게 뻗은 속눈썹이 파르르 떨리며 툭, 맺혀 있던 눈물이 떨어지더니.

"나…… 학교 다닐 때 왕따였어요."

그린은 왈칵 울음 같은 말을 토해냈다. 생각지도 못한 얘기에 정한이 놀란 표정을 짓는 것도 잠시, 작은 얼굴 위로 말 그대로 비처럼 주룩주룩 눈물이 쏟아지자 정한의 표정이 다시금 험악해졌다.

그 애가 그랬나? 재호라고 불렀던가? 그린이 동창이라던 그 자식이?

화르륵 정한의 눈에 비친 불길을 끄듯 그린이 울먹거리며 입을 열었다.

"그런데 오늘 제오가…… 갑자기 얘기를 했어요."

다시 후두둑 눈물이 쏟아졌다.

"생각하면 자꾸만 죽을 거 같아서. 차라리 잊고 살았는데."

훌쩍거리던 목소리에, 간신히 참던 눈물이 섞이더니.

"제오가 그 애 이름을 말했어요. 갑자기 말했어."

결국 울음이 터져 버렸다.

"나는 아직도 이렇게 끔찍한데…… 제오는 몰랐을 테니까. 그래도 너무…… 아무렇지도 않게, 그 이름을……"

조가연. 다시 떠올려도 끔찍하게 무섭고 괴로운 기억들이었다. 중학교 졸업 직전까지 주도적으로 그린을 괴롭히던 가연은 고등학교에서는 상상을 초월하게 교묘한 방법으로 은따를 시켰다. 선생님과 같은 반 남자애들은 꿈에도 몰랐다. 가연이 친한 여자애들을 조종해 철저하게 조작된 이미지로 그린을 고립시킨 탓이었다.

다행히 고등학교 2학년이 되면서 그린은 문과로, 가연은 이과로 진학했다. 그 후로는 그린도 그럭저럭 평범하게 학교생활을 할 수 있었다. 하지만 아무렇지 않다가도, 갑자기 가슴이 두근거리고 악몽을 꾸는 날이 많아졌다.

꿈속에서는 항상 참고 또 참다가 몸이 나무토막처럼 뻣뻣하게 굳어서 쿵, 쓰러졌다. 그럴 때면 코와 기도, 폐 깊은 곳까지 무거운 진흙이 꽉 차버린 느낌이 들었다. 당장이라도 숨이 끊어질 것 같은 공포감도 함께 몰려왔다.

시간이 지나니 꿈속의 장면이 현실에서 재현되었다. 그게 불안 장애에서 오는 공황 발작이었다는 걸 깨달은 건 수능을 얼마 앞둔 어느 날이었다.

감춰 둔 기억이 떠오르자, 한번 터지기 시작한 눈물은 그칠 줄을 몰랐다. 일부러 가둬 둔 어두운 기억. 죽을 때까지 봉인 해제 하고 싶지 않았던 끔찍했던 시간들. 차갑게 얼어 있던 심장이 부서지더니, 날카로운 기억의 조각들이 아프게 날리며 박혔다.

정한은 난감한 얼굴로 아이처럼 서럽게 우는 그린을 바라보았다. 그린은 곧 숨이 넘어갈 것처럼 울고 있었다. 보다 못한 정한은 와락, 품 안에 가두듯 작은 몸을 안아버렸다.

강인하게 뻗은 두 팔, 떡 벌어져 버티고 있는 어깨와 넓은 가슴은 돌처럼 단단한데도 포근했다. 정한은 굳은 표정으로 바들바들 떨리는 작은 몸을 한참이나 꽈악 끌어안고 있었다. 말없이 저를 감싸 안은 정한의 따스한 품 안에서, 그린은 한참을 울고 또 울었다.

이러다 탈진하는 건 아닌지. 코끝까지 빨개진 채 울음을 터트리던 그린의 눈길이 문득 아래로 향했다.

"허어어. 이거, 어떡해……."

"뭐가."

그린은 펑펑 눈물을 쏟으며 정한의 축축한 소맷자락을 붙들었다.

"이거…… 흑흑, 오빠 옷……."

"그게 뭐."

"다 버렸잖아요. 흐어어, 내가 토해서……."

정한은 젖어 버린 소매에는 눈길도 주지 않았다.

"그딴 거 어쩌라고."

더 울 핑계가 필요했던 건지, 그린은 정한의 소매를 붙들고 억지를 부리기 시작했다.

"히이잉. 비싼 옷이잖아요. 빨리 세탁소 가요."

아, 이 심각한 와중에도 이렇게 귀여우면 어쩌란 말이냐. 커다란 손이 눈물, 콧물이 펑펑 쏟아지는 작은 얼굴을 감싸 올렸다.

"이딴 거 하나도 신경 안 쓰니까 울고 싶으면 그냥 울어."

정한이 다시 그린을 품 안으로 당겨 안았다. 생각지도 못한 그린의 과거를 듣고 나니 밀려오는 안쓰러움과 속상함, 그 이상으로 느껴지는 미묘한 감정. 작을 몸을 꽈악 부둥켜안고 한참이나 떨어질 줄 몰랐다.

한참 후, 그린의 울음소리가 잦아들더니 잘게 떨리던 몸도 잠잠해졌다. 조수석 시트를 조심스럽게 젖힌 정한은 재킷을 벗어 그린의 몸에 덮어 주었다. 촉촉하게 젖어 버린 기다란 속눈썹이 창백한 호수에 달그림자를 드리우듯 내려 감겼다. 정한은 시트 열선을 켜고 히터 방향을 조심스럽게 손본 뒤 파리해진 얼굴을 한참이나 지켜봤다. 집에 돌아올 때까지 그린은 기운 없이 축 처져 있었다. 차고에 차를 댄 정한은 조수석 쪽으로 돌아와 딸깍 벨트를 풀었다.

"걸을 수 있겠어?"

"……."

잠이 든 건 아닌 거 같은데 미약하게 앓는 소리만 흘러나왔다. 조심스럽게 팔을 넣어 가볍게 안아 든 정한은 정원을 가로질러가 벨을 눌렀다.

"예에. 나가요!"

안쪽에서 송천댁의 목소리가 들리더니 현관문이 활짝 열렸다.

"사장님? 이 시간에 웬일……. 에그머니나!"

커다란 재킷에 감싸인 작은 얼굴에는 여전히 혈색이 돌지 않아 창백했다.

"아가씨! 이게 무슨 일이래요!!"

송천댁은 크게 놀라 수선을 피웠다. 무리해서 속탈이라도 난 거 같다고 둘러댄 정한이 침실로 발걸음을 옮겼다.

"그린이 편한 옷으로 갈아입혀 주세요."

송천댁이 훌쩍거리며 실내복을 가져왔다. 닫힌 문 앞에서 기다리던 정한은 그린이 침대에 눕는 것을 확인한 후에야 2층으로 올라왔다. 얼마 후, 간단하게 샤워를 하고 옷을 갈아입은 정한이 1층으로 내려왔다.

"사장님 외출하세요?"

"네. 잠깐 회사에 나가 봐야 됩니다."

아까 잠깐 카페로 나서던 터라 그대로 벌여 놓고 나온 사무실이 신경 쓰였다.

"아가씨는 저대로 괜찮을까요? 병원에 가서 수액이라도 맞혀야 되는 거 아닐까요?"

송천댁이 안절부절못하는 얼굴로 물었다.

"일찍 들어올 겁니다. 일단 쉬게 하고 다녀와서 보죠."

송천댁과 한 씨의 사이에는 자녀가 없었다. 그래서인지 송천댁은 그린을 유난히 애틋하게 생각했다. 스물하나. 처음 만난 날부터 자연스럽게 '아가씨'라고 부르던 송천댁 눈에는 아직도 그린이 뽀송한 아기처럼 보이는 모양이었다.

"빨리 오세요, 사장님. 저러다 아가씨한테 무슨 일 날까 봐 겁나 죽겠어요."

송천댁이 울상을 짓자 정한은 안심시키듯 힘주어 고개를 끄덕였다.

정원을 가로지르다 말고, 우뚝 멈춰 선 정한이 진우에게 전화를 걸었다.
[대표, 대표, 김 대표.]
진우의 장난스러운 호칭에는 아무런 대꾸 없이 정한은 바로 본론을 꺼내 들었다.
"불안 장애라는 게 그냥 놔두면 위험한 건가?"
[불안 장애? 누가?]
진우가 심드렁하게 물었다.
"응급실이라도 데려가야 해?"
알 거 없다는 듯 바로 이어진 정한의 질문에 진우가 되물었다.
[상태가 어떤데? 실신이라도 했어?]
"아니."
[호흡이 힘들어?]
"지금은 괜찮아."
[어지럽다고 해? 식은땀을 엄청 흘린다거나?]
"그런 것 같지는 않아."
[얼마나 자주 그러는데.]
"오늘 처음 봐서 모르겠는데."

[흐으음.]

잠시 말이 없던 진우가 경쾌하게 답했다.

[뭐, 넓게 보면 유치원 가기 싫어서 배 아프다고 우는 애들도 불안 장애 범주에 들어가기는 하니까.]

"그게 불안 장애라고?"

[현대인은 누구나 다 하나씩은 갖고 있다는 얘기지. 더 심해져서 공황 발작이 오지 않는 한은 괜찮아.]

"혹시 과호흡이 오면?"

[그럼 참깨 빵 위에 순 쇠고기 패티 2장 주는 거기 있잖아? 그 집 감자튀김 봉지나 입에 대주든가.]

의사인 진우가 대수롭지 않게 말하는 걸 보니 심각한 것 같지는 않았다.

[이산화탄소 늘려주는 덴 종이 봉지 호흡이 직빵이거든.]

"크게 걱정할 일은 아니라는 거지?"

[병원 오기 전엔 알 수 없지. 계속 지켜봐. 따뜻한 거라도 먹이고 체온 유지시켜 주고.]

전화를 끊은 정한은 잠시 고민하다 휴대폰 화면을 슬라이드 해 보안 앱을 켰다. 길쭉한 손가락이 망설임 없이 버튼을 두드렸다.

경비가 시작됩니다.
침입자가 감지되면 보안 요원이 출동합니다.

평소의 김정한이라면 상상도 할 수 없는 일이었다. 책상 위에 서류를 활짝 벌려 놓고, 보던 업무를 팽개치고 집으로 돌아와 버린 것도 모자라 다시 가 볼 생각조차 없어 보였다. 정한은 뚜벅뚜벅 집을 향해 발걸음을 옮겼다. 현관에 들어서 긴 복도를 지나자 거실에서 서성이고 있던 송천댁이 놀라며 정한을 바라보았다.

"안 나가셨어요?"

"그렇게 됐습니다. 계속 안 좋으면 응급실 가려고 하는데, 어떤지 좀 들여다봐 주세요."

정한의 말에 송천댁은 한달음에 그린의 방으로 향했다.

"아가씨!"

이불을 들춘 송천댁이 왠지 더 안심한 목소리로 말했다.

"사장님 오셨어요. 많이 불편하면 바로 응급실 가게요!"

송천댁의 말에 그린은 아득해지는 의식을 서서히 놓기 시작했다. 이제 혼곤한 머릿속에는 한 가지 생각만 떠돌고 있었다. 정말 다행이다……. 이 집에, 같은 공간 안에……. 이윽고 거칠던 숨소리도 고르게 잦아들고 편안한 얼굴이 된 그린은 스르르 잠에 빠져들었다.

스르르 감긴 눈을 뜨니 방 안은 이미 어둑어둑해진 뒤였다. 아까 정한의 부축을 받으며 집에 돌아와, 간신히 옷만 갈아입고 무너지듯 침대에 누웠던 기억이 났다. 시간을 확인해 보니 송천댁 아줌마는 벌써 퇴근했을 시간이었다.

가물가물한 눈을 힘겹게 깜빡거리던 그린은 돌아누우며 한숨을 흘렸다. 생각해보면, 나름 스펙을 위해 열심히 노력했다 해도, 어떻게 보면 지난 3년간 세상과 거의 단절되다시피 살아왔다.

사회에 한 걸음 딛자마자 이렇게 약하고 못나빠진 꼴을 보이고 말았다. 이런 내가 아무렇지 않게 회사를 다니며 일상생활을 할 수 있을까. 까마득할 만큼 오랜만에 느껴본 공포감에 순간적으로 무기력한 기분이 밀려왔다. 하지만 바로 가슴 한쪽에서 희미하게, 촛불 같은 온기가 파닥거렸다.

"정한 오빠."

생각해보니 정한과 결혼한 뒤로 이 집에 머무르던 3년간은 단 한 번도 아프지 않았다.

예전에도 그랬지. 견딜 수 없이 힘들고 아픈 가운데도, 정한을 다시 만나고 싶다는 생각에 이를 악물고 버티던 순간들이 있었다. 정한과 같은 대학을 가고 싶다는 생각에 흔들림 없이 공부에만 열중하던 나날들이 있었다. 단 한 번이라도 다시 만나서 정한의 얼굴을 볼 수만 있다면, 한 번 더 얘기를 나눠볼 수 있다면, 어쩌면 평생을 옥죄던 공포감도 멀리멀리 도망가 다시는 찾아오지 않을 것만 같았다.

세상에서 가장 강하고 단단한 사람. 생각하면 힘이 되어주는 사람. 그린이 알고 있는 사람 중, 가장 따뜻한 온기를 뿜어

내는 남자.

 그랬던 정한과 우연히 다시 만나 3년이나 같은 공간에 머물렀다. 지난 3년간, 단 한 번의 친밀한 순간도, 인간적인 교류를 나눈 적도 없었는데도 마냥 행복했다. 그래서 한 번쯤은 욕심내고 싶었다. 이게 사랑인지, 단순한 동경인지, 사춘기 같은 짝사랑인지는 모르겠지만, 일탈처럼 한 번쯤은 정한의 품에 안겨보고 싶었다.

 지금 이 순간 이혼녀가 돼 있더라도, 취직도, 위자료 1억도, 이 집에 조금은 더 머물러 있을 수 있는 1년과 바꾸더라도, 그날 밤 오빠가 안아줬으면 기꺼이 안겼을 거야. 그랬으면 오늘처럼 씁쓸한 꿈도, 가끔 한 번씩 찾아와 목을 조르는 악몽도, 아무것도 꾸지 않았을 텐데.

 오늘같이 괴로운 날도 따뜻한 기억만 가지고 푹 잠들 수 있었을 텐데.

 그린은 씁쓸한 미소를 지으며 부스스 몸을 일으켰다. 언제 가져다 놓은 건지 침대 옆 협탁에는 말간 매실차 한 잔이 놓여 있었다. 그린은 찻잔을 들어 음미하듯 홀짝홀짝 마셨다. 상큼하고 달큰한 매실차의 맛에 입 안에 맑은 침이 고였다. 바싹 마른 나뭇가지에 희미하게 수액이 도는 느낌이었다.

 달칵―.

 찻잔을 내려놓고 고요히 생각에 잠겨 있던 그린은 무언가를 결심한 듯 방을 나섰다. 2층 계단 앞에서 또 한동안 망설이다가 떨리는 발걸음으로 층계를 올랐다.

똑똑.

"들어와."

이 시간엔 집 안에 그린과 정한, 단둘뿐이어서일까. 누군지 묻지도 않는 정한의 한결같은 반말이 반가웠다. 살그머니 문을 열어보니 정한은 책상 앞에 앉아 있었다.

얇은 반팔 셔츠 한 장 차림. 건장한 어깨가 꾸준한 트레이닝을 끝없이 반복하는 운동선수 같아 보이기도 했다. 모양 좋게 근육이 잡힌 팔이 책상을 짚었다. 벌떡 일어선 정한이 급하게 다가왔다.

"좀 괜찮아?"

'네. 이젠 괜찮아요.'

'감사합니다.'

'그리고 아깐 죄송했어요.'

'진짜로요.'

야무지게 준비한 감사의 인사 대신 그린의 입에서 엉뚱한 말이 흘러나왔다.

"……안아주세요."

방 안에 잠시 침묵이 흘렀다. 조금 있다가 정한은 두말 않고 꼬옥 그린을 품 안으로 끌어당겼다. 강인한 두 팔은 한참이나 가녀린 몸을 단단히 옭아매고 있었다.

그린은 정한의 품에 얼굴을 묻고 가만히 심호흡을 해보았다. 숨 쉬기가 매끄럽고 편안했다. 얼굴에 와 닿는 단단하고 입체적인 근육들. 제 몸을 꼬옥 끌어안은 기분 좋은 압박감.

규칙적으로 오르락내리락하는 포근한 정한의 품 속.

 따스한 정한의 온기가 부서지기 시작한 그린의 차가운 심장을 툭툭, 건드리며 날카롭고 아프기만 했던 얼음 조각을 골라내고 있었다. 그것들은 물처럼 녹아 공기보다 가볍게 사라져 버렸다.

 잠시 후, 정한은 도저히 이해하지 못하는 제 행동을 납득하려 애를 쓰는 중이었다. 품 안에는 오늘 세 번째로 그린이 안겨 있었다. 알쏭달쏭한 수수께끼를 넘어 도무지 출구를 찾을 수 없는 미로 같은 여자. 분명 아까는 죄송했다고, 감사하다고, 예의 바른 인사라도 할 것 같은 얼굴로 들어와서는 갑자기 난데없이 안아달라니. 안아주니까 파고들다니.

 오늘은 사정이 사정인지라 두말없이 다가가 껴안아주기는 했지만 낭창낭창한 부드러운 몸을 껴안고 있으려니 자꾸만 현타가 밀려들었다. 얇은 잠옷 차림 너머 선 곱고 예쁜 몸이 선명하게 느껴졌다. 귀여운 무늬가 그려진 파자마 차림에, 지금 안고 있는 이 작은 몸의 주인은 실컷 울고 난 뽀시래기가 맞는데.

 오늘 하루, 정한의 뇌리에 자꾸만 아로새겨지는 민그린은 절대, 절대, 절대로 뽀시래기가 아니었다. 만년 학생 같던 모습은 온데간데없이 어디로 사라진 걸까. 지나가다 마주쳤으면, 분명 한 번쯤은 뒤를 돌아봤을 정도로 어여쁜 모습. 그저 지금은 정확하게 1000% 김정한 취향인 아름다운 여인.

 순간 명치 부근을 비벼오는 볼륨감 넘치는 감촉에 정한은 목덜미까지 후끈해지는 느낌이 들었다. 아, 이건 안 좋다. 상당히 좋지 않다. 대단히 위험하다. 정한은 허리를 살짝 틀어 뒤로 빼며 거리를 벌렸다. 그런데 이 자극적인 뽀시래기가 자꾸만 납작한 아랫배를 꼬옥 밀착해 온다.

하체 어딘가에 위험할 정도로 피가 몰리는 걸 느끼며 정한은 이를 악물었다. 이 금수만도 못한 놈. 한낱 욕정에 타버리고 말 놈. 쓰레기 중에 최고가를 경신할 최고급 쓰레기. 수컷들이 원래 다 이러진 않을진대 위로를 해 주겠다고 끌어안았으면서 난데없는 번민과 갈등에 시달리는 꼴이라니.

정한은 번뇌와 자괴감 사이에서 무수히 밀려오는 유혹을 견뎌내야 했다. 그린을 안고 있는 두 팔이, 자그마한 등에 밀착된 커다란 손이, 순간의 실수로 야릇한 움직임으로 변하면 안 된다. 어떻게든 정신을 차리려 애쓰며 눈을 부릅뜨고 제 맘 같지 않은 제 몸을 감시했다.

한참 후, 달라붙어 있던 상체를 뗀 그린이 빼꼼히 고개를 들었다. 아쉬움인지 체념인지, 알 수 없는 한숨을 내뱉은 그린은 이제 됐다는 듯 몸을 떼며 말했다.

"아까는 진짜 죄송했어요. 그리고 감사드려요."

이런, 순서가 바뀌어도 한참 바뀌었다. 아까 처음 들어왔을 때 이 말을 했어야지. 정한은 이대로 풀어줄 수 없다는 듯 안고 있던 팔을 바짝 조였다.

"조금만 더 이대로 있자."

정한이 안고 있던 팔에 더욱 힘을 주며 바짝 끌어당겼다.

"이제 괜찮은데…… 충분히 위로가 됐어요."

"내가 안 괜찮아서."

더 없이 뚝뚝한 목소리였지만 슬며시 기대감이 올라왔다. 이렇게 안고 있으니까 없던 사심도 생긴 거 아니야? 오빠도 나처럼, 설레기 시작한 거 아니야?

"뭐가 안 괜찮은데요?"

"섣불리 풀어 줬다 또 울까 봐. AS 하는 김에 확실히 해 둘까 해서."

치이, 그럴 줄 알았다. 저 세상 무뚝뚝한 말투, 사무적인 내용에 설레는 내가 바보지. 그래, AS 확실히 해준다니까 이 기회에 사심이나 채워야겠다. 입을 삐죽거리던 그린이 정한의 품에 코를 박은 순간…….

"그만 내려가서 뭐 좀 먹자."

짤막한 한숨을 내쉬며 이번엔 정한이 먼저 몸을 떼어 냈다.

주방에 내려간 정한은 빨간 주물 냄비를 꺼냈다. 냉장고를 열어 송천댁이 찹쌀과 잣을 믹서기에 곱게 갈아 준비해 놓은 잣죽도 꺼냈다. 안 그래도 곱고 매끄러운 입자를 정한은 도를 닦는 심경으로 저어 내려갔다.

그대로 안고 있는 게 얼마나 위험한 일인지 모르는 것도 아니면서, 한 번, 두 번, 세 번…… 횟수가 늘어날수록 자꾸만 더 끌어안고 싶어지는 심리는 뭘까. 엉뚱함도 전염이 되는 걸까. 절제라는 브레이크에 고장이 난 건 아닐까. 하던 업무도 팽개치고 들어와 버린 어수선해진 하루를 반성하는 마음으로 정한은 한참이나 주걱을 저었다.

　잠시 후, 그린은 숟가락을 들어 죽을 한술 뜬 뒤 호호 불기 시작했다. 오물오물, 희고 깨끗한 맨 얼굴에 희미하게 혈색이 도는 깜찍한 입술이 부지런히 죽을 삼켰다. 지켜보던 정한은 안심한 표정으로 커피 머신 앞으로 향했다.

　"예전에요."

　커피를 내려 한 모금 삼킨 정한이 듣고 있다는 듯 고개를 끄덕였다.

　"저랑 카페 갔을 때. 결혼하기 전에요."

　기억하고 있는지 정한의 고개가 한 번 더 끄덕.

　"그때 사주셨던 허브티 이름이 뭐에요?"

　"갑자기 그건 왜?"

　"아까 마시고 싶었는데…… 이름을 몰라서."

　성의 없이 고개를 끄덕인 정한은 확인이라도 하듯 꿰뚫는 시선을 보냈다.

　"아까 그 친구, 재호라고?"

　"제오요?"

　"그래. 재호. 그 동창이라는 녀석. 걔는 너 괴롭힌 적 없어?"

　"제오가요? 아뇨."

　그린은 무슨 큰일 날 소리냐는 듯 눈을 휘둥그레 뜬 채 고개를 저었다.

　"친했어?"

　"친하진 않았어요."

친하지도 않은 녀석이 그리 다정한 얼굴로 웃는데 그 앞에 앉아 있었다고? 날이 선 질문을 꾸욱 누르며, 정한은 신중하게 다음 질문을 골랐다.

"왕따 당했던 거. 누구한테 도와 달라고 할 생각은 안 해봤어?"

그린이 힘없이 숟가락을 내려놓았다.

"그럼 집에서 알게 되잖아요."

아, 그제야 사정을 파악한 정한이 무겁게 고개를 끄덕였다. 그린의 모친인 영은은 스트레스에 유난히 취약한 편이었다. 그린의 성격상, 차마 아무런 말도 하지 못했을 게 분명했다. 아픈 엄마를 걱정하는 누구보다 착한 딸이니까.

"그……"

그린을 힘들게 했다던 애의 이름을 물어보려다가, 괜히 괴로운 기억을 떠올리게 할 필요 있나 싶어 살짝 돌려 물었다.

"널 괴롭혔다는 애들은 왜 그랬던 거야?"

그린이 삐죽 입을 내밀며 고개를 저었다. 어린 송아지만큼 맑은 눈에 어릉어릉 서러움이 맺혔다.

"그냥 내가 싫었나 봐요. 혹시라도 내가 뭔가 그 애한테 실수한 게 있었나. 아무리 생각해 봐도…… 도저히 모르겠어요."

그린이 설레설레 고개를 흔들었다.

"진짜로 나한테 문제가 있는 건 아닐까. 원래 나라는 애 자체가…… 따돌림 당해도 싼 애가 아니었을까. 나중에는 그런 생각만 들었어요."

그제야 아차 하는 마음이 들었다. 그 나이대 애들이, 누군가를 따돌리거나 싫어하는 건 어쩌면 흔히 일어날 수도 있는 일인데. 피해자한테 너는 왜 괴롭힘을 당한 거냐고 묻다니. 정한은 평소 자신답지 않게 참 멍청한 질문도 했다 싶었다. 어떤 위로를 해 주어야 할까. 이미 늦어버린 건 아닐까. 이제 와 무슨 말을 한들 잔뜩 생채기가 나 곪아 버린 마음에 무슨 도움이 된다고.

아득하게 잊고 있던 익숙한 느낌이 정한을 에워쌌다. 아무런 도움이 되지 못한다는 깊숙한 무력감. 할 수 있는 게 없다는 자괴감. 식탁 위에 다시 무거운 침묵이 흘렀다.

다음 날, 어제의 여파 때문이었는지 그린은 늦게까지 침대에 누워 뒹굴거리다 느지막이 일어났다. 아직도 놀란 얼굴의 송천댁과 마주 앉아 막 점심을 먹으려고 국을 한 숟갈 뜨는 순간이었다.

현관에서 소리가 나더니 성큼성큼 정한이 들어왔다. 중요한 데라도 다녀오는 길인지 오늘도 각 잡힌 슈트 차림이었다.

"사장님, 점심은 드셨어요?"

송천댁이 반색을 하며 일어나자 정한이 손을 내저었다.

"잠깐 옷 갈아입으러 들어온 거예요. 바로 나갑니다."

말과는 달리 정한은 곧장 식탁을 향해 다가왔다.

툭—.

작은 쇼핑백이 그린 앞에 놓였다. 2층으로 올라간 정한은 몇 분도 안 돼 편한 후드티에 저지 차림으로 내려왔다. 주방 쪽에는 눈길도 주지 않은 채, 정한은 곧장 현관을 빠져나갔다.

"어머, 사장님이 뭘 주고 가신 걸까. 아가씨, 얼른 풀어 봐요."

송천댁이 호들갑을 떨며 재촉했다. 그제야 쇼핑백을 열어보니 작은 유리병 하나가 쏘옥 빠져나왔다. 귀여운 라벨이 붙어 있는 허브티였다.

엘더 플라워

점심시간이 끝날 무렵. 카페에 앉은 제오는 안절부절못한 채 휴대폰을 들여다보는 중이었다.

어떻게 됐는지 궁금했지만 그린의 상태가 너무 안 좋아 보여 차마 연락을 할 수 없었다.

불안 장애가 생겼다니. 그 착하고 예쁜 민그린이 어쩌다가? 그린이 가까운 넥스트메딕에 입사한 건 좋았지만 생각해보니 마냥 좋은 것만은 아니었다.

— 너 방금 무슨 짓 했어?

― 학교 동창이라고?

잡아먹을 듯 험악하게 그르렁거리던 웅장한 어깨의 소유자 김정한이 떠올랐다. 그깟 동창보다 가까운 사이라니 대체 둘이 무슨 사이지? 그린은 넥스트메딕 직원이고, 정한은 넥스트메딕의 대표 이사니까 고용주와 고용인? 그런데 김정한은 꼭 민그린의 보호자인 것처럼 굴었다.

혹시…….

둘이 썸이라도 타고 있는 걸까. 제오는 애써 불안한 생각을 떨치며 고개를 흔들었다.

"에이 설마. 드라마도 아니고 사장과 신입 사원이 어떻게 썸을 타?"

그리고 가장 중요한 것. 썸이면 썸이라고 하면 되는데 김정한은 분명 애매하게 대답을 피해 버렸다.

"썸은 무슨. 아니겠지. 류제오, 괜히 쫄지 말자. 쫄지 마."

제오는 굳어진 얼굴을 억지로 펴며 결연하게 내뱉었다.

"김정한이 뭐라고. 넥스트메딕 그깟 회사가 뭐."

생각해 보면 아예 상대도 안 되는 싸움은 아니다. 김정한이 대표 이사면 뭐하고, 넥스트메딕이 이 동네 최고 체급을 자랑하는 공룡 스타트업이면 뭐해.

"늙다리."

제오는 제가 뱉은 말에 절로 민망해 숙인 고개를 차마 들 수가 없었다.

하, 내가 이렇게 못나빠진 놈이었구나. 궁지에 몰리니 이렇게까지 찌질해질 수도 있구나. 그래도 지기 싫었다.

다른 거면 몰라도, 민그린은 안 된다. 싸우지도 못하고, 포기하기는 싫었다.

"아무리 CEO면 뭐해. 이쪽은 나이가 깡패다."

한결 가벼워진 제오의 마음은 카페를 나서자마자 닻을 내린 채 깊은 심해로 가라앉아 버렸다.

제오의 맞은편에서 주머니에 손을 넣은 채 휘적휘적 걸어오는 저 남자. 가볍게 흐트러져 찬 겨울바람에 날리는 앞머리. 잡티 하나 없는 매끄러운 피부. 가벼운 후드티에 가뿐하게 걸친 명품 저지.

속부터 꽉 차서 물이 오르는 생기 반짝한 피부의 소유자는 류제오가 아니라 김정한이었다. 세상 우월한 비주얼과 눈 튀어나오게 세련된 옷차림. 거짓말 조금 보태면, 오늘 밤 클럽에 가면 입뺀은커녕 VIP룸 상석에 앉아 있는 게 제일 어울릴 것 같은 남자.

아, 진짜. 홱 고개를 돌린 제오는 욕을 내뱉었다. 젠장. 하나만 하라고! 저렇게 멋있을 건 또 뭔데.

정한도 제오를 알아봤는지 눈을 가늘게 뜨며 걸음을 늦추었다.

그래도 여기는 동방예의지국이다. 피차 안면은 튼 사이에 느와르 영화의 두 주인공처럼 스산하게 스쳐 지나가면 안 될 터. 하지만 자존심이 걸린 문제였다. 최대한 건들거리며 대충 고개를 끄덕인 제오는 먼저 선빵을, 아니, 입을 열었다.

"어제 우리 그린이, 잘 데려다 주신 거죠?"

정한은 '요것 봐라.' 하는 눈길을 보냈다.

"우리 그린이, 잘 들어가기는 한 건지 걱정하고 있었는데. 마침 이렇게 만났네요."

승산 없는 싸움에, 세상 천진난만하고 귀염 뽀짝한 미어캣이 먼저 용감하게 이빨을 드러내 보였다.

요 새파란 애송이. 일부러 더 도발하고 싶어서 신경을 긁을 만한 단어를 고르고 고른 게 티가 났다. 안 그래도 심기가 불편했던 정한도 굳이 삐딱하게 응수해줬다.

"우리 그린이? 호칭을 보니 보통 사이는 아닌 거 같은데, 아직까지 연락이 안 됐나?"

뜻밖에 정곡을 찔린 제오는 움찔했다.

"그, 그건! 푹 쉬라고……!"

"그럼 이만. 좀 바빠서."

무심하게 내뱉은 정한이야말로 느와르 영화의 주인공처럼 제오의 곁을 차갑게 스쳐 지나갔다.

"저기요."

비장한 제오의 말에 정한의 발이 바닥에 박혔다.

"저, 그린이 좋아해요."

쿵!

알고는 있었지만, 저 새파랗고 가소로운 애송이의 말이 정한의 가슴을 시린 바람보다 더 날카롭게 후벼 팠다.

잠깐의 침묵 끝. 차게 웃음을 뱉은 정한이 담담하게 물었다.

"그래서."

"좋아했어요. 고등학교 때부터. 민그린이 제 첫사랑이었어요."

"그래서."

서늘한 반응에도 푸릇한 애송이는 기가 죽지 않는다.

"그쪽, 김정한 씨하고 그린이가 어떤 사이지는 모르겠지만, 저 일단 고백은 할 겁니다."

정한은 쓴웃음을 지었다. 나는 그린이가 이런 어리고, 순수하고, 아무것도 재지 않고 패기 넘치는 또래의 남자아이를 만나서 풋풋한 사랑을 하기를 바랐다. 오롯이 순수한 마음 하나로, 올곧은 눈동자로, 제 사랑을 솔직하게 고백하는 용감한 애송이. 어떤 반응도, 어떤 대답도 할 수가 없었다. 정한은 그저 말없이 뚜벅, 결재 승인을 내리는 도장이라도 찍듯 무거운 발자국을 앞에 찍었다.

역시 이번에도 애매하게 대답을 피해 버린다. 모든 것을 다 가진 김정한은 아직 민그린은 가지지 못했다. 제오는 그제야 안도의 숨을 내쉬며 미소를 지었다.

순간, 정한이 빙글 몸을 돌렸다. 곧 제오의 뒤통수에 싸늘한 출사표가 날아왔다.

"어쩌지."

바로 다음 말에, 잠깐이나마 느꼈던 작은 승리의 불꽃이 맥없이 꺼져 버렸다.

"나도 좋아합니다."

"네!?"

"민그린을, 좋아한다고 나도."

이글이글한 정한의 눈이 한 치의 양보도 할 수 없다는 듯 파바박―, 치지직―.

제오는 움찔하며 정한의 입버릇을 카피했다.

"그래서요?"

"나도 일단, 고백은 할 겁니다."

정한 역시 제오의 패기를 카피했다.

chapter 6

정한의 귀납적 추리

사무실로 돌아온 정한은 거칠게 욕부터 내뱉었다.
"미친놈. 정신 안 차리지."
"누가 미쳤는데?"
정한의 책상에 앉아 마우스를 휘두르던 진우가 고개를 내밀었다.
"몰라."
정한은 소파 위에 풀썩 주저앉았다. 그러다 미간을 찌그러트리며 괜히 진우를 향해 그르렁거렸다.
"넌 왜 또 남의 자리에 와서 게임을 하는 건데?"
모니터에서 눈을 떼지 않은 진우가 답했다.
"나 새벽부터 데이터 돌리다 잠깐 한숨 돌리는 거라고."
"저걸 진짜."
오늘따라 범 무서운 줄 모르고 달려드는 하룻강아지들에게 둘러싸인 기분이다. 혀를 차며 매섭게 노려봤지만 진우는 눈 하나 꿈쩍하지 않았다.

소파에 풀썩 앉은 정한은 테이블 위 서류를 집어 넘겨보기 시작했다. 머릿속은 서류 내용 대신 회사 앞에서 마주친 푸릇푸릇한 애송이 생각으로 가득이었다. 재호라고 했지. 첫사랑인 그린을 아직까지 잊지 못한 걸 보니 지고지순한 성격이 분명하다. 동창생 신분이라고 했으니 오다가다 스쳐갈 아무나는 아니겠지. 생긴 것도 멀쩡하고, 정한의 명함을 받고도 기가 죽지 않는 패기까지 보여줬다.

객관적으로, 재호라는 친구는 애송이 치고는 괜찮은 남자였다. 결혼 직후부터, 정한이 수없이 다짐했던 결심. 정해진 혼인 기간이 끝나고, 그린이가 자유롭게 되면 제 나이에 맞는 풋풋한 만남도 가졌으면 좋겠다고. 그런 의미에서 재호라는 애송이는 최적의 조건을 가진 상대였다.

그런데 왜 이렇게 물러나기가 싫지.

원래 학창 시절부터 승부욕 하나는 남다른 정한이었다. 그렇다고 패기롭게 겁 없는 도발을 걸어오는 하룻강아지의 도전까지 일일이 받아줄 만큼 이기고 지는 것에 집착하는 성격도 아닌데, 이상하게도 애송이는 남다르게 거슬린다. 하룻강아지 도발인 걸 아는데도 유난히 짜증이 솟구쳤다.

잠시 후, 종이를 만지작거리던 기다란 손가락이 관자놀이를 감쌌다.

"그깟 애송이 도발에 넘어가다니. 한심하기는."

"애송이? 누구?"

진우의 머리통이 다시 모니터 위로 빼꼼 솟아올랐다.

"혼자 끙끙거리지 말고 이 형님한테 털어놔 봐. 그때 준 밥 정에 대한 정보, 꽤 쓸 만하지 않았냐?"

결국 정한은 스치듯 제오에 대한 이야기를 꺼냈다.

흥미진진한 얼굴로 듣고 있던 진우가 불쑥 물었다.

"그 애송이가 거슬릴 이유가 뭐가 있어?"

"어설프게 도발을 해. 자꾸 그린이를 들먹이면서."

"그게 뭐 어때서?"

"그린이는 법적으로 엄연히 유부녀야."

"유부녀 같은 소리 하네. 너 제수씨한테 어떻게 했어? 그동안 소 닭 보듯 하고 살았잖아."

진우가 팩폭을 날리자, 정한은 억울한 표정을 지었다.

"스물하나면 닭도 아니고 병아리였어. 뭘 더 어떻게 해?"

"그래. 병아리라고 치자. 그럼 앞으로는 소 병아리 보듯 하면 되잖아? 병아리는 병아리끼리 어울리게 놔둬."

정한은 계속 깐족거리는 진우를 차갑게 노려보았다. 애송이 옆에 뽀시래기. 언뜻 생각해보면 어울리는 조합이긴 한가……. 콰악, 서류를 틀어쥔 정한의 손에 힘이 들어갔다.

정한과 헤어진 뒤 회사로 돌아온 제오는 쉽사리 업무에 집중할 수가 없었다. 모든 것을 다 가진 김정한은 민그린까지 욕심내는 게 분명했다.

'잘생기고 사악한 놈. 욕심이 성층권을 뚫고 프록시마 센타우리까지 뻗치고도 남을 놈.'

현재 이 구역에서 가장 핫한 스타트업계의 신의 직장, 넥스트메딕. 곧 있으면 나스닥 상장을 타진 중이니 마니, 미국으로 회사를 옮기지 않는 이상 불가능한 일인데. 소문만으로도 넥스트메딕의 주가는 무섭게 치솟았다. 한 해, 한 해, 쌓이는 실적은 나날이 눈이 부셔 실명할 지경이었고.

그 대단한 넥스트메딕의 수장이 김정한이었다.

지난 3년간 언론 노출을 철저히 피한 은둔형 CEO.

그래서 다들 넥스트메딕의 CEO는 전형적인 공대형 너드일 거라 추측했다. 아니면 의대 출신의 외골수거나, 단순히 운이 좋은 벤처 덕후.

'덕후는 개뿔.'

제오는 오만했던 지난날을 후회하며 이마를 쥐어박았다. 베일이 벗겨진 김정한의 정체는 말 그대로 끝판왕이었다. 그냥 끝판왕도 아니고 은하계 너머 대우주급.

거기에 비하면 류제오는…… 초.라.하.기.그.지.없.다.

제오는 머리를 쥐어뜯었다. 죽도록 노력해 아무리 업그레이드를 한들 김정한의 발끝이나 따라잡을지 의문이었다. 지기 싫어할 거 같은 승부욕은 또 어떤가. 류제오가 요트를 사면 김정한은 크루즈를 살 인간이었다. 김정한은 영원히 류제오의 미래를 살고 있을 게 분명했다.

머리를 쥐어뜯던 제오는 비상한 머리를 빠르게 굴리기 시작했다. 그렇다면, 김정한보다 앞선 과거를 살아 본다면? 과거의 김정한보다 현재의 류제오가 잘나간다면 어떨까. 제오는 인터넷 창을 열어 빛의 속도로 검색을 했다. 넥스트메딕은 3년 전 창업을 했다. 기사를 찾아보니 3년 전의 김정한은 제오보다 나이가 많았다.

'이거다!'

그제야 제오의 입가에 웃음이 걸렸다. 아직 희망이 있을지도 모른다. 류제오는 저 잘난 김정한보다 더 어린 나이에 더 잘나가는 벤처 기업의 더 잘난 CEO가 되리! 벌떡 일어난 제오는 패기 넘치는 기세로 사장실로 직진했다. 벌컥, 사장실 문을 연 제오가 외쳤다.

"형! 지난번 그 제안, 아직도 유용해?"

맞은편 책상 앞에 앉아 있던 남자가 이맛살을 찌푸리며 스윽 몸을 일으켰다. 정한만큼이나 웅장한 어깨. 뒤지지 않는 외모와 기럭지. 역시나 완벽한 피지컬. 제오에게 형이라고 불린 남자가 쏘듯이 물었다.

"각오는 돼 있어?"

제오는 초롱초롱한 눈에 힘을 주며 힘차게 고개를 끄덕였다.

"죽을 각오로 해 볼게. 그럼 1년 있다 그 자리, 나한테 넘기는 거다?"

제오는 눈앞에 걸린 명패를 보며 단단히 입술을 물었다. 명패에 새겨진 이름은 다음과 같았다.

정한의 귀납적 추리

바론바이오 대표

류제하

 잠시 후, 제하의 집무실을 나온 제오의 얼굴에는 아까 같은 초조함은 보이지 않았다. 대신 제오는 씨익 웃으며 명함을 꺼내는 시늉을 했다.

"바론바이오 대표, 류제오입니다."

 그러더니 제오는 고개를 갸우뚱거리며 휴대폰을 꺼내 들었다.

"그때 김정한이 가지고 있던 명함 케이스가 뭐였지? 듀X, 몬X그라파?"

 검색을 위해 초록 창을 연 순간, 갑자기 폰이 울렸다.

"어우, 깜짝이야."

조가연

"여보세요."

[제오야, 잘 지냈어?]

"어. 조가연. 웬일이야?"

 수화기 너머 가연의 발랄한 목소리가 흘러나왔다.

[제오야. 우리 이번에 옮기는 신사옥.]

"어. 넥스트메딕?"

[거기 제오 너네 회사 바로 옆이다. 놀랐지? 서프라이즈!]

"알고 있어. 간판을 그렇게 무식하게 크게 달았는데 모르고 싶어도 알 수밖에 없지."

안 그래도 속이 뒤틀려 죽을 지경인데 가연이 들떠서 내지른 소식이 제오에게는 전혀 달갑지 않았다.

[야, 류제오. 십년지기 친구가 이웃사촌이 된다는데, 너 반응이 왜 그딴 식이야?]

"친구는 무슨. 아쉬울 때만 연락하면서."

계속 삐딱하게 대답을 하던 제오가 갑자기 반가운 톤으로 물었다.

"맞다. 나 어제 누구 만난 줄 알아? 너 그린이 알지? 민그린."

[민그린?]

순간 가연의 목소리가 뽀족해졌다.

"우리 1학년 때 같은 반이었잖아."

[몰라. 그런 애가 있었나?]

"왜. 우리 학교에서 젤 예뻤는데. 문과 가고. 되게 뽀얘가지고."

[아, 모른다고! 근데 걔가 왜?]

"그린이도 너랑 같은 회사 다닌다는데 몰랐어?"

[걔가?]

가연에게서 아니꼬운 톤이 흘러나왔다.

"그린이는 그대로더라. 아니 더 예뻐졌나? 다음에 같이 밥 한번 먹자."

[그러든가.]

신경질적으로 전화를 끊은 가연은 눈꼬리를 치켜뜨며 잇새로 욕이라도 지르듯 잊고 살던 이름을 내뱉었다.

"민그린."

씩씩거리며 자리로 돌아온 가연은 사내 인트라넷을 열어 바로 검색을 해 보았다.

| 민그린 | Q |

| 다시 검색해 주십시오 |

혹시나 싶어 다시 한번 키보드를 신경질적으로 타다닥.

| 다시 검색해 주십시오 |

'뭐야, 넥스트메딕에 민그린이라는 사람은 없는데?'

그린이 아직 사원증을 발급받기 전이라 인트라넷에서도 검색이 되지 않는 것뿐이었지만 가연이 이 사실을 알 리 없었다. 팔짱을 끼고 '흥' 하는 콧김을 내뱉은 가연은 어이가 없다는 표정이었다.

"짜증 나게 밥은 무슨. 내가 그딴 찐따랑 왜 밥을 먹어야 되는데."

민그린. 처음 그린을 본 건 중학교에 갓 입학하고 나서였다. 반장인 가연은 그날 담임의 호출을 받고 교무실을 찾았다.

─ 이야, 영광이다. 서남 민승로 선생님 손녀딸이 우리 학교에 전학을 다 오고.

교무 주임의 말에 가연의 고개가 휙 돌아갔다.

뽀얀 얼굴에 커다란 눈을 한 그린은 '첫사랑' 하면 떠오르는 순수한 이미지가 자동으로 연상될 만큼 예쁜 아이였다. 마주친 첫날부터 가연은 그린이 거슬리고 짜증이 나 견딜 수가 없었다. 그래서 중학교 3년도 모자라 고등학교에 올라가서도 은따를 만들어 철저하게 고립시켰다.

가연은 새빨간 입술을 일그러뜨리며 코웃음을 쳤다.

"허언증이야 뭐야. 찐따 주제에 지가 무슨 수로 넥스트메딕을 들어와."

퇴근 시간, 정한과 진우는 회사 근처 고깃집에서 잔을 부딪치는 중이었다. 정한은 심각한 얼굴로 소주를 거푸 들이켰다. 진우는 건수를 잡았다는 표정으로 싱긋 웃었다.

"김 대표님, 많이 심란하십니까?"

"무슨 소리야."

"이성의 눈으로는 제수씨가 아직도 스물하나 뽀시래기여야 하는데 잠자던 감성이 눈을 떠버린 거잖아. 어느 날 보니 막 이쁘고 응? 막 설레고. 심란해 죽겠지?"

"시끄러워."

"나도 그만하고 싶은데, 도저히 닥칠 수가 없다. 와, 살다 살다 김정한이 여자 때문에 끙끙거리는 꼴을 다 보고, 이거 실화냐!"

딱히 부정도 하지 못하고, 정한의 미간에 깊은 주름이 파이기 시작했다.

내가 언제부터 이렇게 이상해진 걸까. 계약서에 사인까지 한 이상 우리 집 뽀시래기의 연애 생활에 노터치, 노상관하고 신경 끊으면 되는데.

그린이를 생각하면 왜 이렇게 마음이 뒤숭숭한지, 재호라는 애송이를 생각하면 왜 이렇게 속이 뒤집어지는 건지. 평생 한 치의 빈틈도 없었던 완벽한 김정한의 인생에 언젠가부터 균열이 생기는 느낌. 지겨울 정도로 평온했던 일상이 자꾸만 흐트러지는 느낌.

그런데 그 느낌이 이상하게 싫지가 않았다. 물론 그 틈 사이로 겁 없이 머리를 들이미는 애송이는 한없이 짜증이 났지만. 이렇다 할 결론을 내리지 못한 채, 진우와 헤어진 정한은 터덜터덜 집으로 돌아왔다.

정한은 현관을 열고 긴 복도를 지나 환하게 불이 켜진 거실로 향했다. 소파 위에 쪼그리듯 앉은 그린은 밝게 웃으며 통화 중이었다. 파자마 차림에, 주방에 다녀오는 길이었는지 테이블 위에는 물컵이 놓여 있었다.

갑자기 아랫배에서 뜨거운 열기가 후욱 올라왔다. 그린이 입고 있는 저 파자마는 분명 얼마 전 정한의 품에 찰싹 안겨

선 고운 몸을 마구 비벼댔을 때 입고 있었던 것이다. 그 후로 가끔 꿈에 나타나 정한을 괴롭힌 마성의 아이템.

목까지 꼭꼭 단추를 채우는 극히 평범하고 얌전한 파자마 주제에 세상에서 가장 설레는 전설의 치트키. 속에서 들끓던 감정이 다시금 꿈틀꿈틀 머리를 쳐들었다.

"알겠어. 제오야, 그럼 월요일에 봐."

환하게 웃는 그린의 얼굴이 선명하게 박혀 들어왔다. 순간 심장이 덜컥 내려앉는 기분이 들었다. 오늘 하루 종일 심기가 불편했던 이유. 저리도 사랑스러운 파자마 차림으로, 애송이와 전화를 하며 환하게 웃는 그린을 보니 비로소 알 것 같았다.

……질투였다.

정한은 못 박힌 듯 굳어 버렸다. 그린이 환하게 웃으며 통화하는 모습을 보니 가슴 속 어딘가 휑한 느낌이 들었다. 전화를 끊은 그린은 미소가 가시지 않은 표정으로 정한을 바라보았다.

"지금 오세요?"

"누구야."

방금 흘러나온 이름을 들었으면서 정한은 시침 뚝 떼고 최대한 감정을 누른 목소리로 질문을 던졌다.

"제오요."

"재호?"

"동창이요. 요전 날 회사 앞 카페에서……."

"아아, 그 친구."

최대한 태연하게 고개를 끄덕거리고 정한은 다시 무심한 척 속마음을 드러냈다.

"밤늦게 무슨 일로 통화한 거야?"

"월요일 날 밥 먹기로 했어요."

"저녁에?"

정한의 목소리 톤이 살짝 날카로워졌다.

"아뇨. 점심에요. 제가 회사 앞으로 가기로 했어요. 간단하게 밥만 먹고 헤어질 거예요."

그린은 전혀 눈치채지 못한 듯 상세한 계획을 털어놓았다.

"간단하게 밥만 먹는데 거기까지 간다고? 멀지 않겠어?"

그린은 설레는 표정으로 맑게 웃었다.

"출근길 시뮬레이션 해 보려구요. 지하철 타고."

"그 친구, 굳이 만나야겠어? 안 만나는 게 좋을 것 같은데."

"왜요?"

"동창이었다며, 또 지난번처럼 패닉이라도 오면 어떻게 해."

"아."

그린은 걱정 말라는 듯 야무진 대답을 내밀었다.

"걱정 마세요. 안 그래도 그날 만나서 부탁하려구요. 학교 다닐 때 얘기는 하지 말아 달라고 할 거예요."

더 이상 물어볼 말도, 걸 만한 태클도 없었다. 고개를 끄덕인 정한은 2층으로 올라가는 계단에 발을 올렸다.

"쉬어."

"네. 안녕히 주무세요."

전혀 감정의 동요가 느껴지지 않는 모습으로 정한은 성큼 계단을 올랐다. 하지만 방에 들어온 정한은 한없이 답답한 표정을 짓고 있었다. 아까 왜 애송이 재호한테 질투심을 느꼈나.
　"왜긴 왜겠어."
　정한은 잔뜩 일그러진 표정으로 투덜거렸다.
　첫사랑이니, 고백이니, 그렇게 건방지게 들이받았는데, 화가 안 난다면 정상이 아니지. 무늬만 부부이긴 해도, 민그린의 법적인 보호자는 엄연히 김정한이다.
　아무리 계약 이혼 같은 이쪽의 사정을 모른다 해도, 정한은 남의 영역에 당당하게 침범하는 하룻강아지를 가만히 지켜볼 호구는 아니었다.
　정한은 고심 끝에 더 이상 재호가 자신의 영역에 어슬렁거리게 놔둘 수는 없다는 결론을 내렸다. '질투'에 대한 제 감정을 깔끔하게 정의하고 나니, 이번에는 새로운 골칫거리가 떠올랐다. 그린이는 돌아오는 월요일, 그 애송이 자식과 생리학적 동조 행위를 통해 친밀감을 쌓는 행위를 하러 갈 예정이다.
　오늘은 금요일 저녁. 정한도 쌓으려고만 하면 '밥정'이라는 걸 최소 몇 번은 쌓을 수 있을 테지만, 문제는 이번 주말 정한의 출장이 잡혀 있다는 점.
　'이대로라면······.'
　위기감을 감지했는지 평소 단정했던 미간이 움켜쥔 주먹을 따라 제대로 구겨지기 시작했다.

다음 날 아침.

주방에 들어선 그린은 놀란 표정을 감추지 못했다. 정한이 커다란 궁중 팬을 들고 가스레인지 앞에 서 있었던 것이다.

"뭐 하시는 거예요?"

"앉아. 아침 먹자."

그린은 얼떨떨한 얼굴로 홀린 듯 식탁 앞에 앉았다.

"아주머니는요?"

"천천히 나오시라고 했어."

지금 이게 무슨 상황인지, 혹시 잠이 덜 깨서 꿈을 꾸는 건 아닌지. 어리둥절한 얼굴로 지켜보던 그린이 '앗!' 하며 물었다.

"오늘 출장이라고 하지 않았어요?"

며칠 전, 송천댁에게 출장 짐을 싸 달라 당부했던 걸 들은 기억이 났던 것이다.

"아침 먹고 바로 갈 거야."

정한은 여유 있는 표정으로 능숙하게 웍과 젓가락을 휘둘렀다. 잠시 후, 정갈한 도자기 그릇 안에 알록달록 군침이 도는 음식이 담겨져 나왔다.

"어? 이거?"

그린이 휘둥그레진 눈으로 접시를 내려다보았다.

"궁중떡볶이예요?"

"맞아."

정한도 이내 식탁 앞에 앉았다.

"와아……."

접시 위를 내려다본 그린은 나지막한 탄성을 뱉었다. 정한이 만든 궁중떡볶이는 윤기가 좌르르 도는 게 보기만 해도 군침을 삼킬 만큼 맛있어 보였다.

"원래 이렇게 요리를 잘 하셨어요?"

"잘은 못해. 몇 가지만 할 줄 알지."

정한은 앞 접시에 소담하게 떡볶이를 담아 그린에게 내밀었다.

"식기 전에 먹어."

그린은 젓가락을 들어 말랑한 떡과 고명을 집어 입 안으로 가져갔다.

"으음."

식감이 살아 있는 향긋한 나물과 부드러운 불고기, 쫄깃한 떡. 나물이야 항상 있는 반찬이고 불고기감도 송천댁이 자주 재워두는 식재료이긴 했다. 하지만 있는 걸로 대강 만들었다 해도 정한의 솜씨는 믿기지 않을 만큼 훌륭했다.

"그냥 하는 말 아니라 진짜 맛있어요. 이런 건 언제 배웠어요?"

그린의 얼굴에 숨김없는 경탄의 표정이 떠올랐다.

"떡볶이가 배워서 할 만큼 거창한 음식은 아니잖아."

정한은 어깨를 으쓱한 뒤 젓가락을 입으로 가져갔다. 정신없이 몇 점을 집어먹던 그린은 그제야 정한에게 시선을 꽂았다. 잘생긴 턱과 담백하게 다물린 입술이 규칙적으로 움직이

정한의 귀납적 추리

더니 단단한 목울대가 꿀꺽 요동을 쳤다. 묵묵히 음식을 먹던 정한이 문득 그린과 시선을 마주쳤다.

"왜 안 먹어? 입에 안 맞아?"

"아, 아뇨. 맛있어요."

다시 젓가락을 든 그린은 열심히 오물거리며 홀린 듯 정한을 바라보았다. 고작 떡볶이 한 입 먹는 것뿐인데. 이 남자, 반듯하고 고고한 자세를 잃지 않고 있었다.

새삼 접시 위의 정갈한 담음새도 눈에 박혀 들어왔다. 운전을 할 때도, 밥을 먹을 때도, 심지어 냄비와 주걱을 들고 서 있을 때도. 그 어떤 상황에서도, 한순간도 흐트러짐이 없는 남자. 저런 비주얼이라면 식탁 앞에 앉아만 있어줘도 은혜로운데, 요리까지 잘 하는 건 물론 예쁘게 담아내기, 예쁘게 먹기까지…… 못하는 게 없는 남자.

정한은 모든 말과 동작 하나하나가 설계부터 철저하게 계획돼 완벽하게 시공된 피사체 같았다. 완벽해도 너무 완벽한 정한이 만들어주는 아침을, 눈 뜨자마자 식탁에 마주앉아 먹고 있다니. 그것도 무려 궁중떡볶이를.

"내 얼굴에 뭐 묻었나?"

문득 정한이 그린을 빤히 바라보았다. 그린은 화악 붉어진 얼굴로 세차게 고개를 저은 뒤 우물거리듯 물었다.

"그런데 아침부터 웬 떡볶이에요?"

"먹고 싶어서."

"떡볶이, 좋아했어요?"

"딱히."

어깨를 으쓱한 정한은 대답이 성의 없었다 싶었는지 뒷말을 덧붙였다.

"차 오래 타야 하는데, 밥은 좀 부담스러워서."

궁중떡볶이가 더 부담스럽지 않나? 소화도 잘 안 되고, 기름지고. 갸우뚱하던 그린은 제 몫의 떡볶이를 남김없이 해치우기 시작했다.

잘 먹는 그린의 모습을 보던 정한은 속으로 안도의 한숨을 내쉬었다. 지난 번 백문백답 질문 중 가장 좋아하는 음식에 이렇게 답했었지.

― 할머니가 간장과 설탕, 참기름으로 만들어주던 떡볶이.

추억의 맛.

그린이 아련한 표정으로 했던 대답을 기억해 낸 정한은 아침 일찍 주방으로 내려와 궁중떡볶이를 만들었던 것이다.

"잘 먹었습니다."

어느새 접시를 깨끗이 비운 그린이 식기를 들고 싱크대로 향했다.

"설거지는 제가 할게요."

"그냥 놔둬."

정한이 벌떡 일어나 성큼 다가왔다.

"몇 개 안 되니까 금방 해요. 접시 이리 주세요."

그린은 야무지게 고무장갑을 낀 뒤 물이 흐르는 수전 아래 접시를 가져다 댔다.

"고집부리지 말고."

별안간 등 뒤에서 기다란 팔이 뻗어 나왔다.

"꺄앗!"

정한이 뒤에서 안는 듯한 형태로 손을 뻗은 바람에 당황한 그린은 접시를 놓쳐 버렸다. 순간 접시가 고무장갑을 낀 손에서 미끄러지며 철퍼덕 물을 튀겼다.

"이런."

정한은 짤막한 탄식을 내뱉으며 물부터 잠갔다. 다행히 접시는 깨지지 않았다.

"어디 다친 데는 없어?"

서둘러 그린의 몸을 돌려 세운 정한이 살짝 눈썹을 치켜올렸다. 그린의 얼굴 곳곳에 방울방울 물이 맺혀 떨어지고 있었다. 정한은 두리번거리더니 곱게 개어진 면보를 황급히 집어 내밀었다.

"……."

"아, 고무장갑."

그제야 물이 뚝뚝 떨어지는 고무장갑이 눈에 들어왔다. 정한은 그린이 끼고 있던 고무장갑을 벗기기 시작했다.

"잠깐만. 이게…… 잘 안 벗겨져서."

요령이 없어 힘으로 잡아 빼다가 정한은 난감한 얼굴로 끙끙대기 시작했다.

"닦아주세요."

정한의 동작이 뚝 멈추었다.

"뭐?"

"젖어서 안 벗겨지나 봐요. 그냥…… 닦아주세요."

그린의 목소리가 살짝 떨리고 있었지만, 정한은 전혀 눈치채지 못했다. 하얀 면보를 집어 드는 정한의 손이 더 떨리고 있기 때문이었다. 정한은 신중한 표정으로 면보를 조심스레 그린의 이마에 가져다 대었다.

톡. 톡.

커다란 손 앞에서 우아한 속눈썹이 나비가 날갯짓을 하듯 파르르 떨려왔다. 깨끗한 면보는 이마를 지나 매끈하게 뻗은 콧잔등으로 향했다. 예쁜 꽃물이 번져 있는 매끄러운 양 볼과 자그마한 턱에도 부드러운 천이 닿았다 떨어졌다.

마지막으로, 함초롬하게 물기를 머금은 도톰한 입술 앞에서, 슬로 모션처럼 면보를 쥔 손이 멈추었다. 정한의 시선이 그린의 입술에 가 닿았다. 어찌나 뜨거운 눈길로 쳐다보는지 이러다 뚫리지는 않을까 염려될 정도였다. 그린은 움찔하며 양 입술을 말아 오므렸다.

"그렇게 감추면……."

정한이 탁하게 갈라진 목소리로 속삭였다.

"……닦아줄 수가 없잖아."

망설이듯 오물거리던 입술이 천천히 꽃이 피듯 자태를 드러냈다. 꽤 힘을 주어 물고 있었는지 살짝 부풀어 오른 입술은 아까보다 훨씬 더 붉어 보였다. 정한은 한참이나 그린의 입술에서 눈을 떼지 못했다. 그 시선에 가슴이 뛰어 올려다보기가 힘들 지경이었다. 그린은 결국 눈을 감아 버렸다.

파르르 떨리던 속눈썹이 마침내 꽃잎 위에 안착한 나비 날개처럼 내려감겼다. 물기가 가득한 고무장갑을 끼고 있다는 것도 잊은 채로 발뒤꿈치를 치켜든 그린은 어느새 정한의 셔츠 앞자락을 꼬옥 움켜쥐고 있었다.

……해주세요.

재촉하듯 붉은 입술이 살포시 마중 나와 있었다. 서툰 그린의 숨짓이 참을 수 없을 만큼 사랑스러웠다. 정한은 홀린 듯 고개를 숙였다. 농밀한 호흡이 예쁘게 솟은 코끝과 입술 언저리 어딘가를 간질였다.

싱그러운 아침의 겨울 햇살과 온기 가득한 집 안 공기. 주방 창가 바구니에 올려둔 향긋한 모과 냄새. 한껏 긴장한 숨소리만 곤두선 귓가를 달게 울렸다. 마침내 둘의 숨결이 희미하게 섞이기 시작했다. 바르르 떨리는 입술 끝이 닿을락 말락, 모든 것이 숨을 죽여 멈추어 버린 그때였다.

"아이구! 무거워 죽겠네. 그거 여기다 놓고 얼른 쌀도 가져와요!"

현관 쪽에서 쩌렁한 송천댁의 목소리가 들려왔다. 그린은 혼비백산한 표정으로 정한을 떠밀었다. 철퍼덕!

"사장님! 일찍 떠나신다며, 아직 안 나가셨어요?"

보따리를 잔뜩 든 송천댁이 주방으로 들어섰다.

동시에 삐걱대는 고개를 간신히 돌리고, 둘은 말없이 송천댁을 응시했다.

"아가씨도 일어났어요? 벌써 아침도 다 드셨어?"

그러다 송천댁은 심상치 않은 눈길로 새로 문신한 굵직한 눈썹을 꿈틀거렸다.

"두 분 표정은 왜 그래요? 꼭 뭐 잘못이라도 하다 들킨 사람처럼?"

송천댁이 쿵쿵거리며 가까이로 다가왔다.

"에구머니나! 이게 웬 물바다예요? 못 살아."

송천댁은 바로 마른걸레를 찾아 씩씩대며 바닥을 닦기 시작했다.

"발 좀 들어보세요. 둘 다 장승처럼 서 있지만 말고."

끄응. 푸짐한 몸을 일으킨 송천댁은 싱크대 안을 들여다보며 '쯧쯧' 혀를 찼다.

"고작 접시 두어 개 씻으려고 이 난리를 쳐놓은 거예요? 아이고, 내가 이러니 집을 비울 수가 있나."

이번에는 바로 정한을 닦달하기 시작했다.

"사장님은 왜 또 흠뻑 젖으셨어? 둘이 물장난이라도 했어요? 쯧쯧, 옷 벗어 이리 내요!"

보통 때 같았으면 2층으로 올라가 버렸을 텐데 어지간히 넋이 나간 게 분명했다. 정한은 기계적으로 단추를 풀기 시작했다. 툭. 툭. 꼭꼭 조여 있던 단추가 무람없이 열렸다. 정한의 맨 가슴팍이 점점 드러나기 시작하더니 보기 좋게 솟은 근육 아래로 탄탄하게 짜인 복근이 자태를 드러낸 순간······.

"이리 주세요!"

송천댁이 셔츠를 채 가는 바람에 매끄러운 조각상 같은 상반신이 활짝 노출되고 말았다. 훤하게 드러난 정한의 상반신에, 그린은 결국 넋을 잃은 표정을 지었다. 순간 송천댁이 다시 쩌렁하니 외쳤다.

"아가씨도 얼른 벗어요!"

"네? 뭐, 뭘요?"

그린은 화들짝 놀라며 양팔로 가슴께를 가렸다.

"계속 물 떨어지잖아요. 고무장갑 이리 내요."

송천댁은 능숙하게 그린의 고무장갑을 벗겼다.

정한은 훤히 드러난 맨살에 공기가 닿으니 정신이 좀 든 모양이었다.

"아까 내가 할 땐 분명히 안 벗겨졌는데……."

얼굴이 벌게져 구시렁거리는 정한과 이성과 넋이 사이좋게 가출해 버린 그린을 송천댁이 한쪽으로 떠밀었다.

"이제 다들 가세요. 혼자 쉬엄쉬엄 정리 좀 하게. 가서 물장난이든 뭐든, 하던 볼일들 마저 보세요."

하던 볼일. 정신이 번쩍 난 얼굴로 정한을 올려다 본 그린은 쌩하고 방으로 내달리기 시작했다.

한달음에 방으로 뛰어 들어온 그린은 다시 이불을 뒤집어쓰고 말았다.

분명, 키스하려고 했던 거 맞지? 아닌가? 착각인가? 하아, 결정적인 순간에 눈을 감아 버려 가지고 그 뒤의 오빠의 행적을 파악을 할 수가 없네. 오빠는 아무 생각도 없었는데, 이번에도 김칫국 사발로 드링킹 한 건가? 아니, 그런데 아무 생각도 없는 사람이 왜 아침을 만들어 줘? 아, 먹고 싶어서 만들었다고 했지. 어차피 혼자도 해 먹을 거 나한테는 그냥 재능 기부한 건가? 그나저나 얼굴도, 먹는 모습도 예쁘더니, 오빠는 대체 안 예쁜 데가 어디니.

그린의 얼굴이 순식간에 발그레해졌다. 지난번 특수 효과 같은 물안개 사이로 본 오빠의 복근도 '신이시여, 감사합니다.'였는데, 오늘은 신이 아니라 '송천댁 아주머니, 감사합니다.'라고 해야 되나?

아침 햇살을 후광처럼 받고 있는 정한의 완벽한 복근은 감탄조차 나오지 않을 지경이었다. 옷은 오빠가 벗었는데, 유레카는 왜 내가 외치고 싶은 건지. 꼬리에 꼬리를 물고 이어지는 고민과 번뇌 속에 주말이 순식간에 지나가버리고 말았다.

정한은 출장 내내 눈코 뜰 새 없이 바빴다. 월요일인 오늘은 정한이 재택근무를 하는 날. 어젯밤, 늦게 회사에 도착해 밤을 꼬박 새우다시피 하며 출장 건을 완벽하게 마무리 지었다. 출장은 성공적으로 끝났지만 집으로 돌아오는 정한의 마음은 가볍지만은 않았다. 출장 날 아침에 있던 일 때문에 집에 가서 그린을 마주칠 생각을 하니 입이 바짝 마를 지경이었다.

긴장된 마음으로 정원을 가로지르는데 맞은편에서 그린이

걸어오고 있었다. 목까지 단정하게 여민 까만 코트 덕분인지 그린의 새하얀 피부가 유난히 투명하게 빛나 보였다.

그제야 생각이 났다. 맞다. 오늘이었지. 그린이가 애송이 재호랑 밥정을 쌓으러 가기로 한 날. 저렇게 예쁘게 차려입다니. 고작 애송이나 만나러 갈 거면서. 별다른 특색도 없는 까만색 코트를 입었을 뿐이었는데 정한의 눈에는 여느 때보다 몇 배는 더 빛나 보였다.

또각. 또각.

하이힐을 신은 모습도 낯설지만 기가 막히게 어울렸다. 그리고 그 지점이 다시 정한의 심기를 불편하게 어지럽히고 있었다.

"지금 나가니?"

"네!"

"높은 구두. 안 불편하겠어?"

"익숙해져야죠. 다녀오겠습니……."

생긋 웃은 그린이 돌아서는 순간, 정한이 성큼 질러가 앞을 막아섰다.

"태워다 줄게."

"네?"

방금 들은 말이 이해가 안 되는지 그린의 커다란 눈동자가 잠시 깜빡거렸다. 그린의 의아한 반응에는 아랑곳 하지 않는 듯, 정한이 무심하게 툭 물었다.

"약속이 회사 근처라고 했지?"

"네? 네."

"생각해 보니 나도 회사에 볼 일이 있어."

그린은 얼떨떨한 표정으로 다시 차고로 향하는 정한의 뒷모습을 바라보았다.

바론바이오.

점심시간이 되자마자, 제오가 총알같이 튀어 나가려던 순간…….

"류제오. 가서 커피 좀 사 와."

제하가 툭 카드를 던지자 제오가 발끈하며 말했다.

"어이, 대표님. 내가 집에서나 형 따까리지. 여기는 엄연한 직장이야. 인사팀에 찌르기 전에 적어도 점심시간은 보장해 주시죠?"

"그 점심시간도 보장 못 받고 릴레이 회의 들어가는 팀원들은 안중에도 없지?"

제하의 서릿발 같은 눈초리에 제오는 꿀꺽 침을 삼켰다.

"앞으로 1년 간 죽어라 노력이 어쩌고 어째? 잔말 말고 튀어가서 사 와."

결국 제오는 꼼짝없이 커피 셔틀을 하게 되었다. 카페를 나선 제오는 양손 가득 커피가 빼곡히 꽂힌 캐리어를 들고 있었다. 약속 장소에 먼저 가서 기다리고 있을 그린이 생각에 뛰다

정한의 귀납적 추리 219

시피 회사로 향하던 제오의 발걸음이 뚝 멈추었다.

우라질. 하필 재수 없을 만큼 완벽한 피조물, 아니, 완벽한 김정한이 맞은편에서 걸어오고 있었다. 나는 신입 사원 티 펄펄 내면서 이 한겨울에 땀을 뻘뻘 흘리며 두 손에 왕창 들린 커피가 식을 세라 발바닥에 땀나게 뛰는 중인데.

세련된 차림에 백팩을 메고, 한 손엔 커피, 한 손엔 도넛이 든 봉지. 살아 있는 화보처럼 간지 나게 걸어오는 우월한 피사체. 지금 이곳이 뉴욕 대로 한복판인지 파리의 길모퉁이 한 자락인지 잠시 헷갈릴 정도였다.

"아주 패션쇼를 하지. 저게 무슨 회사원이야."

울컥 치솟는 분함과 민망함에 투덜거리던 제오는 문득 발걸음을 멈췄다. 분명 저 인간도 고백할 거라고 선전 포고를 날렸지? 이러다 시작도 못 해보고 뺏기는 거 아닐까. 저 재수 없는 김정한과 지금 자신의 모습은 아무리 해 보려 해도 도저히 비교 불가. 넥스트메딕의 CEO 김정한의 고백이라니. 내가 여자라도 황송하겠다. 그런 고백은 무릎이라도 꿇고 받겠다.

결국 자존심은 길바닥에 깔아둔 채 제오는 씩씩하게 정한을 멈춰 세웠다.

"저기요!"

무심히 까딱 묵례만 하고 지나치던 정한이 우뚝 발걸음을 멈추었다.

"나?"

"네. 그쪽."

죽어도 대표님이라든가, 김정한 씨라든가, 간지나는 직함이나 남자다운 그 이름을 부르고 싶지는 않았다.

그래도 그쪽은 너무 건방져 보였나. 잠시 고민한 제오는 바로 호칭을 정정했다.

"저기요, 김 사장님."

정한은 황당한 표정으로 제오를 건너다보았다.

현재 넥스트메딕의 대표가 김정한인 건 맞지만, 막상 부르고 나니 뭔가 이상했다. 하지만 양손에 식어가는 커피를 가득 든 제오는 더 이상 지체할 시간이 없었다. 그래서 빠르게 다음 말을 내뱉었다.

"우리 페어플레이 하죠?"

정한의 굵은 눈썹이 도저히 이해를 못 하겠다는 듯 잔뜩 찌푸려졌다. 요즘 저 나이대 애들은 다 그런 건가? 너무도 당당한 태도로 그 어떤 의미도 맥락도 추정할 수 없는 말을 다짜고짜 뱉으면 끝인 줄 아나? 이쪽에서 알아서 파악하고 반응하길 기대하는 모양인데, 다짜고짜 페어플레이부터 하자니. 종목도 규칙도 알 수 없는 승부를 뭘 어쩌자는 건지 도통 이해할 수가 없었다.

제오는 선문답이라도 하듯 바로 뒷말을 이었다.

"나 아직 그린이한테 고백 안 했거든요."

그제야 떨떠름한 표정으로 정한이 물었다.

"그래서?"

"원래는 바로 하려고 했는데, 잠시 보류하기로 해가지고요."

"그래서?"

손에 든 커피를 힐끔 쳐다본 제오는 하얀 입김과 함께 속사포 같은 속내를 뱉기 시작했다.

"1년이요. 딱 1년 있다가 고백할 겁니다. 지금은 아무리 생각해도 내가 불리하잖아요."

정한은 이제는 무슨 반응을 해야 할지도 모르겠다는 표정을 짓고 있었다. 그 틈을 타 애송이는 과감하게 승부수를 던졌다.

"김 사장님도 그 고백, 1년 후에 하시죠!"

테이블 위로 툭, 도넛 봉지가 올라왔다. 정한의 손이 바스락거리는 종이봉투에서 무심하게 떨어졌다.

"오오, 땡큐."

소파에 널브러져 있던 진우는 반색을 하며 도넛 봉지를 열어젖혔다.

"대박! 우리 김정한 대표님 같은 남자도 없다니까. 아무거나 처먹으라고 투덜거렸으면서. 주문한 거 하나도 안 빼놓고 다 사왔네?"

진우는 냉큼 도넛을 베어 물었다.

"넌 어제도 퍼마셨다면서, 아침부터 그게 들어가냐?"

정한의 핀잔에 진우는 한 손엔 도넛, 다른 손엔 물이 찰랑

한 텀블러를 치켜들어 보였다.

"나도 좋아서 먹는 거 아니야. 술 마신 다음 날엔 당분 보충, 수분 공급. 전문의 자격증을 소지한 의료인으로서 저혈당과 탈수에 맞는 처방을 내렸을 뿐이지."

정한은 고개를 절레절레 흔들고 책상 앞으로 가 앉았다. 아까 그린을 약속 장소 앞에 내려주고 오는 길. 숙취로 징징거리는 진우의 부탁에 도넛을 사러 다녀오다 하필 그 애송이를 마주치고 말았다.

정한은 미간을 찌푸린 채 마우스 버튼을 따다닥 때렸다.

— 김 사장님도 그 고백, 1년 후에 하시죠!

"역시 마음에 안 들어, 애송이."

못마땅한 말투가 일자로 다문 입술을 비집고 차갑게 새어나왔다. 일단 '김 사장님'이라고 불린 게 상당히 거슬렸다.

따다다닥. 정한은 다시금 신경질적으로 마우스를 클릭했다.

"지가 뭔데 고백을 하라 마라야?"

"누가? 누가 고백을 하는데?"

입가에 슈가파우더를 잔뜩 묻힌 진우가 불쑥 얼굴을 들이밀었다.

"저리 안 가?"

정한이 으르렁거렸다.

"궁금해잉. 나도 알려줘잉."

진우의 눈망울이 호기심 많은 소처럼 반짝거렸다. 잠시 후 대충 사정을 들은 진우도 심각한 표정으로 고개를 갸우뚱거렸다.

"1년? 왜 하필 1년이지? 1년이면 상당히 긴 시간인……? 가만! 어?"

진우가 알겠다는 듯 유레카를 외쳤다.

"정한아, 정한아. 미쳤다, 미쳤어. 그거다, 그거야!"

"……?"

"제수씨랑, 그 애송이 녀석이랑…… 혹시!"

"혹시 뭐?"

"앞으로 1년 동안, 썸 타기로 한 거 아니야?"

진우가 활짝 웃으며 정답을 외치자 정한은 개밥이라도 씹은 표정으로 모니터를 꺼 버렸다.

"맞네! 제수씨 앞으로 1년 동안은 법적으로 유부녀잖아!"

정한이 험악한 표정으로 으르렁거렸다.

"그래서?"

"일단 썸 타고! 정식 고백은 1년 뒤! 와, 나 천재 아니야? 학위를 의학사가 아니라 연애학사로 땄어야 되는 건데. 남녀의 심리에 관해서는 모르는 게 없잖아!"

자화자찬을 늘어놓던 진우는 싸늘한 시선이 느껴져 고개를 돌렸다. 정한은 당장이라도 물어뜯을 준비가 돼 있는 맹견처럼 보였다.

"마, 맞다…… 아까 방사선 가속기팀에서 보고서 올라왔는데…… 임상 들어가기로 한 건 예정대로…… 해?"

저도 모르게 긴장한 진우는 침을 꿀꺽 삼키며 말을 돌렸다.

정한은 책상 위의 보고서를 빠르게 훑기 시작했다. 빼곡하게 나열된 수치를 뚫어지게 보던 정한의 표정이 점점 굳어갔다.

"이 정도 빔 퀄리티(Beam quality)로는 들어가 봤자야. 안정성 확보도 안 되고. 조금 더 균일하게 뽑아져 나와야지. 내가 최종 컨펌 내리기 전까지는 어떤 액션도 하지 마."

진우는 쭈뼛거리며 정한의 눈치를 살폈다.

"그럼 당분간은 임상도 못 들어가고, 시뮬레이션도 못 돌리고. 할 일도 없는데, 일단 땡겨 쓸 수 있는 연차를 좀 찾아서……."

"뭘 땡겨?"

예상대로 정한의 눈빛은 이글이글 잡아먹을 듯 레이저를 쏘기 시작했다.

"용량이랑 대상 질환 선정 안 하고 바로 1상 베팅 들어갈 거야? 임상 시험 디자인 안 해? 통계 분석은 어떻게 돌릴 건데? 너 지금 제정신……!"

"오케이! 제정신 아니었음! 어휴, 연차 소리 한 번만 더 했다가는 가루가 되도록 까이겠네. 난 바빠서 이만 내려갑니다요."

진우는 도넛 봉지를 손에 쥐고 잽싸게 집무실을 빠져나갔다.

문이 닫히자마자, 책상 위에 두 팔을 짚고 벌떡 일어선 정한은 초조한 표정으로 손가락을 딱딱 두드리기 시작했다.

"가설이 완전히 잘못돼 있었군."

처음부터 다시 추론을 할 필요가 있었다. 나는 왜 애송이 재호한테 질투심을 느끼고 있나. 같은 질문에 자동으로 떠오른 건 그 건방진 애송이 녀석이 아니었다.

서현과 은별의 갈굼에 잔뜩 주눅이 든 모습, 품에 안겨 엉엉 울던 모습, 안아 달라며 꼬물꼬물 파고들던 모습. 계약서를 들고 웃는 얼굴, 오물거리다 웃는 얼굴, 집까지 같이 가자는 말에 환하게 웃는 얼굴. 믿기지 않을 만큼 생생하게 떠오르는 그린이의 빛나는 모든 모습.

그제야 제 감정이 또렷이 손에 잡힐 듯 느껴졌다.

"……좋아하니까."

이게 정답이었다. 제가 뱉고도 오글거렸는지 정한의 얼굴이 벌겋게 익었다. 붕붕 고개를 저으며 정한은 필사적으로 다른 핑계를 찾기 시작했다. 지난 3년간 너무나도 금욕적인 생활을 한 탓에 순간 흔들리는 것뿐이라고. 하필 가장 가까이 있는 여자가 민그린이라서. 그래서 이 감정을 좋아하는 거라 착각하는 것뿐이라고.

"이제 와서 갑자기 그 뽀시래기를 좋아할 리가 없잖아."

굳이 소리를 내어 부정한 순간, 확신은 더욱 짙어지기만 할 뿐이었다.

'그렇게 사랑스러운데 어떻게 좋아하지 않을 수 있나.'

정한의 인생에 생긴 균열이 가느다란 실금에 불과한 건 문제가 아니었다. 언젠가부터 스며든 뽀시래기는 그 가느다란 틈 사이로 빛보다 더 환하게 존재감을 내뿜고 있었다. 그런 그린을 두고, 하늘에서 뚝 떨어진 외계 생명체니, 연구 대상이니. 계속 신경이 쓰이는 이유에 굳이 다른 핑계를 갖다 붙이며 납득하려 했다니.

'멍청이 새끼.'

진우도 옆에서 귀가 따가울 정도로 힌트를 날렸는데. 제 감정의 실체를 확실히 파악하고 나자, 이번에는 새로운 고민이 밀려왔다. 민그린은 김정한을 어떻게 생각할까.

민그린. 도무지 알 수 없는 여자. 결혼 3년 만에 대뜸, 그것도 이혼 서류를 내밀기 직전······.

— 우리 같이 자요!

그 대담한 요구는 대체 뭐 때문이었을까. 게다가 새로운 이혼 계약서에 넣은 밑도 끝도 없는 엉뚱한 조항. 결혼한 유부녀가 남편에게 자신의 연애 사정에 절대 터치를 하지 않는 것은 물론, 적극적인 지지까지 해 달라고 하다니. 생각하면 할수록 속이 터지고 환장할 노릇이었다. 이건 어떤 가설도, 어떤 추론도 통하지 않는 난제였다. 결국 정한은 답답하다는 듯 머리를 헝클어뜨렸다.

"내가 이래서 논리학을 싫어한다니까."

chapter 7

죽도록 노력하고 싶은 일

제오는 점심시간이 끝나자마자 바로 회사로 돌아가야 했다. 그린과 점심 약속을 앞두고 형인 제하의 커피 심부름에, 도중에 마주친 정한과 신경전까지 벌이느라 평소보다 더 바빴기 때문이었다. 제오와 헤어진 그린은 지하철역 쪽으로 발걸음을 옮겼다. 모처럼 신고 나온 하이힐에 발끝이 찌릿찌릿거렸다.

"아무래도 편한 신발로 다시 사야겠다."

잠깐만 신어도 발이 이렇게 얼얼한데, 이걸 신고 하루 종일 어떻게 일을 하겠어. 고개를 절레절레 젓던 그린이 지하철역 입구로 시선을 돌린 순간······.

"······어?"

거짓말처럼 정한과 눈이 마주쳐 버렸다.

"여기 웬일이세요?"

서둘러 다가간 그린이 의아한 목소리로 물었다.

"집에 가려고."

심드렁한 목소리에 의아함이 한 톤 더 올라갔다.

"지하철 타고요?"

"어."

"차는요?"

"회사에 두고 왔어."

"차를 왜요?"

그린이 궁금증이 전혀 해소되지 않은 표정을 짓자 정한은 짤막하게 부연 설명을 덧붙여 주었다.

"어제 밤을 새웠더니 피곤해서. 운전 안 하는 게 나을 거 같아."

"아아."

그제야 고개를 끄덕거린 그린의 얼굴이 환해졌다. 정한에게는 집까지 모셔다 줄 김 비서도 있고, 전화 한 통이면 해결되는 대리 운전도 있었지만 그린은 미처 거기까지 생각하지 못했다. 제오와 점심을 먹고 헤어진 뒤 지하철을 타고 집으로 돌아갈 생각이었다. 물론 정한이 시간 맞춰 기다리고 있었다는 것도 물론 꿈에도 상상하지 못했다. 아까 연애니 썸이니, 꿈도 꾸지 말라고 철벽을 친 건 친 거고, 정한과 함께 집에 갈 수 있다는 사실에 그린은 그저 들뜬 얼굴이었다.

"갈까?"

"네! 엄마얏!"

환하게 웃으며 발을 내딛던 그린은 굽이 걸렸는지 순간적으로 비틀거렸다. 잽싸게 그린을 잡은 정한이 구두를 내려다보더니 말없이 팔을 내밀었다. 그린의 커다란 눈이 믿을 수 없다는 듯 깜빡거렸다.

지금 저거, 잡으라고 내민 거 맞지? 머뭇거리던 그린이 정한의 팔뚝을 살며시 잡은 순간…….

"그렇게 손만 댔다가 또 넘어질라."

정한이 반대 손을 뻗어 그린의 손등을 감싸더니 주르륵 당겨 아래로 끌고 갔다. 순간 그린이의 바싹 얼어붙은 토끼 눈이 아래를 향했다. 겨울바람에 차가워진 그린의 손은 커다랗고 따스한 정한의 손 안에 포근하게 담겨 있었다.

정한은 잡은 손을 살며시 조이고 앞서 내려가기 시작했다. 조심조심 계단을 내려간 정한은 보폭을 맞추어 걷기 시작했다. 정한의 머릿속엔 한 가지 생각이 맴도는 중이었다.

'싫은 건 아닌가.'

대담하게 손을 뻗으면서도, 사실 그린이 뿌리치면 어쩌나 가슴이 조인 건 사실이었다. 아까 제 마음을 확인했으니, 이제 남은 건 그린의 마음을 확인할 차례. 그린의 갸름한 뺨엔 내내 발그레한 꽃물이 들어 있었다. 긴장한 기색이 역력했지만 그린은 플랫폼 앞에 도착할 때까지도 정한의 손을 놓지 않았다. 정확히는 정한이 단단히 움켜쥐고 놔주지 않아 빼지 못한 걸 수도 있지만.

'싫은 건 아닌 걸로.'

그린의 속마음에 대해서는 어떠한 가설도 세울 수가 없어, 일단 여러 가지 검증을 해 볼 필요가 있었다. 가장 먼저 시도해 보기로 한 것. 스킨십. 언젠가 진우가 한 말이 있었다.

— 괜히 시간 낭비 말고 확실하게 결판을 내고 싶잖아? 그럼

무조건 스킨십이지. 상대방도 맘이 있으면 절대 빼지 않거든. 싫으면? 깔끔하게 불꽃 싸다구 맞아 주면 오케이.

자칭 클럽 죽돌이에, 여자에 대해서는 모르는 게 없다는 진우의 자화자찬에 닥치고 일이나 하라고 으르렁거리기 일쑤였는데. 남녀의 연애 감정에 있어서 거의 고자나 다름없는 정한이었기에 잠깐씩 흘려들었던 말이 이렇게 도움이 되는 날이 올 줄이야.

곧 지하철이 도착했다. 정한은 꼬옥 잡고 있던 작은 손을 아쉬운 마음으로 놓아주었다. 안으로 들어선 정한의 눈길이 다시 그린의 구두로 향했다.

'저런 걸 신고 서 있으면 불편하지 않나?'

아까부터 그린의 구두가 신경 쓰였던 정한은 마침 빈자리가 나자 재빨리 다가가 앞을 가로막고 물었다.

"앉을래?"

정한의 말에 그린은 기다렸다는 듯 고개를 끄덕이며 자리에 앉았다. 그린의 앞에 정한이 서자 자연스레 그린의 시선이 한군데로 쏠렸다.

"그, 그냥 서 있을래요!"

자리에 앉기가 무섭게 그린이 튕기듯 발딱 일어났다.

"왜?"

그린은 목덜미까지 빨개진 채 도리도리 고개만 저을 뿐이었다.

'으아, 난 구제불능이야.'

죽도록 노력하고 싶은 일

한동안 까맣게 잊고 있던 오빠의…… 어쨌든 본능적으로 눈길이 간 순간 깨달았다. 지금 이 지하철에 탄 건 정한과 자신 뿐만은 아니라고. 후하후하. 미치겠다. 외계인도 같이 탄 걸 깜빡하고 있었네.

"다리 아플 텐데. 그냥 앉아 있어."

"안 아파요! 안 그래도 운동 부족이라 원래 지하철 타면 서서 가거든요!"

필사적으로 변명을 늘어놓은 그린은 발그레하게 상기된 얼굴을 모로 틀었다. 외계인이 코앞에 있는데 태연하게 마주 보고 앉아 있을 정도로 강심장은 아니거든요.

역시 정한은 아무 생각이 없는 게 틀림없었다. 아무런 사심이 없으니, 계단 내려갈 때 손도 잡아주고, 앉아 있는 내 앞에 당당하게 마주 서 있는 거잖아. 오빠가 칼같이 그어 놓았는데, 나 혼자 또 선 넘고 금 밟고 아무 생각 없는 순결한 오빠를 머릿속에서 마구마구 더럽힐 뻔했네.

그린은 지하철 안에서 내내 고개를 돌리고 새침한 태도를 보였다. 그런 그린을 보며 정한은 다시 한 번 고민에 빠졌다.

'아까 계단 내려갈 때는 단순히 호의를 거절하지 않은 것뿐인가?'

넘어질까 봐 팔은 잡았지만 일부러 자리까지 맡아 주는 건 단칼에 뿌리친다. 운동하느라 서서 가야 된다고, 분명하게 자신의 의견을 피력하는 여자, 민그린.

동시에 진우의 충고도 머릿속을 휘저었다.

─ 왜 하필 1년이겠어? 제수씨랑 그 애송이랑. 1년 동안 썸 타기로 한 거라니까? 안 그러면 세상 어떤 멍청이가 1년씩이나 걸려서 고백을 하냐?

정한의 미간이 초조하게 조여들었다. 혹시…… 나는 이제 와서 뒷북을 치고 있는 건가. 그린이는 혹시 이혼 후 새로운 출발을 위한 모든 판을 짜 놓은 걸까. 이혼 계약서. 마지막 조항. 그린이가 굳이 넥스트메딕에 지원한 이유. 마침 넥스트메딕 근처에서 얼쩡거리는 애송이. 민그린이 그려 놓은 큰 그림. 눈치도 없이 혼자 북채를 휘두르는 김정한.

이런! 모든 게 딱딱 들어맞고 있었다. 엉뚱하게 착각 회로를 돌리고 있는 줄도 모르고, 집으로 향하는 지하철 안에서 정한은 가설에 검증까지 깨끗하게 결론을 내렸다.

[이번 역은 ○○, ○○입니다. 내리실 문은…….]

방송이 나오고 문이 열리기 무섭게 정한은 험악한 얼굴로 쌩 지하철을 빠져나갔다. 성큼성큼 걸음을 옮기는 얼굴에는 단단히 노기가 어려 있었다. 물론 저 꽃같이 예쁜 그린이에게도, 건방이 하늘을 찌르는 애송이에게도 화가 난 건 아니었다. 정한은 지금, 그린이의 마음이 그 애송이에게 가 있을지도 모른다는 오해에 단단히 빠져드는 중이었다.

그렇다면 정한은 어떤 위로도 건넬 수 없고, 가슴 뭉클해질 자격도 가지면 안 될 것 같았다. 지난 3년간 대체 뭘 하다가 이러는 건지, 뒤늦은 후회와 함께 미련한 제 자신에게 화가 났다.

'접자. 한시라도 빨리 접자.'

계획도, 실행도. 언제나 구체적이고 일사천리로 밀어붙이는 김정한다웠다. 바로 몇 시간 전에 확인한 마음을 깨끗하게 정리하기로 결심한 정한은 역을 빠져나와서야 그린이 없다는 걸 깨달았다. 그제야 뒤를 돌아보는데 천천히 따라오고 있는 그린이 눈 안 가득 차올랐다.

살짝 찡그린 그린의 얼굴. 역시 높은 구두가 불편했던 건지 불편하게 걸음을 옮기는 모습에 정한은 나직하게 한숨을 내쉬었다. 절뚝거리며 간신히 정한 앞까지 걸어온 그린이 풀이 죽어 말했다.

"먼저 가세요. 전 천천히 갈게요."

말이 떨어지기가 무서웠다. 그린은 입까지 벌린 채 정한을 내려다보았다. 아니, 정확히는 한눈에 가늠하기도 힘들 정도로 떡 벌어진 어깨와 넓은 등을. 정한이 뒤로 팔을 내밀며 뚝뚝한 한마디를 뱉었다.

"업혀."

"아니에요! 걸어갈 수 있어요!"

그린은 격하게 손을 저었다. 하지만 한 걸음 내딛자마자 발이 화끈거려 견딜 수가 없었다. 할 수만 있다면 구두를 벗어 들고 맨발로 걸어가고 싶은 심정이었다.

"집까지 꽤 걸어야 해. 그냥 업혀."

단호하게 재촉하는 말에 한참 망설이던 그린은 결국 정한의 목에 살며시 팔을 감았다. 숨 한번 흐트러짐 없이 벌떡 일어서더니 정한은 뚜벅뚜벅 집 쪽을 향해 걸음을 옮기기 시작했다.

그린은 발그레해진 얼굴을 정한의 목덜미에 묻었다. 순간 코안으로 훅 밀려들어 오는 아찔한 향기에 숨이 멎을 것만 같았다. 폐부 가득 차오르는 관능적인 남자의 체향. 거칠지만 시원하고, 고요한데도 생동감 넘치는 감각적인 우디 향. 가슴 속을 빠르게 두들기던 심장이 목 위로 튀어나올까 봐 겁이 날 정도였다.

오빠가 이대로 지구 끝까지 오래오래 걸어 줬으면 좋겠다. 아니, 그러면 오빠의 지엄하신 관절님에게 미안하니까 제주도까지만…… 아니, 바다까지 건너자고 하는 건 양심 없어 보이니까 부산까지만. 어쩌죠? 오빠가 칼 같이 그어놓은 선을 넘으면 안 된다는 걸 아는데도, 자꾸만 욕심이 생겨. 눈 딱 감고 폴짝 넘어 버리고 싶어. 그린은 달콤한 표정으로 눈을 감았다.

'뭘 통 안 먹는 건가. 뭐가 이리 가벼워.'

그나마 잘 먹는 게 궁중 떡볶이던데, 그렇다고 1일 1떡볶이를 해 줄 수도 없고. 그린을 가뿐하게 업어 들고 집으로 향하던 정한도 달달한 기분에 젖어드는 건 마찬가지였다. 알고 보니 우리 집이 역세권이었던가. 지하철역이 뭐 이리 가깝나.

사실 그린과 정한이 살고 있는 곳은 고급 주택가가 밀집해 있는 동네였다. 지하철역에서 꽤 떨어져 있는데도 불구하고 정한에게는 집까지 가는 길이 턱없이 짧게만 느껴졌다. 동시에 씁쓸한 자괴감도 밀려왔다.

접기로 해놓고, 어떠한 위로도, 호의도 건네지 않기로 해놓고 그린의 찡그린 고운 얼굴을 보자마자 반사적으로 한쪽 무릎을 꿇고 말았다. 계획을 세우고, 실행에 옮기는 걸로는 타의 추종을 불허하는 김정한도 일단 감정이라는 게 개입이 되니 어쩔 수가 없었다.

집에 도착한 정한은 곧장 2층으로 올라가 하루 종일 두문불출했다. 같은 사업이라고 해도 '연애 사업'은 엄연히 일반적인 비즈니스와는 다른 법. 아무리 매력적인 투자 제안서를 내밀어도 지금 이 순간 그린의 마음을 돌릴 수는 없겠지. 역시 가장 중요한 건 역시 그린이의 마음이라고 결론을 내린 정한은 제 감정을 밀어두기로 굳게 결심했다.

다음 날, 그린은 갑작스러운 시아버지의 호출에 시댁을 찾았다.

"이거 갖고 가라."

눈앞에 난데없이 들이밀어진 봉투에 어리둥절할 새도 없이 김홍삼 사장의 밑도 끝도 없는 지시가 떨어졌다.

"딱 500이다. 오늘이라도 당장 지어다 먹거라."

"아버님, 이게…… 뭐예요?"

의아해하는 그린에게 순옥이 대신 대답했다.

"정한이랑 네 약값이야. 용한 집이라고 하더라. 안에 병원 이름하고 전화번호도 적어 두었으니 빼먹지 말고 꼬박꼬박 먹어야 된다."

"약이요?"

그린은 순간 정한과 자신이 어디 아픈 데가 있었나 하는 착각에 빠졌다.

"너희는 결혼 3년인데 왜 아직도 소식이 없는 거냐? 너야 급할 거 없다고 해도 정한이는 곧 서른 중반인데 태평하기도 하다, 응?"

그제야 무슨 뜻인지 알아챈 그린의 얼굴이 화르륵 발개졌다. 평소에도 잔소리가 늘어지는 편인 홍삼의 닦달이 시작되었다.

"넌 정한이한테 시집 와서 3년 동안 애 하나 못 만들고 뭘 한 게야. 응?"

"아유, 그린이는 그동안 학교 다녔잖아요."

듣다 보니 심했는지 순옥이 끼어들었다.

"어차피 시집 와 버린 거 대학 졸업장은 어디다 쓰게. 듣자 하니 거기다 일까지 시작한다고?"

"네에……."

"그깟 사무실 나가서 몇 푼이나 번다고 취직 타령이냐. 정한이가 쥐꼬리만큼 버는 애도 아니고."

김홍삼 사장은 워낙 고지식하고 보수적인 사고방식의 소유자였다. 그런 시아버지 앞에서 1년 후에 헤어질 예정이라고 털어놓을 수도 없고.

"오늘 당장 가서 약부터 지어 먹어라. 하루라도 빨리 좋은 소식 좀 알려다오."

그린은 우물쭈물 말을 돌렸다.

"그게…… 오빠한테도…… 물어봐야 될 거 같구요."

"물어보고 말고 할 게 뭐가 있어? 정한이 그 놈은 무시해라. 내가 안 그래도 단단히 일러뒀으니까."

하아, 지난 3년간 동침은커녕 제대로 손도 한 번 못 잡아본 무늬만 부부였는데. 이런 사정을 알 리 없으니 이대로 가다가는 김홍삼 사장이 몇 달 안에 없는 애를 만들어 놓으라며 성화를 부릴지도 몰랐다. 결국 그린은 눈 딱 감고 우기는 수밖에 없다는 생각이 들었다.

"아버님! 그게 맘대로 안 될 수도 있잖아요."

"안 되긴 뭐가 안 돼. 시애비가 500만 원짜리 약까지 갖다 바치는데. 안 될 게 뭐가 있어?"

그린은 투정이라도 부리듯 살래살래 고개를 저었다.

"사람 일은 모르는 거잖아요. 아버님 말씀대로 500만 원짜리 약까지 먹었는데 안 생기면 어떡해요."

"어떡하긴. 다음엔 1000만 원짜리 약이라도 지어다 먹어야지. 막내 애는 시집오자마자 보약 지어 달라고 졸라서 돈부터 타 가는데, 둘째 너는 어찌 그리 태평하냐?"

그 후로 장장 30분간 김홍삼 사장의 '노력 타령'이 이어졌다. 평소 그린이라면 끔찍하게 아끼고 귀여워해주는 순옥 마저도 오늘은 조용했다. 아무래도 그린의 시부모는 어지간히 손주가 보고 싶은 모양이었다.

"오늘부터 내외가 열심히 노력해서 하루 빨리 좋은 소식 들려줘라. 알겠지?"

"네에……."

결국 그린은 울상을 지으며 고개를 끄덕거렸다.

그 시각, 정한은 그린의 엄마이자 장모인 영은과 독대 중이었다. 회사 근처에 볼일이 있어 왔다는 말에 정한은 영은이 기다린다는 카페로 서둘러 달려갔다.

"장모님!"

"김 서방, 바쁜데 불러낸 거 아니야?"

"아닙니다. 오래 기다리셨어요?"

"나도 금방 왔어."

"미리 연락 주셨으면 점심이라도 같이 하는 건데요."

"어유, 점심은 무슨. 김 서방 바쁜 사람인 거 다 아는데."

생전 정한에게 연락 한 번을 안 하는 장모님인데. 영은이 대체 무슨 일로 회사 근처까지 찾아온 걸까. 애써 태연한 척 표정을 가다듬었지만 정한은 혹시나 하는 불길한 생각이 들었다.

혹시 영은의 건강이 급격히 나빠진 건 아닌지. 그래서 사위인 정한에게 당부라도 하러 온 건 아닌지. 앞에 놓인 물컵을 집어 한 모금 들이킨 정한이 조심스레 물었다.

"장모님, 요즘 컨디션은 어떠세요?"

"응. 똑같지 뭐. 이게 완치되는 병도 아니고, 조금만 무리하거나 스트레스 받으면 안 되니까.

계속 조심하면서 사는 수밖에."

기분 탓일까? 영은은 스트레스라는 단어에 유난히 강세를 둔 느낌이었다. 정한은 묵묵히 영은의 다음 말을 기다렸다. 영은이 별안간 정한의 손을 끌어다 잡았다.

"김 서방도 알다시피, 내가 몸이 이렇잖아."

역시 어디가 많이 아프신 건가.

살짝 움찔했지만 잡힌 손을 빼지 않은 채 정한은 짤막하게 고개를 끄덕였다.

"그래서…… 더 늦기 전에 부탁하고 싶은 일이 있어서."

정한은 올 것이 왔다는 걸 직감하고 영은의 가녀린 손을 맞잡았다.

"네. 말씀하세요, 장모님."

"내가 더…… 약해지기 전에 하루라도 빨리 손주가 보고 싶어서. 어떻게 좋은 소식 좀 들려주면 안 되겠나?"

"바, 방금 뭐라고 하셨……!"

순간 정한에게서 날것 그대로의 반응이 터져 나왔다. 영은은 수줍은 듯 생긋 웃으며 얼굴을 붉혔다.

"나도 주책맞은 건 아는데. 그린이는 마냥 애 같아서, 믿고 기다릴 수가 있어야지. 김 서방이 듬직하게 이끌어주면 어떨까 싶어서."

하아, 장모님. 당신은 대체…….

영은의 손을 힘 있게 잡고 있던 정한의 길쭉한 손가락이 순식간에 풀려 버렸다.

회사 앞까지 찾아와서 하실 중요한 말씀이라는 게……. 이 이야기를 들으려고 생전 잡을 일 없는 장모님과 손까지 맞잡았나. 생각하니 낯이 뜨거워 식은땀까지 삐질삐질 날 지경이었다. 그러거나 말거나 영은은 조곤조곤 정한을 압박하기 시작했다.

"이제 동창들은 다 할머니 소리 듣는데. 나만 못 들어, 나만. 그거 은근히 '스트레스' 받는 일이거든."

차라리 모친인 순옥이었다면 뭘 그런 일로 회사까지 찾아와 바쁜 사람을 불러냈냐며 버럭이라도 할 텐데. 다른 사람도 아니고 병약한 장모님 앞이었다.

"아까도 말했지만, 내가 몸만 건강했어도 김 서방한테 이렇게 부담 주는 말은 안 했을 텐데. 이해하지, 김 서방?"

그렇다고 해서 무조건 수긍할 수도 없고. 정한은 죄라도 지은 사람처럼 시선을 내리깔고 한동안 말이 없었다.

"김 서방. 나, 김 서방 믿어도 되지? 응? 이렇게 부탁할게, 김 서방."

불과 10분도 안 되는 사이에 간곡한 '김 서방' 소리를 얼마나 많이 들은 건지.

"듣고 있는 거지? 응? 김 서바앙?"

짧은 순간 입술을 질끈 물고 망설이던 정한은 결국 고개를 끄덕였다.

"노력해 보겠습니다."

그날 저녁, 터덜터덜 집으로 향하던 그린은 크게 한숨을 내쉬었다. 시부모가 알려준 한방 병원은 대기 순서가 끝도 없이 길어 보였다. 진료가 끝나고 나오니 하루가 다 가 버렸다. 만들지도 않을 베이비를 위한 각종 검사와 진맥을 비롯한 상담에 쏟아야 하는 에너지는 어마무시했다.

― 이상적인 건강 상태의 예비 산모세요.

고이 접어 넣은, 웃는 얼굴 마크가 활짝 그려진 결과지. 가방 속에 든 결과지 때문인지 가방을 멘 어깨도 유난히 뻐근했다.

다시 한번 한숨을 내쉬던 그린은 믿을 수 없다는 듯 눈을 비볐다. 저 멀리서 길쭉한 인영이 뛰어오고 있었다. 아직 한겨울인데 정한은 회색 후드 티를 허리에 두르고 있었다. 얇은 반팔 티가 보기 좋게 근육을 따라 펄럭였다.

예전에 어느 다큐멘터리에서 '가젤'이라는 이름의 어원이 '우아하다'라는 의미에서 파생한 단어라고 했는데. 긴 팔다리를 성큼 내딛으며 달리는 정한은 위풍당당하게 뿔과 근육을 세우고 우아하게 달리는 신비로운 가젤처럼 보이기도 했다.

정한도 그린을 발견했는지 속도가 점점 줄더니 몇 발짝 앞에 멈춰 섰다. 거친 숨을 몰아쉬며 허리를 살짝 굽히자 결 좋은 머리칼이 마지막으로 넘어가는 겨울 햇살을 받아 반짝거렸다. 대체 얼마나 오랫동안 달린 건지. 팽팽하게 근육이 솟아오른 양 허벅지에 손을 얹은 채 숨을 몰아쉬다가 정한이 우뚝한 콧대를 들었다.

"이제 들어오니?"

"네."

고개를 끄덕인 그린도 물었다.

"일찍 퇴근하셨네요?"

"응."

단답형의 대답을 주고받고 나니 더 이상 할 말이 없었다.

"이 시간엔 운동 안 하셨잖아요."

"답답해서."

그 와중에 땀에 젖어 찰싹 달라붙은 얇은 면 티에 자꾸만 흘끔흘끔 시선이 갔다. 오빠는 답답하다는데 오빠의 근육들은 왜 이리 시원한 굴곡을 드러내고 있는 걸까. 보기만 해도 절로 눈호강이 되는 아름다운 장면이었다. 그린은 아쉬운 눈길을 거두며 머뭇머뭇 말을 건넸다.

"그럼 더 뛰고 오세요."

"아니야. 막 들어가려던 참이야."

정한은 의지를 반하는 능란한 제 거짓말에 충격을 받았다. 집이랑 반대 방향으로 엄청 빠른 속도로 뛰고 있었으면서. 앞으로 45분은 더 뛸 예정이었으면서. 허리에 묶은 후드 티를 풀어 훌렁 뒤집어 쓴 정한은 그린의 뒤를 따라 어슬렁 걷기 시작했다.

"어디 갔다 오는 길이야?"

네. 시댁이랑 용하기로 소문난 한의원이요. 아버님이 500이나 주셨네요. 약 지어 먹으라고요. 그런데 그 약이 말이죠. 내 거만 있는 게 아니더라구요. 머릿속에 쫘악 펼쳐진 오늘 하루의 파노라마를 지워 버린 그린은 대충 둘러댔다.

"음…… 그냥, 볼일 좀 보느라구요."

"다른 별일은 없었어?"

"아무 일도 없었어요! 오빠는요? 오늘 별일 없었어요?"

역으로 물어오는 그린의 질문에 이번에는 정한의 얼굴이 벌게졌다.

회사에는 별일이 없었는데 나한텐 있었지. 장모님이 갑자기 쳐들어오셨거든.

정한은 간곡하게 김 서방을 부르던 영은의 모습을 억지로 지우려 애썼다. 도르마무. 도르마무. 나는 오늘 아무도 만나지 않았다. 아무 일도 일어나지 않았다.

"난……."

마음속 다짐과는 달리 정한의 입에서 엉뚱한 말이 튀어나왔다.

"난 오늘 일이 좀 생겼어."

"무슨 일이요?"

"죽도록 노력하고 싶은 일."

정한은 그 후로 회사 일에 죽도록 몰두하는 것처럼 보였다.
가끔 집 안에서 그린과 마주칠 때면 무언가 답답하거나 못마땅한 표정을 짓곤 했다.
"왜요? 뭐 할 말 있으세요?"
"……아니야."
잠시 떨떠름하게 지켜보다 돌아서는 정한의 모습.
'하루 이틀도 아니고 뭐.'
궁금하긴 했지만 정한에게는 삐딱한 표정이 웃고 있는 얼굴보다는 훨씬 자연스럽기에, 그린도 대수롭지 않게 지나치곤 했다.
그렇게 시간이 지나 설 명절도 지나고 그린의 출근을 얼마 앞둔 어느 주말. 오늘은 정한의 동생인 새한의 가게가 오픈을 하는 날이었다. 졸부인 부모 돈으로 한량처럼 놀고먹던 새한은 의사 집안 며느리를 데려오는 조건으로 김홍삼 사장에게 자금을 받아 라운지 바를 차리게 되었다. 미리 준비를 마치고 내려온 정한은 아래층에서 긴장된 표정으로 그린을 기다리고 있었다.
바로 어젯밤.
— 형 꼭 와야 된다. 알았지? 꼭!
— 뭘 나까지 오라가라야, 바빠 죽겠는데. 돈만 보낼게.
— 안 돼! 비주얼 되는 인간 몇 명 박아둬야 물 좋다고 소문

죽도록 노력하고 싶은 일   245

나는데…….

― 뭐라고?

― 아니! 형수랑 데이트 하라고. 우리 가게 분위기 죽인다니까!

구시렁거리던 새한이 던진 아무 말에 정한은 여지없이 낚이고 말았다.

일단 죽도록 노력하겠다고 결심은 했지만 정한은 태생적으로도, 경험적으로도, 연애 고자에 가까운 유형의 인간이었다. 그 간단한 데이트 신청을 놔두고, 어디서부터 어떻게 뭘 노력해야 하는지 막막했는데 결국 새한이 던진 미끼를 덥석 물고 말았던 것이다.

"내일 새한이네 가게 오픈해서 가 봐야 할 거 같은데."

"그게 내일이에요?"

"같이 가도 좋아. 원하다면."

단박에 환해지는 얼굴. 돌아서는 정한의 얼굴에도 슬며시 미소가 어리고 있었다. 하지만 오늘의 정한은 어김없이 심각에 가까운 진지한 표정을 짓고 있었다.

'데이트라.'

체감상으로는 100년 만의 연애 활동, 100년 만의 데이트라 뭘 어찌 해야 될지 막막했다. 아니, 그전에도 딱히 데이트라고 부를 만한 걸 해 본 기억이 없기도 하고. 그전에 연애를 할 때도 이랬었나? 길쭉하니 시원한 눈매가 조이듯 가늘어졌다.

― 정한 씨는 참 사람을 외롭게 해.

─ 너무 차가워서 소름이 끼쳐.
─ 단 한순간이라도 날 사랑하긴 했었니?

지나간 원망들이 부서진 난파선 조각처럼 밀려왔다. 툭툭, 발 끝으로 무심히 골라낸 자리에 자꾸만 잔잔한 물결이 밀려들었다.

더 이상 우리 집 뽀시래기가 아닌, 울먹거리면서도 용감하게 고양이를 감싸는 용기가 예쁜…… 복사기 앞의 의기양양한 표정이 예쁜…… 가끔 현관 앞까지 조르르 달려오는 모습이 예쁜…… 마주 앉아 오물오물 밥을 먹는 모습이 예쁜…….

역시 너무도 커져버린 이 마음은 포기가 안 된다.

'일단 가 보자. 죽이 되든 밥이 되든.'

달칵.

문이 열리자 복잡한 상념은 가볍게 깨져 버렸다. 얼마 전, 정한이 취직 선물로 핸드백을 사줬던 날과 같은 옷차림. 세상에서 제일 예쁜 그린이가 수줍은 표정으로 서 있었다.

라운지 바에 도착한 그린은 먼저 화장실로 향했다. 그런데 화장실 안에 들어서는 순간 달갑지 않은 얼굴을 마주쳐야 했다. 샐쭉한 표정을 짓고 있는 은별이었다. 그 옆에는 못마땅한 표정의 서현도 있었다.

"오셨어요."

그린은 조그맣게 내뱉으며 고개를 숙였다.

"참 대단해."

인사는 받지도 않고 서현이 비아냥거렸다.

"네?"

"나 같으면 부부 동반으로 이런 덴 절대 못 올 텐데."

영문을 알 길 없는 그린은 기다란 속눈썹을 깜빡이며 서현을 마주 볼 뿐이었다.

"동서는 차암 눈치가 없나 봐?"

"무슨 말인지 잘 이해가……."

서현이 입꼬리를 치켜 올리며 비아냥거렸다.

"하은이 큰삼촌 말이야. 여자 친구랑 여기저기 안 다니는 데가 없는 것 같던데. 신나서 이런 데 따라오는 동서가 불쌍해서."

"여자 친구요?"

소스라치게 놀란 그린의 얼굴에서 금방 핏기가 가셨다. 옆에서 있던 은별이 야비하게 입꼬리를 늘이며 조롱했다.

"진짜 몰랐나 봐요? 둘째 아주버님 여자 친구한테 완전 푹 빠진 것 같던데. 밖에서 보면 공주님 모시듯 떠받들고 다녀요. 벌써 소문 다 났는데."

"설마 진짜 모를까? 이럴 때 보면 꼭 당사자는 모르는 척하더라."

쩡, 가슴 한가운데가 갈라지는 것 같았다.

조소를 지은 서현과 은별이 다정하게 팔짱을 끼고 화장실을 나섰다. 혼자 남겨진 그린은 가만히 입술을 깨물며 두 눈을 질끈 감았다. 두꺼운 코트를 입었는데도 한겨울 허허벌판에 맨몸으로 선 듯 온 오한이 올라왔다. 힘겹게 묻어두었던 기억이 바로 어제 일처럼 튀어올라왔다.

고등학교 1학년. 새 학기가 시작한 지 얼마 안 돼서였다. 그날은 짝꿍인 지은이가 눈이 퉁퉁 부어서 등교했다. 지은은 걱정하는 그린에게 대꾸 한마디가 없었다. 그러고는 점심시간에 반 친구들과 함께 그린을 화장실로 불러냈다.
"민그린 네가 류제오한테 먼저 가서 다 까발렸잖아!"
"너 때문에 지은이는 고백도 하기 전에 까이고 웃음거리만 됐다고!"
그린을 둘러싸고 몰려든 같은 반 친구들이. 아니. 어제까지 친구라고 생각했던 애들이 180도 달라진 태도를 보였다.
"끝까지 모르는 척 하는 거 봐. 이제 민그린 같은 쓰레기랑 다시는 상종하지 말자!"
당사자는 절대 모르는 채 이미 한참이나 돌고 돌아 부풀려질 대로 부풀려진 가혹한 낙인.
얼음장처럼 차디찬 두 손에 얼굴을 묻고 그린은 한참이나 세면대 옆 벽에 기대어 있었다.
우연히 반복된 비슷한 상황에 가슴 속 깊숙이, 간신히 묻어

놓았던 기억이 불쑥 헤집어졌다. 그 기억은 여전히 아팠다. 무섭고 시렸다.

한심하다는 얼굴로 그린을 둘러싼 채 퍼부어지던 비난과 폭언, 혐오 가득한 시선들. 그들과 서현, 그리고 은별의 모습은 끔찍할 정도로 비슷했다.

그리고 방금 알게 된 사실. 서현과 은별이 한 말은 아팠던 기억보다 더 큰 타격을 주었다. 각자의 찬란한 연애 활동을 응원해 주자고, 자신만만하게 도발했던 순간이 그렇게 한심하고 못나 보일 수가 없었다. 아, 이래서 말은 함부로 뱉지 말고 계약서에는 함부로 도장을 찍지 말라고 했었나 보다. 연애 활동. 정한은 이미 누군가를 만나고 있었나 보다.

하필 그 사실을 서현과 은별을 통해 들어야 한다는 사실이 수치스럽고 가슴 아팠다. 문득 정신을 차려보니 그린의 휴대폰이 열심히 울리고 있었다. 정한에게서 온 전화였다.

"……네."

[무슨 일 있어? 너무 오래 안 나오길래.]

무심한 말투였지만 온기가 어리는 질문에 다시 울컥 서글픔이 밀려왔다. 나가보니 저만치 떨어진 곳에 팔짱을 낀 정한이 우뚝 서 있었다.

워낙 장신에 훤칠한 기럭지. 멀리서도 한눈에 띄는 우월한 외모는 봐도 봐도 감탄밖에 나오지 않을 정도였다. 지나가는 여자들은 누구나 한 번씩 노골적인 시선을 꽂았다. 그러거나 말거나, 정한은 주의 깊게 화장실 입구에만 시선을 꽂고 있었다. 그린을 발견한 정한이 성큼 한달음에 다가왔다.

"괜찮아? 안색이 창백한데?"

그린은 입술을 떨며 정한을 올려다보았다.

"집에 갈래요."

"그래."

정한은 두말 않고 고개를 끄덕였다. 돌아서는 그린은 어딘가 아프기보다는 진이 다 빠져버린 얼굴이었다.

"혹시."

찬찬히 그린의 얼굴을 살피던 정한이 나직하게 물었다.

"또 괴롭힘이라도 당했던 거야?"

말이 떨어지자마자 그린의 눈동자가 빠른 속도로 젖어 들었다. 올려다보던 우뚝한 콧날. 한없이 다정해 보이던 정한의 얼굴이 흐릿해졌다.

조금 전, 라운지 바에 도착하자마자 그린은 잔뜩 긴장한 얼굴로 화장실에 다녀오겠다고 말했다. 정한은 그린이가 서현과 은별을 마주치는 게 껄끄러워 그렇다는 걸 눈치챘다. 고개를 끄덕이며 정한은 라운지 바의 복잡한 구조를 둘러보았다. 이국적인 인테리어와 천장에 닿을 듯 커다란 나무들. 라운지 바는 생각보다 꽤 넓었다. 안 그래도 긴장한 그린이가 혼자 테이블을 찾느라 잔뜩 헤매는 건 아닐까.

망설이던 정한은 느릿하게 그린의 뒤를 따랐다. 멀찌감치 떨어져서 기다렸지만 한참이 지나도 그린은 나올 생각을 하지 않았다. 대신 나란히 팔짱을 낀 서현과 은별의 모습이 보였다.

죽도록 노력하고 싶은 일

둘 다 치뜬 두 눈엔 조롱이 가득하고 한쪽 입꼬리는 나란히 올라가 있었다.

어쩐지. 감이 이상하더라니. 뭔진 몰라도 그 둘이 그린을 두고 같잖은 짓거리를 한 게 분명했다. 정한이 팔짱을 낀 채 한숨을 내쉬었다.

"민그린, 괴롭힘당할 때마다 이렇게 울기만 할 거야?"

그린의 작은 얼굴에 잔뜩 긴장한 표정이 어렸다.

"혹시 저 사람들한테 무슨 실수한 거 있어?"

그린은 도리도리 고개를 저었다.

"잘못한 것도 없는데 왜 울어."

"억울해서요."

계산 없이 바로 튀어나온 속마음에 정한은 피식 웃음을 머금었다.

"억울한데 왜 도망을 가. 이대로 집에 가면 분해서 잠도 안 올 거 아냐."

"그래도……."

그린은 물기 어린 눈으로 고개를 저었다.

"계속 얼굴 보고 있는 것보다는 나아요."

"계속 얼굴 보고. 당당하게 무시하는 게 더 낫지."

박아 넣듯 힘주어 뱉은 정한의 말에 안 그래도 커다란 눈동자가 다시 휘둥그레졌다.

"왜 그런 사람들 때문에 민그린의 좋은 시간과 기분을 망쳐."

좋은 시간. 좋은 기분. 그린의 고개가 다시 조금 내려갔다.

"이미 망쳤어요."

"대신 남은 시간 즐겁게 보내면 되지. 내가…… 재밌게 놀아줄게."

내가 무슨 어린앤가. 더 세차게 고개를 저은 그린은 입술을 삐죽 내밀었다.

"여자 친구분이랑 재밌게 놀면 되잖아요."

정한의 미간이 깊이 파였다.

"여자 친구?"

"다 들었어요. 벌써 소문 다 났다고."

"소문?"

"네. 공주님 모시듯 떠받든다면서요."

"내가?"

정한이 기가 찬 듯 헛웃음을 뱉었다. 별안간 그린의 양 볼이 주욱 늘어났다.

"아야야!"

"나 유부남이야. 내가 그렇게 쓰레기로 보여? 말이 되는 소리를 믿어라."

늘어난 볼을 한 채 빠져나오려 버둥거리던 그린이 물었다.

"진짜요?"

찹쌀떡처럼 희고 말랑한 뺨을 놓은 정한이 허탈한 표정을 지었다.

"왜 없는 일로 괴롭힘을 당해. 어디서 말도 안 되는 소리나 주워듣고."

그린은 한 대 맞은 듯 얼떨떨한 표정을 지었다. 민그린은 쓰레기. 남자관계가 복잡하다고. 학교에서 제일 문란한 아이라고. 재미로 다른 아이들의 썸남을 뺏는다고. 실체 없는 소문에 변명 한 번 못하고 휘둘리던 지난날이 떠올랐다.

나는 왜 바보처럼 아니라고 말을 못 했을까. 단 한 번도 강하게 부정하거나 맞받아치지 못했을까. 오랜 시간 학습되어 굳어 버린 기억은 오늘 서현과 은별 앞에서도 그린을 무기력하게 만들어 버렸다.

"민그린."

"네……."

정한은 차분한 목소리로 단단하게 당부했다.

"이젠 억울하게 왕따 같은 거 당하지 마라. 혼자 감당 못 하겠으면 차라리 나한테 와서 이르든가."

난생처음으로 이상한 이야기를 들었다. 아픈 엄마가 힘들어할까 봐 단 한 번도 속상하고 힘든 걸 내색한 적 없었다. 유치원에서 남자 아이들이 매일같이 머리를 잡아당겨도 입 한 번 뻥끗한 적 없었다. 그만큼 그린은 어릴 때부터 참는 게 익숙한 아이였다.

그런데…….

"그냥 하는 말 아니야. 혼자 끙끙 앓지 말고. 누가 손톱만큼만 괴롭혀도 와서 다 일러."

정한의 나직하지만 힘 있는 목소리가 귓가를 울렸다. 넌 왜 바보같이 당하고 사냐고도, 내가 대신 나서서 해결해 준다는 들으나마나 한 소리도 한마디 내뱉지 않았다. 그저 '나한테 와서 다 일러.' 그 한마디만으로도 눈이 녹고 봄이 오듯, 그린의 마음 한편에 따스한 온기가 피어올랐다.

"집에 가자."

정한이 출입문 쪽으로 발걸음을 돌렸다. 따라 나서던 그린은 망설이다 정한의 소매를 잡았다.

"저기."

"음?"

돌아보는 다정한 눈가가, 굳건한 입매가, 뭐든 다 들어주겠다는 표정이, 난생처음으로 한 번도 느껴보지 못했던 용기란 걸 가지게 해주었다.

"다시…… 그냥 있고 싶은데."

정한이 흔쾌히 고개를 끄덕였다. 눈앞에 내밀어진 커다란 손을 잡고, 그린은 용감하게 발걸음을 옮겼다.

그린을 에스코트한 정한이 VIP 전용 테이블로 향했다. 자리에는 먼저 도착한 윤한과 서현, 새한과 은별 부부가 앉아 있었다. 테이블 위에는 고가의 샴페인과 와인이 즐비하게 늘어서 있었다. 정한은 그린에게 무릎 담요를 펼쳐 세심하게 덮어 주었다. 빤히 바라보던 서현이 빈정거렸다.

"하은이 큰삼촌 오늘따라 너무 유난이시다?"

은별도 소리내어 키득거리다가 곧 정색을 했다.

"아, 죄송해요. 듣기론 사이가 좋은 편은 아니라고 했던 거 같아서."

정한은 더없이 사무적인 얼굴로 서현과 은별을 응시했다. 그러더니 그린의 손을 천천히 끌어다 보란 듯 깍지를 틀어쥐었다.

"이 이상 좋을 수가 없는데. 그동안 너무 티를 안 냈나 보군요."

감정이라고는 조금도 찾아볼 수 없는 무감한 저음이 동굴처럼 울렸다.

"앞으로는 좀 더 유난을 떨어야 되나."

주변의 공기마저 서늘하게 느껴질 정도로 싸늘한 목소리였다. 잠깐 얼어붙은 은별과 서현은 별꼴이라는 듯 코웃음을 치며 눈빛을 교환했다.

잠시 후, 주머니 속에서 담배를 꺼내든 윤한과 새한이 자리를 떴다. 동시에 정한의 휴대폰이 울렸다. 들여다본 정한이 심각한 표정으로 일어섰다.

"잠깐 통화 좀 하고 올게. 괜찮겠어? 업무상 중요한 전화라."

그린은 바싹 마른 입술을 말아 물며 희미하게 고개를 끄덕였다. 이제 테이블에 남은 사람은 서현과 은별, 그리고 그린, 단 셋뿐.

"동서, 어차피 쇼윈도인 거 다 아는데 우리 앞에서까지 가식 떨 필요 없어."

오늘따라 정한을 믿고 나대는 그린이 거슬렸던 서현이 차갑게 쏘아붙였다. 평소 잔뜩 주눅이 들어 고개도 못 드는 그린이라, 야금야금 괴롭히며 짓밟아 줘야 재미가 있는데.

"하은이 큰삼촌. 밖에서 실컷 재미보고 다니는데 동서 혼자 애쓰지 말라고 충고해 주는 거야."

그린의 다물려 있던 입술이 살짝 떨리더니 또박또박 움직이기 시작했다.

"확실하지도 않은 얘기, 함부로 하지 말아 주세요. 증거도 없잖아요."

벙찐 표정을 지은 서현은 곧 사나운 표정을 지으며 본색을 드러냈다.

"이게 미쳤나. 사람이 좋은 마음에서 충고해 주는데 어디서 건방지게 이래라 저래라야?"

"형님, 괜히 열 올리지 마세요."

은별이 불쑥 휴대폰을 집어 들었다.

"멍청한 애들은 아무리 말로 해도 못 알아먹어요."

"동서! 눈 있으면 똑똑히 봐. 이게 그 증거야!"

결국 견디지 못한 그린은 창백해진 얼굴로 움찔하며 외면했다. 저를 둘러싼 채 몰아붙이고 조롱하던 아이들의 모습이 겹쳐 보였기 때문이었다. 문득 고개를 돌린 그린의 눈에 저쪽에서 있는 정한이 눈에 들어왔다. 휴대폰을 귀에 대고 열심히 고개를 끄덕거리면서도 '괜찮아?'라고 정한은 입 모양으로 벙긋거리고 있었다.

죽도록 노력하고 싶은 일

이제는 정말 괜찮고 싶었다. 결국 누구보다 괜찮아지고 싶은 사람은 다름 아닌 그린이었다.

두 손을 꼭 쥐고 용기를 그러모은 그린은 은별이 내민 화면으로 시선을 돌렸다.

"봤지? 하은이 삼촌 맞잖아."

"증거 어딨냐고 깝치더니 충격 받아서 말도 안 나오나 봐요?"

서현과 은별의 말이 귓가에서 점점 멀어져 갔다. 그린은 허탈한 표정으로 가만히 화면을 들여다보고 있었다.

'이거 난데……?'

그린의 고개가 갸우뚱.

'내가…… 맞지?'

하필 기가 막히게도 오늘 코트 안에 입고 온 옷도 사진에 찍힌 저 옷이 맞는데.

'혹시, 오빠랑 바람을 피운다는 여자가…… 나였어?'

설마설마하면서 그린은 화면을 뚫어지게 응시했다.

"충격 많이 받았나 봐요?"

은별이 키득거리며 웃었다.

"그날 뒷모습만 봤는데도 둘이 엄청 잘 어울렸죠, 형님?"

"진짜요?"

그린은 놀란 목소리를 감추지 못했다.

"당연하지! 하은이 큰삼촌이랑 그 여자, 진짜 잘 어울렸어."

그린의 입술이 꾸우우욱 안쪽으로 말려들어갔다. 서현과 은별은 회심의 미소를 지었다. 무척 속상했는지 고개까지 숙여

버린 그린의 모습에 승리감이 밀려왔다.

 필사적으로 웃음을 참던 그린은 문득 찬찬히 서현과 은별을 뜯어보았다. 오빠랑 잘 어울린다고 해줘서 기분은 좋았지만 한편으론 화가 나는 것도 사실이었다. 많이, 많이. 서현과 은별은 둘이 똘똘 뭉쳐 정한의 없는 여자 친구를 만들어냈다. 바보같이 속아 넘어간 건 한심했지만, 3명이 우기면 없는 호랑이도 만들어 낸다고 했다. 은별이 아랫 동서로 들어온 후로 호랑이는 더 자주 더 무서운 모습을 하고 나타났다. 예전의 트라우마까지 겹쳐 서현과 은별이 합심을 해 비아냥거리고 몰아붙이면 그린은 자동적으로 얼어붙었다.

 하지만 오늘 그린은 실체 없는 공포와 처음으로 맞섰다. 어릴 때 이후로 하나도 자라지 않은 유치한 인격, 비뚤어지고 미성숙한 부류들. 없는 호랑이로 약한 이들을 괴롭히는 나쁜 인간들.

 호랑이한테 물려가라. 곧, 자리를 비웠던 삼 형제가 돌아왔다.

 "형수, 쭉 마시고 한 잔 받아요."

 새한이 샴페인 병을 기울였다.

 "아뇨. 저 술을 잘 못 해서."

 그린이 손사래를 쳤다.

 "그래요? 형수 술 못 하는 거 오늘 처음 알았네."

 새한이 내려놓은 샴페인 병이 테이블 위에 닿기 전 정한이 팔을 뻗어 병목을 움켜쥐었다.

 "그쪽은 술 잘 하나? 한 잔 받아요."

"에?"

정한이 말한 그쪽은 은별이었다. 정한은 거만하게 한 손을 뻗어 샴페인 병을 기울였다.

"형! 은별이가 왜 그쪽이야? 제수씨라고 하면 되는 걸. 하여간 형 붙임성 없는 건 알아줘야 된다니까."

새한이 낄낄거렸다. 술을 따르기 직전, '쾅' 샴페인 병을 내려놓은 정한이 새한을 노려보았다.

"그러는 너는."

싸늘한 눈매가 더 없이 스산하게 느껴졌다.

"그린이가 왜 형수야?"

"형 와이프니까 형수 맞잖……."

영문 모르겠다는 듯 이마를 찌푸리던 새한은 아차 하는 표정을 지었다.

"아니, 나도 형수님인 거 아는데. 형수가 나보다 나이도 어리고. 뭘 딱딱하게 일일이 따져가면서……."

"김새한, 아무리 돈 주고 사 온 족보여도 말이야. 개족보는 만들지 말아야지?"

새한이 '히익' 하는 표정을 지었다.

더없이 낮게 깔린 목소리에 절로 오금이 저렸다. 정한은 여간해서는 화를 내는 일이 없었다. 하지만 한 번 화를 냈다 하면 누구보다 무자비하고 냉혹해졌다. 형인 윤한과 동생인 새한은 물론 부친인 김홍삼마저 진저리를 칠 정도였다. 새한은 끽소리도 못 하고 쭈구리처럼 잠잠하게 앉아 있었다.

"우리는 이만 돌아갈게."

정한의 무감한 목소리가 순식간에 조용해진 테이블 위에 낮게 깔렸다. 정한이 가버리면 계산은 어떻게 하나 덜컥 걱정이 된 윤한이 다급하게 붙잡았다.

"정한아, 그러지 말고 화 풀고 기분 좋게 한잔하고 가자."

가만히 지켜보던 은별은 더 이상 참을 수가 없었다. 더없이 재수가 없고 오만한 김정한. 그래 봤자 뒤로 살살 바람이나 피우는 주제에. 누구든 민그린만 건드렸다 하면 눈이 뒤집어져 덤벼드는 모습에 어이가 없었다. 그뿐인가. 피차 애정 없는 결혼이었지만, 남편인 새한이 찍소리도 못 하고 기가 죽어 있는 것도 짜증이 났다. 은별은 결심한 듯 휴대폰을 들어 보였다.

"위선 좀 그만 떨라고요! 누가 보면 세상 애처가인 줄 알겠네!"

'동서! 그만해. 오늘은 아니야!'

서현이 다급하게 은별의 소맷자락을 잡았지만 금방 뿌리치는 바람에 허공에 손짓만 하고 말았다. 서현은 정한이 화가 나면 얼마나 무서운지 알고 있었다. 입을 꾹 다물고 싸늘하게 노려보는 시선에 뛰던 심장까지 식어버릴 정도로 뒷골이 곤두선 경험이 있었던 것이다.

'난 그냥 빠져야겠다.'

서현은 의자 깊숙이 몸을 묻고 입을 다물어 버렸다. 새한이 흠칫하며 은별이 내민 휴대폰을 움켜잡았다.

"이거…… 정한이 형 아니야?"

휴대폰을 넘겨준 은별은 의기양양한 표정으로 팔짱을 꼈다.

"맞네, 이거! 정한이 형이네!"

새한이 벌떡 일어서며 코앞으로 휴대폰을 가져갔다.

"그런데 이 여자 누구야? 누군데 이런 비싼 가방을 사줘?"

팔짱을 낀 채 묵묵히 앉아 있던 정한의 미간에 더없이 험악하게 주름이 져버렸다. 보아하니 강은별 저 붕어 대가리. 그날 백화점에서, 뒤에 숨어서 쑥덕거리기만 한 게 아니라 몰카라도 찍은 모양이었다.

"뭔데? 새한아, 뭔데? 나도 좀 보여줘."

윤한이 휴대폰을 건네받더니 번쩍 놀란 눈으로 정한을 돌아봤다.

"뭐야? 정한이 너, 딴 여자 만나냐?"

은별이 깔아 준 판에 새한이 북을 치고 윤한은 장구를 쳤다. 건수를 잡은 새한은 흥분했는지 달려들 듯 물었다.

"형, 이러고 다니는 거 아버지도 아서? 이 여자 대체 누구야?"

정한이 이글이글 노기 가득한 눈빛으로 입을 뗀 순간…….

"저요."

천진하고도 난만한 표정으로 그린이 반짝 손을 치켜들었다. 순간 모두의 시선이 그린에게 집중되었다.

"에?"

새한은 기도 안 차다는 듯 화면 속의 여자와 그린을 번갈아 바라보았다. 은별은 웃기지도 않는다는 표정을 지었다.

"동서, 애쓰지 마. 하은이 큰삼촌도 사람인데 실수할 때도 있는 거지."

이 불편한 상황에서 혼자만 쏙 빠지기로 결심했던 서현도 이때를 놓치지 않고 달려들었다.

그린은 한숨을 내쉬더니 자리에서 일어섰다.

"아닌데. 오빠랑 백화점 갔을 때 찍힌 사진 맞는데."

가느다란 손가락이 맵시 있게 코트를 여민 허리띠를 풀었다. 잠시 후, 서현과 은별은 경악의 눈빛으로 그린을 바라보았다.

"자, 잠깐. 그 옷!"

순간 표정을 감추지 못한 은별이 입을 딱 벌린 채 손가락질을 했다.

"이거, 오빠가 저한테 잘 어울릴 거 같다고 직접 골라준 옷이었어요."

날씬한 몸을 감싼 스커트와 블라우스는 빛나는 조명 아래 고급스러운 색감과 재질이 돋보였다. 그린에게 기가 막히게 어울리는 세련되고 고혹적인 모습. 정확히 사진 속의 여자가 눈앞에 실물로 서 있었다. 자리에 앉은 그린은 야무진 표정으로 입을 열었다.

"오해가 있으면요. 직접 물어보고 확인해서 풀 생각을 해야죠."

이 단순한 말을 하기까지, 그동안 나는 얼마나 오랜 시간을 없는 호랑이에게 쫓기며 살아왔던 걸까. 이만큼의 용기에도 속으로는 덜덜 떨고 있었지만, 그린은 힘을 내어 한 자 한 자 또박또박 내뱉었다.

"그러다가 억울하게 소문이 부풀려지면. 오해 받는 사람은

죽도록 노력하고 싶은 일

진짜 큰 상처를 받아요."

세 사람, 아니, 네 사람이 모여도 호랑이가 끝까지 나타나지 않는 날도 있다. 호랑이는 처음부터 없었으니까.

"오빠, 이제 집에 가요."

조르는 듯한 그린의 말에 정한은 두말 않고 자리에서 일어섰다.

"그, 그냥 가게? 이 술 다 시켜놓고……."

끝내 아쉬워하는 윤한의 미련 섞인 말에 정한이 스윽 품 안에 손을 넣었다. 지갑이 열리고 길쭉한 두 손가락 사이에서 펄럭, 수표가 한 장 모습을 드러냈다.

"개업 축하하고. 이 자리는 내가 계산할 테니까 형은 그만 징징대고."

정한은 서현과 은별을 향해 돌아섰다.

"우리 그린이, 존중해 주세요. 혹시 또 이런 일 생기면 다음엔 절대 안 넘어갑니다."

한 번만 더 괴롭히면 물어뜯어 버리겠다는 듯 정한의 형형한 눈빛이 호랑이보다 더 무섭게 으르렁거렸다.

chapter 8

불순한 위로

    라운지 바를 나오자마자 그린은 파란 하늘처럼 맑은 웃음을 터트렸다. 보고 있던 정한도 옅은 미소를 지었다.
"그렇게 속이 시원해?"
"네? 뭐가요?"
"드디어 용기 내서 한 방 먹였잖아."
"아, 그거. 네. 뭐, 그것도 좋네요."
그것도 좋아?
    정한은 갸우뚱하며 그린의 얼굴을 찬찬히 뜯어보았다. 저건 분명 좋아 죽겠다는 표정인데. 생각하니 두고두고 설레는 얼굴인데. 오늘도 그린의 기분을 읽는 데 실패했다. 비즈니스를 할 때는 눈치나 분위기를 파악하고 사람을 스캔하는 데 남다르게 기민한 편이라고 자부했던 정한은 머쓱한 표정을 지었다. 이 정도면 외국어도 아닌 외계어로 쓰여진 듯 오늘도 난해한 뽀시래기.
    그린은 아직도 흥분이 가시지 않은 표정으로 두 뺨에 손을 없었다. 나. 김정한이랑 엄청 잘 어울리는 여자. 큭큭큭큭. 뒷모습만 봐도 기죽게 예쁜 여자. 으히히히. 오빠랑 나랑, 엄청 잘 어울린대. 으아아아. 지금 이 순간, 하늘로 날아갈 것만큼 기뻤던 그린은 속으로 돌고래 함성을 외치는 중이었다.

"우리 놀러가요!"

정한은 맞게 들은 건가 하는 표정으로 살짝 눈썹을 치켜올렸다. 그린이 다시 밝은 목소리를 꺼냈다.

"아까 그랬잖아요. 재밌게 놀아 준다고."

"아."

그제야 알아들었는지, 잠시 망설이던 정한이 고개를 끄덕였다.

"그래, 뭐 하고 놀까."

"진짜요?"

흔쾌히 고개를 끄덕이는 정한의 모습에 그린의 눈이 휘둥그레졌다.

"어디 가고 싶은데? 네가 정해."

두 번씩이나 말하는 걸 보면 분명 맞게 들은 거 같은데. 속으로는 아직도 믿기지 않아 얼떨떨했지만 그린은 허둥지둥 몇 가지를 떠올려 봤다. 어디 가지? 아이스링크? 놀이공원? 방 탈출? 문득 오늘 입고 온 옷에 생각이 미쳤다. 타이트한 치마와 블라우스. 이렇게 입고 아이스링크나 방 탈출 카페에 가는 건 무리였다.

'그냥…… 영화?'

순간, 지난번 자동차극장에서 있었던 일을 떠올린 그린의 얼굴이 화악 붉어졌다. 그럼 오늘은 자동차극장 말고 평범한 영화관? 좌석이 밀착되어 있고, 어두컴컴하고, 막 팝콘 통에 동시에 손도 집어······.

'으아아, 안 되겠다!'

순수한 호의로 놀아주겠다는 오빠를 앞에 두고, 이번에도 김칫국을 들이켜면 안 될 것 같았다. 고민하던 그린은 결국 정한에게 선택권을 내밀었다.

"오빠가 정해주세요."

"내가?"

"네."

정한은 난감한 표정을 지었다.

"난 그런 쪽은 딱히 아는 게 없는데."

"그럼 오빠는 평소에 뭐 하고 노는데요?"

"평소에?"

그제야 정한도 살짝 구미가 당기는 표정을 지었다.

"아~무거나 다 괜찮아요. 오늘은 오빠가 좋아하는 거 같이 하고 놀아요."

얼마 후. 그린은 얼떨떨한 표정으로 도착한 곳의 간판을 물끄러미 올려다보고 있었다.

― 내가 재밌는 건 너한테는 지루할 텐데.

정한의 그 한마디가 문제였다. 또 꼬맹이 취급인가 싶어 발끈하면서 무조건 가자고 우기지 말았어야 하는데. 점점 깊숙한 뒷골목으로 들어갈 때 의심을 해 봤어야 하는 건데.

박사 컴퓨터 수리

간판에 떡하니 쓰여 있는 글자가 시린 겨울바람처럼 가슴속을 후벼팠다.

각종 전자 기기 장비 부품 판매 / 교체

간판 옆에 조그맣게 붙어 있는 글씨들도 함께. 떨떠름한 그린과 달리 정한은 이제껏 본 표정 중 가장 들뜬 표정을 짓고 있었다.

그러고 보니 까맣게 잊고 있었다. 집 안에 체육실을 마련해 놓고도 유난히 밖에서 달리는 것을 좋아하는 정한의 또 하나의 취미. 최신형 휴대폰이나 조립형 컴퓨터, 온갖 종류의 키보드, 노트북, 오디오와 헤드폰, 카메라에 드론까지…… 2층 방 하나를 가득 채운 수많은 전자 기기들. 김정한은 장비병에 걸린 '공대 오빠'였다.

"여기가, 어디……예요?"

눈으로 보고도 부정하고 싶어진 그린은 힘겹게 한마디, 한마디를 힘주어 물었다.
"여기가, 이렇게 보여도 대단한 곳이야."
그린이 물어보기를 기다렸다는 듯 정한은 안 그래도 넓은 어깨에 한가득 자부심을 담아 으쓱거리기 시작했다.
"보기엔 이런 뒷골목에서 컴퓨터 수리나 해 주는 데 같지? 여기 사장님은 용산에서도 쉽게 못 넘보는 거물이야. 부품도 해외 본사로 바로 주문 넣고, 내로라하는 기업들, IT 부서에서 여기 사장님한테 국내 출시 정보 받으려고…… 아니다. 이런 얘기까지는 대외비라."
그린은 한껏 당황한 표정으로 정한을 올려다보았다. 정한은 평소에 '응', '아니', '그럴까' 수준의 단답으로 모든 대화를 해결했다. 그런데 저렇게 빛나는…… 아니, 신나는 표정을 하고 있을 줄이야. 정한은 백화점이 개장하기도 전부터 줄을 서 있는 손님처럼 흥분한 모습이었다.
"들어갈까?"
가게 안쪽에 앉아 있던 남자가 고개를 들었다.
"이게 누구야? 김 대표 아니신가?"
"김 대표는 무슨. 잘 지냈어요?"
남자는 대답 대신 그린에게 시선을 꽂았다.
"……혹시 제수씨?"
"맞아요. 그린아, 이쪽은 과 선배야. 형, 여긴 내 와이프."
"그래! 결혼식 때 본 기억이 난다. 반가워요. 윤성수라고 해

불순한 위로 269

요."

 성수가 사람 좋은 웃음을 보이며 손을 내밀었다. 덕분에 그린도 금방 어색한 기분을 떨치게 되었다.

 잠시 후, 정한은 어느새 재킷도 벗어던지고 소매까지 둘둘 걷어 올린 모습이었다. 지켜보던 그린은 문득 정한에 대해 아는 게 거의 없다는 것을 깨달았다. 그린처럼 백문백답을 해 본 적도 없으니 식성, 취미, 취향 등 정확히 알고 있는 게 하나도 없었다. 그런데 지금 눈을 빛내며 빼곡히 꽂힌 그래픽 카드를 뒤적거리는 정한의 모습. 이 세상에서 김정한과 가장 매치가 안 되는 형용사이긴 하지만 그런 정한의 모습이 어딘가 귀엽다는 생각마저 올라올 무렵.

 "형. 아무래도 그만 가 봐야 할 것 같아."

 "뭐? 온 지 얼마나 됐다고?"

 갑작스러운 정한의 말에 성수는 대놓고 놀란 표정을 지었다. 정한은 계속 우두커니 앉아 있는 그린이 신경 쓰였다. 가게에 들어온 지 10분, 20분. 시간이 지날수록 세상에서 제일 재미있는 놀이터라고 생각되었던 곳인데도 생각보다 즐겁지가 않았다.

 "다음에 다시 올게."

 하지만 모니터를 만지작거리는 정한은 누가 봐도 아쉬운 얼굴이었다. 가지고 놀던 장난감을 놓고 일어서야 하는 어린 소년 같은 모습에 결국 그린은 '품' 웃음을 터트렸다.

 "괜찮아요. 하나도 안 지루해요!"

밝은 목소리로 손사래를 치는 그린에게 성수가 불쑥 물었다.

"제수씨, 혹시 이런 거 관심 있어요?"

"그거, 드론인가요?"

그린은 호기심 어린 눈길로 성수의 손에 들려 있는 초소형 드론을 바라보았다.

"지금 초보자용으로 개발 중인 시제품인데, 이거 한번 해 볼래요? 마침 모니터링 해 줄 사람이 필요했는데."

평소 IT 기기에 익숙지 않았던 그린은 선뜻 받아들이지 못하고 망설였다.

"한번 해 봐."

그때 들뜬 목소리로 성큼 다가온 정한이 조종기를 손에 쥐었다.

"쉬워. 시범 보여 줄게. 이렇게 시동을 걸고, 램프 들어온 거 확인하면……."

어느새 그린은 드론 조종기를 손에 들고 조작법을 배우고 있었다.

"어? 어! 또 부딪힐 뻔했어요!"

"처음 하는 거 치고는 잘하는 거야. 봐. 긴장하지 말고 이 스틱을 살짝 미세하게."

말을 하다 말고 답답했는지, 정한은 조종기를 그린에게 쥐어 준 뒤 그린의 등 뒤로 가 섰다.

뒤에서 껴안듯 팔을 뻗어 그린과 손을 겹쳐 쥔 정한이 부드럽게 스틱을 조작하기 시작했다.

불순한 위로

"자, 밀어 올리다 천장에 닿겠다 싶으면 이렇게."
"어? 된다! 된다!"
그린은 흥분한 표정으로 눈앞에 붕붕 떠 있는 드론을 바라보았다.
"오빠! 저거 날고 있어요!"
"쉽다고 했잖아."
졸지에 덩그러니 남은 성수는 '허얼' 하는 표정으로 정한을 바라보았다. 아까부터 흘끔흘끔, 그린에게 신경 쓰느라 정한은 성수의 이야기는 듣는 둥 마는 둥 하고 있었다. 아니나 다를까, 정한은 성수가 드론을 내밀자 기다렸다는 듯 달려가 버렸다. 그러더니 지금은 뒤에서 껴안고 왈츠라도 추듯 조종간을 붙들고 있었다. 정한을 알고 있는 동기나 선후배들이 지금 이 자리에 있었다면 보고도 못 믿을 장면이었다.
'자식, 결혼하더니 팔불출이 다 됐네.'
"얼씨구, 혼자 보기 아깝다."
성수는 '쯧쯧' 고개를 저으며 수리하던 메인보드를 집어 들었다.
한편, 그린과 정한은 우중충한 가게 한쪽에서 필터를 끼운 듯 달콤한 핑크빛 분위기를 조성하는 중이었다. 그린은 조금 자신감이 붙은 듯했다.
"이제 혼자 해볼래요!"
"그럴래?"
"네! 이 정도면 나 혼자서도……."

흥분한 그린이 고개를 꺾어 정한을 올려다본 순간, 바로 위쪽에서 고개를 숙인 정한과 눈이 마주쳤다.

"……!"

그제야 깨달았다. 후끈한 열기가 느껴질 정도로 대놓고 밀착한 자세. 그린의 얼굴에 펑 터져버릴 듯 발간 불이 화악 들어왔다. 붉어진 건 정한도 마찬가지였다. 뒤에서 뻗어 감싼 팔과, 조종기 위에 올려진 손가락이 노골적으로 엉켜 있었다.

정한은 움찔, 반사적으로 팔꿈치를 조이며 그린의 가느다란 허리를 감쌌다. 그러자 다리에 힘이 풀려버린 그린은 하아 숨을 내쉬며 단단한 정한의 가슴에 등을 기댔다. 둘은 한동안 전기에 감전이라도 된 듯 밀착된 자세로 굳어 있기만 했다. 바로 그때…….

"어이, 김 대표! 애정 행각은 그만 집에 가서 하지?"

불쑥 성수의 목소리가 끼어드는 순간…….

위이잉! 쌔애앵!

천장까지 솟구쳤던 드론이 성수의 바로 옆에 미사일처럼 꽂히고 말았다.

"꺄악!"

"으아악!"

순식간에 난장판이 돼 버린 상황. 정한은 조종기를 내려놓고 허겁지겁 그린부터 살폈다.

"괜찮아? 다친 데 없어?"

그린은 놀란 눈으로 드론을 내려다보며 고개를 저었다.

성수는 울상을 지으며 드론을 집어 올렸다.

"하. 오늘은 좀 오래 간다 싶었다. 꼭 10분을 못 넘기고 이러더라."

머리를 쥐어뜯으며 끙끙거리는 성수에게 그린이 기어들어가는 목소리로 말했다.

"죄송해요……. 제가 괜히 해보겠다고 해서."

"아, 제수씨 잘못 아니에요. 프로그램 문제니까 신경 쓰지 말아요."

성수는 휘휘 손을 저으며 드론을 작업대로 가져가 나사를 풀기 시작했다.

잠시 후, 성수의 입에서 난처한 듯 '끙' 소리가 흘러나왔다.

"하필 망가져도 여기가 망가지냐. 이거 부품 구하려면 몇 달은 걸릴 텐데."

물론 그 후에도 성수는 설계 결함 탓이라며 그린을 안심시켰지만 그린은 마음이 무거웠다. 드론의 '드' 자도 모르면서 선뜻 받아든 건 아닌지, 잠깐 해보고 말 걸 괜히 혼자 날려 보고 싶다고 한 건 아닌지. 옆에서 같이 안절부절못하던 그린을 계속 지켜보던 정한이 무심하게 손을 내밀었다.

"어디, 한번 줘 봐."

집에 도착할 때까지도 그린은 망가진 드론 때문에 마음이 놓이지 않는 얼굴이었다. 시동을 끈 정한은 대수롭지 않다는 듯 뒷좌석에 놓인 드론을 향해 턱짓을 했다.

"너무 신경 쓰지 마. 저런 적이 한두 번이 아니라고 하잖아."

머리를 싸매고 고민하던 성수에게, 정한이 어떻게든 해보겠다며 받아 온 아까 그 드론이었다. 정한의 태평한 말투에도 그린은 마음이 놓이지 않는 모습이었다.

"부품 구하는 데만 몇 달 걸린다는데……."

"내가 알아서 해결한다니까."

그러나 말과는 달리 정한은 저녁 내내 느긋한 모습이었다. 둘은 나란히 앉아 송천댁이 차려주는 저녁을 먹었다. 밥을 먹고 난 뒤에 정한은 며칠 후 정식으로 출근하는 그린에게 회사 얘기로 주의를 돌렸다. 그 뒤엔 평소에는 쳐다도 안 보던 주말 드라마에 심야 예능을 본다며 늦게까지 아래층 거실에 머물렀다. 덕분에 그린은 드론에 대해 까맣게 잊고 말았다.

다음 날 아침이 되어서야 그린은 침대에서 벌떡 일어나며 외쳤다.

"맞다! 드론! 완전 깜빡하고 있었네!"

하필 구하기도 힘들다는 부품이 망가져 울상을 짓던 성수를 생각하니 계속 마음이 편치가 않았다. 역시 걱정이 된 그린은 아침을 먹기도 전에 2층 정한의 침실을 찾았다. 문을 두드린 뒤 살며시 열어 봤지만 방은 텅 비어 있었다. 혹시나 하며 정한의 취미인 IT 기기로 가득 찬 다른 방으로 걸음을 옮겼다. 살짝 열린 문틈 사이로 불이 환하게 켜져 있었다.

커다란 방 한쪽, 대형 오븐처럼 생긴 기계가 윙윙 돌아가는 가운데, 정한은 어지러이 분해된 부품과 공구들 한가운데 앉아 있었다. 바닥에는 스피커폰으로 돌려놓은 휴대폰이 놓여 있었다.

"아예 코딩부터 잘못됐던데? 이렇게 설계할 거면 PCB 타입으로 갔어야지. 그리고, 이 부분을 납땜을 하지 말고 고무 와셔를 넣지 그랬어."

[에효, 그래. 덤벙거린 내 탓이다. 참, 부품은 미국에 아는 후배한테 급하게 연락해 뒀으니까 기계는 그냥 가져와라.]

"그거? 지금 3D 프린터로 깎고 있는데?"

[뭐?]

"설계도 다시 맞춰 놨어. 이따 가공 집에 퀵으로 보낼게."

[이게 무슨 소리냐? 지금 뭘 만들었다고? 임시 부속품도 몇 주는 기다려야 올 텐데?]

튀어나올 듯 놀란 성수와 달리 정한의 목소리는 시큰둥하기만 했다.

"몇 주라며. 그걸 언제 기다려."

[자식. 감동이다. 어제 내가 심하게 끙끙거리긴 했지?]

하지만 이어진 다음 말에 그린은 쿵 떨어지는 심장을 부여잡아야만 했다.

"형 때문에 그런 거 아닌데. 그린이가 계속 신경 쓰잖아."

잠시 후, 말문이 막힌 듯 아무런 소리도 들리지 않다가…….

[순전히 제수씨 때문에 혼자 그걸 깎았다고? 와, 미치겠다. 그것도 하룻밤 만에?]

기가 찬 성수의 감탄에 정한은 대수롭지 않다는 듯 말을 돌렸다.

"보니까 소음도 문제겠던데?"

[맞아! 설마 그거까지 고쳤냐?]

성수는 스피커폰 너머에서 한참이나 웃음을 터트렸다.

[이제 기억난다! 전에도 이런 적 있었지? 그때도 정규품보다 더 잘 나와서 이거 만든 사람 어디서 일하냐고 다들 너 찾고 난리 났었잖아! 이야, 역시 김정한이다. 해결사가 따로 없네!]

"나중에. 한숨도 못 잤어."

뚝―.

칼같이 전화를 끊어 버린 정한은 주섬주섬 부품을 쓸어 모아 상자에 담기 시작했다.

그린은 정한이 눈치채기 전에 조용히 뒷걸음질을 쳤다. 발끝을 세워 계단을 내려오는 동안 얼굴에는 한껏 꽃물이 들고 심장은 빠르게 요동치고 있었다. 귓가엔 팔딱거리는 맥박을 타고 정한의 나직한 저음이 계속 반복되고 있었다.

― 그린이가 계속 신경 쓰잖아.

침대에 걸터앉은 그린은 두근거리는 가슴을 누르며 가만히 숨을 골랐다. 문득 시어머니인 순옥이 했던 얘기가 떠올랐다.

― 정한이 걔가 표현을 안 해서 그렇지 알고 보면 속정은 깊은 애야. 감기 걸려서 끙끙대면 어떻게 알고 약이라도 잔

불순한 위로

뜩 사 들고 오는 애는 정한이 밖에 없다니까?

시어머니인 순옥과 그린의 모친인 영은은 중학교 동창 사이였다. 순옥에게 그린은 며느리이기 전에 절친의 딸. 신혼 초, 무뚝뚝한 둘째 아들을 오해할까 걱정됐는지 순옥은 그린과 영은 앞에서 열심히 정한을 두둔한 적이 있었다.

그린은 뜨끈해진 얼굴을 베개에 묻으며 가는 한숨을 흘렸다. 순옥의 말대로 워낙 표현이 없어서 그렇지 정한은 따뜻하고 배려가 넘치는 사람이었다. 게다가 어제는 전혀 몰랐던 정한의 새로운 모습도 알게 되었다. 부품으로 빼곡한 컴퓨터 가게 안. 늘 냉랭하리만치 무표정하던 남자가 들뜬 얼굴로 신나하던 모습은 솔직히 말하면, 귀여웠다.

그러면서도 그린을 챙기느라 바로 일어서려고 했던 모습. 그린이 걱정하는 게 싫어 밤을 꼬박 새우면서까지 드론을 고쳐놓은 모습. 정한에 대해 더 많이 알게 될수록 더 많이 좋아졌다.

좋아하는 마음이 커질수록 한편에 쌓이는 건 조급함이었다. 10년 전에도 그랬지만, 정한은 지금도 그린을 철없는 소리나 하는 꼬맹이로 대하는 것 같았으니까.

"빨리 출근하고 싶다."

중얼거리던 그린은 다시 한번 각오를 다졌다. 대입 준비를 할 때도 한 가지 목표만을 위해 악착같이 노력했었다. 그 노력이 헛되지 않았던지 돌고 돌아 정한과 인연을 맺게 되었다. 어렵게 들어간 회사에서도 꼭 필요한 인재가 돼서 당당하게 정한의 마음을 사로잡고 싶었다.

그린의 첫 출근 날이 되었다. 단정한 스커트와 블라우스, 겨울 느낌 물씬한 화이트 톤의 트위드 재킷까지. 투명할 정도로 말간 얼굴에 잔뜩 긴장한 표정으로, 그린은 로비 한쪽 지정된 장소로 향했다. 벌써 여남은 명이 신입 사원 티를 팍팍 내며 모여 있었다. 입사 동기라고는 해도 그중 상당수는 일반 사무직인 그린과 달랐다. 의료기 팀 기사들 아니면 연구소에 배정될 연구원들 틈에서 간단한 절차를 거친 그린은 사원증을 교부받았다. 그게 끝이었다. 혁신과 효율을 최우선으로 하는 벤처 기업답게 입사식이나 환영식 따위는 역시나 없었다.

그린은 떨리는 마음으로 3층 경영지원팀으로 향했다.

"어! 민그린 씨! 여기!"

그린이 들어서자 저쪽에 앉아 있던 허 팀장이 손을 치켜들었다.

"자, 자, 다들 주목. 오늘부터 함께 일하게 된 민그린 사원입니다. 여긴 김동민 과장. 차도훈 대리. 유지화 사원. 지금은 바쁘니까 자세한 얘기는 이따 합시다."

이름이 호명될 때마다 차례로 손을 들었지만 다들 시선은 모니터에 고정한 채였다.

"민그린 씨, 복사할 줄 알아요?"

"네? 네!"

자리에 가방을 내려 두기가 무서울 정도였다. 정한의 말대로 신입 사원의 업무 중 복사가 만만치 않다더니. 금세 따끈따끈해진 복사기 앞에 한참을 서 있었다. 얼마 후, 슬그머니 다가온 지화가 남은 복사물을 한 뭉치나 덜어가 주었다.

"아, 괜찮은데."

"어차피 지금 할 일도 없어요."

싱긋 웃은 지화가 호기심 어린 눈초리로 물었다.

"민그린 씨는 몇 살이에요?"

"스물다섯이요."

"와, 나랑 동갑이네요?"

지화의 목소리가 들뜬 듯, 한 톤 올라갔다.

"그런데 이름이 진짜 특이하다. 영어 이름이에요?"

그린은 눈에 띄게 움찔했다.

"아뇨. ……한글 이름이에요."

"무슨 뜻인데요?"

"'그림을 그리다' 할 때……."

"오. 한글 이름인데 글로벌한 느낌도 뿜뿜이네. 난 지화가 뭐야. 지화자도 아니고."

투덜거리는 지화를 보며 그린은 살짝 놀란 표정을 지었다. 민그린. 어딜 가든 주목을 받아 가끔은 부담스럽기도 한 이름. 그러다 이름을 지어 준 사람이 할아버지인 민승로라는 게 알려지기라도 하면 가끔은 질투 어린 눈길을 받기도 했다. 왕따를 당한 후로는 이름이 구려서, 생긴 것도 하는 짓도 구리다며 툭하면 비웃음을 당하기만 했다.

그런데 지화는 조금 독특하다는 식으로 대수롭지 않게 넘겨 버리고 말았다. 유지화. 또래에게 친근한 마음이 든 건 처음이었다.

점심시간.

"밥 먹으러 갑시다."

허 팀장의 말에 하던 업무를 내려놓은 팀원들은 사무실을 나섰다. 첫날이라고 잔뜩 긴장했던 그린도 그제야 허기를 느꼈다.

"아, 배고파. 오늘 맛있는 거 나왔으면 좋겠다."

"우리 지화자는 다이어트 한다면서 또 맛있는 거 타령이야?"

경영지원 3팀의 분위기는 첫인상과는 완전 달랐다. 워낙 바쁜 부서라 일할 때 삭막해서 그렇지. 모두 좋은 사람들이라는 생각이 들었다. 난생처음, 소속한 곳에서 소외되지 않고 잘 지낼 수 있을 거 같은 기분 좋은 예감이 들었다.

팀원들의 곁에서 설레는 미소를 지으며 따라가던 그린은 엘리베이터가 로비를 지나 지하 1층으로 향하자 고개를 갸우뚱거렸다.

불순한 위로

'식당이 차를 타고 갈 만큼 멀리 있나?'

무심코 발걸음을 옮기던 그린은 눈앞에 펼쳐진 광경에 우뚝 멈추었다.

구내식당

순간 하얗게 질린 얼굴. 얼어붙은 듯 못 박혀 서 버린 그린과 팀원들의 사이가 벌어졌다.

"그린 씨! 안 오고 뭐 해요?"

"저, 전……."

그린은 눈에 띄게 당황한 얼굴로 더듬거렸다.

"사무실에…… 놓고 온 게 있어서…… 먼저 드세요!"

말이 떨어지기 무섭게 그린은 휙 몸을 돌려 멀어져 갔다.

그린이 구내식당을 나서고 얼마 후, 정한이 식당 안으로 들어섰다. 혼자 식당을 찾은 정한을 보고도 딱히 동요하거나 놀라는 사람은 없었다. 사장도 같이 바빠서. 아니, 사장이 제일 바빠서. 정한은 외부 약속이 없으면 항상 구내식당에서 밥을 먹었다. 조용히 들어와 빠르게 식사를 마치고 나갈 때가 대부분이어서 이제는 다들 그러려니 하는 수준이었다.

익숙하게 배식을 받은 정한은 식판을 들고 식당 안을 한 바퀴 훑기 시작했다. 오전 내내 가속기 부서에서 시뮬레이션을 돌려본 정한은 바로 릴레이 회의에 들어가야 했다. 오늘이 그린의 첫 출근 날이라는 걸 잠시 잊어버릴 정도로 바쁜 하루였다. 점심시간이 돼서야 퍼뜩 그린의 안부가 궁금해졌다. 첫 사회생활이 많이 낯설지는 않은지. 출근길 지하철이 힘들지는 않았는지. 오늘도 오물오물 밥은 잘 먹고 있는 건가. 궁금한 마음에 구내식당을 찾았지만 조금 늦게 와 그런지 그린은 물론 경영 3팀 직원들의 모습도 보이지 않았다. 혹시라도 먼발치에서 열심히 오물거리는 뽀시래기를 잠깐이라도 볼 수 있을까 했는데.

서둘러 식사를 마친 정한은 아쉬운 마음으로 사무실로 돌아왔다. 자리에 앉기가 무섭게 시뮬레이션 결과지를 집어 들었다. 팔락, 종이가 넘어가는 동안 우뚝한 코에서는 간간이 한숨이 새어 나왔다. 지금 이 순간, 정한은 오전 내내 돌린 QC 실험값보다는 뽀시래기의 첫 출근이 어땠는지가 훨씬 궁금했다.

오늘 역시, 동이 트기 전에 집을 나왔기에 그린이가 어떤 모습으로 회사에 왔는지 알 길이 없었다. 머리를 묶었을까, 풀었을까. 하루 종일 신고 있어야 하는데, 설마 또 높은 구두를 신고 온 건 아니겠지. 업무가 힘들지는 않았으려나. 아니, 시킨 일은 야무지게 다 해내고도 남았을 거다. 문득, 놀란 토끼 눈을 하고 있다가도 당찬 얼굴로 또랑또랑 제 할 말 다 하는 그린의 모습이 떠오르자 슬며시 웃음이 났다.

'목소리 듣고 싶은데. 전화하면 부담스러워하겠지?'

— 회사에서는 철저하게 대표님이라고 부를게요!

불순한 위로   283

벅벅, 머리를 헝클어트린 정한은 씁쓸한 표정으로 데이터의 수치를 훑어 내리기 시작했다. 곧 서류를 팽개친 정한의 다물린 입 안쪽에서 흠, 소리가 새어 나왔다.

'못할 건 뭐야? 난 남편인데?'

─ 우리가 결혼한 건 절대 비밀이에요!

하지만 비장한 표정으로 신신당부를 하던 뽀시래기의 모습이 전화를 걸고 싶은 충동을 꾹 억눌렀다. 결국 정한은 다시 씁쓸한 표정으로 서류를 집어 들었다.

그 시각, 그린은 회사 앞 카페에 앉아 있었다. 미지근하게 식어가는 커피는 한 모금도 줄지 않았다. 바짝 타는 속에 배가 고픈 느낌도 없었다.

'어쩌지.'

안절부절못하는 마음에 잘근잘근 입술만 깨물었다. 첫 출근 날, 첫 점심시간. 오전 내내 정신없이 주어진 업무를 하느라 미처 생각하지 못했다. 지금처럼 뜻하지 않게, 평범한 일상이 극한의 공포로 뒤바뀌어버리는 순간이 올 수도 있다는 걸.

구내식당 입구를 보자마자 발끝에서부터 한기가 올라와 온몸이 얼어붙는 것 같았다. 떠올리고 싶지도 않은 왕따 시절, 그린에게 가장 견디기 힘들었던 시간은 급식 시간이었다. 대학에 들어가서도 마찬가지였다. 입학 초, 동기들과 우르르 같이 처음으로 학식을 먹으러 간 날. 몸서리쳐지게 힘든 기억이 발목을 잡았다.

그린은 학생식당 앞에서 벌벌 떨기만 하다 끝내 들어가지 못했다. 그 후로 이런저런 핑계를 대고 학생식당 가는 걸 피하다 끝내는 동기들과 멀어져 버렸다. 두려움이 그린을 자발적 외톨이로 만들고 말았던 것이다.

한참을 멍하니 앉아 있는데 테이블 위에 올려놓은 휴대폰이 울리기 시작했다. 화들짝 상념에서 깨어난 그린은 뜻밖의 발신인에 놀란 얼굴이었다.

"네! 여보세요?"

[바쁜데, 방해한 건 아니지?]

머뭇머뭇 정한의 목소리가 들려왔다. 결국 못 참고 전화를 걸고 만 것이었다.

"아뇨? 무슨 일 있어요?"

[아니, 오늘 그…… 맞다. 밥은 먹었나?]

정한은 다른 할 말이 있었던 것처럼 에두르다 가장 궁금했던 질문부터 던졌다.

"아……."

잠시 말문이 막힌 그린은 허둥지둥 답했다.

"이제 먹을 거예요."

[아직도 안 먹었어? 어딘데?]

"그게…… 아, 잠깐 밖에 나왔어요."

[팀원들하고 같이?]

"아뇨! 저 혼자 나왔어요. 약속이 있어서."

수화기 너머, 당겨진 정한의 미간이 알루미늄 호일처럼 와그작 구겨졌다.

'아무리 그래도 입사 첫날인데, 약속을 잡았다고?'

하지만 못마땅한 마음을 드러내지 않은 채 일부러 더 차분하게 목소리를 가다듬었다.

[그랬구나. 맛있고 든든한 걸로 먹고 들어 와.]

어루만지듯 나직한 정한의 목소리에 그린은 잠시 망설이며 잘근 입술을 깨물었다.

'그냥, 사실대로 말할까? 구내식당에 도저히 못 들어가겠다고?'

하지만 정한의 다음 말에 그린은 슬그머니 약해지던 마음을 접어 버렸다.

[걱정 안 해도 되겠네. 첫날이라고 잔뜩 긴장하고 있을 줄 알았더니.]

"당연하죠! 그럼 집에서 봐요!"

그린이 서둘러 전화를 끊자 정한의 미간은 굵게 파이고 말았다. 벌떡 일어나 사무실 안을 서성이던 정한은 초조한 표정을 지으며 책상 위에 걸터앉았다. 단단하게 팔짱을 낀 채 앉아 있는 우월한 김정한. 차갑게 얼어붙은 표정의 도도한 김정한. 웬만한 일에는 눈 하나 꿈쩍도 않는 정한의 입에서 결국 '끙' 소리가 새어 나왔다.

출근 첫날 회사를 뛰쳐나갈 정도로 엄청 중요한 약속이 뭘까. 지난 3년간, 친구도 모임도 딱히 없어 거의 집에만 머무르는 거 같던데. 그린은 가끔 송천댁과 집 근처 사우나를 가거나, 양가 어른들을 만나는 걸 제외하면 외출도 잘 하지 않았다.

"역시, 애송인가."

길쭉한 손가락이 단단하게 다져진 상완근을 규칙적으로 두드리기 시작했다.

'침착하자. 1년이나 기다려서 고백을 할 정도로 치밀한 녀석이 충동적으로 고백을 했을 리는 없어. 아직은 썸일 가능성이 크다.'

그렇다면…… 내가 먼저 선수를 칠까?

찬란한 연애 활동, 차라리 나랑 같이 하자고.

당연히 내가 더 잘할 수 있는데. 적어도 애송이 재호보다는 훨씬 더 멋지게, 폼나게, 근사하게. 그린이가 원한다면 하늘의 별도 달도 따다 줄 수 있는데. 국제 달 토지 등기소를 통해 몇 평쯤 매입하고 천체 망원경을 선물하거나, 민간 천문대에 의뢰해 미지의 소행성을 발견한 다음, 우리 집 뽀시래기의 이름을 붙여 주면 되니까. 머릿속으로 빠르게 알고리즘을 그려 나가던 정한은 단호하게 고개를 저었다.

'진정해. 무작정 네 감정만 앞세워 짓누르고 부담 줄 셈이냐.'

좋아한다는 마음이 커질수록 한편에 쌓이는 건 조심스러움이었다. 처음에는 단순히 부부 관계가 궁금하다는 이유로 영뚱한 제안을 하던 어린양의 앞날이 진심으로 걱정됐다.

하지만 그린과 가까워지면 가까워질수록 다른 점이 보였다. 어디로 튈지 모르는 엉뚱함과 세상 밝아 보이는 당돌함. 그리고 그 뒤에는 그 누구도 몰랐던 상처와 그늘이 있었다.

오랜 기간 간직하던 아픔을 필사적으로 숨기느라, 그린은 이제껏 이성 교제는 물론 변변하게 친구라고 부를 관계조차 없다시피 외톨이처럼 살아왔다. 그런, 아무것도 모르는 그린이를 흔들고 손을 내미는 건…… 지금의 정한에게는 눈 한 번 깜빡이는 일보다 쉬울지도 몰랐다.

하지만 그린은 이제 막 사회에 첫발을 내디뎠다. 사회생활도 하고, 인간관계도 두루두루 겪어 봐야 했다. 그걸 알면서도 선뜻 제 욕심을 채우겠다고 고백을 할 수는 없는 일이었다. 지난 3년간 그래 왔던 것처럼 그린이 가질 수 있는 무한한 기회를 뺏는 것일 수도 있으니까.

무엇보다도, 가장 중요한 건 그린이의 마음이었다.

'썸을 타든, 연애 활동을 시작했든, 지금은 지켜볼 수밖에.'

정한은 어수선한 속을 가라앉히며 자리로 돌아갔다. 담담한 표정이었지만 짝사랑에 빠진 남자의 배려는 마냥 담담하지만은 않았다. 기다림은 누구에게나 초조하고 두려운 법이다. 정한에게도 예외는 아니었다. 하루라도 빨리 그린을 품 안에 넣고 싶었다. 지독할 정도로 치밀한 소유욕이 들끓었다.

그렇다고 해서 정한은 온갖 달콤한 말로 예쁘고 순진한 그린을 꼬셔낼 만큼 뻔뻔한 남자가 못 되었다. 혹시라도 이 관계가 잘못된다면? 가장 크게 상처를 받을 사람은 다름 아닌 민그린일 테니까.

하루 종일 들끓던 속이, 집에 돌아왔다고 가라앉을 리는 없었다. 정한은 집에 돌아오기가 무섭게, 냉장고를 열고 생수를 꺼내 단숨에 들이켰다. 조심스럽게 다가온 송천댁이 불만 가득한 기색으로 물었다.

"사장님! 첫날부터 시킬 일이 그렇게 많은 거예요?"

"그건 또 무슨 소립니까?"

정한은 힐끔 눈썹을 치켜 올렸다.

"아가씨가 오자마자 종일 굶었다고 밥부터 찾는데 속이 상해 죽겠더라니까요. 하루 만에 얼굴이 반쪽이 돼서 왔어요."

정한의 단정한 미간이 서서히 좁아들기 시작했다. 약속이 있었다는 말에 나가서 애송이랑 즐거운 시간이라도 보내고 온 줄 알았더니. 사실은 하루 종일 쫄쫄 굶다가 집에 온 건가.

순간, 번뜩 머릿속에 짚이는 게 있었다. 하, 차라리 썸을 타지. 그랬으면 밥은 먹고 들어왔을 거 아닌가. 정한의 손에 있던 페트병이 파스락 구겨지고 말았다.

다음 날.

그린은 속이 안 좋다는 핑계를 대고 점심을 걸렀다. 그 다음 날도 점심시간은 어김없이 찾아왔다. 오전 내내 안절부절못하던 그린은 쭈뼛쭈뼛 허 팀장의 자리를 찾아 선약이 있음을 알렸다. 별다른 말 없이 고개를 끄덕이는 허 팀장에게 꾸벅 허리를 숙인 그린은 터덜터덜 회사를 걸어 나왔다.

약속을 잡을 친구는 없고. 그렇다고 혼밥을 하는 건 싫고. 가장 중요한 건 밥맛이 전혀 없었다. 점심시간만 되면 꼭 고문을 받는 기분이었다.

'하아, 내일은 또 뭐라고 해야 하나.'

아니지. 내일은 어떻게든 구내식당에 가서 밥을 먹어야 할 텐데. 하지만 도저히 용기가 나지 않는다. 숟가락을 뜨는 건 고사하고 안으로 들어갈 엄두도 나지 않았다.

'민그린, 정말 한심하다. 고작 밥 먹는 거 하나도 힘들어하면서 어떻게 사회생활을 하겠다고.'

그리고…… 어떻게 정한의 마음을 사로잡겠다고.

안 그래도 작은 어깨가 더 조그맣게 움츠러들었다. 문득 휴대폰이 울려 확인하니 정한에게서 온 전화였다.

"여보세요?"

[지금 내 사무실로 올라올 수 있나?]

다짜고짜 대표 이사 집무실로의 호출에 그린은 휘둥그레 뜬 눈으로 고개를 저었다.

"아뇨!"

[왜? 바빠?]

"누가 보면 어떻게 해요."

[점심시간이라 아무도 없어. 잠깐 올라와.]

선택의 여지는 주지 않겠다는 듯 통화는 뚝 끊기고 말았다.

꼭대기 층에는 정한과 진우의 집무실과 회의실 뿐.

과연 정한의 말대로 점심시간이라 그런지 아무도 마주치지는 않았지만, 그린은 007 작전이라도 하듯 가슴을 졸이며 정한의 사무실로 향했다. 문을 두드리고 조심스럽게 들어간 그린은 책상이 아닌 안쪽 소파에 앉아 있는 정한을 발견했다.

"전화, 왜 하셨어요……?"

정한은 대답 대신 턱짓으로 소파를 가리켰다.

"앉아."

가까이 다가간 그린의 눈이 휘둥그레졌다. 테이블 위에는 한눈에 봐도 고급스러운 패키지의 도시락이 놓여 있었다. 정한이 젓가락을 까서 내밀었다.

"이게…… 뭐예요?"

"밥이잖아."

"아니, 그건 아는데…… 갑자기 왜."

"혼자 먹기 지겨워서. 식기 전에 먹자."

그린은 얼떨결에 젓가락을 받아 들었다. 밥 생각이 전혀 없어 카페에 앉아 있던 민그린도.

회사에서는 절대 아는 척 하지 말아달라고 신신당부를 했던 민그린도. 눈앞의 호화스러운 도시락 앞에서는 이성을 놓아버렸다. 맛깔스러운 도시락을 보니 갑자기 군침이 돌았다.

"잘 먹겠습니다."

정한도 묵묵히 젓가락을 집어 들었다. 그린은 꽤나 배고팠는지 오물오물 열심히도 먹었다.

말없이 씹으며 빤히 쳐다보던 정한이 물었다.

"일은."

"네?"

"할 만해?"

"아, 네! 재밌어요!"

"힘들게 하는 사람은 없어?"

그린의 눈이 휘둥그레졌다.

"그럼요. 다 잘해주세요."

정한의 표정이 순간 서늘해졌다.

"그런데 왜 밥을 안 먹어."

"네?"

순간 그린은 휘둥그레진 눈으로 정한을 바라보았다. 한편으로는 속내를 들킨 마음에 가슴속이 뜨끔해졌다.

"일도 재밌고, 팀원들도 좋다면서. 왜 자꾸 굶고 다니냐고."

"······."

더 이상 대답을 못 하고 굳어 버린 그린의 모습에 괜한 화가 치밀어 올랐다. 워낙 무뚝뚝한 제 화법에 문제가 있다는 것은 알고 있었다. 그렇다고 취조를 하는 것도 아닌데. 그린은 금세 파랗게 얼어붙어 버렸다. 낮게 한숨을 흘린 정한은 부드러워진 목소리로 물었다.

"앞으로 계속 이럴 건 아니지? 하루 이틀도 아니고 굶어가면서 회사를 어떻게 다니려고 해."

그린은 한동안 말이 없었다. 고개만 떨군 채 앉아 있는 모습을 정한도 묵묵히 바라보고 있었다. 한동안 정적이 흐른 후, 그린이 달싹이듯 입을 열었다.

"급식 시간이…… 너무 힘들었어요. 괴롭히는 애들이 있어서…… 일부러 굶은 적도 많아서…… 점심 굶는 거 익숙해요……."

결국 정한도 조용히 젓가락을 내렸다.

"죄송해요. 근데 식판 들고 걸어가는 생각만 하면 자꾸 무섭고 긴장이 돼요. 자꾸만 숨이 막히고 토할 거 같아서……."

떨리는 목소리에 정한의 목소리가 달래듯 차분해졌다.

"여긴 학교가 아니라 회사야. 밥 먹다 말고 누가 널 괴롭힐 일도 없고. 혹시 그런 일이 생기면 인사팀에 알리든지. 안 통하면 변호사를 찾아가든지."

해결 방법을 알려주는데도 커다란 눈망울은 여전히 겁에 질려 있었다.

"정 안 되면 나한테 와서 다 이르라고 했잖아."

긴장이 풀렸는지 조그맣게 웃어버린 그린에게 정한이 박아 넣듯 말했다.

"쫄지 말라고. 내가 여기에서 제일 세니까."

그린은 조그맣게 고개를 흔들었다.

"누가 괴롭힐까 봐 그런 거 아니에요."

"그럼 왜 그러는 건데."

"그냥…… 예전 일이 생각나서……."

정한은 덤덤하게 응수했다.

"그렇다고 과거가 발목을 잡게 놔둘 순 없잖아."

"그건 아는데……"

"과거는 과거일 뿐인데 왜 자꾸 연연해 해."

나직하게 달래는 말투인데도, 그 말이 괜히 못났다는 소리로 들렸다. 몰라서 그러는 게 아닌데. 이제는 지난 일이라는 거. 앞으로는 일어나지 않을 일이라는 거. 다 알고 있는 얘기인데도, 그게 안 되니까. 학창 시절 추억을 꺼내보고, 아무렇지도 않게 구내식당에 들어가서 밥을 먹고. 그 평범한 게 안 되니까. 그 쉬운 걸 못 하니까.

결국은 이 모든 게 다 내 탓인 것만 같은 생각이 든다. 그린은 고개를 숙인 채 입을 꾹 다물고 있을 뿐이었다.

"괜한 얘기를 했다. 내 얘기 너무 신경 쓰지 말고……"

정한의 말이 끝나기도 전에 그린은 테이크 아웃 용기를 주섬주섬 챙겼다.

"먼저 일어날게요."

"더 먹어. 아직 반도 못 먹었잖아."

"싫어요."

냉랭해진 표정으로 정한의 옆을 스쳐 가는데 커다란 손이 뻗어 왔다.

"민그린, 어린애도 아닌데 이럴 거야?"

"내가 뭘요?"

홱 팔목을 빼자 젓가락이 떼구루루 바닥을 굴렀다.

"……!"

화가 난 건지, 실망한 건지.

"……."

침잠하듯 내려가는 눈빛을 따라 정한의 시선은 저만치 떨어진 젓가락에 가 닿았다. 잠시 말이 없던 정한은 조용히 일어나 허리를 굽혀 젓가락을 집어 들었다. 멍하니 보고 있던 그린은 죽을 듯 미안한 얼굴로 입을 벌렸다.

떨리는 입술로 죄송하다는 말을 꺼내려는 순간…….

"알았으니까 가 봐."

정한이 먼저 고개를 끄덕였다. 그린은 예상보다 훨씬 더 날이 선 반응을 보였다. 정한은 오늘은 더 이상 건드리면 안 되겠다는 생각이 들었다.

하지만 마음의 문을 닫아버린 그린에게는 그 모습마저도 왜곡되게 느껴졌다. 피곤한 듯 고개만 까딱하는 모습이 서운했다. 냉정한 한마디에 가슴이 아팠다. 아닌데. 그게 아닌데. 내 맘도 몰라주고. 순간 울컥, 속에서 무언가가 터져 나왔다. 그린은 눈물이 어린 눈으로 돌아서는 정한을 막아섰다.

"뭘 아는데요? 식판 들고 가는데 누가 발 걸어서 넘어져 본 적 있어요? 그것도 급식실 한복판에서? 지나가던 애가 잔반을 교복에 쏟은 적 있어요?"

씩씩거리던 그린의 눈에서 결국 눈물이 터져 나왔다.

"머리부터 반찬 국물이 뚝뚝 떨어지는데. 다들 비웃고 환호성까지 지르는데. 아직도 그 소리가 생생한데…… 어떻게 연연하지 않아요!"

"······진정해."

그린은 소매로 눈물을 훔치며 묻어 뒀던 두려움을 쏟아냈다.

"구내식당 앞에만 서면 도저히 발이 안 떨어져요. 직접 당해보지도 않았으면서. 그런 일 겪어본 적도······ 흑!"

"무슨 말 하려는지 알아들었어. 내가 미안해."

차분하게 달래는 소리가 오히려 서럽기만 했다. 그린은 도리질을 치며 울었다.

"자꾸 알긴 뭘 안다 그래요? 왜 자꾸 어린애 취급을 하는건데요?"

"그런 거 아니야."

"오빠가 제일 나빠. 알지도 못하면서."

"맞아. 내가 제일 나쁜 놈이야. 그러니까 그만 울어. 응?"

"왜 맘대로 울지도 못하게 해요. 오빤 모르잖아. 내가 어땠는지 하나도 모······!"

순간 고개를 숙인 정한이 그린의 아랫입술을 빨듯 가볍게 물어 당겼다.

쪼오옥.

커다란 눈동자가 갈 곳을 잃고 흔들렸다. 갑자기 얼음땡 마법에 걸려 버린 것처럼, 그린은 눈썹 한 올 깜빡이지 못하고 얼어붙었다. 무심히 내려다보던 정한이 손가락으로 툭툭 제 입가를 가리켰다.

"여기. 뭐가 묻은 거 같아서."

"그냥…… 마, 말로…… 하면 되잖아요. 누, 누가…… 그렇게 닦아요……."

지그시 눈을 마주친 정한이 고개를 끄덕였다.

"그러네. 그럼 위로라고 하자."

"위, 위로요?"

이번엔 귀까지 순식간에 화악 달아올랐다. 얼굴은 안 봐도 터질 듯 붉을 게 뻔했다.

"누가…… 위로를 그런 식으로 해요……."

"내가. 말로 하는 위로는 서툴러서."

심장이 떨어질 것만 같았다. 난데없이 '위로'라고 하는 걸 받아버렸다. 그런데 이 오빠, 말로 하는 위로는 서툴다며 희한한 방법으로 위로를 한다. 그것도 가슴이 터져버릴 만큼 설레게. 혼란한 표정으로 눈만 깜빡이던 그린은 여길 빠져나가야겠다는 생각만 간신히 들었다.

"자, 자, 자, 잘 먹었습니다."

허둥지둥 돌아서는 그린의 손목을 탁, 빠르게 낚아챈 정한의 건장한 상체가 코앞까지 다가왔다. 놀란 그린은 흡 숨을 들이켰다.

"내일도."

"네?"

귓가를 낮게 울리는 저음에 오소소 소름이 돋았다.

"밥 안 먹으면 여기로 부를 거야. 그럼 우린 또 마주 앉아서 밥을 먹을 거고. 나는 오늘보다 더 심한 잔소리를 하겠지."

불순한 위로

이해가 안 되는지 깜빡, 깜빡, 눈꺼풀이 느리게 여닫히자 투명하게 떨리는 눈망울이 드러났다.

"그럼 너는 발끈하다가 울어 버릴지도 모르고."

움찔.

이 오빠, 대체 무슨 말이 하고 싶어서…….

"우는 너를 달랜답시고."

설마…….

"나는 또 불순하게 위로를 할 거야."

무슨 말인지 깨달은 그린은 허겁지겁 두 손을 들어 입을 막았다. 겹쳐진 손바닥에 가로막힌 입술에 꿰뚫을 듯 집요한 시선이 꽂혔다. 한참을 뚫어져라 바라보던 정한은 그린의 정수리에 툭, 커다란 손바닥을 얹었다.

"그러니까, 내일은 가서 밥 먹어라."

chapter 9

오빠는 직진

그린은 넋이 나간 표정으로 정한의 사무실을 나왔다. 무슨 정신으로 경영지원팀으로 돌아가 업무를 보고, 집에 돌아왔는지 잘 기억이 나지 않았다.

하루 종일 가슴이 쿵덕거리고 머릿속에선 아까의 장면이 슬로 모션으로 끝없이 되감기 되었다.

'회사에서 점심 거르지 말고 밥 먹을 것.'

그 단순한 메시지를 위해 정한은 그린의 입술에 뽀뽀를 했다. 아니, 그건 뽀뽀가 아니었다. 대놓고 진득하게 빨아 먹었다. 흡입력 있게 찰싹 달라붙던 압력. 따뜻하고 말캉한 촉감이 지워지지 않았다. 앞니로 가볍게 물었다 떨어진 자리엔 화인이라도 찍힌 듯 찌르르 하는 감각이 남아 있었다.

'와아아, 미치겠다!'

그린은 온 침대를 뒹굴며 고민했다.

이젠 밥이 문제가 아니었다.

정한은 한다면 하는 남자. 하늘이 두 쪽이 나도 매뉴얼대로 움직이는 남자. 내일 또 점심을 굶는다면, 정한은 그린이 식당에 안 갔다는 걸 어떻게든 확인할 것이다. 그럼 사무실로 또 부를 거고. 그럼 또…….

목덜미까지 찌르르 한 느낌에 그린은 베개에 얼굴을 묻으며 꿍얼거렸다. 누가, 누가 위로를 그런 식으로 하래. 괜히 사람 설레게. 부질없는 기대만 가지게. 하아, 진짜 미치겠다! 찬물이라도 마셔야지. 벌떡 일어난 그린은 터덜터덜 주방으로 향했다.

언제 내려온 건지, 아일랜드 식탁 앞에 정한이 서 있었다. 정한은 무심한 표정으로 방금 뽑은 커피를 들이켜며 물었다.

"아직 안 잤어?"

그런 정한의 모습을 빤히 지켜보던 그린은 재빨리 다가가 발끝을 치켜들었다. 그리고 정한의 목에 팔을 감고 '쪼오오옥' 소리가 나게 입을 맞췄다. 튀어나올 듯 커다래진 정한의 눈을 똑바로 바라보며…….

"여기요. 뭐가 묻은 거 같아서."

그린은 아까 정한이 가리킨 곳과 정확히 같은 부위를 손가락으로 톡톡 두드렸다. 정한은 당황한 표정으로 그린을 내려다보았다. 안 그래도 우는 그린을 달랜답시고 벌인 제 충동적인 행동에 일이 손에 잡히지가 않았다. 자기 전에 꼭 봐야 할 서류가 있는데 쉽게 눈에 들어오지 않았다. 결국 주방에 내려와 커피를 내리던 중에 낮에 있던 일을 대갚음당했다.

"……많이, 불쾌했나?"

주어도 목적어도 시점도 다 빠진 질문이었지만, 찰떡같이 알아들은 그린은 천연덕스럽게 고개를 가로저었다.

"아아뇨. 그냥 응원하는 건데요?"

"응원?"

안 그래도 잘생긴 눈썹이 삐딱하게 한쪽만 치켜 올라가니 평소의 섹시함이 배가 되는 것 같았다. 애써 눈을 돌린 그린은 정한의 한 손에 들려 있는 서류를 향해 새침하게 눈짓을 했다.

"오늘도 회사를 위해 밤낮없이 일 하는 대표님 힘내시라구요."

정한은 손에 들린 서류를 멀거니 내려다보다가 지그시 입을 다물었다. 그렇다고 꼭 이렇게까지 갚아 주어야 하냐고 따질 염치는 없었다. 먼저 지은 죄가 있으니.

물론, 오늘 정한이 한 건 위로가 아니었지만. 그린이 눈물을 터트리는 순간, 또다시 아픈 상처를 드러낸 순간, 전에 차에서 본능적으로 껴안았던 것처럼 이번에도 생각할 겨를 없이 입을 맞추고 말았다. 그러니까 정한의 입장에서 아까 그 상황에 입맞춤은 극히 자연스러운 행동이었다. 서럽게 울고 있는 소중한 사람에게, 그저 사랑에 빠진 남자가 할 수 있는 최대의 구애일 뿐이었으니까. 그렇다고 이 마음을 섣불리 드러낼 수도 없고, 뽀시래기의 소심한 복수에 장단을 맞춰 줄 수도 없고.

"그래. 잘 자라."

머쓱하게 고개를 끄덕이고 돌아서는데 그런 제 모습이 그린

오빠는 직진 301

을 더 자극하게 될 줄은 꿈에도 몰랐다.

'뭐야. 표정 하나 안 변하잖아?'

당황하긴커녕, 이젠 화도 내지 않고 담담히 고개를 끄덕이고 마는 무심한 인간.

또 나만 설렜지. 나만 기대했지.

그래도 이건 아니지. 우는 아이 떡 주는 것도 아니고. 아무리 요만큼의 사심 하나 없다고 해도 어떻게 그렇게 쉽게 흔들어? 무심하게 건드려?

양 주먹을 불끈 쥔 그린은 다시 발끝을 치켜들어 정한의 입술에 '촉' 입을 맞추었다.

"네. 오빠도 잘 자요. 참. 이건 밤 인사예요."

"바, 밤 인사?"

끝내 평정을 유지하던 정한의 동공이 흔들리기 시작했다.

"너, 진짜……."

"오빠가 먼저 했잖아요."

"그렇다고 이렇게까지 할 건 없잖아."

"왜요? 난 뽀뽀가 이렇게 흔하게 남발해도 되는 위로 차원의 인사인 줄 몰랐을 뿐이에요. 이제 알았으니까 잘 자라고 굿 나잇 키스하는 거뿐……!"

순간 정한의 거대한 상체가 숙여왔다. 순식간이었다. 단숨에 그린의 입술을 집어삼킨 정한이 뜨거운 숨결을 쏟아붓기 시작했다. 갑작스러운 침입에 그린의 눈이 휘둥그레졌다. 오빠의 부드러운 입술인지, 그 안의 말캉한 속살인지 향긋한 커피

향을 담은 숨결인지, 머릿속까지 질척하게 휘저으며 스며드는 온기에 그린이 아득하게 눈을 감은 순간······.

"내가 아는 굿 나잇 키스는 흔하게 남발해도 되는 뽀뽀가 아니라서."

먼저 고개를 뗀 정한이 건조한 눈길로 그린을 내려다보며 말했다.

"밤 인사는 이쯤하면 된 거 같고."

착 가라앉은 목소리는 아까 뜨거운 숨결을 흘리던 같은 입술에서 나온 게 맞나 싶을 정도로 냉기가 흐르고 있었다.

"아까 한 건 위로 맞으니까 괜히 오기 부리지 말고. 내일도 대표실로 불러오기 싫으면 밥은 꼭 챙겨 먹고."

하지만 헐떡이며 올려다보는 붉어진 입술의 물기도 지워주고, 흐트러진 머리칼도 귀 뒤로 넘겨 주는 손길은 더없이 다정했다.

"그럼, 굿 나잇."

얼어붙어 있던 그린은 정한의 말이 떨어지기 무섭게 뒤도 안 돌아보고 방으로 뛰어 들어갔다.

정한 역시 넋이 나간 얼굴로 2층으로 걸음을 옮기기 시작했다. 서류도, 커피도, 식탁 위에 올려둔 건 까맣게 잊은 채.

'위험했다.'

초인적인 자제력으로 입술을 떼지 않았더라면 그 뒤는 어떻게 됐을지 생각만 해도 아찔했다.

방문을 닫은 정한은 머리를 싸매며 긴 한숨을 토했다. 문득 정신을 차려보면 마음은 온통 민그린이다. 자꾸만 내 마음에 네가 차서. 기울이면 차오르고, 기울이면 차오르고. 이젠 너를 비울 방법을 도무지 알 수가 없다. 백차 다항식을 천 번 미분해도 풀 수 없는, 너에 대한 내 마음의 기울기.

그린의 밤 인사를 되돌려주던 순간, 정한은 분명하게 깨달았다. 이제는 영원히 똑바로 서 있을 수 없는 제 마음이 선명하게 보인다는 것을. 그래서 마음 기우는 대로 너를 따라다닐 수밖에 없다는 것을.

다음 날도 어김없이 돌아온 점심시간.

그린은 굳은 결심을 하고 팀원들의 뒤를 따라 구내식당을 찾았다. 사실 속마음은 또 점심을 굶고 보란 듯이 정한의 사무실에 찾아가고 싶었다. 그러면 안 되는 걸 알면서도 자꾸만 사심이 생긴다. 세상에서 가장 설레고 가장 달콤한 위로. 오빠가 해 주는 불순한 위로가 또 받고 싶었다. 가능하다면 매일매일.

하지만 어제 단호한 표정으로 괜한 오기 부리지 말라던 정한을 떠올리니 차마 그럴 수가 없었다. 오빠는 그저 위로 차원에서 폭풍같이 터져 나온 눈물을 빠르게 그치게 하려고 그런 것뿐이니까. 기어이 나타난 날 얼마나 뻔뻔한 애라고 생각할까. 혼자 괜한 기대감에 밤 인사로 주접을 떤 것도 모자라 오늘도 굶었다며 또 찾아갈 수는 없는 일.

어젯밤 늦게까지 부엉이 눈을 뜨고 고민하던 그린이 내린 결론이었다. 하지만 큰맘 먹고 따라나선 팀원들 맨 뒤, 구내식당 입구에서 그린은 발걸음을 멈추고 말았다. 아무리 용기를 내려고 해도 공포감이 자꾸만 온몸을 옥죄였다.

구내식당 안에는 벌써 꽤 많은 사람들이 줄을 지어 서 있었다. 그 많은 사람들이 다 벼르고 기다리고 있는 것만 같았다. 식판을 집으려고 하면 다시 맨 뒤로 가라며 밀쳐 버릴 것만 같고, 밥 먹는 모습을 보고 말도 안 되는 트집을 잡아가며 비웃을 것 같았다. 송천댁 아주머니가 정성스럽게 다려준 블라우스가 음식물로 범벅이 된 채 엉망이 되는 모습이 머릿속을 뒤덮었다.

한참을 망설이던 그린은 저도 모르게 뒷걸음질을 치기 시작했다. 갑자기 등이 벽에 닿은 듯 단단한 무언가에 부딪쳤다. 그린은 화들짝 놀라 뒤를 돌아보았다. 바로 뒤에…… 정한이 서 있었다. 휘둥그레진 눈으로 올려다보고 있는 그린에게 정한이 태연하게 말을 건넸다.

"먼저 들어가세요."

그린은 아무 말도 못 하고 떠밀리듯 식당 안으로 발을 옮겼다.

"대표님, 오셨습니까?"

정한은 인사를 건네는 허 팀장을 보니 갑자기 뭔가 생각난 모양이었다.

"마침 이렇게 만났네요. 그렇잖아도 상의할 일이 있었는데. 오늘 점심, 같이해도 됩니까."

"당연히 됩니다. 가시죠. 대표님."

정한은 다른 사람의 시선에서 보호해 주듯 그린의 바로 곁에서 어슬렁 발걸음을 옮겼다. 덕분에 그린은 지금 여기가 어딘지, 뭘 하려고 하던 중이었는지, 방금 전까지 식은땀이 나고 머리가 하얘질 만큼 무서운 생각들이 일제히 날아가 버렸다. 정한이 허리를 숙이더니 식판을 2개 집었다. 역시 표정의 변화 없이, 들고 있던 식판을 각각 그린과 지화에게 건넸다.

"가, 감사합니다."

당황해 얼굴이 벌게진 건 그린뿐만이 아니었다. 지화는 황홀한 표정으로 정한이 건넨 식판을 받아 들었다. 식사는 자율 배식 형태였다. 그린은 얼떨결에 정한의 행동을 그대로 따라했다.

지금 집어 드는 게 뭔지도 모르고 반찬을 뜨고 국그릇을 집어 들었다.

"저쪽으로 가시죠."

정한은 팀원들을 조금 한적한 테이블로 이끌었다. 어쩌다보니 정한이 그린의 맞은편에 앉게 되었다. 정한이 의도적으로 식판을 먼저 내려놓고 은근슬쩍 자리 배치를 했다는 건 팀원 중 누구도 눈치 채지 못했다.

"드시죠."

정한이 숟가락을 들며 대각선 방향에 앉은 허 팀장에게 고개를 끄덕였다.

 식사 내내 정한은 그린에게 눈길 한 번 주지 않았다. 허 팀장과 업무 얘기만 주고받았다. 하지만 그게 다가 아니었다. 꼭 데자뷰를 보는 것 같았다. 정한의 동작은 상견례를 하던 날과 정확히 일치했다. 그날처럼, 정한은 그린을 기다려 주고 있었다. 그린이 마지막 한 숟갈을 뜨는 순간, 기가 막힌 타이밍으로 정한도 식사를 마쳤다.

 "나 때문에 불편하진 않았는지 모르겠네요."
 "아닙니다. 대표님이 힘드시죠. 식사 중에 업무까지."
 허 팀장의 말에 정한은 그린을 물끄러미 바라보았다.
 "아뇨. 좋아합니다. 이렇게 같이 밥 먹는 거."

 식사를 마치고 돌아오는 그린의 입가에는 잔잔한 미소가 번져 있었다. 어제의 불순한 위로도 좋았지만 그린은 오늘 정한에게 받은 위로가 훨씬 좋았다. 마주 앉아 밥을 먹으며 기다려 주는 정한만의 위로.

 지화는 전혀 흥분이 가시지 않는지 치약을 짜다 말고 발을 동동 굴렀다.
 "그린 씨, 봤어요? 나 오늘 대표님 옆에 앉아서 밥 먹었어!"
 그제야 정신이 돌아온 듯, 피식거리며 웃던 그린은…….
 "식판 집어 주는 거, 매너 너무 좋지 않아요? 근데 대표님은 왜 이렇게 냄새도 좋아?"

지화의 귀여운 주접에 결국 웃음을 터트렸다. 양치질을 시작한 지화는 문득 고개를 갸우뚱거렸다.

"대표님은 진짜 여자한테 관심이 없나?"

치카치카, 동그랗게 뜬 눈의 그린을 지화는 거울을 통해 유심히 살펴보았다.

"한 번은 물어볼 수도 있잖아요."

"뭐가요?"

"그린 씨 정도로 예쁜 사람이 맞은편에 앉아서 밥을 먹는데. 눈길 한 번 안 주더라. 그쵸?"

그린의 얼굴이 붉어졌다.

"에이, 제가 무슨……."

"아니야. 우리 팀 신입. 미모 무슨 일이냐고 회사가 들썩들썩해요! 아무리 일밖에 모르는 워커홀릭이라고 해도 시력은 멀쩡할 거 아냐."

지화는 계속 고개를 갸우뚱거렸다.

"다시 생각해도 이해가 안 돼요. 내가 대표님이라면 그린 씨한테 엄청 관심 가질 것 같은데."

고개를 숙여 입을 헹구느라 지화는 당황한 그린의 표정을 눈치채지 못한 것 같았다.

"하긴, 대표님이 갓 입사한 신입이랑 눈이 맞는 건 좀 리얼리티가 떨어지긴 한다. 근데 그거 알아요?"

지화는 비밀 얘기라도 하듯 살짝 목소리를 낮추었다.

"대표님 옆자리를 노리는 여자들. 한둘이 아니래요."
그린은 소스라치게 놀라며 고개를 들었다.
"네?"
"워낙 베일에 싸여 있어서 잘은 모르긴 한데. 반지도 없지. 일 밖에 모르니 사생활 깨끗하지. 일단 솔로는 맞는 거 같으니까 다들 호시탐탐 노리는 거죠."
"누, 누가요?"
"우리 회사에도 명문대 출신 많아요. 연구실이랑 치료 병동에 의사, 약사도 많고. 뭐 그 정도는 돼야 대표님한테 어울리지 않겠어요?"
"그렇……겠죠."
"안 그래도 고스펙 능력자가 넘쳐나는 세상인데. 나는 그냥 밥 한번 같이 먹은 걸로 감지덕지 해야지. 하, 난 오늘로 원 풀었다."
물론 그린을 겨냥해서 한 말은 아니었지만 지화의 팩폭에 그린은 오후 내내 가슴이 답답하고 무거웠다.
정한에게 어울리는 멋진 여자, 누구나 인정할 정도로 뛰어난 능력. 그린은 그중 어느 하나도 해당되는 게 없었다. 툭하면 까불지 말라는 소리나 듣고 구내식당에 들어가는 것조차 힘겨워 해서 기어이 오빠의 바쁜 시간을 쪼개 보러 오게 만드는 철부지.
이제는 정한을 향한 오랜 짝사랑조차 자격 없고 초라하게 느껴지기 시작했다.

퇴근길.

"민그린! 집에 가는 거야?"

터덜터덜 지하철역으로 향하던 그린은 뒤에서 불쑥 날아온 목소리에 고개를 돌렸다.

"제오야, 너도 퇴근?"

"응. 하! 살 것 같다. 도비는 자유예요!"

제오는 제 넉살에 피식 웃는 그린을 보며 환하게 따라 웃었다. 웃는 그린을 보니 제오는 행복해서 가슴이 터질 것만 같았다. 한편으로는 짜증도 밀려왔다. 무시무시하게 몸이 좋은 악당. 김정한은 저 예쁜 얼굴을 매일매일 보고 있겠지? 씩씩거리던 제오의 머릿속에 정한과 마주 섰던 날이 떠올랐다.

― 1년이요. 딱 1년 있다가 고백할 겁니다. 지금은 아무리 생각해도 내가 불리하잖아요. 김 사장님도 그 고백, 1년 후에 하시죠!

굳게 다물려 있던 정한의 입이 살짝 벌어지는가 싶더니 삐뚜름하게 치켜 올라갔다.

― 보기보다 허세가 있군.

순간 제오의 머릿속이 띵해졌다. 허세라니. 허세로 보이다니. 허세로 들릴 만큼 그쪽이랑 내가 차이가 나는 것은 아닐……. 순간 양손 가득 들린 커피가 유난히 무겁게 느껴졌다. 뭐라 더 발끈 하기도 전에 정한이 툭툭 어깨를 치더니 스치듯 걸음을 옮겼다. '수고해.'라는 환청이 들릴 만큼 치욕적인 제스처였다.

제오는 그저 멀어져 가는 정한의 뒷모습을 이를 악물고 노려보는 것밖에는 아무것도 할 수 있는 게 없었다. 굴욕적인 그 순간이 떠오르자 초조함을 견디지 못한 제오는 충동적으로 물었다.

"그린아. 너 혹시, 지금 사귀는 사람 있어?"

쿵.

사귀는 사람도 없는데 왜 이렇게 심장이 쪼그라드는지 모르겠다. 사귈 수도 없는데 왜 정한의 얼굴부터 떠오르는지 모르겠다. 그린은 세차게 고개를 흔들어 부정했다.

"없어! 그런 거."

"그럼 좋아하는 사람은?"

절박하게 조여 오는 질문에 그린의 머릿속에 볼드체로 떠오른 건…….

'김정한의 옆자리를 노리는 다 가진 엄친 딸.'

다시 한번 초라해진다. 내가, 오빠를 좋아할 자격이 있을까. 그린은 힘없이 고개를 떨궜다.

"……나 같은 신입 사원이 누굴 좋아할 여유가 어디 있어. 일 배우기도 바쁜데."

"왜? 신입 사원이면 사람 좋아하지도 못해?"

갑자기 이 맥락에서 왜 류제오가 발끈을 하나. 그린은 동그래진 눈으로 제오를 응시했다.

"신입은 뭐! 만년 신입이야? 시간 지나면 월급도 오르고! 승진도 해!"

제오는 분한 표정으로 씩씩거렸다. 소심한 표정을 한 그린이 용기를 내 물었다.

"정말……, 그렇게 생각해?"

제오는 꾸욱 주먹을 쥐었다. 가능성만 무궁무진한 신입 사원 류제오보다는 돈 많고 능력 좋은 꼰대 김정한의 출발선이 한참은 앞에 있겠지. 그렇다고 물러설쏘냐.

"당연하지! 지금 당장 고백하겠다는 것도 아니고! 좋아하는데 배경 따지고 스펙 따지고. 그건 너무 치사하잖아?"

모든 것을 다 가진 남자와 싸우려면 여기서 가장 중요한 건 근본 없는 투지. 불타오르는 패기밖에 없다.

제오의 속마음이 봇물처럼 터져 나왔다.

"보면 좋은데 어떡해, 툭 하면 마주치고, 툭 하면 나타나는데. 어떻게 하루아침에 뚝 끊냐!"

그린은 한 대 맞은 듯 멍한 표정으로 제오를 응시했다. 제오의 말이 구구절절 맞았다. 정한과 3년을 한 집에 살았는데, 이젠 회사에서도 보는데, 내 맘은 무가 아닌데, 왜 내 맘을 뚝 잘라야 되나? 잘라서 깍두기를 담글 수 있는 것도 아닌데. 나도 언제까지 계약직으로만 머무르리라는 법은 없는데. 능력이 넘치지 않아도, 내 힘으로 차근차근, 조금 더 나은 사람, 조금 더 발전된 사람이 될 수도 있는데.

혼자 겁을 먹고 물러서기엔 이 짝사랑이 억울했다. 지난 3년간의 애틋한 마음이 안쓰러웠다. 불씨가 꺼져가던 그린의 마음은 제오의 패기라는 휘발유를 맞고 화르륵 타오르기 시작했다.

"맞아. 신입이라고 너무 기죽을 것까진 없어!"

"그거야! 민그린! 지금 눈앞의 현실보다 보이지 않는 가능성에 집중하라고!"

갑자기 묘한 전우애가 피어났다.

"제오야, 고마워. 너 진짜 좋은 애다."

그린은 감동한 표정으로 제오를 보며 활짝 웃었다.

아, 하늘은 정녕 내 편인가. 제오는 이 기회를 놓치지 않기로 했다. 추운 길바닥에서 이러고 있지 말고 조금 더 용기를 내 보자. 뭘 하지? 영화? 카페? 술?

갑자기 휴대폰이 울렸다. 무심코 화면을 들여다 본 제오의 얼굴이 일그러졌다.

"여보세요."

[어디야.]

"알아서 뭐 하게?"

[지금 바로 들어와.]

"싫은데?"

[내 자리 탐난다며. 갖기 싫어?]

형인 제하는 싸늘하게 전화를 끊어 버렸다. 도비, 아니, 제오의 표정도 썩어버렸다. 하늘은 제오의 편일지 몰라도. 회사는 제오의 편이 아니었다.

오빠는 직진　313

고요한 사무실 안에는 키보드 소리만 바쁘게 울리고 있었다.
"헤이, 김 대표님. 렛츠 고우 홈."
문이 열리자 진우가 삐죽 고개를 내밀었다. 정신없이 일에 몰두하던 정한은 끄응 하며 기지개를 켰다.
"몇 시야?"
입을 다물고 빙긋 웃는 진우의 얼굴이 어딘가 지쳐 보였다.
"이제는 우리가 헤어져야 할 시."
서글프겠지. 하진우가 퇴근을 얼마나 좋아하는데. 하루 종일 임상 시험 디자인을 하느라 꼼짝없이 회사에 잡혀 있었으니.
"참, 김 비서 내가 퇴근시켰다. 오늘 여친이랑 100일이라고 울고 있더라. 먼저 간다. 수고!"
"진우야."
"앙?"
그렇게도 퇴근이 좋은지 돌아서는 진우의 표정은 맑게 빛나고 있었다.
"내일, 잊은 거 아니지? 늦지 않게 와라."
하지만 정한의 한마디에 순식간에 흐려지고 말았다.
"……그래야지."
조용히 문이 닫혔다. 시간은 또 흘렀고, 그날이 돌아왔다.

다시 1년을 돌아 너를 만나러 가는 날. 관자놀이를 몇 번 문지르다가 정한은 조용히 서류를 덮었다. 오늘은 더 이상 진전이 없을 것 같았다.

퇴근길.
금요일엔 어김없이 회사 앞 대로변이 꽉꽉 막혔다. 잠시 후, 지루한 표정으로 운전대를 잡고 있던 정한은 흠칫하는 표정을 지었다. 뒷모습만 봐도 알겠다. 저 앞에서 걷고 있는 건…… 우리 집 뽀시래기. 서서히 속력을 줄여 갓길에 댄 뒤 스윽 차창을 내렸다.
"그린아!"
돌아보는 그린의 눈에 놀라움이 담겼다. 놀란 얼굴 위로 활짝 꽃 같은 웃음이 피어났다.
"타."
정한이 손을 뻗어 문을 열었다. 뭐가 그리 좋은지 예쁘게 올라간 입꼬리가 생글생글.
바라보던 정한은 문득 먹먹했다. 유난히 지친 오늘 하루, 네가 그런 표정을 지으면, 부르자마자 돌아보며 웃는 얼굴이 이리 환하면, 날 보고 어떻게 하라고. 가로등보다 달빛보다 더 빛나 버리면 시야가 너무 밝아져서, 운전하는데 방해가 될 만큼 눈이 부시면…… 그런 널 보고 어떡하라고.

"오늘은 일찍 퇴근하시네요?"

"음······."

둥실 떠오르는 마음을 애써 잡아채며, 정한은 덤덤하게 물었다.

"오늘 어땠어? 일은 할 만해?"

"네! 저요. 우리 회사가 좋아요. 너무 좋아요."

회사가 좋은 거지, 김정한이 좋다는 건 아닌데. 자꾸만 심장이 아래로 쿵쿵, 중력보다 빠른 속도로 떨어졌다. 회사가 좋다며 병아리처럼 콩콩거리던 그린은 정한을 보며 더 없이 환한 웃음을 지었다.

"오빠, 나 요즘 너무 행복해요."

우리 뽀시래기가 행복하단다. 운전대를 잡은 손에 꽈아악 힘이 들어갔다. 정한도 덩달아 행복해졌다. 그린이 행복하다는 말에 사무치게 뿌듯해졌다. 이 차를 타고 집이 아니라 달나라까지 날아갈 수도 있을 것만 같았다. 사랑이 이렇게 무섭다. 세로토닌과 도파민, 엔돌핀이 모이면 유체 역학 따위 가뿐하게 씹어 먹고 우주 유영도 할 수 있을 것만 같은 착각을 불러일으킨다.

집에 도착할 무렵 말없이 생각에 잠겨 있던 그린이 불쑥 물었다.

"왜 사람들이 다 나한테 잘해주지? 왜 요즘 내 주변엔 좋은 사람밖에 없을까요?"

"또 무슨 엉뚱한 소리를 하는 거야?"

사실은 슬픈 얘기인데. 그린은 믿을 수 없다는 듯 설레는 표정으로 다시 말했다.

"무서울 만큼 좋아요. 불안한데 행복해요. 이럴 땐 어떻게 해야 돼요?"

아, 그제야 그린이 무슨 말을 하는지 이해가 된 정한은 차분한 목소리로 감싸듯 다독였다.

"일단은 그 행복을…… 질리도록 누려봐."

그린은 고개를 숙인 채 잠시 생각에 잠겼다.

"……그, 그러다가…….."

희미하게 떨리던 목소리가 확연하게 흔들리기 시작했다.

"그러다가…… 또 나쁜 사람을 만나면요?"

번호를 인식한 차고 문이 스르르 열렸다. 심각하게 고민할 문제도 아니라는 듯 시동을 끈 정한이 그린을 돌아보며 말했다.

"그럼 그다음에 좋은 사람을 만나면 돼."

커다란 눈동자를 깜빡이며 그린은 하염없이 정한의 얼굴을 마주보았다. 이 오빠는 어쩜 이렇게 멋있는 말만 하는 걸까. 얼굴도 멋있는데 하는 말은 얼굴보다 더 멋있어. 문득 얼굴보다 더 멋있는 말을 하는 입술로 시선이 내려갔다. 곧은 선으로 뻗은 입매가 차창 밖에서 간간히 비춰오는 불빛에 매끄럽게 빛나 보였다.

갑자기 긴장했는지 바싹 입이 말랐다. 정한의 집무실에서 받았던 위로. 진득하게 잡아 물던 물기 어린 감촉이 생생하게 되살아났다. 말캉한 입술이 잡고 있던 부위를 손가락 끝으로 가늘게 더듬어 보다가 그린은 꿈꾸듯 몽롱한 목소리로 물었다.

"그러다 힘들면 또 위로도 받고요?"

차 안에 한참이나 알 수 없는 정적이 흘렀다. 쌕쌕하는 숨소리만 났다. 정한은 팔을 뻗어 조심스레 그린의 목덜미를 끌어당겼다. 눈앞으로 다가오는 고혹적으로 솟은 입술이 아찔할 만큼 자극적이었다. 그대로 천천히 정한의 고개가 아래로 기울어졌다. 그린은 스르르 눈을 감았다.

두 입술이 맞닿기 직전, 희미한 열기가 느껴졌다.

'잠깐! 또 나 혼자 착각하는 거 아니야?'

그린은 번쩍 눈을 떴다. 그 짧은 순간, 이런 적이 한두 번이 아니었다는 생각. 꼭 이렇게 하는 척하다가 결국엔 혼자 입술을 쭈욱 내밀고 있었다는 생각이 뇌리를 스쳤다.

'이번엔 똑똑히 지켜보겠어.'

세 번은 속아도 네 번은 못 속지. 더 이상 김칫국은 사양이었다.

한편, 맞은편에서 정한은 난감한 표정으로 그린을 내려다보고 있었다. 방금은 불가항력이었다. 치졸하지만, 위로라는 이름으로 포장해도 좋았다. 살포시 벌어진 예쁜 입술에 자석처럼 끌려 들어가던 순간, 파르르 감기던 속눈썹이 반짝 올라가더니 눈 한 번 깜짝하지 않고 올려다보고 있다. 더없이 초롱초롱하고 맑은 눈빛으로.

'뭐, 뭐지.'

위로든 구애든, 그린이가 눈을 감아야 뭐라도 해 볼 텐데. 저렇게 눈을 부릅뜨고 있으니 절로 화끈거려 아무것도 할 수가 없었다.

'감시라도 하는 건가. 허튼수작 부리지 말라고.'

"크흠."

헛기침을 한 정한은 뻗은 손으로 애꿎은 그린의 뒤통수를 쓱쓱 문질렀다.

"그땐 특수한 상황이었잖아. 네 말대로 누가 그런 식으로 위로를 해."

그러면 그렇지. 그린은 미련 없이 몸을 돌려 차에서 내렸다. 또 눈 감고 있었으면 큰일 날 뻔했네. 김칫국을 몇 번을 마시는 건지, 혈중 나트륨 농도가 위험할 정도로 치솟을 뻔했네. 뒤에서 정한이 아쉬운 표정으로 따라오는 것도 모르고, 그린은 몇 번이나 가슴을 쓸어내렸다.

이틀 후, 집에 돌아온 그린은 곧장 차고로 향했다. 정한이 어제 말도 없이 외박을 한 것이다.

다른 때 같으면 먼저 연락해 봤겠지만 날이 날인지라 걱정만 앞세우고 있었다. 그러다 정한의 차가 제자리에 세워져 있는 걸 보고 안심한 것도 잠시였다. 시동이 꺼진 차 안에 우두커니 앉아 있는 정한이 보였다.

 매년 이맘때 어느 하루, 온통 까만 옷차림으로 집을 나선 정한은 다음 날 오후 늦게야 돌아왔다. 원래도 말수가 없는 정한이지만, 그런 날은 인사도 붙이기 어려울 정도로 굳은 표정을 하고 있었다. 어제 역시 그런 날이었다. 출근을 서두르던 그린은 눈앞을 스쳐 가는 검은 그림자에 흠칫 놀랐다. 까만 코트에 까만 목폴라 차림의 정한은 그린을 보지 못한 듯 저벅저벅 나가버렸다.

─ 아이고, 오늘이 그날인가 보네.

 그린을 배웅하던 송천댁이 안타까운 표정으로 끌끌댔다. 저러고 나간 정한이 다음 날 돌아오면 한동안 기분이 가라앉아 있는 걸 기억하고 있던 것이다. 덩달아 무거워진 마음으로 기다려보니 역시나 어젯밤, 정한은 집에 돌아오지 않았다.

 잠시 머뭇대던 그린은 천천히 다가갔다. 무슨 사정인지는 모르지만 저렇게 마냥 차 안에 앉아 있게 내버려 둘 수는 없었다.

 가까이 다가간 그린이 똑똑 차창을 두드렸다. 운전대 위에 엎드리듯 기대고 있던 정한이 고개를 들었다. 그린을 알아보고도 정한은 별다른 반응이 없었다. 조수석 문을 연 그린이 물었다.

"거기서 뭐…… 하세요?"

"그냥."

"집에 안 들어가세요?"

"……."

정한은 대답 대신 팔짱을 낀 채 시트에 몸을 기대고 눈을 감았다. 가만히 지켜보던 그린이 조수석에 앉으며 조심스럽게 물었다.

"무슨…… 일 있으세요?"

"아니."

그대로 눈을 감은 채 또 한참을 정한은 말이 없었다. 피곤한 건지. 우울한 건지.

'아, 어색해. 그냥 내릴까.'

하지만 무겁게 가라앉아 있는 정한을 본 이상 그냥 내릴 수는 없었다.

"혹시. 제가 뭐 해 드릴 거 있으면……."

정한에게 작지만 무어라도 힘이 되어 주고 싶었다. 얘기도 들어줄 수 있고. 밥도 같이 먹어줄 수 있고. 그제야 스르르 감긴 눈이 열리더니 정한의 짙게 가라앉은 눈빛이 그린을 응시했다.

'뭐든 시켜만 주십시오.'라는 듯 초롱초롱 빛나는 어여쁜 얼굴. 쓸쓸한 듯 우수에 찼던 얼굴에 희미한 미소가 걸렸다.

"말만으로도 충분해. 고맙다."

정한의 나직한 목소리가 이어졌다.

"추우니까 들어가."

"오빠는요……."

"나도 금방 들어갈게."

말과는 달리 텅 빈 정한의 눈동자에는 그럴 의지가 담겨 있지 않았다. 꼭 울 것만 같은 눈이라서, 너무도 슬퍼 보이는 눈이라서, 차마 모른 척할 수가 없었다. 잠시 망설이던 그린은 이내 결심한 듯 주문을 했다.

"저기…… 눈, 감아 보세요."

아무런 의문도 품지 않고 정한의 눈이 바로 감겼다. 그린은 수줍은 시선으로 잘생긴 얼굴을 꼼꼼하게 훑었다. 곧 부드러운 그린의 입술이 정한의 눈두덩이를 살며시 스쳤다. 감긴 눈 위로 따스한 촉감이 전달되자 정한의 눈이 크게 열렸다. 어느새 제자리로 돌아간 그린은 잔뜩 수줍은 얼굴로 눈도 마주치지 못하고 있었다.

정한도 마찬가지였다. '갑자기 왜?'라는 말도 꺼내지 못하고 얼어붙은 듯 그린을 응시하고 있었다.

"위로가…… 필요한 거 같아서."

새침한 말투였지만 그린은 무척 긴장한 표정이었다.

"진짜로 갈게요."

넋을 잃고 굳어 있던 정한이 홀린 듯 그린을 잡았다.

"한 번만, 더 해줘."

"네?"

"방금 한 거."

"위로……요?"

"어."

속삭이듯 묻는 말에 속삭이듯 답이 나왔다. 이번에는 아까

만큼 시간이 걸리지 않았다. 그린은 다시 입술을 가져다 댔다. 이번엔 반대편에다가. 가만히 눈을 감고 있던 정한은 낯선 기분이 들었다. 눈 안쪽에서, 따스한 물기가 배어 나올 것만 같았다.

"한 번만, 더."

이번에는 눈썹 뼈 위쪽.

"더 해 줘."

다음에는 눈언저리. 깃털처럼 보드라운 입술이 자꾸만, 자꾸만, 오래된 상처를 훑고 아픈 더께를 털어내듯, 어쩌면 홀린 듯, 정한의 눈썹 위에. 양쪽 눈언저리 여기저기에 가슴 먹먹한 위로가 촘촘하게 내려앉았다.

"……계속할게요."

그린은 긴장한 듯 떨리는 고운 두 손을 들어 정한의 양 얼굴을 감쌌다. 단정하게 다물린 정한의 입에 꾸우욱 입술을 가져다 댄 순간…….

퉁쾅콰쾅쾅!

갑자기 차 밖에서 굉음이 들렸다.

"엄마야아!"

그린이 기겁을 하며 떨어졌다.

벌컥. 운전석 문이 열렸다.

"날도 추운데 왜 좁아터진 차 안에 엉겨 붙어 있대요?"

세차게 창문을 두드린 한 씨의 괄괄한 목소리가 쩌렁하게 울렸다.

오빠는 직진

"보자 보자 하니까 한정 없네. 대충 하고 나오쇼들. 차고 청소도 해야 되고 손 세차도 해 놔야 하는데."

잠시 후, 그린과 정한 둘 다 벌게진 얼굴로 차 밖으로 나왔다. 그린은 한 씨 아저씨를 제대로 쳐다보지도 못하고 허겁지겁 도망가 버렸다. 정한이 험악한 표정으로 한 씨를 돌아봤다.

"세차를 꼭 지금 해야 됩니까?"

"그럼 언제 해요?"

"차에 사람 있으면 다른 일부터……."

"아침에 또 차 끌고 나가실 텐데 지금 해 놔야죠. 사장님이야말로 방에 운동장만 한 침대 놔두고 밖에서 왜 이러는 거여요? 남사스럽지도 않나."

평소 거침없는 한 씨답게 투덜거리는 모습에 정한 역시 본전도 못 찾고 터덜터덜 집으로 돌아와야 했다.

집에 들어와 그린의 방문 앞을 지나치던 정한의 입가에 잔잔한 웃음이 걸렸다. 오늘은 날이 날인지라 주인 없는 기분이 무기력이라는 추를 달고 깊이 침잠해 들어가는 걸 그저 멍한 상태로 바라볼 수밖에 없었다. 아주 오랜 기간 동안, 이런 하루를 보내는 게 익숙해져서 몰랐다. 내가 아주 절박하게, 위로가 필요한 상태였다는 것을.

방으로 돌아온 정한은 책상 앞에 앉아 한참을 굳은 듯 앉아 있었다. 그렇게 얼마나 시간이 지났을까. 조용히 방문이 열렸다. 번쩍 상념에서 깨어난 정한이 문 쪽으로 시선을 옮겼다. 빼꼼히 내민 말간 그린의 얼굴은 어지간히도 걱정스러운 표정을 짓고 있었다.

"계속 노크했는데…… 대답이 없길래."

고개를 끄덕인 정한이 간신히 대답을 뱉었다.

"무슨 일인데?"

"식사하셔야죠."

"생각 없어."

너무 뚝뚝하게 말했다 싶었는지 차분하게 덧붙였다.

"나중에 먹을게. 물어보러 와줘서 고마워."

조용히 문이 닫혔다 다시 바로 열렸다. 놀랄 새도 없이 그린은 종종종 날 듯이 책상 앞까지 다가왔다.

"왜, 또 무슨 할 말 있어?"

시무룩한 표정으로 정한을 가만히 보고 있다가.

"그냥 굶을 거잖아요……."

"지금은 진짜 생각이 없어서 그래. 기다리지 말고 먼저 먹어. 응?"

그렇게 노려봐도 하나도 무섭지 않았지만 오늘 그린은 엉뚱하게 고집을 부릴 모양이었다.

"지금 밥 안 먹으면 나도 뽀뽀할 거예요."

떨떠름하게 바라보던 정한은 하는 수 없이 고개를 끄덕였다.

"알았어. 지금 내려가서 먹을게."

"먹어도 할 거예요!"

곧게 뻗은 잘생긴 눈썹이 흠칫 치켜 올라갔다. 민그린이 한

오빠는 직진　325

번씩 이럴 때마다, 도대체 어떤 반응을 해야 할지 도저히 모르겠다. 정한은 짐짓 태연한 표정으로 고개를 저었다.

"위로? 이제 괜찮아. 아까 해준 걸로 충분해."

"위로가 아니구요."

그린이 머뭇머뭇 얼굴을 붉혔다.

"좋아서. 또 하고 싶은데……."

또 어디로 튈지 모르는 우리 집 뽀시래기. 오늘도 엉뚱한 데로 튀어 버렸다. 정한도 이번에는 황당함을 숨기지 못하고 물었다.

"그렇게 뽀뽀가 좋아?"

"아니, 아니! 뽀뽀가 아니라 오빠가 좋다니까요!"

정한은 한 대 얻어맞은 표정이었다. 무얼 해도, 무얼 보고 들어도, 하루 종일 무감했던 심장이 가을밤 귀뚜라미처럼 지속적으로 떨리기 시작했다. 혹 나도 모르는 부정맥이 있었던 건 아닐까. 이 젊은 나이에 심방세동, 뭐 이런 심각한 질환이 찾아온 건 아닐까. 잔물결이 멀리서 반짝거리다 커다란 파도로 변해 덮치듯. 정한의 가슴속은 환희의 물결로 온통 덮여 버렸다.

서럽게 용기를 쥐어짠 뽀시래기의 고백은 거기서 그치지 않았다.

"생각해보니까 억울하잖아요. 처음에 백화점에서는 정말 실수였다고 해도. 그 뒤에 몇 번이나. 우리…… 한 거 맞잖아요."

눈앞의 그린은 이대로 숨이 멎으면 뽀뽀 못해서 죽은 귀신이라도 될 것처럼 억울해 보였다.

"나는 지금까지 한 거 다 뽀뽀라고 생각하고 있었는데. 오빠는 아니어도 나는 맞았는데."

그 와중에 어떻게든 울지 않으려고 커다란 눈에 꾸욱 힘을 준다. 그 모습이 안타까운 게 아니라 사랑스러웠다. 미칠 만큼.

"자꾸 아니라고 하니까 이젠 첫 키스한 날이 언제인지도 모르겠고……!"

별안간 확 손목이 당겨지는가 싶더니, 무작정 허리가 감기는가 싶더니, 순식간이었다. 온몸이 빨려 들어가듯 휙 이끌려 단단한 허벅지 위에 올라앉아 있었다.

커다란 손이 다급하게 가느다란 목덜미와 작은 얼굴을 감싸 쥐었다. 이글거리는 시선이 떨리는 눈망울에 부딪쳤다.

"오늘."

쏘듯이 단정 지은 단어가.

"……네?"

"오늘이야. 우리 첫 키스한 날."

화살처럼 심장에 박혔다. 뜨거운 숨이 허겁지겁 보드라운 속살을 갈랐다. 여리디 여린 숨결 하나하나까지 꼼꼼하게 더듬고 헤집기 시작했다.

사고? 위로? 뭐든 상관없다. 정한의 말이 맞았다. 그동안 했던 건 역시 키스가 아니었다.

두근두근 나대던 심장은 애교였다. 고작 입술이 스친 걸로는 심장의 역할은 그 정도면 충분했다. 지금 그린의 심장은 머리끝에서 발끝까지, 아니 온몸 구석구석을 비명을 지르며 질주하는 중이었다.

정한은 앞과 뒤, 위아래 어디도 가지 못하게 가둘 것처럼 여린 입술을 머금었다. 뜨거운 열기가 마지막 산소 입자까지 남김없이 빨아들이듯 감아 오기 시작했다. 결국 숨이 턱 끝까지 찬 그린이 먼저 고개를 뒤로 물리며 할딱거렸다. 크게 뜬 눈은 겁에 질리지도, 놀라움을 드러내지도 않았다. 활짝 열린 투명한 눈망울이 애를 쓰더니 순간 결연해졌다.

"그럼 우리, 오늘부터 1일이에요……?"

열기 어린 시선으로 내려다보던 정한은 와락 인상을 썼다. 이건 치명적이다. 언제나 그랬지만 이것만큼은 심장이 아플 만큼 귀여웠다. 정한의 단단한 팔이 죄고 있던 가냘픈 몸을 번쩍 안아 들었다. 굵은 힘줄이 팔을 가르듯 튀어나왔다.

그린의 시야가 폭풍우에 흔들리는 돛단배처럼 흔들리기 시작했다.

잠시 몇 걸음을 걷는 동안도 참지 못하겠다는 듯, 넘어지지 않는 게 신기할 정도로 고개를 숙인 정한이 걸으면서 다시 받은 숨을 밀어 넣었다. 몰아쉬는 숨은 아찔할 만큼 격렬한 것 같은데, 드디어 직진을 시작한 오빠의 키스는 하나도 거칠지 않았다. 입 안에 부드러운 산들바람이 불고 있는 것 같았다. 그 바람은 서서히 그린의 몸을 감싸 어딘가로 둥둥 실어다 주는 것만 같았다. 이윽고 정한의 운동장만 한 침대 위에 살포시 그린의 등이 닿았다.

침대 위에 윤기 나는 머리카락이 흐드러지게 펼쳐졌다. 흐트러진 옷자락이 살짝 올라가 한 손에 잡힐 듯 가느다란 허리가, 뽀얀 속살이, 살짝 드러나 있었다. 무방비하게 누워 있는 그린의 모습에 세차게 뛰던 심장이 몇 번이고 계속해서 아찔하게 조여들었다. 달보다 더 예쁘게 둥그렇게 뜬 눈이 하염없이 정한을 올려다보고 있었다. 예쁘게 빛나는 눈빛은 순진무구하게 반짝거리다가도 누워 있는 자태가 숨이 막히게 요염해 보이기도 했다.

더 이상은, 아니, 언젠가부터 단 한 번도 그렇게 생각해 본 적은 없는 것 같은데, 이제는 입에 붙어 버려 이 이상의 찬사는 도저히 찾을 수가 없다. 어여쁜 우리 집 뽀시래기. 정한은 말로 형언할 수 없는 벅찬 감격에 숨만 들썩거렸다.

순간 그린이 가느다란 두 팔을 올리더니 정한이 입은 목폴라 티의 가슴께를 사르르 당겼다. 적극적이기도, 도발적이기도 한 그린의 행동에 잔잔하게 가라앉던 물결 위로 거센 파도가 덮쳤다. 본능만 남은 정한의 손은 살짝 드러난 그린의 가는 허리로 향했다.

동시에 뜨거운 숨을 섞으며 다급히 입술을 벌린 순간…….

으음? 움켜잡힌 옷깃이 주우욱 늘어나는 품이 심상치가 않았다.

"이럴 거면서 왜."

아까는 씩씩하기만 했던 눈망울이 조금씩 찰랑거리더니 곧 수위를 올려갔다.

"정신 차리라고오……."

가만. 지금 나, 멱살 잡힌 건가.

"돌려보내고오……."

한 번 터진 서러움은 걷잡을 수 없이 흘러나왔다. 흥분해 몰아쉬는 건지, 서러워 씩씩거리는 건지.

"왜 계속 뽀뽀 아니라고 하고."

헐. 가만 보니 애, 뒤끝 있다. 그것도 꽤, 많이. 다급하게 그린의 옷자락을 들추던 손을 슬그머니 거두며, 정한은 난처한 표정으로 머리를 긁적거렸다.

"그래. 뽀뽀 맞다. 그동안 했던 거 다 맞아."

"그럼 오늘이 첫 키스한 날 아니게 돼버리잖아요."

아, 이러다 터틀넥이 브이넥 되는 건 시간문제. 집요한 뽀시래기의 항의 섞인 울먹거림에 쿡쿡 웃음이 터졌다. 팔꿈치를 괸 채 사랑스러운 얼굴을 지그시 내려다보다가. 정한은 엄지를 들어 무른 눈가를 가볍게 쓸어내렸다. 가만히 끌어안은 뒤, 한참 후에야 정한은 겹쳐 있는 입술 사이로 그윽한 언어를 내보냈다.

"이혼 서류 들고 찾아왔던 그날부터, 진심이었던 거야?"

그린은 새삼 밀려오는 민망함에 대답 없이 고개만 끄덕거렸다.

"젠장. 그렇게도 눈치가 없을까."

여과 없이 터져 나오는 자조 어린 투덜거림에 불현듯 호기심이 올라왔다.

"처음부터 좋아한다고 고백했으면요? 그래도 똑같이 정신 차리라고 했을 거예요?"

"그럼 내가 정신을 못 차렸겠지."

그제야 투명하게 고여 있던 눈이 찰랑찰랑 예쁘게도 웃었다. 침대 위에 나란히 누워 얼굴을 마주한 둘은 떨어질 줄 몰랐다. 한 번씩 가빠지는 숨을 나누다 마주 보며 부시게 웃었다. 한참 후, 그린은 아쉬움 반 염려 반이 섞인 목소리로 물었다.

"이제 내려가서 밥 먹어요. 아침부터 아무것도 안 먹었죠?"

걱정스러운 핀잔에 돌아온 건 와락 허리에 감겨드는 굳건한 팔과 더운 숨이었다.

"오늘은 패스할게."

"안 돼요!"

그린이 바로 눈을 흘겼다. 세상 맘대로 안 되는 일이 하나도 없던 정한도 뽀시래기의 엄명은 거역할 수 없었다. 꿍꿍대며 손을 잡아끄는 그린에게 이끌려 아래층으로 내려왔다. 송천댁이 정갈하게 차려 놓고 간 밥상은 한참 전에 식어 있었다. 하지만 이미 뜨겁게 달아오른 둘에게 식어 버린 밥은 아무런 문제가 되지 않았다. 나란히 앉아 밥을 먹고 나란히 서서 그릇을 씻었다. 그린은 믿을 수 없다는 표정으로 중얼거렸다.

"아직도 꿈꾸는 거 같아요."

상기된 얼굴이 핑크빛 복숭아 같았다.

"원래 지금쯤이면 이혼 서류에 도장 찍고 초록이랑 아기냥들이랑 옥탑방에 살고 있어야 하는데."

그러더니 고개를 갸웃거렸다.

"그러고 보니 아직 이름이 없네? 아기냥들 이름 어떻게 됐어요?"

"참, 이름 지어 준다고 했었지."

정한이 싱긋 웃으며 고갯짓을 했다.

"지금 가서 볼까?"

chapter 10

트라우마

정한이 한 씨에게 직접 지시해 단열을 강화한 창고 안은 제법 훈훈했다. 하마터면 집도 잃을 뻔한 상황에서 아슬아슬하게 태어났던 새끼 고양이들은 벌써 똘망똘망하게 눈을 뜨고 제법 골골거리며 기다가 걷다가 하는 중이었다.

"아우, 너무 귀여워!"

그린은 돌고래 소리를 내며 두 손을 맞잡고 발을 굴렸다.

"이름 뭔데요? 빨리 알려 주세요."

옆에 서서 가만히 지켜보던 정한이 시큰둥하게 턱짓을 했다.

"여기 회색 고양이는 딱지. 저기 하얀 애는 부리."

"에엥?"

정한은 휘휘 주위를 둘러보다 저쪽에 혼자 떨어져 있는 초소형 치즈냥을 발견하고 말했다.

"저어기 큰 노랭이 닮은 작은 노랭이는 토리."

그린은 난감한 표정을 지었다.

딱지, 부리, 토리?

도저히 의미도 맥락도, 지은이의 취향마저도 알 수 없는 애매한 이름이었다.

"됐지?"

"별로…… 안 예쁜 거 같은데."

"완벽하게 어울리잖아."

"에에? 어디가 어울린다는 건데요?"

정한이 다시 무심하게 턱짓을 시전했다.

"얜 항상 어미 옆에 껌딱지처럼 붙어 있으니까 딱지. 쟤는 아직 뛰지도 못하면서 까불거리니까 부리."

그린의 얼굴에 다른 종류의 놀라움이 들어차기 시작했다.

"저기 작은 노랭이는, 큰 노랭이 닮아서 구석에나 기어 들어가고 혼자 있는 걸 좋아하니까 토리."

"우와아아아."

듣고 보니 정한의 말과 정확하게 일치했다. 정한은 각각 아기냥들의 특징을 찾아내 완벽하게 찰떡인 이름을 지어 놓았던 것이다.

"대박! 오빠 천재야!"

그린은 감탄의 표정을 지으며 물개 박수를 쳤다. 빠르기도 한 태세 전환이 너무 귀여워 정한은 저도 모르게 피식 웃음을 지었다. 폴싹 주저앉은 그린은 조심조심 아기냥들을 만지며 종알거리기 시작했다.

"껌딱지야. 까부리야."

그러다 저쪽에 있는 아기냥을 바라본 그린이 쓸쓸한 표정을 지었다.

"토리야. 너도 이쪽으로 와서 같이 놀아."

"냐아. 냐아."

토리는 한쪽 구석에서 옹알거리기만 할 뿐 좀처럼 제 형제들 곁으로 오지 않았다.

"토리를 보면, 꼭 예전의 날 보는 것 같아요."

쪼그리고 앉아 토리를 바라보는 그린의 얼굴에 다시 그늘이 생겼다.

"그건 아니지."

"왜요?"

"작은 노랭이는 자발적 외톨이고, 넌 한때 타인의 위력에 의해 사회적으로 소외된 상태였던 거고."

"가끔 보면 오빠는 같은 말도 참 정 없게 하더라. 못됐어."

"될 수 있으면 정확한 워딩을 사용하려고 노력하는 게 왜 못된 거지?"

"으휴! 몰라. 저리 가요!"

잠시 후, 발치에서 비비적거리는 새끼 고양이를 쓰다듬던 그린이 고개를 들었다.

"지난번에 오빠가 한 말, 계속 생각해 봤는데요."

"무슨 말?"

"혹시 살다가 나쁜 사람을 만나게 되면, 그 뒤에 다시 좋은 사람을 만나면 된다고 한 말."

그린은 턱을 괴며 생각에 잠긴 목소리로 읊조렸다.

"그런데 내가 앞으로 만나는 사람이 어떤 사람인지······. 그건 모르는 일이잖아요."

정한의 말은 위로도 되었지만 동시에 어떤 깨달음도 가져다 주었다. 나쁜 사람에게 받은 상처는 좋은 사람을 만나 치유하면 된다고. 하지만 그린으로서는 알 수가 없었다. 아니, 세상 누구도 알 수가 없겠지. 앞으로 만나는 사람이 누가 될지. 나쁜 사람 다음에 만나는 사람이 좋은 사람일 거라는 보장도 없다.

내 의지와는 상관없이 상처를 주는 사람은 언제든지 나타날 수 있으니까. 돌이켜 생각하기도 끔찍한 학창 시절은 끝났지만, 조가연의 이름을 또 듣게 된 것처럼 말이다. 그래서 정한의 위로는 막막하고 두려웠던 그린에게 새로운 다짐을 주었다. 나쁜 사람을 미리 예측하거나 피할 수는 없겠지만, 적어도 나는 그런 사람은 되지 않겠다고. 그게 얼마나 아프고 고통스러운 일인지 누구보다 잘 알기에, 어느 누구에게도 상처를 주고 싶지 않다고.

"난 그래서."

귀여운 말투가 평소답지 않게 단단하면서도 야무졌다.

"좋은 사람이 될 거예요."

스윽, 미동도 없던 정한이 움직인 건지 옷깃이 스치는 소리가 났다.

"내가 좋은 사람이 되면. 그거 한 가지는 분명해지는 거잖아요. 앞으로도, 나는 영원히 누군가한테 좋은 사람이 되어 줄 수 있다는 거."

반짝반짝, 초롱초롱, 다이아몬드라도 박아 넣은 듯 두 눈이 예쁘게도 빛났다.

"내 옆에 있는 사람들을 위해서. 앞으로 만나는 모든 사람들을 위해서. 나는 좋은 사람이 될 거예요."

쪼그려 앉아 올려다보는 힘 있는 눈동자를 정한은 물끄러미 마주 보았다. 지난번 급식실에 얽힌 이야기도 그렇고, 가끔 꺼내 보이는 어두운 기억은 그 나이 또래의 소녀가 감당하기 힘들 정도로 아프고 괴로웠음이 분명했다. 하지만 그린은 상처라고는 받아본 적 없는 사람처럼 맑고 온화한 얼굴로 저렇게 예쁜 결심을 들려준다. 좋은 사람을 만나 상처를 받지 않고, 아팠던 기억을 치유 받으려는 대신, 앞으로 만나는 모든 사람에게 상처를 주지 않고 치유해 주고 싶다 말한다.

"앞으로 오빠한테도요. 좋은 사람이 될 수 있을까요?"

그린은 쑥스러운지 다시 새끼 고양이들을 향해 고개를 숙였다.

"툭하면 울고, 토하고, 도망가고. 약한 모습이나 보여서 걱정시키는 나 말고요. 오빠한테만큼은 누구보다 좋은 사람이, 되고 싶은데."

순간 정한은 눈가가 뜨끈해지는 것 같아 황급히 시선을 돌렸다. 이미, 차고도 넘치게 너는 나에게 좋은 사람. 고마운 사람. 커다란 위로가 되는 사람. 네가 해준 위로 덕분에, 나는 처음으로 오늘이 무슨 날인지 까맣게 잊고 있었다. 어두웠던 지난 하루의 기억을 떠올린 정한의 입가가 씁쓸하게 휘어졌다. 이렇게 올곧은 사람을, 이렇게 사랑스러운 사람을 대체 누가, 무엇 때문에 그렇게 힘들게 했던 걸까.

다음 날 아침.

말쑥하게 출근 준비를 마치고 정원을 가로지르던 그린은 무심코 차고로 눈길을 돌렸다. 오늘따라 유난히 반짝거리는 정한의 차가 주차되어 있었다.

'설마?'

빵빵―. 클랙슨이 울렸다. 갸웃하며 종종 다가간 그린은 운전석에 앉아 있는 정한을 보고 놀란 기색을 감추지 못했다.

"아까 출근한 거 아니었어요?"

"잠깐 들어왔어. 타."

운전석에 있던 정한이 재빨리 내려 조수석의 문을 열었다. 어리둥절한 얼굴로 차에 오른 그린이 중얼거렸다.

"분명 새벽에 나가는 소리 들었는데."

"맞아. 잠깐 들어왔다니까."

"왜요?"

부드럽게 액셀러레이터를 밟으며, 정한이 덤덤하게 되물었다.

"어제 말했지? 포항에 1박 2일 출장이라 오늘 집에 못 들어온다고."

"네."

"가기 전에 잠깐 들른 거야. 회사도 데려다주면서 얼굴도 볼 겸."

그린의 얼굴에 발그레하게 꽃물이 들었다. 출장으로 하루 떨어져 있어야 하는 게 안타깝고 조바심이 나는 건 정한도 마찬가지인 모양이었다. 표현을 잘 못하는 정한의 성격상, '얼굴도 볼 겸'이라고 돌려 말한 거겠지. 평소 길고 지루하기만 한 출근길이 둘 다에게 유난히 짧게만 느껴졌다.

회사 근처 지하철역.

"아까 말했지만 지금 바로 포항 내려가서 내일 점심에나 올라올 거야."

"알고 있어요."

열심히 창밖을 주시하던 그린이 고개를 끄덕였다.

"오늘 하루 잘 지내고. 퇴근하면 전화 꼭…… 뭘 그렇게 보고 있어?"

정한의 말대로 밖을 살펴보느라 정신이 팔려 그린은 듣는 둥 마는 둥이었다.

"여기! 여기 세워 주세요. 사람들 보기 전에 빨리, 빨리!"

아, 지하철역과 회사 중간 어디쯤. 그린은 사람들의 눈을 피해 잽싸게 내릴 스팟을 찾고 있었던 모양이었다.

"차라리 주차장에서 틈 봐서 내려. 출근길 인파가 저렇게 많은데 내 차 알아보는 사람 한 명은 있을 거 아냐."

트라우마 339

들고 보니 그랬다. 고개를 끄덕인 그린은 한숨을 포옥 내쉬었다.

 "앞으로는 회사에 같이 차 타고 오면 안 되겠다. 누가 볼까 봐 겁나요."

 "보면 어때?"

 "어허. 절대 안 된다니까요?"

 동그랗게 뜬 눈에 잔뜩 힘을 준 그린이 투덜거렸다.

 "내가 할아버지 손녀라는 것 때문에 얼마나 시달리면서 학교를 다녔는데. 회사 대표님이랑 결혼했다는 거 알려지면. 으아, 끔찍해."

 대충 미루어 사정을 짐작하고 있던 정한이 피식 웃음을 뱉었다.

 "회사는 영리 단체야. 민그린이 사장 와이프라는 거 알면 다들 잘 보이려고 경쟁이라도 할 걸?"

 "피이."

 따라 웃던 그린의 시선이 멈칫하더니 고개가 한곳으로 확 돌아갔다. 뚫어져라 응시하던 작은 얼굴이 순식간에 하얗게 질리고 말았다. 갑자기 소스라치는 그린을 보고 정한도 덩달아 표정이 굳었다.

 "왜 그래?"

 "……아뇨."

 그린은 유령이라도 본 듯 창백해진 얼굴이었다.

 "잠깐……, 누구 닮은 사람을 본 거 같아서."

저렇게까지 굳어 있는 걸 보니 심상치 않다는 생각이 들었다.

"누구? 혹시······."

그때 정한의 휴대폰이 울렸다. 오늘 포항으로 함께 출장을 떠날 자문단의 김 교수에게서 걸려 온 전화였다.

"네. 김 교수님."

정한은 한숨을 쉬며 블루투스를 연결했다.

[김정한 대표. 포항 쪽 가속기 연구소에 오늘 빔 만든 거 다 돌리고 올 겁니까?]

"그래야죠. 데이터 QC도 끝났으니까요. 늦더라도 돌려 보고 올 생각입니다."

[그게 스펙이 어떻게 됩니까?]

주차장으로 서서히 진입하며 정한이 빠르게 답을 했다.

"조건에 따라 달라지겠죠. 일단 생각한 시뮬레이션은 5개인데······."

정한이 속사포같이 설명을 이어 갔지만 어느새 차가 멈추고 내릴 순간도 다가왔다. 그린은 우물쭈물 눈치를 보더니 달칵 차 문을 열었다. 그러나 정한이 더 빨랐다. 급하게 뻗어 나간 긴 팔이 뒤에서 그린을 당겨 안았다. 정한은 동그랗고 예쁜 뒤통수 언저리에 얼굴을 비비며 작게 속삭였다.

"전화할게."

[그 스펙을 토대로 임상에 들어가면······, 뭐라고 하셨죠? 못 들었습니다.]

트라우마

"아닙니다. 계속 말씀하시죠. 김 교수님."

얼굴이 빨개진 그린은 고개를 끄덕인 뒤 황급히 차에서 내렸다.

넥스트메딕 로비.

또각또각. 육감적인 라인을 드러내며 당당하게 걷고 있는 여자. 겨울임에도 불구하고 펼쳐진 코트 안의 옷차림은 조금만 선을 넘으면 과하다 싶을 정도였다. 지나가던 남자들이 힐끔힐끔 시선을 주는 게 곁눈질로도 다 보였다. 새빨간 입꼬리를 한쪽으로 휜 가연은 도도한 표정으로 턱을 쳐들었다. 머릿속에는 한 가지 생각밖에 없었다. 오늘의 가장 크고 중요한 업무. 단독 보고. 치켜 올라간 가연의 입꼬리가 조금 더 각도를 높였다.

"조가연 파트너. 뭐 좋은 일 있어요? 아침부터 웃는 얼굴 보니까 내 기분까지 좋아지는데?"

엘리베이터 앞에서 만난 투자팀의 김영민 파트너가 느끼한 얼굴을 들이댔다.

'아, 짜증. 아침부터 구질한 네 면상을 보는 내 기분은 생각도 안 하는 거니?'

가연은 본색을 감추고 한껏 눈꼬리를 휘었다.

"좋은 일이 있어야 웃나요. 원래 웃는 상이라 그런 얘기 많이 들어요."

 빙긋 웃어 보인 가연이 엘리베이터 안으로 향했다.

 "참, 주말엔 뭐 했어요? 데이트?"

 '네까짓 게 그건 알아서 뭐 할 건데. 아침부터 질척거리지 말고 좀 떨어져라.'

 속에서 올라오는 짜증을 누르며, 가연은 가식적인 미소를 지었다. 처음 입사했을 당시, 어마어마한 집 아들이라는 얘기에 몇 번 어울려 준 게 화근이었다. 알고 보니 그냥 그랬다. 일반적인 기준에서 보면 영민도 충분히 부유하고 넉넉한 집 외동아들이 맞았다. 하지만 가연의 기준은 일반인들과는 달랐다. 그때 뒤쪽에 서 있던 남자 직원들의 소리가 귀에 꽂혔다.

 "⋯⋯장난 아니라니까. 처음에 봤을 땐 무슨 연예인이나 아이돌이 우리 회사에 볼일이 있나 그랬다니까."

 "나도 들었어. 의료기 팀도 경영 던전에 요정 출몰했다고 난리더라. 정말 그 정도로 예뻐?"

 가연은 관심 없는 듯 숫자판을 올려다보며 귀를 기울였다.

 "그냥 이쁜 게, 아니다. 나중에 직접 한 번 봐. 이쁘고 귀엽고 상큼하고 다해."

 "몇 살이래?"

 "나이는 몰라. 신입 사원이니까 어리겠지."

 듣고 있던 가연은 뾰족하게 인상을 찡그렸다. 이번 분기에 새로 뽑은 신입 여직원 중 꽤 반반하게 생긴 애가 있는 것 같다. 그렇다고 출근길 엘리베이터 안에서 저렇게 호들갑을 떨어. 누가 벤처 오덕들 아니랄까 봐. 금방 관심이 사그라든 가연은 새로 한 네일을 들여다보기 시작했다.

"이름이 되게 특이하던데? 뭐더라? 마리아?"

"마리아가 뭐냐, 마리아가. 민그린. 이름도 이쁘더라. 하도 독특해서 한번 듣고 잊히지도 않던데."

민그린! 순간 가연이 번쩍 고개를 들었다. 설마, 그 민그린?

딩동.

내려야 할 층에 도착한 가연은 또각또각 걸음을 빨리해 자리로 갔다.

"좋은 아침!"

기다렸다는 듯 한민철 파트너가 다가와 테이크아웃 컵에 담긴 아메리카노를 내밀었다. 가연은 애교 있게 웃으며 커피를 받아들었다.

"아침마다 고마워요."

"별말씀을. 맛있게 먹어 줘서 내가 고맙죠."

한민철 파트너가 시크하게 웃어 보이며 자리로 돌아갔다.

꼴값은. 아무리 쿨한 척해 봤자 넌 그냥 커피 셔틀일 뿐이야. 가연은 속으로 이기죽거리며 빨간 입술로 커피 스트로를 가져갔다.

대부분의 의료 융합 IT 벤처 기업처럼 넥스트메딕도 남자 사원의 비율이 월등하게 높았다. 그렇기에 조금만 예쁘장한 여직원이 들어와도 한동안 회사가 떠들썩했다.

가연은 유난히 더 남자들이 혹할 만한 모든 것을 다 갖춘 것처럼 보였다. 화려한 외모. 필요할 때 적절히 튀어나오는 애교. 눈길 한 번, 손짓 한 번만 해도 특히 연애 한 번 변변히 못 해본 숙맥들은 몸과 마음을 바치고 싶어 했다. 가연은 인트라넷을 열어 검색창에 빠르게 키보드를 놀렸다.

[민그린]
경영지원 3팀 민그린입니다.
열심히 하겠습니다.

본인의 소개나 각오 한마디에는 간단한 인사말이 적혀 있었다.

"어머."

가연은 손을 입가로 가져가며 저도 모르게 탄성을 흘렸다. 제오가 한 말은 사실이었다.

민그린. 동명이인일 수도 있었지만 제오가 분명 동창이라고 했으니 그 민그린이 맞을 것이다. 가연의 미간이 사납게 일그러졌다. 듣기로는 대학도 변변치 못한, 아니 후진 곳으로 간 걸로 아는데. 민그린 그 찐따가 무슨 재주로 여길 들어와? 넥스트메딕이 그렇게까지 만만한 회사는 아닌데? 뾰족한 손톱으로 딱딱 책상을 두드리다가, 가연은 가물가물 회상에 잠겼다.

어릴 때부터 가연은 남다르게 똑 부러지고 야무졌다.

평균 이상의 부유한 집 외동딸. 집에서도 학교에서도 모든 관심과 사랑을 독차지하는 아이.

예쁘고, 착하고, 반장을 도맡아 하며 친구들의 부러움을 한 몸에 받는 아이. 그게 조가연의 위치이자 정체성이었다. 그런 가연에게 민그린은 만난 첫날부터 한없이 거슬리고 아니꼬운 계집애였다.

― 네가 민승로 선생님 시에 나오는 그 손녀딸이구나?

교장 선생님까지 나와 새로 온 전학생을 추어주는 모습. 그린이 살아 있는 위인이라 불리는 민승로의 손녀라는 사실은 가연의 질투심을 자극하기에 충분했다. 하지만 가연의 날 선 경계심은 금방 풀어졌다. 전학을 오자마자 보게 된 첫 중간고사에서 그린이 그저 그런 점수를 받았기 때문이었다. 더구나 그린은 말수도 적고 얌전해서 있는 듯 없는 듯 조용히 학교생활을 이어갔다. 여전히 가장 예쁘고 똑똑하고 잘나가는 건 조가연이었다.

그 뒤, 그린과 가연은 특별 활동에서 같은 글짓기 부에서 다시 만났다. 그린은 글짓기 부의 활동은 물론 교내 백일장에서도 두각을 드러내기 시작했다. 결국, 전국 규모의 글짓기 대회에 학교 대표로 그린이 나가게 되었다. 다니던 학교와 진도가 맞지 않아 첫 시험을 못 봤을 뿐, 그 후에 본 시험에서도 그린이 1등을 차지했다.

그린은 반 아이들 사이에서도 조용히 인기 있는 타입이었다. 단 한 번도 잘난 척하거나 그 누구와도 사소한 말다툼 한번 벌이지 않았다. 가연은 뭘 해도 그린을 이길 수 없었다. 그리고 난생처음 깊숙한 패배감에 진저리를 쳤다. 이제껏 뭐든 다 최고여야 됐다. 그래서 그렇게 살았다. 아무것도 뺏기기 싫고 아무것도 놓치기 싫었다. 그린이 나타난 후로, 하나둘 놓치기 시작하니, 결국엔 다 뺏길 것만 같은 초조함이 몰려들었다.

중학교 시절 철없는 아이들을 선동하는 건 식은 죽 먹기였다. 처음에는 그린이 글짓기 대회에서 뛰어난 성적을 거둔 게 할아버지가 대신 써준 거라는 소문을 흘리고 다녔다. 그 뒤, 선생님들이 따로 불러 미리 시험 문제 답을 알려준다는 소문도 흘리기 시작했다. 소문이 사실처럼 굳어지더니 대놓고 그린을 괴롭히는 애들이 하나둘 생겨나기 시작했다. 날이 갈수록 정도는 심해졌다. 체육복이 쓰레기통에 버려지고 교과서가 난도질을 당하고 급식실에서 식판을 뒤집어쓰는 날이 빈번했다. 그린은 잘못한 것도 없는데 늘상 고개를 숙이고 다녀야 했고 눈물 젖은 얼굴로 집에 돌아가는 날이 부지기수였다.

속수무책으로 당하는 그린을 보며, 가연은 희열을 느꼈다. 그러게. 왜 남의 걸 야금야금 뺏어 가. 아무것도 모른다는 순진한 얼굴로, 왜 남이 힘들게 이룬 걸 쉽게 손에 넣으려고 해. 그러니 넌 당해도 쌌어.

"조가연 파트너! 오늘 단독 보고 있는 날이죠?"

파티션 너머 여상호 파트너가 불쑥 얼굴을 내밀었다.

"네."

화들짝 깨어난 가연이 흘리듯 미소를 지었다.

"나도 있어요. 이따 같이 올라가요."

"좋아요. 오늘 너무 잘 하지 마세요. 혼자만 실적 올리면 미워할 거야."

가연의 애교 있는 투정에 여상호 파트너가 흐흐 웃음을 흘렸다. 올해로 넥스트메딕 미래전략팀 마케팅 본부 1년차 파트너 조가연. 넥스트메딕의 미래전략팀은 글로벌 시장을 주 타깃으로 한 업무를 펼치고 있었다. 남다르게 주목받고 화려한 것을 좋아하는 가연에게 딱 맞는 직장이었다.

게다가 미래전략팀은 CEO 직할팀이었다. CEO 직할팀은 지위 고하를 막론하고 한 달, 아니면 최소 분기에 한 번 CEO에게 단독 보고를 해야 했다. 이 팀에 있는 이상은 무조건 넥스트메딕의 대표 이사인 김정한을 한 번 이상은 만날 수 있다는 얘기였다. 가연은 찢어질 듯 입꼬리를 올리며 가지고 올라갈 서류를 점검했다.

그러고 보니 고등학교에 올라간 후에도 민그린은 여전히 거슬렸다는 생각이 떠올랐다. 류제오. 한때 이 조가연이 욕심냈던 미래 고등학교 최고의 엄친아. 그 류제오가 그린을 좋아하는 걸 우연히 알게 되었다. 그때부터는 절대 앞으로 나서는 법 없이 시녀처럼 가연을 따라다니는 애들을 조종했다. 돌이켜 생각해 보면, 류제오가 뭐 별거라고 그리 집요하게 괴롭혔나 싶기도 하고. 가연은 어깨를 으쓱거렸다.

'어차피 철없던 어린 시절에 있었던 일이야. 이젠 다 지나간 일이고 지금은 깨끗이 잊었는데 뭐.'

민그린 따위. 꼭대기 층 바로 아래. CEO 직할팀에 있는 가연에겐 저 아래 3층에 있을 그린이 한없이 하찮게만 느껴졌다. 가연은 완벽하게 정리된 파일을 덮으며 오직 한 가지의 목표에만 온 신경을 집중했다. 류제오 따위와는 감히 비교도 안 되는 최종 목표, 조가연이 최종적으로 올라가야 할 위치. 김정한. 그리고 CEO의 와이프.

그린은 출근하자마자 허 팀장의 호출을 받았다.
"민그린 씨. 오늘부터 새로운 업무에 투입하려고 하는데. 지금 바로 IT 파트 가면 담당자가 인수인계해 줄 거예요."
"아, 네!"
그린은 얼떨떨한 표정으로 경영지원팀 산하의 비품 파트로 향했다. 사수격인 선임 파트너가 호들갑을 떨며 그린을 맞았다.
"반가워요. 민그린 파트너. 와아, 듣던 대로 진짜! 예쁘……아니. 얘기 많이 들었습니다. 허 팀장님이 일 잘한다고 칭찬 많이 하시던데요?"
그린은 노트북 등 전자 기기를 지급하고 관리하는 업무를 교육받느라 오전이 훌쩍 지나갔다. 비품 지급 관리 서식 화면에 코를 박고 정신없이 자료를 입력하던 그린은 점심을 먹으러 가자는 말에 잠시 숨을 돌릴 수 있었다. 구내식당으로 향하는 길, 선임 파트너가 소탈하게 웃으며 물었다.
"일은 힘들지 않았어요?"
"네."

"배우는 게 빠르던데. 사무 보조로 두기에는 아까울 정도로. 원래 전공이 뭐였어요?"

뜻하지 않은 칭찬에 얼굴을 붉힌 그린이 대답을 하려는 순간, 저 멀리 시야에 어떤 여자가 눈앞을 가로질렀다. 그린은 굳은 듯 멈춰 버렸다. 아침 출근길에 스치듯 보고 까맣게 잊고 있었다. 그녀의 모습은 누군가와 유난히 닮아 걷잡을 수 없이 강력한 감정을 불러일으켰다. 공포.

"그린 씨? 민그린 씨?"

한동안 굳어 있던 그린은 그제야 딱딱하게 움츠렸던 어깨를 조금 폈다.

"아, 죄송해요. 잠깐 딴 생각을 하느라……."

"배가 그렇게 많이 고파요? 하하하."

선임 파트너는 시답잖은 농담을 하며 유쾌하게 웃어 댔다. 애써 따라 웃은 그린은 눈길이 머물렀던 곳을 다시 돌아보았다. 조가연을 닮은 여자는 흔적도 없이 사라졌다.

'나도 참 바보 같다.'

아직도 비슷한 사람만 봐도 바로 겁을 먹고 얼어붙어 버리다니.

― 과거는 과거일 뿐인데 왜 자꾸 연연해 해.

나직하지만 힘 있는 정한의 목소리가 귓가를 맴돌았다. 그래. 이미 다 지난 일이야. 지금은 그때처럼 약한 내가 아니잖아. 그리고 지금은 호랑이보다 더 든든한 내 편이 생겼다. 누가 괴롭히면 바로 가서 이를 수도 있고. 무슨 얘기라도 다 들어주는 사람이. 그리고 여기는 학교가 아니라 회사. 애써 밀려드는 두려움을 떨쳐 버리며 그린은 선임 파트너를 따라 구내식당으로 들어갔다. 점심을 먹는 내내 그린은 눈을 반짝이며 업무 관련해 궁금했던 점을 이것저것 물어보았다.

"어려워하지 말고 모르는 거 있으면 언제든 물어봐요."

"네. 열심히 하겠습니다."

그린이 씩씩하게 답하며 고개를 숙였다. 선임 파트너는 하나를 말하면 두 개, 세 개를 알아듣는 데다 영리하고 야무진 그린이 무척 맘에 든 모양이었다. 대놓고 칭찬을 아끼지 않다가 식사가 끝날 무렵 슬쩍 눈치를 보며 물었다.

"참, 그런데 그린 씨는……"

"네. 말씀하세요."

"혹시 만나는 사람 있어요?"

"네?"

그린의 얼굴이 화르르 달아올랐다.

"아니. 이상하게는 생각 말고. 우리 IT 부서가 유난히 남자 사원들 비중이 높잖아요."

"아. 네."

"맨 공돌이 놈들만 뽑아 왔으니까."

선임 파트너의 말이 길어질수록 그린의 눈도 점점 더 동그래졌다. 계속 돌려 말하기도 뭐하다 싶었는지 선임 파트너는 머리를 긁적이며 너털웃음을 터트렸다.

"아니. 그린 씨 보니까 집에 있는 딸내미 생각이 나서. 우리 딸이 올해 네 살인데 나중에 커서 그린 씨처럼 맨 사내놈만 우글우글한 데 가서 일할 수도 있다고 생각하니까 영 마음이 안 놓이네."

"네에……."

알 것도 같고 모를 것도 같은 그 말에 그린의 고개가 일단은 끄덕끄덕.

"혹시 만나는 사람 없으면 한동안은 좀 시달릴 거예요. 말이 좋아 회사지 IT 부서는 남고나 군대의 연장선상이나 마찬가지거든."

그제야 선임 파트너의 의중을 깨달은 그린의 얼굴이 환해졌다.

"걱정 마세요 저 있거든요! 남……!"

아, 남편이라고 하면 안 되겠지? 그렇다고 멀쩡한 남편을 남자 친구라고 부르는 것도 이상하고. 그린도 머리를 긁적이며 어색하게 웃었다.

"남…… 다르게 친한 오빠가. 있습니다."

졸지에 정한의 신분이 남편에서 남다르게 친한 오빠로 강등되고 말았다.

"남다르게 친한 오빠?"

선임 파트너가 고개를 갸우뚱했다.

"썸남 뭐 이런 건가?"

노노. 그것보다는 친하죠. 어제는 그 남다르게 친한 오빠 무릎 위에도 앉았고. 남다르게 친한 오빠의 침대 위에도 누워

봤고. 장장 2시간도 넘게 키스까지 한 사인걸요.

"그거보다는 쪼끔, 더 친한?"

그린은 엄지와 검지를 앙증맞게 좁혀 보이며 환하게 웃었다. 식사가 끝나고 자리에 돌아온 그린의 눈이 휘둥그레졌다.

"이게 다…… 뭐죠?"

그린의 책상 위에 테이크아웃 잔에 든 커피와 초콜릿과 마카롱을 비롯한 간식이 놓여 있었다.

"하, 이 들개 같은 놈들."

선임 파트너가 한숨을 쉬더니 커피며 간식에 붙은 쪽지를 죄다 떼어 내 북북 찢어 버렸다. 그러더니 간식을 여기저기 주머니에 쓸어 담고 비장한 표정으로 고개를 끄덕였다.

"이런 거 하나도 받지 말아요. 받고 괜히 말 나오면 그린 씨 입장만 난처해져요."

그리고 오후 내내 그린에게 준 간식을 핑계로 말을 붙이러 온 직원들은 하늘이 무너진 표정을 지었다.

"아니 그렇다고 그걸 혼자 다 드시면 어떡해요?"

"이깟 거 줘 놓고 무슨 수작을 부리려고?"

선임 파트너가 서슬 퍼런 눈으로 엄포를 놓았다.

"당뇨로 쓰러지는 한이 있어도 내가 다 먹고 만다. 그리고 민그린 씨 만나는 사람 있으니까 이 근처엔 얼씬도 하지 마!"

선임 파트너가 철벽을 치고 막아 준 덕분에 그린이 솔로가 아니라는 사실은 IT 부서 거의 전원에게 알려졌다.

"진짜 부럽다. 민그린 파트너 남자 친구라니."

"내 말이! 난 넥스트메딕 대표 이사보다 민그린 씨 남자 친구가 더 부러워."

핑크빛 꿈이 와장창 깨진 솔로들의 구슬픈 늑대 울음소리가 메아리를 쳤다.

또 하루가 가고 퇴근 시간이 다가왔다.
"가연 씨! 오늘 단독 보고 잘 했어?"
옆 자리의 기나리 파트너가 가연의 팔짱을 끼며 물었다.
"나 속상해. 사장님 출장 가서 하진우 이사님한테 했어요."
가연이 잔뜩 실망한 표정으로 투덜거렸다.
"어떡해요. 가연 씨 오늘 단독 보고 한다고 힘 빡 주고 온 거 아까워서."
기나리의 말대로 새벽부터 숍에 들러 매만진 가연의 머리에는 풍성한 컬이 들어가 있었다.
"몰라. 다음번에 기회가 있겠지 뭐."
가연과 친한 기나리는 가연이 김정한, 김정한 노래를 부르고 다니는 걸 알고 있는 유일한 동료였다. 얼굴도 스펙도 평범한 편인 기나리는 대리 만족이라도 하고픈 마음에 가연을 열심히 응원했다.
"맞아요, 가연 씨. 대표님 만날 기회는 앞으로도 많을 거야."

"그렇겠지? 괜히 조급해할 필요 없겠죠?"

"당연하지! 일단 조가연한테 푹 빠지면 천하의 김정한 대표님도 꼼짝 못할 거라니까?"

가연과 기나리는 까르르 웃으며 로비를 가로질렀다. 조금 멀리 서 있던 그린은 굳은 듯 멈춰 있었다.

설마. 설마. 아니야. 아닐 거야. 아니야. 말도 안 돼.

그린은 눈물이 고인 눈으로 가연의 뒷모습을 한참이나 바라보았다. 거리가 좀 떨어져 있었지만 옆을 돌아보는 모습이 분명 조가연이었다. 퍼뜩 떠오른 기억에 그린은 떨리는 손으로 휴대폰을 꺼내 들었다. 신호가 채 한 번도 가기 전에 상대방이 전화를 받았다.

[그린아!]

"제오야."

그린이 속삭이듯 제오를 불렀다.

[지금 퇴근하는 거야? 와. 그린이 네가 먼저 전화를 다 해주고 웬일이야?]

제오는 감격한 목소리였다.

"제오야. 그때 네가……."

그린의 바싹 마른 입술에서 떨리는 목소리가 흘러나왔다.

"그때. 조가연. 얘기, 했었……잖아……."

[조가연? 응. 조가연이 왜?]

"혹시. 혹시……."

[맞다. 조가연도 너랑 같은 회사 다니잖아. 아직 못 만났어?]

트라우마 355

순간. 로비 바닥에 날카로운 파열음이 울렸다.

그린은 망연자실한 표정으로 휴대폰에 시선을 떨구었다. 부서져버린 휴대폰을 주우려 했지만 공포감이 몸을 옥죄어 손가락 하나 까딱할 수 없었다. 정한의 목소리가 간절하게 듣고 싶었지만 끔찍한 무력감에 도저히 움직일 수가 없었다.

얼음장같이 차가운 손발보다 심장이 더 싸늘하게 굳어가고 있었다.

chapter 11

작은 노력

포항 미래 가속기 연구소에 도착한 정한은 하루 종일 초고속 선형 가속기 앞에 붙어 서서 시뮬레이션을 돌렸다.

"대표님, 저녁 드시고 다시 하시죠. 스펙 확정하고 가려면 어차피 밤새워야 할 것 같은데요."

김 교수의 조심스러운 제안에 정한도 마지못해 고개를 끄덕였다. 마음 같아서는 저녁도 생략하고 늦게까지라도 시뮬레이션을 돌리고 밤새 차를 달려 서울로 돌아가고 싶었다. 하지만 같이 온 김 교수와 협력 연구 기관 전문가들도 배려해야 했다.

호텔로 가는 길.

정한은 조급한 표정으로 휴대폰을 꺼내 들었다. 오늘 그린과 주고받은 문자는 겨우 6건뿐.

> 방금 도착했어.

> 오빠, 나 오늘 IT 부서 파견 나왔어요.

다시 읽어보는 정한의 미간이 잔뜩 흐려졌다.

하. 허 팀장 진짜. 아무리 사무 보조라 해도 너무 내돌리는 거 아닌가. IT 파트라니. 왜 하필.

들어온 지 얼마나 됐다고, 굳이 그 늑대 소굴에 던져 넣을 것까진 없잖아. 정한은 골치가 아프다는 표정으로 관자놀이를 문질렀다.

> 점심은?

> 선임 파트너분하고 같이 먹었어요.
> 오빠도 점심 맛있게 드세요.

선임 파트너? 정한은 빠르게 기억을 더듬어 IT 파트의 기자재 비품 담당을 기억해 냈다.

아마 유부남이었지? 둥그런 얼굴에 통통한 인상. 남자랑 단둘이? 남자하고 단둘이 밥을 먹어? 남자랑 단둘이 밥을 먹는데 밥이 술술 넘어가? 오물오물 예쁘게 먹는 모습을 그새…… 아니, 다른 남자가 오늘 점심에 독점했다고?

> 일은 할 만해? 힘들지 않아?

> 오빠. 나 지금 바쁘니까 나중에 연락할게요.

그린으로부터의 연락은 그게 마지막이었다. 정한은 어금니를 지그시 물며 휴대폰을 집어넣었다. 운전석에 앉은 김 비서와 옆자리에 앉은 김 교수 때문에 운신이 자유롭지 못했다. 대체 뭘 하는데? 뭐 하느라 이 간단한 문자에 답도 못 할 만큼 바쁘냐? 나중에 연락한다며. '연락할게요.'라고 했으면 연, 락, 을, 해, 야, 지. 무슨 업무가 그리 바빠서 하루 종일 연락 한 번을 못 주나? 속이 타들어갔다.

이 자식들. 파견 첫날부터 무슨 일을 얼마나 시킨 건지. 일은 할 만해요. 힘들지 않아요. 문장 부호 포함 14글자. 이 간단한 문자도 보내지 못할 정도로 과도한 업무라도 떠맡긴 건가. 정한은 호텔에 도착할 때까지 꽈악 주먹을 움켜쥐고 굳은 표정으로 앉아 있었다.

포항 미래 호텔.

"짐 풀고 30분 후에 로비에서 만나시죠. 김 비서가 식당은 미리 예약해 뒀다고 합니다."

"네. 이따 뵙죠."

키를 받아든 정한은 빠른 걸음으로 엘리베이터로 향했다. 엘리베이터의 버튼을 누름과 동시에 휴대폰의 버튼도 눌렀다.

[지금은 고객님이 전화를 받을 수…….]

정한은 고개를 갸우뚱거리며 재차 버튼을 눌렀다. 그린과 통화가 되지 않았다.

> 퇴근했어? 오늘 힘들지 않았어?

작은 노력

읽음 표시가 나타나지 않는다.

> 지금 퇴근하는 길인가? 지하철 탔어?

여전히 확인되지 않는 메시지. 객실 키를 갖다 대며 정한은 재차 빠르게 키판을 눌렀다.

> 그린아.

답답하다. 전화도 받지 않고 메시지도 읽지 않는 무심한 뽀시래기. 침대에 풀썩 앉은 정한은 망설이다 마지막 메시지를 전송했다.

> 보고 싶다.

그 시각, 송천댁은 안절부절못하는 얼굴로 그린의 방을 오가는 중이었다.

오후 늦게 모르는 번호로 전화가 걸려 왔다. 그린의 휴대폰이 부서졌다며 누군가 대신 연락을 해주었다. 지금 회사에 있다는 소리에 한 씨가 급하게 차를 가지고 쫓아 나갔다. 갑자기 오한이라도 왔는지. 그린은 로비 안내 데스크에 달달 떨며 앉아 있었다고 했다. 언젠가 한번 정한을 따라 회사에 다녀왔던 그날과 똑같았다.

송천댁은 잔뜩 식은땀에 젖은 옷을 갈아입히고 그린을 침대에 눕혔다. 그린은 창백한 얼굴로 말없이 눈을 감고 있었다.
"어디 많이 불편하세요?"
"……."
"병원에라도 갈까요?"
"……."
"저녁 먹어야 하는데."
잠이 든 것 같지는 않은데 묻는 말에 대답도 못 할 정도로 기진맥진한 모습이었다.
"어휴, 사장님한테 연락을 해봐야 되나?"
역시 걱정이 되는지 거실까지 들어와 서성거리던 한 씨가 볼멘소리를 내뱉었다.
"거 신경 쓰이게 뭐 하러 연락을 해. 멀리 포항까지 간 양반한테."
"그래도……."
"지난번처럼 하루 자고 나면 괜찮아지겠지."
송천댁은 당장에라도 전화를 하고 싶어 불만 가득한 얼굴이었다.
갑자기 요란한 트로트 음악이 울려 퍼졌다.
"사장님이시네!"
송천댁이 휴대폰을 들여다보며 반색을 했다.
"아무 소리 말어!"
한 씨가 눈을 부릅뜨며 엄포를 놓았다.

"예. 사장님. 어쩐 일이세요?"

[그린이가 왜 전화를 안 받습니까?]

"아, 네에. 감기 기운이 좀 있는지. 들어오자마자 바로 자네요."

송천댁은 눈을 부라리는 한 씨를 보고 떨떠름한 표정으로 둘러댔다.

다음 날 새벽, 포항에서 밤새 시뮬레이션을 돌린 정한은 일찍 서울로 출발했다. 집에도 들르지 못하고 바로 회사로 출근해 임상팀으로 향했다. 연락을 받고 기다리던 진우가 쩌억 하품을 하며 정한을 맞았다.

"얼굴이 까칠하네. 밤새 돌렸냐?"

"어."

뚝뚝한 표정으로 고개를 끄덕인 정한이 간단하게 지시를 내렸다.

"1상, 2상 붙여서 동시에 진행해. 초기 간 보고 3상 전에 용량 선정 이번 달 안으로 끝내고."

진우가 질렸다는 표정으로 진저리를 쳤다.

"차라리 날 말려 죽여라. 여기가 황태 덕장도 아니고 그걸 한 달 안에 어떻게 하라고?"

"일본 미라이 제약에서 벌써 임상 시험 들어갔다는 얘기가 있어. 여름 전에 바이어들 컨택하려면 시간 촉박해."

"야, 이 우라질 인간아. 대상 질환 이제 선정했는데 3상을 언제 돌려."

"베팅 수를 늘려. 시뮬레이션 돌린 거 정확하니까 시간 빠듯한 거 아니야."

머리를 쥐어뜯으며 울부짖는 진우를 뒤로 하고 정한은 실험실을 나섰다.

휴대폰이 울려 들여다보니 송천댁이었다.

"네."

[사장님.]

송천댁이 울먹거렸다.

"무슨 일입니까?"

정한이 날카롭게 물었다. 동시에 걸음도 빨라지기 시작했다.

[아침에 들어가 보니 아가씨가…… 열이 펄펄 끓고 못 일어나길래. 지금 응급실이에요.]

"병원 어딥니까?"

정한이 다급한 표정으로 뛰기 시작했다.

평소보다 조금 일찍 출근한 가연은 거울을 들여다보며 매무새를 점검했다. 전날 외박을 하고 집에 들르지 않은 채 바로 회사로 왔다. 홀로 사무실에 앉은 가연은 어제 호텔에서 보낸 화끈한 시간을 떠올렸다. 가끔 연락해 만나는 그 남자와는 속궁합이 기가 막히게 좋았다. 결혼을 하고 나서도 간간이 연락해 만나고 싶을 정도로.

아닌가? 가연은 딱딱한 슈트 차림으로도 숨겨지지 않는 정한의 탄탄한 몸을 떠올렸다. 멀리서도 한참을 훑어야 할 만큼 큰 키. 길쭉한 팔다리에 과하지 않게 꽉 짜인 근육들. 볼 때마다 절로 감탄이 나오는 떡 벌어진 어깨와 등판. 그런 남자랑 사는데 잠자리 파트너가 따로 필요할 리가 없지. 생각하니 절로 몸이 달아올랐다. 가연은 아쉬운 한숨을 내쉬며 시계를 들여다보았다.

아직 업무가 시작하려면 30여 분은 남은 듯했다.

"아, 커피."

커피 생각이 간절했지만 손짓만 까딱하면 커피를 대령하는 커피 셔틀은 아직 출근 전이었다.

어쩔 수 없지. 내려가서 마시고 와야지. 가연은 끄응 하며 몸을 일으켰다. 또각또각. 조용한 복도에 가연의 하이힐 소리가 울려 퍼졌다. 엘리베이터 문이 열리자 가연의 눈이 믿을 수 없다는 듯 커다래졌다.

눈앞에, 김정한이 서 있었다. 피곤한지 살짝 까칠해 보이는 얼굴. 넥타이는 온데간데없었다. 단추가 하나 풀어헤쳐진 셔츠 위로 단단한 목울대와 남자답게 날카로운 턱선이 선명하게 박혀 들어왔다. 평소에는 흠 하나 잡을 데가 없어 서늘하게 느껴질 만큼 흐트러짐 없는 남자인데, 오늘은 위험할 정도로 야성적으로 느껴졌다. 싸늘하게 굳은 수려한 얼굴은 이 분위기에 더 어울리는지도 모르겠다. 꿀꺽. 가연은 저도 모르게 침을 삼켰다. 욕망 어린 시선이 팽팽하게 셔츠를 당기고 있는 가슴팍에 꽂혔다. 당장이라도 손을 집어넣어 더듬고 싶었다.

"타세요."

으르렁거리듯 사나운 저음에 정신을 차린 가연은 엘리베이터 안으로 또각, 발을 들였다.

"안녕하세요, 대표님."

정한은 '네.' 짧게 고개를 끄덕이고 더 말이 없었다. 그저 초조한 표정으로 닫힘 버튼을 신경질적으로 누를 뿐이었다. 가연은 슬쩍 고개를 숙여 깃 없이 깊이 파인 블라우스 앞자락을 당겨 내렸다. 머리를 한쪽으로 젖혀 목덜미도 훤히 드러냈다. 그리고 한 걸음 정한의 옆에 바짝 붙어 섰다. 힐끔 쳐다본 정한은 불쾌한 표정으로 시선을 돌렸다. 휑한 엘리베이터에 단둘만 타고 있는데, 이 여자는 왜 이리 바짝 옆으로 다가붙나 하는 얼굴이었다. 가연은 간드러지는 목소리로 말을 걸었다.

"대표님, 어제 출장 가셔서 너무 아쉬웠어요."

정한은 아무런 반응이 없었다. 워낙 감정을 드러내지 않는 편인데다 무뚝뚝한 정한의 스타일은 전 부서의 직원이 잘 알고 있었다. 역시 잘 알고 있는 가연도 개의치 않고 교태스럽게 투정을 부렸다.

"하필이면 어제 출장을 가셨어요. 제가 단독 보고 드리는 날이었는데."

"알고 있습니다. 미래전략팀 조가연. 여상호 파트너 차례였죠. 보고 내용은 하진우 이사한테 브리핑 받았습니다."

가연의 얼굴에 기쁨의 화색이 돌았다.

내 이름을 알고 있어! 꼼꼼한 걸 넘어 치밀한 정한은 전 부서, 전 사원의 이름과 얼굴, 포지션을 기억하고 있었다. 그걸 전혀 모르는 조가연은 황홀한 표정을 지으며 망상에 빠져들었다.

'역시. 회의가 있는 날엔 신경 써서 꾸미고 들어갔던 보람이 있었어.'

골반에 아슬하게 벨트를 늘어뜨린 호피 무늬 스커트. 도발적인 빨간 스커트에 빨간 립스틱. 몸매 라인을 그대로 드러내 주는 흰 원피스. 가연은 회의가 있을 때는 심혈을 기울여 단장을 하고 출근하곤 했다.

그럴 때마다 김정한은 관심 없는 척 눈길도 주지 않더니 힐끔힐끔 다 쳐다본 모양이었다.

"대표님. 저 어제 단독 보고에서 깜빡하고 빼먹은 이슈가 있는데요."

가연은 특유의 살랑거리는 말투와 함께 정한의 팔목에 스윽 은근하게 손끝을 갖다 댔다.

"혹시 저녁에라도 따로 시간 내 주시면……."

탁. 정한이 신경질적으로 가연의 손을 쳐냈다.

"나중에."

싸늘하게 뱉은 언어에 왈칵 수치심이 올라왔다.

"미안합니다. 지금 정신이 없어서. 방금 뭐라고 했습니까?"

그제야 까칠했던 제 반응을 알아챈 정한이 성의 없는 말투로 사과를 내뱉었다.

"아. 그, 그게. 어제 단독 보고에 누락 사항이……."

가연이 당황한 표정으로 뻐끔거렸다.

"서면으로 정리해서 오전 중에 메일로 보내세요."

엘리베이터 문이 열리자 정한은 긴 다리를 뻗어 급하게 멀어져 갔다. 그제야 가연은 정한을 따라 지하 주차장까지 내려온 걸 깨달았다. 서서히 닫히는 엘리베이터 문을 사이에 두고 가연은 와르르 무너지는 자존심을 추스르려 질끈 입술을 깨물었다. 생전 처음이었다. 가연의 노골적인 스킨십을 거부하는 남자는 한 번도 본 적 없었는데. 어떻게 하면 김정한을 사로잡을 수 있을지 막막한 기분까지 들 정도로 당황스러웠다.

미래 종합 병원 응급실.

두 손을 비비며 앞을 서성이던 한 씨가 정한을 보더니 서둘러 달려왔다.

"사장님. 아니, 글쎄 아침에 집사람이 급하게 찾길래……."

"나중에요."

쳐내듯 짤막하게 손을 저은 정한은 서둘러 응급실 안으로 향했다. 멀지 않은 곳에 눈물을 질금질금 흘리는 송천댁이 보였다.

"아이구, 사장님."

송천댁은 안도감에 눈물을 쏟으며 정한을 붙들었다.

"그린이 어떻습니까?"

"지금은 링게루 달아 놓고 자요. 흑흑."

사방을 커튼으로 둘러놓은 침상 안을 살짝 들여다보니 저쪽으로 고개를 돌리고 누운 가녀린 몸체가 보였다.

"어떻게 된 겁니까?"

"그게요. 어제 저녁에 모르는 번호로 전화가 와서 받았더니. 흑흑."

안내 데스크에 부탁해 전화를 걸어온 그린을 한 씨가 서둘러 데리고 돌아왔다는 것. 지난번처럼 창백한 얼굴로 돌아와 나오지도 않는 속을 한참이나 게우고 기진맥진해 드러누웠다는 것.

밤새 자는 줄 알았는데 아침에 가보니 열에 들떠 반 혼수상태였다는 것. 울먹이는 송천댁의 설명을 들으며 정한은 꾸욱 다문 입 안으로 숨을 몰아쉬었다.

"왜 어제 말 안 했습니까?"

응급실 안이라 최대한 볼륨을 낮췄지만 질책하듯 매서운 목소리였다. 송천댁은 찔끔 눈을 감았다.

"자고 일어나면 괜찮을 줄 알았어요. 흑흑."

이제 와서 송천댁을 탓하면 뭐하랴. 송천댁이 그린을 얼마나 아끼고 위하는지 알고 있기에 정한도 더 이상 아무 말도 할 수 없었다.

"다음엔 무조건 전화부터 주세요. 새벽이든, 외국에 가 있든. 아내한테 무슨 일 생기면 내가 제일 먼저 알아야 되는 것 아닙니까."

"그렇게 할게요. 꼭 그럴게요."

송천댁은 푹푹 눈물을 쏟으며 고개를 끄덕거렸다.

"들어가 보세요. 지금부턴 내가 있을 테니."

"아니에요. 아가씨 깨나는 거 보고 가야죠."

"어차피 1인 1보호자라 남편이 있는 게 나을 겁니다."

송천댁은 마지못해 고개를 끄덕이면서도 눈물바람을 했다.

"그럼 가서 죽이라도 만들어 놓을게요. 깨나면 꼭 전화 좀 주세요, 사장님."

송천댁은 연신 눈가를 훔치며 떨어지지 않는 발걸음을 돌렸다. 마침 저쪽에서 담당의가 송천댁과 엇갈리며 다가오고 있었다.

"민그린 환자분 보호자 되세요?"

"남편입니다."

고개를 끄덕인 의사가 차트를 뒤적였다.

"독감 검사, 복부, 흉부 엑스레이에 특별한 이상은 보이지 않습니다. 피 검사에서 탈수 소견이 보이는데 그것 때문에 열이 난 것 같습니다. 해열제랑 수액 맞고 안정되면 퇴원하세요."

역시 고개를 끄덕인 정한이 간결하게 물었다.
"물은 먹여도 됩니까?"
"응급실 안에서는 원칙적으로 금식이지만."
잠시 고민하던 의사는 어깨를 으쓱였다.
"몇 모금은 괜찮습니다."
담당의가 자리를 뜨자 정한은 다시 슬쩍 커튼을 젖혀 보았다.

8년 전. 미래 고등학교.
체육관 구석에 모여 선 아이들은 방금 들은 충격적인 얘기에 경악의 표정을 짓고 있었다.
"진짜야?"
"진짜라니깐. 모텔에서 나오는 거 봤대."
저마다 입술 끝에 끔찍한 표현 하나씩을 달고. 아이들은 진저리를 치며 한쪽에 우두커니 서 있는 그린에게 혐오스러운 시선을 보냈다.
"미쳤다."
누군가 내뱉은 말에 다들 약속이나 한 듯 일제히 고개를 끄덕였다.
"그 돈으로 성형했나 봐."
"진짜 더러워서 상종 못 하겠다."
다시 몰려선 고개들이 동시에 끄덕거렸다.

"대박이다. 남자애들이 말만 시켜도 얼굴 빨개지고 혼자 깨끗한 척 다 하더니."

"어우, 토 나올 거 같아."

"나도. 얼마나 쓰레기면 조건 만남을 하냐."

"근데 그 얘긴 누구한테 들었어? 진짜 본 거 맞대?"

그 와중에 의심 섞인 목소리도 흘러나왔다. 가연이 확신 어린 표정으로 고개를 끄덕였다.

"진짜로 봤다고 했어. 그렇지 하나야? 너도 확실히 들었지?"

졸지에 이름을 불린 하나는 황당한 표정이었다.

내가? 나도 지금 이 자리에서 처음 듣는 얘긴데?

곧 어깨를 으쓱한 하나도 확신에 찬 표정으로 고개를 끄덕였다.

"맞아! 진짜 들었어! 백퍼!"

누가 들었으면 어때. 사실이 맞을 텐데. 가연이가 거짓말을 할 리는 없잖아.

다음 날, 복도에서 그린을 스쳐가던 하나는 눈을 흘기며 험한 말을 뱉었다. 그날 이후로, 지나가다 이유 없이 욕을 얻어먹는 횟수가 부쩍 늘었다.

익숙한 악몽에 몸을 떨며 깨어나 보니 응급실 안. 감은 그린의 눈에서 조용히 떨어지던 눈물은 어느새 흠뻑 시트를 적시고 있었다. 잘게 떨며 오열하던 그린의 머릿속에 냉소를 짓고 있는 가연의 얼굴이 끔찍할 정도로 또렷하게 떠올랐다. 나한테…… 왜 그래? 내가 뭘 그렇게 잘못했어? 가연아, 내가 어떻게 해야 네 맘이 풀리겠어? 어떻게 해야 그만할 거야? 고등학교 1학년이라고는 믿을 수 없을 만큼 싸늘하게 뒤틀린 표정.

"민그린. 네가, 죽어버렸으면 좋겠어."

웅크린 채 그린은 소리 죽여 오열하기 시작했다. 아직도 생생한 가연의 음성이 찌르듯 귓가를 맴돌았다.

― 죽어 버려, 그냥. 죽어. 민그린.

저쪽으로 돌리고 누운 가녀린 등이 유난히 작아 보였다. 살며시 커튼을 닫으려던 정한의 손이 허공에 멈추었다. 내려다본 작은 어깨가 가늘게 떨리고 있었다. 사방으로 침대를 둘러싼 커튼이 조용히 내려갔다. 사각형의 고립된 공간 안으로 들어간 정한이 나직하게 그린을 불렀다.

"그린아."

자잘하게 떨리던 어깨가 순간 들썩거렸다. 침대 끝에 걸터앉은 정한은 금방이라도 깨질 듯한 달걀이라도 만지듯 자그마한 어깨를 살며시 쥐었다.

"왜 이렇게 떨어. 추워서 그래?"

희미한 울음소리가 터졌다. 천천히 몸을 돌린 그린의 작은 얼굴은 눈물범벅이었다. 걱정 어린 눈과 마주치자마자 소리 죽여 작게 오열하던 봇물이 터져버렸다.

"왜 그래."

반사적으로 두 팔을 뻗은 정한은 울며 매달리는 그린을 끌어안았다. 질끈 감은 눈에서 뚝뚝 눈물이 흘러내리고 숨이 멎을 듯 소리 없는 오열이 새어 나왔다. 차마 소리도, 신음 한 번도 내지 못하고 쓰러질 듯 우는 그린을 꽈악 끌어안고 정한도 이를 악물었다.

"소리 내서 울어. 참지 말고."

심장이 미어질 듯 안타까워 뱉은 말에도 그린은 도리질을 치며 안으로, 안으로 울음을 삼켰다. 강인하게 버티고 있는 정한의 팔이 생명 줄이라도 되는 듯 필사적으로 부여잡고 있다. 그 후로도 한참을 숨소리 한 번 못 내고 눈물을 쏟아 냈다. 얼마나 끌어안고 있었을까. 커다란 들썩거림이 자잘한 떨림으로 바뀌고도 한참 후, 눈물로 범벅을 해 온 얼굴은 축축한데도 입술은 까칠하게 부르터 있었다.

"잠깐 기다려. 물 좀 가지고 올게."

그린은 정한의 목에 팔을 감고 매달리며 고개를 저었다. 자신이 잠시라도 떨어지면 당장이라도 무슨 일이 날 것처럼 두려워 보이기까지 했다.

정한은 보송한 잔머리가 사랑스러운 이마 언저리며 흠뻑 젖은 두 눈가에 입술을 비볐다.

"금방 올게. 1분도 안 걸려."

그리고 잠깐 둘러보더니 급하게 정수기로 다가갔다.

잠시 후…….

"물 좀 마셔."

작은 노력

침상에 비스듬히 기대앉은 그린은 종이컵을 밀어내며 지친 듯 눈을 감았다.

"입술이 다 부르텄잖아. 한 모금만 마셔."

도리도리.

정한은 답답한지 아랫입술로 '푸흐' 입바람을 불었다. 울고 난 후 이유 없는 심통은 어린애들이나 부리는 줄 알았더니 울고 난 뽀시래기 심통도 만만치가 않았다. 정한은 급한 마음에 종이컵에 든 물을 꿀꺽 머금었다. 커다란 손에 도리질을 치던 작은 턱이 치켜 올라갔다.

"으읍!"

꽉 다물고 거부하던 여린 입술이 살짝 벌어졌다. 정한이 입에 머금은 물을 조금씩 흘려주자 그제야 얌전한 아기 새처럼 조금씩 꼴깍거리며 받아먹었다. 머리를 쓸어 주고 맺혀 있던 눈물을 닦아 주는 동안에도 자꾸 꼼지락거리며 팔 안으로 파고든다. 그린은 단단하고 따스한 정한의 품이 호흡기라도 되는 양 코를 박았다.

모든 걸 놓아 버리기 직전에, 광활하고 막막한 우주 한가운데를 영원히 떠돌다 집까지 데려다줄 캡슐 우주선과 간신히 조우한 기분. 들어가 한참을 웅크리고 있으니 죽음의 문턱에서 살아 돌아온 것처럼 느껴졌다. 이제 살 수 있다는 안도감에 울컥하고 먹먹했다. 그런 그린을 정한은 말없이 한참이나 끌어안고 토닥거렸다. 얼마나 시간이 지났을까. 조금 선명해진 울먹거림이 흘러나왔다.

"앞으로 만나는…… 모든 사람에게…… 좋은 사람이. 되어 주겠다고. 했는데…… 그게 얼마나…… 어리석은 말이에요. 얼마나……."

그린은 떨리는 울음을 서럽게 삼켰다.

"……바보 같아. 다른 사람을 위해서는 좋은…… 사람이 되겠다고 했으면서, 정작…… 나한테는……."

다시 왈칵 눈물이 쏟아졌다.

"오빠, 나는요. 나한테는 좋은 사람이 돼 준 적이 한 번도 없어. 눈물에는 아무런 힘이 없는데. 우는 것 말고는 할 수 있는 게 없어요."

가만히 듣고 있던 정한이 낮게 한숨을 흘렸다.

"울고 싶으면 울어. 우는 게 뭐가 나빠."

"울기만 하는 내가 싫어요. 약한 내가 너무 싫어. 아직까지 무서워서 벌벌 떠는 내 모습이…… 정말 싫어."

품에서 그린을 떼어 낸 정한이 커다란 두 손으로 작은 얼굴을 감쌌다.

"그때 넌 약하지 않았어. 너는 그 순간 온 힘을 다해 지키고 있었잖아."

눈물 젖은 시선이 정한에게 매달렸다.

"누구를요?"

"가족."

뜻밖의 대답에 젖어 있던 시선에 놀라움이 담겼다.

"장모님이 아프셨잖아. 알았다면 장인어른도 가슴 아파 하셨겠지. 그래서 집에 말도 못 하고 그 힘든 걸 혼자 끝까지 견뎌 냈잖아."

"……."

"그 힘든 시간을 버텨서 살아남았고, 지금 잘 살고 있잖아."

그린의 눈이 희미하게 일렁이기 시작했다.

"아직 네가 모를 뿐이야. 그린이 너는 강한 사람이야."

"내가……, 강해요?"

확신에 찬 눈빛으로 정한은 다시 한번 고개를 끄덕였다.

"믿어. 그 작고 어렸던 너도 누군가를 지킬 수 있는 사람이었어. 지금도 얼마든지 너 자신에게 좋은 사람이 되어 줄 수 있어."

그린은 한동안 말이 없었다. 끌어안고 비비적거리느라 수액 줄이 잔뜩 꼬여 버렸다. 정한이 그걸 보더니 무심한 표정으로 풀기 시작했다.

"힘들면 하지 마. 좋은 사람 그딴 거 하지 마."

뚝뚝한 표정만큼이나 무심한 목소리가 귓가에 스며들었다.

"내가 할게. 내가 민그린한테 평생 좋은 사람 해 줄 테니까 앞으로도 울고 싶으면 실컷 울어."

"진짜?"

"진짜."

"평생?"

"평생."

생각지도 못했던 말이 묵직하게 가슴을 울렸다.

평생.

사실은 내심 걱정하고 있었다. 정한과의 관계에서는 아무것도 결정된 게 없었다. 떨리는 마음으로 오늘부터 1일을 확인받았어도 막막한 건 사실이었다. 3년 후 이혼하기로 한 부부가 1년의 유예 기간 중에 연애를 시작한다면 그 관계의 끝은 어디가 될지 불안했다. 정한의 입에서 확신에 찬 소리가 나옴과 동시에 그린의 마음속에 있던 불안감은 씻은 듯이 사라졌다.

"자, 이제 일러바칠 시간."

정한은 무슨 일이 있어도 들어야겠다는 듯 확고한 말투였다.

"누가 괴롭힌 거야. 아니면 뭐가 떠오른 거야."

한참을 망설이던 그린이 토해내듯 뱉어 냈다.

"어제, 그 애를 봤어요."

"그 애라니? 널 괴롭혔다는 걔?"

끄덕끄덕. 밤새 정한의 품에 안겨 울 것 다 울어서인지 생각보다 차분한 목소리가 흘러나왔다.

"처음엔 닮은 사람인 줄 알았는데 진짜 맞더라구요."

그린의 얼굴에 씁쓸한 웃음이 감돌았다.

"가장 먼저 든 생각은 무섭다는 거. 그 애가 맞다는 걸 확인한 순간, 너무 무서웠어. 끔찍할 정도로……."

다시 떨리기 시작하는 작은 몸체를 정한이 품 안에 살며시 당겨 안았다.

"수없이 다짐했어요. 혹시라도 그 앨 만나면, 나는 아무 잘못 없으니까 당당하게 행동해야지. 실제로는…… 온몸이 굳어서 아무것도 할 수가 없었어요."

"어디에서 봤어?"

"회사에서. 퇴근하다 봤어요."

정한은 흠칫 미간을 조였다.

어떻게 그런 우연이. 같은 회사라고?

"설마 넥스트메딕 직원이라는 얘기야?"

바로 이어 믿을 수 없다는 추궁이 흘러나왔다.

"누군데. 이름이 뭐야."

"조……."

잠시 목이 메어 덜컥 걸려 있던 이름이 튀어나왔다.

"조가연."

번뜩 누군가의 얼굴이 뇌리를 스치자 정한의 미간이 험악하게 구겨져 버렸다. 미래전략팀. 마케팅 본부. 올해로 1년차. 전략 회의 시간에 꼭 눈살 찌푸려지는 모습으로 등장해서 그쪽으로는 고개도 돌리기 싫어지던 직원이었다. 언제였지? 최근에도 잠깐 마주쳤던 것 같은데? 정한은 눈썹 앞머리를 조이며 기억을 더듬어 보려 애썼다. 잘 기억은 나지 않지만 최근에도 불쾌한 인상으로 남았던 여자였다. 뭐, 어쨌든.

"조가연이라고?"

섬뜩할 만큼 날카로워진 목소리에 그린이 움찔하며 고개를 들었다.

"혹시 자르진 않을 거죠?"

피식 웃은 정한이 하얀 이마 위에 입술을 가져다 댔다.

"그래도 절차와 과정이라는 게 있는데. 아무리 회사가 내 거라도 잘 다니고 있는 사람을 어떻게 잘라. 그것도 예전에 누군가를 괴롭혔다는 사유로."

그 말에 왜 안심한 표정을 짓는 건지.

미련할 정도로 착하기만 한 뽀시래기는 조가연에게 마저 좋은 사람이 돼 줄 작정인 건가.

"그래도."

다시 가라앉은 정한의 목소리가 싸늘해졌다.

"내가 알아버린 이상 사사로운 불이익은 감수하면서 다녀야겠지."

"사사로운…… 불이익이요?"

"음…… 더없이 사적이고 치사할 거야. 내가 그렇게 공정한 사람은 아니라서."

거짓말. 누구보다 공정하고 원리와 원칙에 충실한 사람이면서. 하늘이 두 쪽 나도 일이나 직장에 사적인 감정은 끌어다 쓰지 않을 사람이면서. 그렇지만 믿기지 않을 만큼 든든한 엄포였다. 가늘게 웃어 버린 그린은 무언가 결심한 표정으로 꼬옥 입술을 말아 물었다. 한참 후, 꼬물꼬물 앙증맞은 입술에서 결의에 찬 소리가 흘러나왔다.

"솔직히 자신은 없지만, 다시 마주치면…… 또 얼어버릴지도 모르지만."

설움은 다 떨쳐 버린 눈동자에서도 빛나는 굳은 의지가 비췄다.

"오빠 말대로, 계속 과거에 발목 잡혀서 살기 싫어요."

꼭 쥔 주먹은 너무 작아서 애처로워 보일 정도였다.

"만약 회사가 아니었더라도 언젠가 또, 어디에선가 마주칠 수도 있잖아요."

하지만 그 안에 쥐고 있는 게 이제는 더 이상 두려움만은 아닐 거란 예감이 들었다. 안쓰러울 정도로 자그마한 노력이지만, 대견했다. 자랑스러웠다. 간신히 용기를 낸 작은 노력이 부서지지 않게 지켜 주고 싶었다.

"그럼 나는 뭘 해줄까. 사사로운 불이익 말고 또 뭘 해줬으면 좋겠어."

"사사로운 불이익도 주지 말아요."

"그 정도는 봐주면 안 되나? 나 지금 보기보다 엄청 화가 나 있는데."

말 그대로였다. 그린을 안고 어루만지는 손길은 그 어느 때보다 다정했지만 정한의 목소리와 눈빛은 살기에 가까운 아우라를 띠고 있었다.

"싫어요. 나 때문에 오빠가 나쁜 사람이 되는 건 싫어."

"좋은 사람이 되려면 잠깐이라도 나쁜 사람이 될 필요도 있는 법이야. 민그린한테 좋은 사람만 될 수 있다면. 난 평생 나쁜 사람이 돼도 상관없어."

정한의 단호한 표정에도 그린은 서운할 만큼 선을 그어버렸다.

"그래도 이건 내 문제잖아요. 오빠까지 끌어들이기 싫어."

거기다 제법 의연한 표정으로 고개까지 끄덕인다.

"학교 아니고 회사라면서요. 혹시 또 괴롭히면 인사팀도 찾아가고 변호사도 만날 거야. 예전처럼 바보같이 당하지만은 않을 거예요."

이 말은 전혀 미덥지 않았지만 뽀시래기의 당찬 각오에 적절한 상을 줄 필요는 있었다. 슬쩍 웃은 정한은 그린의 턱을 치켜들고 짧게 입맞춤을 했다.

"그럼 약속 하나만 해 줘."

"뭔데요?"

"부탁한 대로 절대 앞으로 나서지도 않고, 조가연을 자르거나 사사로운 불이익을 주지도 않을게. 그 대신……."

"그 대신?"

살짝 벌어진 꽃잎 같은 입술 안으로.

"앞으로 회사에서 조가연을 마주치면."

진득한 숨결을 흘려 넣으며 정한이 쐐기를 박듯 말했다.

"나 믿고 설쳐."

병원에서 돌아온 정한은 곧장 제 방으로 가 서랍을 뒤적였다. 서랍 안에 있던 여러 휴대폰 중 하나를 고른 뒤, 박살 난 휴대폰의 유심칩을 방금 집어든 공기계에 갈아 끼웠다.

"나름 최신형이라 쓸만할 거야. 혹시 불편한데 있으면 바로 전화하고."

그린이 이불을 덮는 것까지 확인한 후에야 정한도 2층으로 올라가 무너지듯 몸을 눕혔다. 밤새 포항에서 가속기 시뮬레이션을 돌리고 한숨도 못 잔 데다가 응급실까지 달려갔다 와 적잖이 피곤했다. 시계를 보니 서너 시간 눈을 붙이고 오후에 나가면 얼추 맞을 것 같았다.

얼마 안 가, 정한은 번쩍 눈을 떴다. 설핏 잠이 든 것 같은데 깨어 보니 채 2시간도 못 잤다. 아무래도 아래층에 누워 있을 뽀시래기가 계속 마음에 걸려서 그런 거겠지. 망설이던 정한은 휴대폰을 들어 꾹꾹 자판을 눌렀다.

자니?

문자가 가자마자 바로 전화가 왔다. 반색을 하며 받아드는데 전화기 너머 소음이 심상치가 않았다.

[안 잤어요! ……이번 역은 OO. OO역입니다.]

"지금 어디야?"

[지하철이요.]

반쯤 달아났던 잠이 온데간데없이 사라져 버렸다.

"거기서 뭐 해?"

[출근해요. 오전에 반차만 쓰려고.]

전혀 예상하지 못한 씩씩한 목소리에 정한은 결국 이마를 짚었다.

"오늘은 쉬어야지 왜 출근을 해."

[지금은 괜찮아요.]

"밤새 열나고 아팠던 사람이 갑자기 멀쩡해졌을 리 없잖아."

[말짱해요. 그리고 나, 열심히 노력할 거예요.]

그린의 생기 넘치는 말투가 귓가에서 반짝거렸다.

[나 오빠한테 평생 좋은 사람이 될 거라고 했잖아요.]

반짝이는 목소리가 더없이 달콤하게 들렸다.

[오빠는 죽도록 노력하고 싶은 일 때문에 회사를 위해 몸 바쳐 일하잖아요. 그거 나도 돕고 싶어요!]

"죽도록 노력하고 싶은 일?"

[그때 운동하다 마주친 날 했던 말 있잖아요.]

정한은 이건 또 무슨 소린가 하는 얼굴로 기억을 더듬었다.

[왜요. 그날 집 앞에서. 죽도록 노력하고 싶은 일이 생겼다고.]

아.

[나도 오빠를 위해서 할 수 있는 작은 거라도 하고 싶어.]

불현듯 떠오른 기억에 정한의 얼굴이 벌게져 버렸다. 야, 이 뽀시래기야. 너 지금 잘못 짚었어. 진짜로 작은 노력이라도 하고 싶었으면, 회사가 아니라 내 방으로 출근을 했어야지.

[나도 오늘부터 더 열심히 노력할 거예요. 오빠를 위해서.]

"그 노력이 뭔 줄 알고 지하철을 타냐……."

마침 커진 열차의 소음에 정한의 구시렁거리는 소리가 묻혀

작은 노력 383

버렸다.

[뭐라고요? 못 들었어요.]

"알았어. 일단 출근 잘 하고. 저녁에 집에서 보자."

아쉬움 섞인 한숨과 함께 전화를 끊은 뒤, 정한은 침대에 누워 깍지를 끼고 팔을 괴었다. 물론 마음 한구석이 조마조마한 건 사실이었지만 뽀시래기의 상태는 생각보다 양호했다. 아니 씩씩하기까지 했다.

"노력이라······."

오빠를 도와 노력하겠다는 뽀시래기의 당찬 포부에 피식 웃음이 새어 나왔다.

'내가 하고 싶다는 노력이 뭔지 알면 기겁을 하겠지.'

문득 그린의 고백을 시작으로 서로의 마음을 확인했던 날이 떠올랐다.

창고에서 고양이들과 한참 놀고 난 후, 정한은 팔을 뻗어 그린의 작은 손을 휘감으며 은근하게 속삭였다.

"그만 가서 잘까?"

정원을 가로지르며 내려다보니 뽀얗고 붉은 복숭아 같은 얼굴이 바짝 붙어 졸졸 따라온다. 정한은 손을 들어 가슴 언저리를 지그시 눌렀다. 물론 정한은 그날 밤, 그린과 본격적인 그 무엇을 기대했던 건 절대 아니었다. 하지만 한 지붕 아래.

같은 집 안에서 밤새 떨어져 있을 자신이 없었다. 품 안에 넣고, 꼬옥 껴안고, 곤히 자는 모습을 지켜보고 싶었다. 눈을 감으면 선명해지는 숨소리를 밤새 귀 기울여 듣고 싶었다.

그린의 방을 지나는 순간, 문 앞에서 그린은 경건할 정도로 공손한 목소리와 함께 고개를 숙였다.

"오늘 고맙습니다. 안녕히 주무세요."

"뭐?"

정한도 이제는 굳이 황당함을 숨기지 않았다. 역시, 끝날 때까지 끝나지 않는 뽀시래기.

마지막 순간까지 방심하면 안 되는 우리 집 뽀시래기. 하지만 그린의 깍듯한 밤 인사는 역시나 새로웠다. 허탈한 듯 나직하게 웃음을 뱉은 정한이 고개를 끄덕였다.

"그래. 잘 자."

달칵 방문이 닫혔다. 온 다리의 힘이 다 풀려 버렸다. 채 몇 걸음 걷지도 못하고 정한은 계단참에 주저앉아 버렸다. 350년 넘게 풀리지 않았던 인류 최대의 난제를 마침내 풀어 버린 수학자가 된 기분이었다. 그동안 그린이가 어디로 튈지 모른다고 생각했는데 이제 와서 보니 일정한 법칙에 의거해 일정한 방향으로 튀고 있었다. 오로지 김정한만을 향해 용감하게 직진하고 있었는데 꿈에도 눈치채지 못했다.

그린의 마음도 몰라주고 흘려보낸 지난 3년이 아깝고 엉뚱한 고민으로 흘려보낸 몇 주가 속상했다. 하지만 묵묵한 기다림의 시간은 앞으로도 한참 이어질 것 같다는 예감이 들었다.

서로 알지도 못한 채 첫날밤. 사귄지 얼마 안 되어 깊은 관계. 오늘부터 1일을 당돌하게 선언하고 몇 시간 후, 공손하게 '안녕히 주무세요.'를 외치고 꿈나라로 떠나버린 뽀시래기에게는 상상도 할 수 없는 일이겠지.

서두르지 말자. 서두르지 말자. 그날 밤, 오래도록 계단에 앉아 했던 다짐을 정한은 다시 한번 되뇌는 중이었다.

첫 키스. 첫 데이트. 첫 여행. 처음으로 같이 맞는 아침까지. 그린이에게 중간의 몇 단계를 뛰어 넘거나 무리해서 생략하지 않고 모든 것을 다 해주고 싶었다. 차근차근 빠짐없이 모든 단계를 다 밟아 그린이 기억하는 모든 첫 경험이 내내 반짝이게 만들어 주고 싶었다.

그 시각, 통화를 마친 그린은 정한이 건네준 휴대폰을 부적이라도 되는 듯 꼬옥 그러잡았다. 오늘부터 더 열심히 할 거라는 말은 진심이었다. 조금 더 나은 사람, 조금 더 강한 사람이 되고 싶었다. 그래서 언젠가는, 정한에게 큰 힘을 주는 사람이 되고 싶었다. 아직은 쑥스러워 입 밖으로 꺼내진 못했지만, 정한의 옆에 당당하게 서고 싶었다. 언젠가 정한이 만나는 여자라 자신 있게 소개할 수 있는 사람이 되고 싶었다.

하지만 씩씩한 다짐이 무색하게 IT 파트 안으로 들어갈 때는 잔뜩 민망한 표정을 짓고 있었다.

"죄송합니다……. 앞으로는 이런 일 없도록 주의하겠습니다."

돌아본 선임의 얼굴에는 걱정스러운 표정이 가득했다.

"그린 씨. 아팠다면서요? 허 팀장님한테 연락 받았어요."

"네……."

송천댁의 전화를 받은 정한은 병원으로 가는 길에 허 팀장에게 연락을 했고, 허 팀장은 그린에게 오늘은 푹 쉬라고 말했다. 허 팀장은 그새 IT 파트 선임에게까지 알린 모양이었다. 아직도 핏기가 돌아오지 않은 얼굴. 새하얀 손등에 퍼렇게 멍이 진 주삿바늘 자국. 선임 파트너는 영 안심이 되지 않는 얼굴이었다.

"오늘 하루는 푹 쉬지 뭐 하러 나왔어요."

"아닙니다."

"어제 첫날인데 너무 무리를 시켰나 봐요."

"아뇨. 아뇨. 절대로."

안 그래도 민폐를 끼친 것 같아 신경이 쓰였던 그린은 손사래를 치며 자리로 돌아갔다. 자리에 앉았지만 좀처럼 집중을 할 수가 없었다. 그린이 아파서 오전에 반차를 냈다는 얘기는 언제 또 퍼진 건지. IT 파트의 많은 팀원들은 오며 가며 그린에게 안부를 물었다.

"민그린 파트너 아팠다면서요?"

"얼굴이 아직도 핼쑥하네요. 오늘 일할 수 있겠어요?"

"뭐 좀 먹었어요? 죽이라도 사다 줄까요?"

쑥스럽게 고개를 끄덕였지만 그 순간들이 그린에게는 동시에 감동이기도 했다. 늘 차가운 시선을 받으며 오도카니 혼자 앉아 있던 지난날이 떠올랐기 때문이었다. 그린은 경영 3팀에서 기자재팀으로 잠시 파견을 온 사무 보조일 뿐인데, 아파서 병원에 다녀왔다는 소식에 안부 한 번이라도 물어봐 주는 게 신기하면서도 벅찼다. 그중 가장 반갑고 고마운 안부는 역시 같은 팀에 있는 유지화의 방문이었다.

"그린 씨! 어디가 어떻게 아팠어요? 세상에 얼굴이 반의 반 쪽이잖아!"

지화는 그린을 끌고 탕비실로 향했다.

"지금은 괜찮아요?"

"네. 고마워요."

자리에 앉기가 무섭게 지화가 호들갑을 떨기 시작했다.

"기자재팀 안되겠네. 어떻게 간 지 하루 만에 쓰러져?"

"쓰러진 게 아니라……, 잠깐 몸살 기운이 와서."

"어머 어머, 몸살로 쓰러졌구나. 정말 힘들었나 보네. 내가 허 팀장님한테 다시 돌아오게 해달라고 부탁드려 볼까요? 그린 씨 없으니까 허전해 죽겠어. 우리 팀에 여자는 나 혼자라 외로워요."

씩씩한데다 싹싹하기까지 한 지화의 모습은 언제 봐도 밝고 기운이 넘쳐 보였다. 그런 지화를 보는 그린의 마음속에 뭉게뭉게 부러움이 올라왔다. 지화 씨는 좋겠다. 밝고 씩씩하고 명랑하니까 어디 가서 한마디도 지지 않겠지. 자신과 달리 무서운 사람을 만나도 괴로운 순간이 와도 당당하게 맞설 것 같은 느낌.

막상 정한에게 큰소리는 쳐 놨지만 출근하는 발걸음은 역시 무겁고 겁이 났다.

혹시 조가연을 마주치면 어떡하지? 볼 때마다 피할 수도 없고. 막상 조가연을 만나면 어떤 반응을 보여야 할지 아무 생각도 나지 않았다. 아무런 계획도 없었다.

오늘 응급실에서 정한이 '나 믿고 설쳐.'라는 말까지 했지만 그럴 수는 없었다. 오빠는 믿는 데 설치는 건 불가능. 민그린 스물다섯 인생에 어디 가서 단 한 번이라도 설쳐 본 적이 있어야 말이지.

그렇다고 부들부들 떨며 우는 건 이젠 죽어도 하고 싶지 않았다. 정한이 건네준 최신 기종 휴대폰이 박살나는 꼴도 절대로 보고 싶지 않았다. 심란한 표정으로 앉아 있던 그린은 머뭇머뭇 입을 열었다.

"저기⋯⋯ 지화 씨. 혹시 말이에요."

"왜요?"

"고민 상담⋯⋯ 해도 돼요?"

"고민 상담? 그린 씨. 고민 있구나? 뭔데, 뭔데? 내가 또 별명이 유 카운슬러잖아. 비밀도 되게 잘 지켜요! 어서 말해 봐요."

유화의 너스레에도 그린은 긴장한 듯 꼴깍 침을 삼켰다.

"지화 씨는 혹시, 무서운⋯⋯ 아니. 뭐라고 해야 되지? 만약에 괴로운 상황이 되면……. 그러니까 만나고 싶지 않은 사람 때문에 무섭고 힘들면, 그럴 땐 어떻게 해요?"

"에이. 뭐야. 난 연애 상담인 줄 알았는데."

지화는 삐죽 입술을 내밀더니 어깨를 으쓱거렸다.

"흐음. 그러니까 허 팀장님한테 혼나면 어떻게 해야 되냐 그런 말이죠?"

"네?"

"하긴. 우리 허 팀장님이 평소에는 좋지만 한번 화나면 엄청 무섭지. 그런데 그린 씨는 일 잘한다고 맨날 칭찬 받잖아? 뭘 그런 걱정을 해요. 나처럼 툭하면 실수하는 사람도 아니고."

"……"

이럴 땐 달라도 한참 다른 지화의 결 때문에 멀거니 듣고 있던 그린도 결국 웃고 말았다.

"아니에요. 그냥 해본 말이에요. 신경 쓰지 말아요."

"그럼 비둘기 한번 해볼래요?"

불쑥 튀어나온 지화의 엉뚱한 주문에 그린의 눈이 똥그래졌다.

"비둘기요?"

"응응. 유지화 씨. 잠깐 내 자리로. 허 팀장님이 목소리 깔고 조용하게 부를 때 있잖아요. 그럼 꼭 한마디 하겠다는 신호거든."

듣고 보니 허 팀장이 하루에 꼭 한 번씩은 유지화를 호출했던 기억이 났다.

"처음엔 눈물이 쏙 빠지게 혼이 났는데 이젠 뭐. 만성이 돼서 그러려니 하고. 그래도 팀장님이 부르면 무섭기는 하고."
그린은 어느새 지화의 달변에 빠져들었다.
"그럴 땐 비둘기 한 마리를요. 허 팀장님 어깨 위에 얹어 놓는 거야."
"비둘……기요?"
"네! 저기 회사 앞에 공원만 가도 막 뒤뚱뒤뚱 돌아다니는 걔네 있잖아. 팀장님 어깨 위에 그중 한 마리가 앉아 있다고 생각해 봐요."
그린의 머릿속에 무수히 많은 물음표가 떠다니기 시작했다.
비둘기가 왜 허 팀장님 어깨 위에 앉아 있어? 근데 비둘기. 무섭겠다. 비둘기가 갑자기 나한테 날아오면 어떡하지.
"지금 그린 씨 머릿속에도 오만 비둘기가 떠다니죠?"
"예? 아, 네!"
그제야 정신을 차린 그린이 크게 고개를 주억거렸다.
"방금 허 팀장님 생각 했어요?"
"와……."
그린은 감탄의 표정으로 지화를 바라보았다.
"어때요? 무서울 땐 비둘기만 한 게 없다니까요?"
지화의 넉살에 둘은 얼굴을 마주한 채 까르르 웃어 버렸다.
문득 정신을 차린 그린이 손목을 들어 시간을 확인했다.
"어머. 벌써 이렇게. 들어가야겠어요."
탕비실 문을 나서기 전 그린이 몸을 돌려 지화를 꼬옥 끌어

작은 노력

안았다.

"지화 씨. 고민 들어줘서 진짜 고마워요."

"어머 어머. 이렇게 이쁘게 애교 부리기, 있기 없기?"

지화는 어울리지 않게 쑥스러워하면서도 그린의 진심 어린 인사에 기분이 좋은 모양이었다.

그날 저녁.

그린이 집에 돌아오고 나서도 퇴근을 못 한 정한은 한참이나 감감무소식이었다. 그러다 정한이 밤늦게 노크를 했다. 침대에 엎드려 새로운 휴대폰의 기능을 확인하던 그린이 벌떡 일어났다.

"네에!"

날 듯이 달려가 문을 열었다. 넥타이도 매지 않은 채 꺼칠하고 피곤해 보였던 오전의 정한은 온데간데없었다. 퇴근한 모습 그대로 출근을 해도 이상하지 않을 정도로 평소의 단정하고 서늘한 모습 그대로였다.

"늦으셨네요?"

"응. 오후에 출근했더니 일이 많이 밀려서."

정한이 거실 쇼파로 그린을 이끌었다.

"잠깐 얘기 좀 하자."

따라가는 그린의 얼굴은 어느새 화악 붉어진 채였다. 언제부터 이렇게 당연해진 걸까. 정한은 자연스럽게 그린의 손을 잡고 있었다. 맞닿은 손바닥이 간질간질. 아니 가슴 안쪽이 간질간질거렸다.

이제는 언제든 손을 잡아도 되는 사이. 떨리는 마음으로 이혼 서류를 가지고 올라가던 때가 엊그제 같은데, 방문 앞에서 소파까지, 그 짧은 동선을 이동할 때도 다정한 오빠는 손을 꼭 잡아주었다.

"뭐 하고 있었어?"

"이거. 휴대폰."

그린이 휴대폰을 반짝 들어 보였다.

"전에 쓰던 기종이랑 달라서 보고 있었어요."

"회사는 어땠어?"

그린은 오늘 하루 있었던 일을 종알종알 털어놓았다.

이렇게 밝게 웃고 떠드는 걸 좋아하는데 지난 3년간 얼마나 쓸쓸하고 외로웠을까. 열심히 고개를 끄덕이다가도 정한은 한 번씩 심각한 표정을 감추지 못했다.

그런 정한의 기색을 눈치챘는지 그린의 말수가 줄어들더니 결국 조용해졌다.

"혹시. 무슨 고민…… 있으세요?"

"……"

이건 긍정에 가까운 침묵. 그린의 머릿속에 푸드득 비둘기가 스쳐갔다. 그린은 자신만만한 표정으로 바짝 정한에게 다가붙었다.

"그럼 제가 고민 상담 해 드릴까요?"

"고민까진 아니고."

순간 짙어진 눈빛, 정한이 그린을 확 당기더니 품에 안았다. 단단한 품 안에 끌어안긴 그린의 얼굴이 화악 달아올랐다. 강렬한 눈빛이, 그린의 얼굴 구석구석에 쏟아져 내려왔다. 그렇게 한참을 어루만지듯 내려다보던 정한에게서 나직한 저음이 흘러나왔다.

"생각해 봤는데, 아무래도 장모님한테 말씀드리는 게 낫겠어."

"뭘요?"

여전히 발그레한 민낯으로 그린이 물었다. 내려다보는 정한의 눈빛이 한층 더 짙어졌다.

"너한테 일어났던 일 모두."

홱. 잡혀 있던 손이 빠져나갔다.

"싫어."

그린은 겁에 질린 눈으로 정한을 올려다보았다. 방금 들은 말이 믿기지가 않는다는 표정이었다. 이 원망스러운 와중에도 우월한 이목구비는 어째서 봐도, 봐도 감탄을 자아내는지 모르겠다. 우뚝한 콧대와 날렵하면서도 남자다운 턱선. 진한 눈동자는 깊이를 가늠할 수 없을 만큼 진지했다.

"이미 다 지난 일이에요."

결국 먼저 시선을 피한 그린이 중얼거리듯 말했다.

정한의 목소리가 한결 차분해졌다.

"내가 보기엔 아직도 현재 진행형인데."
"졸업하고 처음 마주친 거잖아요."
그린은 아이처럼 우기기 시작했다.
"당황했으니까. 누구라도 잠깐 그럴 수도 있잖아요."
"그린아."
"별일 아니구, 앞으론 그럴 일 없어요. 절대로."
"응급실까지 다녀올 정도인데 그게 별일이 아냐?"
당연한 소리에 말문이 막혀 버렸다.
"입장을 바꿔서 생각해 봐. 장모님이나 장인어른이 병원까지 실려 갈 정도로 힘든 일이 있는데 그렇게 오랜 시간을 아예 모르고 있었다고."
"……."
"그럼 네 맘은 편할 거 같아?"
그린이 시선을 내리며 더듬거렸다.
"이, 이제 와서 말한들……."
"지금이라도 아시는 게 낫지."
"……."
"내일 당장 가서 하라는 게 아니야. 천천히 생각해 봐."
그린의 고집스럽게 다물린 입은 그 후로 더 이상 열리지 않았다.
싸움이라고 하기엔 뭐 하지만, 그 후로 며칠간 냉랭한 분위기가 지속되었다. 아니, 그린이 의도적으로 정한을 피했다. 정한이 집에 오기 전에 칼퇴근을 해 저녁을 먹고 바로 방으로 숨어버렸다. 정한에게서 오는 전화와 문자도 일부러 들여다보지 않았다.

같은 집에 산다는 게 믿기지 않을 정도로 꽁꽁 숨어버린 그린. 그런 그린을 묵묵히 기다리고 있는 정한.

답답한 며칠이 흘렀다.

chapter 12

뽀시래기의 아찔한 탐구생활

　오늘도 그린은 정각에 퇴근을 했다. 대문에 들어선 그린의 시선이 흘끗 2층으로 향하더니 바로 걸음이 멈춰 버렸다. 아. 서재 겸 침실로 쓰는 정한의 방에 불이 환했다. 정한이 재택근무를 하는 날이었던 것이다. 그린은 살금살금 정원을 가로질러 저택 뒤쪽으로 향했다.
　"초록아아."
　조용히 창고 문을 연 그린은 작은 소리로 고양이를 불렀다.
　"초록아?"
　아기냥들이 밥그릇 앞에 옹기종기 모여 있었지만 초록이는 보이지 않았다.
　"초록아!"
　그린은 창고 안의 모든 불을 환하게 켜고 구석구석을 뒤지기 시작했다. 순간 심장이 덜컹 내려앉았다. 오늘 아침까지만 해도 출근 전에 잠깐 들러 잔뜩 비벼 대는 초록이의 사진을 몇 장이나 찍었는데. 그린은 덜컥 놀란 얼굴로 창고 밖으로 뛰쳐나왔다. 주위를 두리번거리는데 저쪽에서 양동이를 들고 오는 한 씨가 보였다.

"아저씨! 아저씨!"

그린은 허겁지겁 뛰어가 한 씨의 팔을 붙들었다.

"지금 와요?"

"초록이요!"

다짜고짜 초록이가 뭐냐는 표정.

"초록이가 안 보여요! 창고에 초록이가 없어요."

"아. 괭이 말하는 거여요?"

울 듯한 얼굴로 발을 동동 구르는 그린과 달리 한 씨는 태연하기만 한 표정이었다.

"지붕 위에 있어요."

"네에? 지붕이요?"

그린은 휘둥그레진 눈으로 지붕 위를 올려다보았다.

"안 보이는데요?"

"밑에서 어떻게 보여요. 나도 수리하러 올라갔다 봤어요."

"지붕에서 뭘 하는데요?"

"난들 아나요. 밤낮 올라가 있는 거 보면 거기가 좋으니까 올라가나 보다 하는 거지."

그제야 맥이 탁 풀린 그린은 허탈한 표정을 지었다. 잠시 후, 그린은 삽을 들고 언 땅을 파는 한 씨 옆에 쪼그리고 앉아 있었다.

"추운데 그러고 있지 말고 들어가요. 감기 걸려요."

그린은 입을 삐죽 내밀며 고개를 흔들었다.

"한동안 안 올라가는 거 같더니. 아기들 놔두고 거긴 또 왜 올라갔지."

"이제 괭이 새끼들도 다 컸겠다. 답답하니까 올라갔나 보죠."

"에이! 아직 한참 아가들인데 다 크긴 뭘 커요?"

휘둥그레진 눈으로 손사래를 친 그린은 문득 수의사가 해 준 말을 떠올렸다.

— 고양이마다 성격이나 습성이 다 다르니까요. 단독 주택에 거주하는 반려묘가 실내로 들어오는 걸 거부하면 마당에서 키워도 됩니다. 예방 접종 철저하게 해 주고 인식표만 잘 달아 주세요.

수의사는 초록이 같은 성향의 반려묘는 특히 더 개별적인 공간을 존중해 주어야 한다고 했다. 사람이 와도 반짝 안기는 건 잠깐, 금세 빠져나가려고 용을 쓰고 혼자 있는 걸 좋아하는 초록이. 가끔 대들보 위까지 뛰어올라가 고개만 빼꼼 내밀고 아무리 불러도 하루 종일 내려오지 않는 초록이. 초록이는 자유로운 영혼의 고양이였다.

그러고 보니 처음 초록이가 지붕 위에 올라갔을 때도 한바탕 난리를 떨었던 기억이 났다. 그땐 채 4개월도 안 되어 얼마나 놀랐던지. 그린은 푸우 한숨을 내쉬었다.

"언제 이렇게 컸지? 내 눈에는 아직 애기 같은데……."

퍼뜩 생각이 스쳤다. 엄마 눈에도 내가 아직도 마냥 애기 같을까. 영은은 지금도 '우리 아기, 우리 아기'하며 그린을 아기 다루듯 했다.

"추운데 들어가라니까 밤새 앉아 있을 거여요?"

순간 한 씨가 툭 던진 말에 화들짝 상념에서 깨어났다. 그린은 턱을 괸 채 한 씨에게 물었다.

"아저씨. 저 아직도 애 같아요?"

"그럼요. 사장님이나 돼야 어른이지. 아가씨는 내 눈엔 아직도 얼라지."

3년 전 정한과 결혼을 했을 때 이 집에서 처음 만난 한 씨는 애가 무슨 결혼이냐며 그린을 어린애 취급했었다. 그도 그럴 것이 스물하나. 아직 보송보송한 대학교 2학년. 세상 물정 하나도 모르던 어린애가 맞았으니까. 한 씨는 결혼 3년째인 지금까지도 그린을 어린애 취급이었다.

그린은 결심한 듯 툭툭 엉덩이를 털며 일어났다.

"아저씨. 저 가볼게요."

"예에."

그린은 정원을 가로지르며 메시지를 보냈다.

오빠.

어디야?

1초도 안 돼 읽음 표시가 사라지고 답장이 왔다.

나 엄마 집에서 저녁 먹고 올게요.

조심히 다녀와.

"갑자기 웬일이야? 추우니까 어서 들어와."

영은은 활짝 웃으며 그린의 차가운 뺨이며 손을 바쁘게 어루만졌다.

"아빠는?"

"신 교수님 어머님 상 당하셔서 거기 갔어."

영은은 들뜬 걸음걸이로 주방으로 향했다.

"저녁은? 먹었어? 아니면 유자차 한 잔 줄까?"

"엄마."

갑자기 불러 세우는 목소리가 심상치 않았는지 영은이 홱 고개를 돌렸다.

"무슨 일 있어?"

그린은 현관 앞에 서서 입술을 달싹였다.

"나…… 할 말. 있는데……."

말을 꺼내기도 전에 후두둑 눈물부터 떨어졌다.

그린의 긴긴 고백이 이어지는 동안 눈시울이 붉어진 영은은 단 한마디의 말도 없었다. 그저 잠잠히 딸의 아프고 힘겨운 고백을 듣기만 했다.

"그래서…… 오빠가 엄마도 알아야 할 거 같다고……."

그린은 훌쩍거리며 오늘 갑자기 찾아온 이유까지 털어놓았다.

"우리 딸……."

담담히 듣던 영은의 입술이 바르르르르 길게도 떨렸다.

"얼마나…… 얼마나. 힘들었어."

영은은 와락 눈물을 쏟으며 그린을 끌어안았다.

그린도 흐어엉 울음을 터트리며 영은에게 안겼다.

"엄마. 엄마아."

아이처럼 서럽게도 울었다. 늘 후드 티를 덮어쓰고 고개를 푹 숙이고 다니던 깡마르고 조그만 아이가 엄마 품에 안겨 통곡을 했다.

그린을 끌어안은 영은은 피가 맺힐 정도로 입술을 깨물었다. 툭 하면 흠뻑 젖어 있던 운동화와 체육복이 영은의 머릿속을 주마등처럼 스쳐갔다.

— 민그린. 친구들하고 또 물장난했어?

— 어? 어…….

— 너 이제 초등학생 아니야. 얼른 빨고 나와서 저녁 먹어.

하루 종일 굶고 집에 와서 걸레통에 빠진 운동화를 빨며 얼마나 서러웠을까. 금쪽같은 내 딸이.

추운 등굣길. 차마 학교에 가기 싫다고 말은 못하고, 홀로 대문 앞에 서서 얼마나 한참을 울었을까. 잃어버렸다는 교과서며 문제집을 다시 사달라고 할 때마다 얼마나 눈치를 봤을까.

무심코 지나쳤던 순간들이 선뜩한 비수가 되어 가슴을 헤집고 찔러 댔다. 더 없이 빛나기만 해도 부족한 학창 시절에,

아무에게도 털어놓지 못하고 매일 밤 눈물을 쏟으며 힘들어했다니. 피눈물이 났다. 예쁜 내 딸이…… 이렇게 귀하고 예쁜 내 딸이……. 가슴속이 천 갈래 만 갈래로 갈기갈기 찢어지고 온몸 안의 창자가 다 끊어질 듯 아팠다.

"왜에! 그린아. 왜 말 안 했어. 왜!"

"엄마가…… 나 때문에 더…… 아플까 봐…….'

그린은 울먹거리며 고개를 저었다.

"그러다 흐흑! 엄마한테 무슨 일 생기면……."

영은은 후두둑 떨어지는 눈물을 닦은 두 손으로 그린의 뺨을 소중하게 감싸 쥐었다.

"그린아. 엄마 그렇게 약하지 않아. 아무리 죽을 병에 걸려도 자식 일이라면 엄마는 절대로 아플 수가 없어."

그린은 뚝뚝 굵은 눈물만 흘렸다.

"지금이라도 말 해줘서 고마워. 우리 그린이. 우리 예쁜 딸 혼자서 얼마나 힘들었을까. 얼마나 아팠을까."

영은은 부드러운 손길로 그린의 눈물을 연신 닦아주었다. 참 신기했다. 엄마 품 안에 안겨 울면 울수록 희미하게나마 아픔이 씻겨 내려져 가는 것 같았다. 조금씩 서러움이 해소되는 느낌이었다. 하지만 영은은 달랐다. 갑자기 핏발이 선 눈으로 부들부들 떨기 시작했다.

"그래서 그 년은 지금 어디에서 뭐 하고 있어. 찢어 죽여도 시원찮을 X."

네에에? 펑펑 울던 그린의 눈물이 뚝 멈추었다.

"어, 엄마. 방금 뭐라고……?"

"이 X같은 X. 만나기만 하면 내가! XXX할 XXX!"

그린은 경악하는 얼굴로 입을 딱 벌렸다.

우리 엄마가……. 우아하고 교양 있고 꽃과 차를 좋아하는 우리 엄마가…… 그 시절 출판사에 근무하던 엘리트 엄마가…… 당장에라도 조가연을 발라버릴 듯 쌍욕을 내뱉고 있었다.

그린은 밤이 한참 깊어서야 영은의 집을 나섰다.

"자고 가면 안 돼?"

"내일 출근해야 돼."

아직도 눈꺼풀이 발그레한 그린은 애써 씩씩하게 웃어 보였다. 영은은 아쉬운 얼굴로 그린을 따라 내려왔다.

"엄마. 들어가요."

"너 택시 타는 거 보고."

"추우니까 얼른 들어가요."

"알았어. 저기 앞까지만……, 김 서방?"

길 앞을 가리키던 영은의 손가락이 허공을 향해 삿대질을 했다. 그린의 시선도 손가락 끝을 따라갔다.

"오빠?"

뒤에 선 영은은 정한의 차가 보이지 않을 때까지 한참이나 손을 흔들었다. 배웅을 하던 엄마가 점처럼 멀어지자 그제야 고개를 돌린 그린은 어색한 표정을 지었다. 운전대를 잡은 정한은 여느 때와 같이 아무런 말도, 아무런 표정도 없었다.

"언제부터…… 와 있었어요?"

"조금 전에."

"거짓말."

내가 언제 나올 줄 알고. 1시간이 걸릴지. 2시간이 걸릴지. 이렇게 한밤중에 나올지 아예 몰랐으면서. 우물쭈물 망설이던 그린이 어렵게 입을 열었다.

"가, 감사해요."

"뭐가?"

"데리러 와 준 거요."

엄마한테 말 하라고 한 거.

"그리고 미안해요."

"그건 또 왜?"

"밖에서 오래 기다리게 해서요."

요 며칠간 못되게 굴어서. 진짜 속마음은 너무 쑥스러워 차마 고백할 수가 없었다. 정한과 그린을 태운 차는 조용한 밤거리를 달렸다.

집에 들어와도 어색한 분위기는 풀리지 않았다.

"늦었다. 푹 자고 내일 얘기해."

현관에 들어선 정한이 복도를 따라 걸으며 뱉은 한마디는 여전히 무뚝뚝했다.

그게 정한다워서 안심도 됐지만 이대로 자러 가기엔 역시 찜찜했다. 엄마에게 털어놓은 건 시원한데, 정한과 풀지 못한 건 답답했다.

"저기…… 오빠."

'음?' 하는 표정으로 정한이 고개를 돌렸다. 우물쭈물 얼굴을 붉히던 그린이 새침한 표정으로 물었다.

"우리 어색한데……, 뽀뽀나 할래요?"

보통은 표정의 변화를 감지하기 힘들만치 굳게 다물린 정한의 입술이, 어지간히도 어이가 없는지 딱 벌어지기 일보 직전이었다.

"너 지금. 그걸 말이라고."

그린은 배시시 웃는 얼굴로 정한을 올려다보고 있었다.

"너는 무슨, 뽀뽀가 만능 솔루션인 줄 알고 있는 거야?"

기가 찬 말투.

"이게 어디서 이상한 것만 배워서 툭 하면 뽀뽀로 퉁치고 넘어가려고 해."

정한은 살짝 억울한 표정이었다. 내가 말을 안 해서 그렇지 얼마나 답답했는데. 티를 안 내서 그렇지 얼마나 속이 탔는데. 집에 오면 방 안에 꽁꽁 숨어서 머리카락 한 올도 안 보여주지. 전화를 해도 안 받지. 문자를 해도 답이 없지. 아까도 휴대폰만 뚫어지게 들여다보는 중이었는데.

그린아.

그린아.

민그린.

민그린 파트너. 나 그쪽 고용주입니다.

야 이 뽀시래기야.

지난 며칠간 아무리 문자를 보내도 대답 없는 무심한 뽀시래기 때문에 오늘도 퇴근 후 방 안에 틀어박혀 휴대폰에 얼굴을 처박고 끙끙거리던 중이었는데. 그래서 그린의 문자가 뜨자마자 즉시 읽을 수 있었고, 바로 뒤따라가 아파트 앞에서 몇 시간을 기다렸는데. 혹시 장모님이 실신이라도 하는 거 아닐까 가슴을 졸이면서 휴대폰을 손에 쥔 채 119 버튼까지 눌러 놓고.

"아니 뭐. 싫음 말구요."

그린은 새초롬하게 고개를 돌리며 정한을 제쳤다. 뾰로롱 솟아오른 입술에 가슴이 터질 만큼 살랑거렸다. 탁. 잽싸게 잡힌 손목에 시선을 두기도 전에.

"일단 할게."

정한이 다급한 목소리로 한 걸음 다가왔다. 커다란 손이 금방이라도 부서질 소중한 것이라도 쥐듯 조심스럽게 양 뺨을 감쌌다. 가만히 쓸어 보는 뽀얀 뺨에 엄지의 궤적을 따라 붉게 꽃물이 들었다. 올려다보는 커다란 눈망울은 온 우주의 은하수라도 때려 부은 듯 찬란하게 반짝이고 있었다. 정한은 바싹 말라붙은 입술을 핥으며 한숨처럼 중얼거렸다.

"진짜 너 때문에 미치겠다."

서른둘 평생 뭐든 마음먹은 대로 못 하는 게 없던 김정한이 이렇게 애를 태우고 속을 끓여본 적이 없었다. 계획대로 진행된 일이 하나도 없었고. 단 한 치. 딱 3.03cm 앞도 보이지 않아 이리 어리둥절하고 막막한 적은 처음이었다. 그런데 좋았다. 미칠 만큼 좋았다. 그 애가 타고 속이 끓고 어리둥절하고 막막한 감정까지 벅차게 좋았다. 건장한 상체를 조심스레 숙이니 이제는 익숙해진 그린의 향기가 코끝을 스쳤다. 부드러운 두 입술이 그윽하게 붙었다 금세 떨어졌.

그린은 떨리는 손으로 정한의 옷자락을 꼬옥 그러잡았다. 아. 이게 아닌데. 하고 나니까 뭔가 더 어색해지는 기분. 아닌가. 떨리는 건가. 이보다 더 진한 것도 한 적 있는데. 분명 민그린의 심장은 건망증 말기임이 분명했다. 본분을 망각한 심장이 또 주체를 못하고 나대기 시작했다.

그린의 변화를 바로 알아챈 정한이 나른하게 웃으며 다시 입술을 핥았다. 으악. 몸속 어딘가를 헤매던 심장이 이번에는 발밑으로 쿵 떨어질 것만 같았다. 오늘도 한집에 사는 잘생긴 오빠는 지독하다. 기어이 섹시한 것까지 해내는 걸 보면. 결국 떨림을 숨기지 못한 그린이 이번에도 먼저 눈을 피해버렸다.

터질 만큼 붉어진 얼굴로.

"왜."

"뭐, 뭐가요?"

"아까보다 더 어색해하는 얼굴인데."

"아, 아니거든요?"

"자. 뽀뽀도 했으니까 내일 아침에 개운한 기분으로 만날까?"

정한은 매우 상쾌하다는 표정으로 단호하게 돌아섰다. 옷자락을 꼬오옥 그러잡고 있던 그린의 손에 정한의 셔츠가 주욱 당겨졌다.

"왜."

"……"

"더 해 줘?"

잔뜩 수줍은 얼굴이 긍정의 표를 내며 흐릿하게 아래로 내려갔다 올라왔다. 겉으로는 심각한 표정을 지었지만 정한의 머릿속엔 어떻게 놀려줄까 장난기가 가득했다. 며칠간 탔던 속을 조금이라도 보상받고 싶었다.

"글쎄. 뽀뽀 이거 뭐, 별로 효과 없는 것 같은데."

"아닌데…… 있는데……."

"계속 어색해하잖아. 네가."

그린은 잔뜩 붉어진 얼굴로 머뭇머뭇 웅얼거렸다.

"시시하게 뽀뽀만 하니까…… 그렇죠."

"하. 그런아."

결국 참지 못한 정한이 그린을 벽으로 밀어붙였다. 아까와는 비교도 안 되게 가빠진 숨결이 단번에 가르고 들어왔다. 벽에 바짝 밀쳐진 그린도 잠깐 바르작거리더니 발뒤꿈치를 치켜들며 정한의 목에 폴짝 매달렸다. 이쪽 벽에서 저쪽 벽으로. 흡사 둘이 함께 추는 강렬한 탱고, 아니면 예쁜 왈츠의 한 자락처럼, 한 치 틈도 없이 밀착해서 몇 걸음을 걷다 말고, 멈추고 돌고 벽에 기대어. 지금 발밑에 밟히는 게 거실 한쪽에 깔린 러그인지 둥둥 떠 있는 구름인지. 예민한 곳만 가르고 헤집고 찾아 대는 정한의 집요함에 정신을 잃을 것만 같았다. 이번에도 그린이 먼저 입술을 뗐다.

"그만. 너무. 숨이. 차서."

할딱거리는 입술은 그새 부풀고 젖어 반들거렸다. 못지않게 헐떡거리며 내려다보던 정한이 간신히 한마디를 뱉었다.

"내 방? 네 방?"

그린의 블라우스 단추는 어느새 두어 개 남짓 풀려 있었다.

내 손이 한 건지. 옷자락을 물고 있던 입이 한 건지, 지금 정한의 아찔하고 아득한 정신으로는 알 수가 없었다. 곧고 가늘게 뻗은 쇄골 뼈 주변. 뽀얀 속살 위로 붉은 흔적이 열꽃처럼 피어 있었다.

"뭐가요?"

달뜬 숨에 섞여 순진무구한 질문이 나왔다.

"어디가 편해. 계속 거실에서 이러고 있을 수는 없잖아."

"헐! 방까지 가서 또 한다고?"

여과 없이 튀어나온 감탄사에 순간 얼음물이라도 뒤집어쓴 듯 번쩍 정신이 들었다.

"지금까지 1시간도 넘게 해놓고? 오늘은 그만해요."

"아니. 그래도 갑자기 이렇게 끊는 게……!"

"입술이 너무 얼얼해서 더 못 하겠어요."

그 길로 터덜터덜 2층으로 올라간 정한은 오래, 오래, 오래 찬물로 샤워를 하고 자리에 누웠다. 자괴감과 수치심이 번갈아 가며 밀려왔다. 또다. 이건 뭐 짐승 새끼도 아니고. 그린이에게 손만 댔다 하면 미쳐 돌아갈 정도로 절제가 안 되는 혈기가, 참지 못하고 블라우스 단추를 순식간에 풀어버린 다급함이 어처구니없이 낯설고 한심했다.

얼마 전, 차근차근 단계를 밟고 그린이의 속도에 맞춰 주겠다고 온밤 내내 결심을 했는데. 오늘 정한은 또 순식간에 선을 넘어 단번에 결승점에 다다를 뻔했다. 정한에게 그린은 더 이상 뽀시래기가 아니었다. 사람을 홀린다는 세이렌. 단 1명을 현혹하기 위해 전생을 3번쯤 투자한 마녀. 꼬리가 아흔아홉은 달린 세상에서 제일 예쁜 구미호. 이젠 일부러 그러는 건지 합리적인 의심까지 들 정도로 김정한을 갖고 노는 밀당 천재.

뽀뽀만 하면 사람 돌아버리게 만드는 뽀뽀 고수. 그렇다고 뽀뽀를 할 수도 없고 안 할 수도 없고. 이놈의 손을 묶어 놓을 수도 없고. 계획과는 다르게 한 발 두 발, 열 발자국은 앞서가는 마음을 어디다 갖다 버릴 수도 없고. 한편으로는 살짝 서럽기도 했다.

합법적으로 결혼한 사이. 서로에 대한 마음도 확인한 사이. 나만 이렇게 애가 타고. 나만 이렇게 몸이 다는 거냐고. 그렇지만 할 수 없었다. 원래 더 좋아하는 쪽이 지는 거라고 했으니까. 김정한이 훨씬 더 많이 좋아하고 앞으로도 그럴 예정이니 영원히 질 수밖에.

다음 날 새벽, 정한은 끓어오르는 조바심을 억누르며 몇 번이나 다짐을 했다.
'뽀시래기, 뽀시래기, 뽀시래기!'
격렬하게 양치질을 하는 정한의 눈에 불꽃이 피어올랐다.
'민그린은 뽀시래기다. 키스를 하는 순간에도 뽀시래기다. 한 침대에 누워도 뽀시래기다!'
그래. 지난 3년간 뽀시래기였는데 앞으로 조금만 더 뽀시래기 하지 뭐. 어제 같은 상황이 또 오더라도 절대로 정신 못 차리고 넘어가면 안 된다. 내 욕구만 채울 수는 없었다. 그린이의 순서와 리듬과 템포가 우선이었다. 넥타이를 졸라매던 정한은 다짐에 다짐을 하며 풀어진 마음도 졸라맸다.
성큼 2층을 내려와 거실을 가로지르는데…….
달칵. 1층의 침실 문이 열렸다. 잠도 덜 깬 얼굴로 귀여운 파자마를 입은 그린이 두 팔을 벌리고 조르르 달려왔다. 밤새 포근한 이불에 따뜻하게 감싸여 있었는지 온기 가득 달콤한 향기가 후욱 밀려 들어왔다.

"안녕히 주무셨어요. 잘 다녀오세요."

쪽.

"하암. 조금 더 자야지."

귀엽게 하품을 하고 들어가는 그린의 등 뒤에서 정한은 절망스러운 표정으로 얼어붙은 듯 굳어 있었다.

'야, 이 피리 부는 뽀시래기도 아니고!'

아침부터 이렇게 사람을 홀리나. 저러고 들어가는데 어떻게 안 따라가나. 홀린 듯 따라 들어가려던 걸 간신히 참아내느라 뿌드득 가방을 쥔 손마디에 통증이 느껴질 정도였다.

결국 그 상태로 출근한 정한은 유난히 심기가 불편해 보였다. 지난번 그린과 뜻하지 않게 냉전기를 가졌을 때와는 비교도 안 됐다. 오늘 정한의 싸늘함은 순식간에 주변 모든 것을 드라이아이스로 만들어 기체화시켜 날려버릴 정도였다. 냉전기 내내 굴하지 않고 정한을 놀려먹느라 바빴던 진우마저 슬슬 눈치를 봤다.

"혈액, 소변 둘 다 포함했다. 검사 안 하는 게 빠르긴 한데 1상 독성 파악하려면 이 방법이 제일 빠르니까."

"그럼 안 하려고 했어?"

그르렁.

"……2b상은 350건으로 했어. 200건만 하려다가 아무리 논문 뒤져봐도 수치가 200건으론 간당간당해서."

그르르르르.

"500건까지 늘려."

진우는 끓어오르는 분노를 간신히 눌러 참으며 마지막 보고를 올렸다.

"3상 용량하고 대상 질환 최종 수치야. 베팅 500억으로……."

"미쳤어? 1000단위로 가야지. 500억이라니. 기껏 시뮬레이션 돌린 거 말아먹을 일 있어?"

"와아아아아! 미친 게 아니라 너 때문에 미치겠다! 야! 이 김정한 놈아! 뭐가 그렇게 맘에 안 들어서 아침부터 사람을 이렇게 갈구냐!"

진우가 서러운 표정으로 보고서를 내동댕이쳤다.

"안 해! 나 안 해! 며칠째 야근하느라 피부도 다 상하고! 영혼까지 탈탈 털어서 만들어 왔는데! 내가 노예냐고! 네가 사장님이지 주인님이냐고!"

"당장 안 주워!"

으르렁으르렁. 으르렁대는 무시무시한 정한의 기세에 진우는 잽싸게 보고서를 주워들었다. 결국 안 되겠다 싶었는지 진우는 불쌍한 표정으로 낑낑거리기 시작했다.

"정한아아. 시뮬레이션 돌린 거 정확하니까. 이만큼만 가자아. 응?"

"일단 놓고 가. 보고 1시간 안에 피드백 줄게."

말이 떨어지기가 무섭게 공손하게 보고서를 올려둔 진우는 줄행랑을 쳤다. 정한은 바로 집어들었지만 글자가 하나도 눈에 들어오지 않았다. 빼곡한 수치를 보기만 하면 사진으로 찍듯 스캔해 버리는 정한의 능력이 오늘은 아예 무기력, 무쓸모였다. 정한은 이를 악물며 다시 한번 찬찬히 수치를 훑었다. 하지만 눈앞에 스쳐가는 건 어제 야속할 정도로 또랑또랑했던 그린의 눈빛뿐이었다.

결국 정한의 커다란 두 손바닥이 짝! 소리에 움찔할 정도로 세게 양 뺨을 쳤다.

"정신 차려라."

이성, 지성, 사고, 판단…… 뭐 하나 부족함 없는 서른 넘은 남자가 아침부터 이 무슨. 앞으로 회사에서는 민그린 생각 일체 금지. 죽어도 회사에서는 떠올리지 않을 것이다. 집에 가서 밤새 하는 한이 있어도 회사에서 그린이 생각은 티끌만큼도 하지 않을 것이다. 한 번 정하면 죽어도 바꿀 일 없는 김정한이니까.

다행히 아직은 차가운 이성이 어지러운 머리와 뜨거운 심장을 장악하고 있었다. 잔뜩 들떠 있던 마음이 가라앉기 시작했다. 머릿속이 서서히 비워지더니 바로 갖가지 보고 사안과 업무가 밀려들었다. 정한은 만족한 얼굴로 다시 업무에 집중했다. 간신히 가라앉던 마음은 잠시 후 IT 파트에서 올라온 보고에 난장판이 돼 버렸다.

"업무량 부하로 인력 충원이 필요하다니 그게 무슨 말입니까? 기자재 수령 및 교체 건수는 왜 이렇게 늘었죠?"

보고서를 올린 팀장이 난처한 표정으로 머리를 긁적거렸다.

"그게…… 담당 직원이 바뀐 후로 일이 많아져서……."

"기자재 비품 담당이 누굽니까?"

"경영 3팀에서 파견 나온 민그린 파트너입니다."

정한의 얼굴이 험악하게 굳어버렸다. 밀어내면 다가오고 당기면 멀어지는 밀당의 고수. 또 민그린이었다.

업무상으로나 업무 외적으로나, 그린의 생각으로 머리가 꽉 찬 정한이 끙끙거리고 있을 때, 그린은 한창 바쁘게 일하느라 잠시 한숨 돌릴 여유도 없었다. 투명해 보일 정도로 뽀얀 피부에 한 듯 만 듯 연한 화장은 화사함을 더해 주고 있었다. 살랑살랑 목소리도 말투도 봄바람처럼 다정하고 예뻤다. 아무리 사소한 걸 물어봐도, 웃으며 세심하게 답해 주는 친절함이 있었다. 하지만 딱 거기까지였다.

"여기에선 취식이 불가능합니다. 도로 가져가 주세요."

"점심에 선약이 있어서 곤란합니다."

그린에게 만나는 사람이 있다는 소식을 아직 듣지 못한 팀원에게는 단호하게 철벽을.

"아, 전산에는 지난주에 수령하셨다고 나오는데 다시 한번 확인해 보시겠어요?"

"이건 기사님이 부서 방문해서 확인하셔야 할 것 같아요. 신청서 작성해 주세요."

회사 창립 이래 역대급 미모의 소유자인 IT 파트의 기자재 비품 담당 파트너라고 자자하게 소문이 난 그린을 보러 없는 용건도 만들어 온 팀원에게는 야무진 대응을 하는 그린에게는 업무 외적으로는 절대 다가서지 못하게 하는 단호함이 있었다. 그린은 겉으로만 값이 입력된 AI처럼 기계적인 답변을 내놓는 중이었다.

하지만 얼굴은 수시로 붉어지고 이놈의 심장은 심심한데 전력 질주 좀 하면 안 되냐고 난리를 치고 있었다. 어젯밤, 거친 건 아니었지만 박력 있게 벽으로 밀어붙이던 오빠의 모습. 위험할 정도로 색기가 어리던 숨결. 오늘 하루 종일 그린의 머릿속에는 같은 장면이 수십 번이나 재생되고 있었다. 가슴이 떨리다 못해 우주 대폭발이라도 하는 건 아닌지 무서울 정도로 설렜다.

'미쳤어. 미쳤어.'

저돌적으로 다가오던 정한에게 허겁지겁 달뜬 숨을 불어 넣던 제 모습도 생생했다. 입 안을 휘젓던 더운 숨이 턱과 목을 지나 쇄골 뼈 안쪽. 오목한 부위를 간질이던 느낌도 선명했다. 스물다섯 평생 그린은 자신이 이렇게까지 대담한 감성과 행동의 소유자라는 걸 모르고 살았다.

— 내 방? 네 방?

열기 어린 눈빛으로 다급하게 헐떡이던 정한의 목소리가 계속 귓가를 울렸다. 사실 그린이 그 말을 못 알아들은 건 아니었다. 엉겁결에 '오빠 방!'을 외칠 뻔까지 했으니까. 그 뒤는 어떻게 될지 모르는 것도 아니었다. 어쩌면 어제가 그린과 정한의 역사적인 첫날밤이 됐을지도 몰랐다. 하지만 아직은 아니었다. 조금 더 시간이 필요했다. 어쩌면 조금보다 더.

'하아. 역시 아무래도 안 되겠어.'

그린이 선뜻 용기를 내지 못하는 이유. 침대에 누워 첫 키스를 하던 날도. 벽에 바짝 밀쳐져 거침없이 호흡을 섞던 어젯밤도, 정한에게 안겨 빈틈없이 밀착해 있던 그린은 심상치 않은 느낌을 받았었다. 평소에도 근육질에 단단한 몸이라는 건 알고 있었지만, 한 번씩 그린을 자극하는 무언가는 단단한 걸 너머……! 잠깐! 내가 무슨 망발을!

그린은 화들짝 놀라며 세차게 고개를 저었다.

'역시 마음의 준비가 필요해.'

순진무구, 무해하게 25년을 살아온 모태 솔로 그린에게 첫날밤이란 생각보다 어마어마한 용기가 필요한 일이었다. 그린은 화끈 달아오른 양 뺨을 찰싹찰싹 두드렸다.

'민그린! 정신 차려! 지금 회사에 일하러 온 거냐고!'

'……아! 연애! 연애하러 온 거냐고!'

이젠 정상적인 사고가 불가능할 지경이었다. 그린은 두툼하게 쌓여 있는 서류를 집어 들며 울상을 지었다. 이게 뭐람. 열심히 하겠다고 각오를 다진 지 얼마나 됐다고. 정한의 옆에 당당하게 서고 싶다고, 언젠가는 정한이 만나는 여자라 자신 있게 소개할 수 있는 사람이 되고 싶다고, 더 멋진 여자가 되겠다고 다짐에 다짐을 하던 게 불과 얼마 전이었는데. 업무 시간에 일과 연애를 혼동하며 갖은 망상을 하고 있다니.

앞으로 회사에서는 야릇한 생각 절대 금지! 집에 가서 밤새 이불을 뒤집어쓰는 한이 있더라도. 그린은 잡념을 떨쳐버리고 들고 있던 서류에 초 집중을 하기 시작했다. 오늘따라 바빠서 정말 다행이었다. 하필이면 이 바쁜 부서로 파견을 보내주신 허 팀장님께 감사하는 마음이 새록새록 솟아올랐다.

하지만 감사의 마음은 오래가지 못했다. 그린은 다시 경영 3팀으로 복귀하라는 연락을 받았다. 다짜고짜 윗선에서 내려온 지시라니 받아들여야 하지만 이러면 곤란했다. 한결 여유가 남은 오전. 수도 없이 돌려 보던 야릇한 장면이 자동으로 재생되기 시작했다.

점심시간이 되었지만 허 팀장은 회의 참석 후 사무실로 돌아오지 않았다. 김동민 과장과 차도훈 대리도 외근을 나가 그린은 지화와 단둘이 구내식당으로 향했다. 그린이 복귀해서인지, 오늘따라 텐션이 바짝 오른 지화의 입은 쉴 새 없이 움직였다. 먹는 것보다 수다를 떠느라 더 바빠 보였.

맞은편에 앉아 밥을 먹던 그린은 문득 지화를 물끄러미 바라보았다. 지화에게 고민 상담을 해 볼까. 보통은 만난 지 얼마 만에 진도를 나가는 게 적당한 건지.

하지만 유지화는 사회에서 만난 직장 동료였다. 연애 상담이라면 두 팔 벌려 환영하는 유지화였지만 오랜 시간 동고동락한 허물없는 사이는 아니잖아.

'이런 고민까지 말해도 되는 걸까?'

그린은 문득 씁쓸한 표정을 지었다. 학폭의 기억은 진한만큼 그림자도 깊었다.

'어느 만큼의 관계를 맺은 상대방에게 얼마만큼의 질문까지 할 수 있는 걸까?'

그런 상식적이고 당연한 수위조차 모르고 살았다. 연애 뿐 아니라 가까운 사이에 물어볼 만한 것들을 아예 물어볼 사람이 없었다. 아니, 굳이 만들지 않았다. 대학교에 올라와서도 내내 외톨이. 쭈욱 관계라는 걸 거부하고 살았다.

새내기 시절. 우연히 뭉치게 된 무리가 학식을 먹으러 가자는 말에 바로 돌아 나와 버렸다.

그렇게 빠듯하게 수업만 듣고 있는 듯 없는 듯 그림자 같은 존재로 4년을 보냈다. 지난 몇 년간 그린이 상대하던 사람들은 부모님, 시부모님, 송천댁 아주머니와 한 씨 아저씨가 전부였다. 모든 것이 낯설고 모든 것이 서툴고 모든 것이 어렵다는 핑계로 스스로를 합리화했다. 특히 사람을 대하고 관계를 맺는 것에 있어 자발적 고립을 택해 인생의 반 이상을 살아왔다.

나는 알고 보면 어떤 사람일까.

그린은 꾸욱 입술을 물었다. 학폭 피해자로 세상과 단절되다시피 한 삶을 살지 않았다면 어떤 모습으로 살아왔을까. 아무리 생각해봐도 현재의 그린은 알 수가 없었다. 찌질한 아싸. 음침한 찐따 말고 민그린 앞에 다른 수식어가 붙을 수도 있었는데.

진짜 본 모습은 하나도 모르고 살았다는 상실감이 밀려왔다. 스스로 벽을 치고 가두어 기회를 밀어낸 건 자신일지도 모른다는 생각도 들었다.

"그린 씨. 아까부터 뭐가 그렇게 심각해?"

밝은 지화의 목소리가 톡 상념을 깨트려버렸다. 둘은 커피를 한 잔씩 들고 휴게실 한쪽에 나란히 앉아 있는 중이었다.

"아."

애써 웃음을 지은 그린은 엉뚱한 질문으로 화제를 돌렸다.

"지화 씨는 혹시 만나는 사람 있어요?"

"에에? 나? 갑자기?"

호쾌하게 웃음을 터트린 유지화는 안타까운 표정을 지으며 고개를 가로저었다.

"그게. 썸남은 쉽게 생기는 편인데."

"와아."

"항상 거기서 끝이네요? 발전이 없어. 발전이."

"왜요? 지화 씨 같이 예쁘고 밝은 사람이."

"글쎄요?"

아리송한 지화의 표정에 그린은 어리둥절한 모습이었다. 객관적으로도 유지화는 예쁘장하고 호감이 가는 얼굴이었다. 밝고 톡톡 튀고 거리감 없는 친근한 성격. 분명 남자 친구와도 알콩달콩 잘 만나지 않을까 막연한 생각까지 했는데.

이번에는 유지화의 차례였다.

"그린 씨는요? 남자 친구 있어요?"

끄덕.

화르르 붉어진 얼굴에 지화가 놀라며 물었다.

"어머어머어머. 진짜?"

끄덕끄덕.

"누군데? 뭐 하는 사람? 동갑? 설마 연하?"

"나중에요."

그린은 발그레한 얼굴로 말을 잇지 못했다. 하지만 지화는 잔뜩 궁금한 표정이었다.

"어떻게 만났어요?"

"오랫동안 짝사랑했는데……, 내가 얼마 전에 고백했어요."

"그래서 남자가 오케이한 거예요?"

그린이 뿌듯함과 수줍음이 교차하는 얼굴로 고개를 끄덕거렸다.

"대박! 그린 씨 그렇게 안 봤는데 완전 직진녀였네!"

지화는 설렘과 부러움을 굳이 감추려 하지 않았다.

"좋겠다. 이제 막 시작했으면 매일 밤 활활 불타고 있겠네."

지화의 마지막 멘트에 그린의 얼굴에 신호등이 켜져 버렸다.

"마, 말도 안 돼요! 만난 지 얼마 되지도 않았는데……!"

"기간이 뭐가 중요해요? 클럽에서 만나 원나잇 하고 결혼하는 사람도 있는데."

그 말에 그린의 턱이 딱 벌어져 버렸다.

"그린 씨. 너무 귀엽다. 설마 혼순? 맞아요?"

"혼순이요?"

혼자 순대는 먹어 봤는데. 낯선 줄임말에 갸우뚱한 표정을 짓자 유지화가 작게 입모양으로 '혼.전.순.결.'이라고 알려 줬다.

땡. 혼전 아니고 혼후에도 순결한, 무려 3년차 유부녀랍니다.

오늘따라 답답해서 아이스를 시킨 건 신의 한수였다. 그린은 타는 속을 가라앉히려 차가운 커피만 쪽쪽 빨아 먹었다.

혼자서 끙끙대던 그린의 고민은 새한과 은별의 결혼식에서 눈덩이처럼 커져버리고 말았다. 일요일인 오늘, 동생의 결혼식에 참석하기 위해 검정색 슈트를 차려입은 정한이 2층에서 내려왔다. 정한은 영화 시상식에 온 배우가 레드 카펫이 깔린 계단을 내려오는 듯한 착각마저 불러일으킬 만큼 멋있었다. 우아한 스퀘어 넥에 단정하게 퍼지는 블랙 원피스를 입은 그린도 한 떨기 꽃처럼 예뻤다. 다정하게 손을 잡고 결혼식장으로 향할 때만 해도 모든 것이 순조로웠다.

"신혼 첫날밤. 새신랑의 각오는 어떻습니까!"

"불타는 첫날밤. 오늘만 기다렸어어."

"첫날밤에 좋은 꿈꾸고 떡두꺼비 같은 아들 낳아라."

사회자의 짓궂은 진행부터 축가, 폐백실에서 이어진 덕담까지. 첫날밤. 첫날밤. 첫날밤. 첫날밤. 결혼식 내내 첫날밤 얘기를 들었더니 노이로제가 생길 지경이었다. 그린이 기억하는 첫날밤은 냉랭하기 그지없었다. 계약서를 보여 주며 시한부 결혼임을 명확하게 선언한 정한은 턱시도를 벗고 곧장 회사로 출근했다. 그린은 낯선 신혼집에서 이리 뒤척, 저리 뒤척이며 밤늦도록 잠을 이루지 못했다.

그건 첫날밤도 아니었지. 그린과 정한이 부부로 맺어지는 진정한 첫날밤. 과연 그날이 오기는 올까. 온다면 과연 그날은 언제가 될까.

결혼식장에서 첫날밤에 꽂혀 버린 그린은 꿈에도 몰랐다. 이 격렬한 궁금증이 그렇게 빨리 풀리고 말 거라는 걸.

그날 오후, 정한이 잠깐 눈을 붙이겠다며 2층으로 올라갔다. 정한은 이번 주 내내 새벽 일찍 집을 나서고 야근을 해야 했다. 토요일인 어제도 하루 종일 회사에 머물다 밤늦게 돌아왔으니 강행군에 지칠만도 했다.

정한이 올라가고 얼마 안 돼 뜻밖의 손님이 집을 찾았다. 그린은 휘둥그레진 눈으로 손님을 맞았다.

"어머니! 웬일이세요?"

혼주 한복도 벗지 않은 순옥이 씩씩거리는 표정으로 들어섰다.

"이 가방은 또 뭐예요?"

커다란 캐리어를 패대기치듯 내려놓은 순옥은 분이 풀리지 않는 목소리로 외쳤다.

"나 집 나왔다. 김홍삼 그 인간이랑 이혼할 거다!"

"네에?"

그린은 혼비백산한 표정으로 나동그라진 캐리어를 일으켜 세웠다.

"무슨 일이신데 그러세요?"

"무슨 일이고 뭐고. 머리가 지끈지끈해서 좀 누워야겠으니 자리 좀 봐 다오."

"아. 네."

그린은 떨떠름하게 고개를 끄덕였다.

그린의 침실.

순옥이 쓸 이불과 베개를 꺼내던 그린이 방긋 웃었다.

"오늘은 제 방에서 같이 주무세요."

"이건 또 무슨 쉰소리냐. 내가 왜 너랑 같이 자."

"네? 아니……, 그게, 저희 집에 침실이 2개밖에 없으니까."

그린이 더듬거리자 순옥은 팍 인상을 쓰며 손을 내저었다.

"오늘은 다 귀찮다. 옆에서 걸리적거리지 말고 올라가서 자라."

"네? 어머니 지, 지금 뭐라고 하셨어요……?"

"못 들은 게야? 가서 정한이랑 자라고."

"오, 오빠랑요?"

순옥의 말에 그린은 혼비백산한 표정을 지었다. 그럼 오늘이! 진짜로 첫날밤? 순옥은 한복을 홀홀 풀어 헤치며 한탄을 내뱉었다.

"어휴. 지긋지긋한 인간. 어디 아무도 없는 무인도라도 가서 살든가 해야지."

그 순간, 그린의 머릿속에는 딱 한 가지 생각만 맴돌고 있었다.

정한이 방에 올라가서 자. 정한이 방. 정한이랑 자! 갑자기 머릿속이 복잡해지기 시작했다.

어쩌다 첫날밤이 바로 오늘이라니! 아직 마음의 준비도 못 했는데. 그때, 노크 소리가 들렸다.

"무슨 일 있……, 어머니?"

깜빡 잠들었던 정한이 아래층이 수선스러워 내려와 본 모양이었다. 잠시 후, 사정을 듣고 난 정한에게서 불퉁한 목소리가 터져 나왔다.

"그렇다고 짐까지 싸 들고 찾아오시는 게 어딨어요?"

팔짱을 끼고 선 정한은 단호한 표정으로 잘라 말했다.

"아무리 자식이라고 해도 이렇게 무작정 오시는 거 아닙니다. 당장 돌아가세요."

"이놈 봐라. 지 에미한테 말하는 싸가지 좀 보게!"

"한두 번도 아니고, 연락도 없이 불쑥불쑥 찾아오는 것도 일종의 폭력이에요."

"이놈의 자식이! 너 뭐라고 했냐!"

터졌다. 평생 험한 일을 하며 살아온 순옥은 한 번씩 비위가 틀리면 험악한 언사를 뱉어 댔다. 거침없이 나오는 건 걸쭉한 언어뿐만이 아니었다. 퍽! 퍽!

"이눔 새끼! 폭력? 포옥력? 에미가 자식 보러 오는 게 왜 폭력이냐!"

순옥은 솥뚜껑 같은 손으로 정한의 등짝을 내려갈기기 시작했다.

"이렇게! 처! 맞는 게! 폭력이지!"

정한은 찡그린 표정으로 한 대도 피하지 않고 정직하게 다 맞아 주고 있었다.

"어머니! 그만하세요!"

그린이 다급하게 순옥의 팔을 붙들었다.

"이거 놔라! 내가 오늘 이놈하고 사달을 내든가 해야지!"

그러더니 순옥은 철퍼덕 바닥에 주저앉아 울음을 터트리기 시작했다.

"아이고오! 내가 서방 잘못 만나서 늘그막에 이혼 소리하고 집 나온 것도 서러운데! 자식 놈한테 이런 수모까지 당하고! 아이고오!"

그린이 쩔쩔매며 순옥을 붙들었다.

"아시잖아요. 오빠가 맘에 없는 소리 한 거예요."

"난 100퍼센트 진심이었어."

그 와중에 한 치 망설임 없이 제 속을 까 보이는 저 웬수 같은 김정한. 사납게 눈을 흘긴 그린이 상냥하게 순옥을 달랬다.

"어머니 계시고 싶은 만큼 계세요. 평생 있으셔도 돼요."

"누구 맘대로?"

'진짜 이럴 거예요?'

그린은 입 모양으로 정한을 나무라며 순옥을 부축해 일으켜 세웠다.

저녁 식사 시간, 식탁 위 공기는 더없이 싸늘했다. 정한은 굳은 표정으로 먹은 그릇을 헹구고 한마디도 없이 2층으로 올라가버렸다. 입맛이 영 없는지 깨작거리던 순옥은 한숨을 내쉬며 휴대폰을 들었다.

"송천댁. 소주 있으면 좀 갖고 건너와 봐."

[순옥 성님! 갑자기 웬일이라예?]

순옥과 송천댁은 젊은 시절 같은 일터에서 만난 사이였다. 인색하고 계산적인 김홍삼 사장과 달리 순옥은 인심도 넉넉하고, 형편이 어려운 이들을 잘 챙겼다. 오늘도 순옥은 식장 도우미들에게 차비라도 쥐여주려다가 김홍삼 사장과 언쟁을 벌였고 급기야 큰 싸움으로 이어져 홧김에 뛰쳐나온 것이었다.

얼마 후, 송천댁과 순옥은 주거니 받거니 술잔을 기울이기 시작했다. 그린은 그런 둘의 모습을 턱을 괸 채 물끄러미 바라보다가, 터벅터벅 방으로 향했다.

잠시 후, 잠자리에 들 준비를 마친 그린은 침대에 눕지 못하고 방 안을 서성거렸다. 마침내 결심이 선 듯 베개를 들고 2층으로 올라갔다.

똑똑. 그린이 빼꼼히 문을 열고 고개를 내밀었다. 정한은 침대에 기대앉아 있었다.

"들어와. 웬일이야?"

"……!"

순간 모든 언어가 일제히 빠져나간 모습으로 그린은 넋을 잃고 정한을 바라보았다.

"왜?"

가느다란 금속 테가 우뚝한 코 위에 걸쳐 있었다. 안경을 낀 수려한 얼굴이 더없이 지적으로 보였다. 하지만 지금은 안경을 쓴 모습에 놀랄 상황이 아니었다. 저렇게 벗고 앉아 있으니 직각으로 넓은 어깨는 말 그대로 웅장해 보일 정도였다. 그 아래 완벽하게 깎고 다듬어진 근육은 살아 있는 예술품 그 자체였다.

"왜…… 다 벗고 있어요?"

"아래는 입었어."

노트북을 덮으며 일어선 정한은 파자마 바지 차림이었다. 정한이 일어선 순간, 그린의 입이 기어이 벌어져버리고 말았다. 아찔하게 파인 장골에 느슨하게 걸린 얇은 옷감. 탄탄한 외복사근. 오와 열을 맞춰 조각조각 갈라진 완벽한 식스에잇 팩. 그린을 향해 서서히 다가오는 반라의 남자는 숨이 멎을 정도로 위험한 색기를 풍기고 있었다.

"무슨 일인데?"

주춤. 반 발자국 물러난 그린은 떨리는 손으로 들고 있던 베개를 치켜 올렸다. 손보다 더 떨리는 목소리가 가늘게 흘러나왔다.

"어머니가…… 올라가서 자라고."

잠시 베개에 시선을 꽂은 정한은 말없이 고개를 끄덕였다.

"들어와."

정한은 욕실 옆 드레스룸으로 들어가 티셔츠를 하나 집어 들더니 그대로 머리 위부터 뒤집어쓰며 나왔다. 그린은 그제야 멎어버린 게 아닌가 걱정될 만큼 죽이고 있던 날숨을 간신히 뱉어 낼 수 있었다. 얼굴을 붉히며, 쭈물쭈물 베개를 쥔 손만 꼼지락거리는 그린에게 정한이 말했다.

"뭐 해? 침대로 올라가."

심쿵. 아 진짜. 그 무심한 말투로 그런 자극적인 대사를 뱉으면 반칙이지.

보통 드라마에서는 이런 상황에 남자 주인공들은 소파에서 불편하게 새우잠을 청하던데 정한은 전혀 그럴 생각이 없어 보였다. 시한폭탄을 껴안은 것보다 더 자극적인 상황에 그린의 심장이 쫄깃해졌다. 치열한 내적 갈등이 시작되었다.

'갑작스럽게 첫날밤을 맞이하기엔 아직 마음의 준비가 되지 않았는데.'

하지만 정한의 장골에 아찔하게 걸린 바지는 너무나도 치명적이었다. 천년의 망설임도 단숨에 날려버릴 것 같은 숨이 멎어버릴 만큼 섹시한 오빠. 정한이 이불을 걷더니 툭툭 그 위를 두들겼다.

"어서 누워."

떨리는 걸음으로 사뿐히 다가간 그린이 조심스레 침대 위로 올라갔다. 심장이 쿵쿵, 맥박은 귀 밑에서 거세게 요동을 쳤다. 입 안이 바짝 마르고 꼭 쥔 손에는 식은땀이 촉촉하게 배어나고 있었다.

"잘 자."

어? 다정스레 이불을 덮어준 정한은 사랑스럽다는 듯 이마에 입을 맞췄다. 하지만 그게 다였다. 다시 침대 헤드에 기댄 정한은 노트북을 열고 화면에 시선을 꽂았다.

"업무를 좀 봐야 해서."

"네?"

"독서등. 켜놓아도 괜찮겠어?"

이게 아닌데? 빼꼼히 고개를 내민 커다란 눈동자가 떼구루루 굴렸다. 지금 이게 무슨 상황인지 한참이나 이해하려 애를 쓰다가 그린은 용기를 내어 정한의 옆구리를 쿡 찔러 보았다.

"안 자요?"

정한은 화면에서 시선을 떼지 않은 채 건조하게 되물었다.

"왜. 불빛이 방해돼?"

"아뇨."

커다란 손이 뻗어 오더니 툭툭 머리를 쓰다듬었다.

"먼저 자."

"원래 안경 썼어요?"

"시력은 좋아. 이건 블루라이트 차단용."

"아아."

"그만 자."

"……오빤 언제 잘 건데요?"

낮게 한숨을 내쉰 정한이 안경을 벗더니 눈 앞머리를 꾹꾹 눌렀다.

"잠이 안 오니?"

"아뇨."

그린은 얼른 눈을 감았지만 금방 다시 말똥말똥해졌다. 다시 꾸물꾸물 정한을 향해 돌아누웠다. 지금 오빠는 무슨 생각을 하는 건지. 팔짱을 낀 채로 벗은 안경을 그대로 든 채, 길쭉한 손가락이 까딱까딱 삼두근 근처를 두드렸다. 그 모습을 올려다보던 그린은 다시 한번 정한의 옆구리를 콕 찔렀다.

"오늘 아무것도 안 해요?"

어딘가 지그시 다물린 소리가 새어 나왔다.

"뭘 하고 싶은 건데."

"그게, 하고 싶은 게 아니라 오빠가 가만히 있으니까……."

더 돌려 말하기 입 아팠는지 정한이 단단히 못이라도 박듯 잘라 말했다.

"안 해. 아무것도."

"왜?"

발딱 치켜든 작은 얼굴에는 왠지 모를 아쉬움이 여과 없이 드러났다. 사람 마음이 참 간사하다. 마음의 준비가 안 됐다며 철벽을 칠 때는 언제고, 작년 크리스마스이브 날 차갑게 거절을 당했던 기억까지 한꺼번에 밀려오니 서러움이 배가 되었다. 뿌옇게 흐려진 목소리는 잔뜩 풀이 죽었다.

"어쨌든 오늘이 첫날밤인데……, 혹시 내가…… 별로예요?"

"오해는 말고."

정한은 답답한 얼굴로 거칠게 머리를 흩트렸다. 깎아지른 듯 우뚝한 코에서 깊은 한숨이 새어 나왔다.

"내일 출근 안 할 거야?"

"출근이요?"

"나야 한밤중이든 새벽이든 상관없지만 너한텐 다른 얘기야. 어쩌다 상황이 맞아서 가볍게 그러고 싶지도 않고."

그제야 정한의 무심한 반응이 이해가 되었다.

"이렇게 늦은 밤에 기회다 싶어 널 안기도 싫고."

실망이 안도로 바뀌는 건 순간이다. 민그린의 스위치는 딸깍 딸깍 잘도 바뀌는 모양이었다. 새초롬하던 목소리가 금방 귀엽게 짤랑거렸다.

"그럼 언제 그럴 건데요?"

"이번 주말엔 내가 일정이 있고 다음 주 토요일. 좋은 데 가서 데이트도 할 거고 근사한 레스토랑에서 저녁도 먹을 거고. 집에 들고 올 샴페인이랑 케이크도 주문할 거야. 네 몸집만 한 꽃다발도."

와. 오빠는 다 계획이 있구나.

듣기만 해도 완벽한 계획이었다. 상상만 해도 둥둥 구름 위에 떠 있는 것 같았다. 이럴 땐 어떻게 속마음을 감추어야 하는지 한 번도 배운 적이 없는데. 두근두근 설레는 뽀시래기의 양쪽 입술이 활짝 예쁘게도 말려 올라갔다.

하긴 계획에 살고 계획에 죽는 김정한이 충동적으로 정하지 않은 길을 간다는 건 있을 수가 없는 일이지. 그게 철저하게 본능적인 욕구를 따르는 일이라고 해도.

"그럼 저 먼저 잘게요. 안녕히 주무세요!"

반짝반짝 작은 별은 하늘에 떠 있어야 하는데 침대 위에 구슬같이 흩어지는 목소리가 아까울 만큼 반짝거렸다. 담뿍 미소를 머금은 얼굴이 정한의 옆구리에 코를 박더니 커다란 눈이 스르르 감겼다. 곧 새근거리는 숨소리가 흘러나오기 시작했다.

아플 만큼 세게 주먹을 쥐었다 폈다 하면서 정한은 제 옆구리에 하얀 달처럼 걸린 얼굴을 흘끗 내려다보았다. 휘영청 감긴 속눈썹이 드리우는 그늘. 우아하게 뻗은 콧대 아래 오목조목 섬세하게 솟아오른 입술. 눈에 담기만 하는데도 달콤했다. 미치게 달아서 어지러울 정도였다.

내가 별로냐며 흔들리던 눈망울이 보석처럼 예뻤다.

별로긴. 정한은 피식 웃음을 내뱉었다. 아까부터 떨려서 미칠 것 같은데. 필사적으로 남은 이성을 탈탈 털고 쥐어짜 내 간신히 억누르느라 죽을 것 같은데. 이러다 뼈만 남아 가루가 되어 사라져도 참겠다는 각오로 이 자리에 있는 건데.

정한에게는 너무도 가혹하고 긴긴밤, 뼈를 깎는 인내의 시간이 흐르기 시작했다.

얼마나 지났을까.

툭. 관자놀이에 무언가가 가볍게 떨어지는 느낌이 났다. 깜빡 잠에서 깨어난 그린이 머리를 뒤척였다. 더듬어 보니 묵직하게 잡힌 건 커다란 손. 독서등도 끄지 않은 채로 정한이 고개를 떨어뜨린 채 졸고 있었다.

살그머니 일어난 그린은 노트북을 치우고 조심스레 안경을 벗겼다.

대박. 잠이 든 정한의 얼굴은 잘생겼다는 단순한 표현 그 이상이었다. 길게 뻗은 눈이 감기자 단정하고 서늘한 표정이 새긴 듯 선명해졌다. 그런데 그 단정한 얼굴이 더없이 관능적이었다. 저릿할 만큼 이율배반적인 얼굴을 한참 들여다보던 그린이 조명 스위치를 향해 손을 뻗은 순간.

'……!'

하필 이불이 무릎까지 내려간 탓이었다. 착 달라붙은 옷감 위로 잘 발달된 대퇴근이 깎은 대리석처럼 또렷하게 드러나 있었다. 본의 아니게.

반짝반짝 호기심을 가득 담은 뽀시래기의 시선이 길쭉한 허벅지를 타고 상체를 거슬러 올라갔다. 망설이던 그린의 마음속에 그린 라이트가 켜졌다.

'지난번에 지화 씨도 그랬잖아. 클럽에서 만나 원나잇도 하는 세상이라고.'

둠칫 둠칫. 스물다섯 평생 민그린 안에 살고 있는 줄도 몰랐던 음란마귀가 현란하게 스테이지를 누비며 이 구역 최대 지분을 행사하기 시작했다.

'다들 치열하게 살고 있는데 이 이상 망설여 봤자 시간 낭비.'

그래. 오늘 밤 내 머릿속을 찾아 주신 '음란할 음'에 '어지러울 난' 자를 쓰시는 귀인 분. 이분 최소 배우신 분.

꼬옥 입술을 깨물다가 시선이 가 닿은 곳은 날렵하게 각이 진 턱과 굵은 목울대. 그 아래 촉감이 좋아 보이는 면 티셔츠는 조각상 같은 굴곡을 품고 있었다. 순간 그린의 머릿속에 불쑥 엉뚱한 생각이 떠올랐다.

'잠들었으니까 아무것도 못 느끼겠지?'

안 되는데. 이러면 안 되는데. 뚫어져라 바라보던 그린은 손가락으로 콕, 선명한 근육의 윤곽을 찔러보았다. 그때였다.

"민그린."

움찔. 무시무시할 정도로 낮은 저음이 머리 위에서 울렸다.

"지금 뭐 하는 거야."

한겨울 눈 속의 빠알간 딸기보다 더 빨개진 얼굴이 허둥대기 시작했다.

"후아암. 내가, 지금 뭘…… 하고 있었죠?"

그린은 세상 무해한 표정으로 고개를 갸웃하며 몸을 돌렸다.

"기억이 하나도 안 나네. 나 몽유병인가 봐요……."

차마 무서워서 돌아볼 엄두도 나지 않는 오빠는 고요하면서도 격하게, 그르르 숨을 몰아쉬고 있었다.

"그, 그만 잘까요? 불 좀 꺼주세…… 꺄앗!"

지구의 하루가 어떤지 궁금한 적은 없었지만 지구가 자전을 한다는 건 방금 온몸으로 느낄 수 있었다. 갑자기 침대가 솟는가 싶더니, 순식간에 몸이 뒤집혔다. 솟아오른 침대가 등 뒤에 푹신하게 놓여 있었다. 질끈 감은 눈을 떠보니 바로 마주

하는 건, 타는 듯 열기 어린 눈빛.

"아무것도 안 한다니까 아주 신났지. 그냥?"

자극적인 으르렁 소리에 달달 떨리는 입술이 톡 반만 벌어졌다. 간신히 쥐어짠 공기가 속삭이듯 흘러나왔다.

"잘못했어요."

"뭐가."

"못 먹는 감 찔러나 본…… 아니! 잠깐 미쳤었나 봐요."

그윽하고 시원한 오빠의 체향에 단단히 짓눌려 그런 건지. 방금 하려던 짓에 본인 스스로도 어처구니가 없어 그런 건지. 순간 나가 버린 정신이 극적으로 돌아온 그린이 버둥거리며 말했다.

"죽은 듯이 잘게요. 오빠도 얼른 자요."

"물론 자야지."

늘상 건조하던 목소리가 이렇게 질척해질 수도 있을 거라고는 상상도 못했다. 샅샅이. 거의 핥듯이 그린의 얼굴을 훑던 오빠가 선언했다.

"너랑."

"……!"

"같이."

타는 듯한 열기가 보드라운 입술을 단번에 가르기 전. 탁. 불이 꺼지더니 암흑보다 짙은 저음이 귓가를 덮었다.

"그러게 왜 옆구리를 찔러."

대답을 할 새도 없었다. 훅 밀려오는 뜨거운 열기에 어질하고, 동시에 아찔했다. 축축하게 물기 어린 소리가 너무 노골적으로 느껴졌다. 당장이라도 비명이 터질 것만 같았다. 그린의 목 안쪽에서 끙끙 눌러 참는 소리가 새어나왔다.

하지만 정한은 서두르지 않았다. 시종 애가 탈 정도로 부드럽고 느릿하게 움직였다. 너무나 황홀했다. 이러다 미쳐버리는 게 아닐까 무서울 정도였다.

얼마나 시간이 지났을까.

번쩍 위로 올라온 정한이 작은 몸을 꼬옥 끌어안고 주문처럼 다독이기 시작했다. 오늘은 여기까지라고. 이제는 정말 잠자리에 들 시간이라고.

벌써 밤이 늦었고, 그린은 채 몇 시간 눈도 붙이지 못하고 출근을 해야 했다.

"그만 잘까? 이제 눈 감아."

나른한 저음이 귓가를 촉촉하게 쓸었다. 물 먹은 숨만 가쁘게 내뱉다가, 그린은 제대로 말도 잇지 못하고 물었다.

"우리 끝까지 가지도 않았는데…… 너무, 너무…… 원래 이렇게 좋은 거예요?"

가느다란 목덜미에 묵직한 머리를 떨군 정한이 나직한 웃음을 흘렸다.

"본편은 시작도 안 했는데 그렇게 좋았어?"

'말도 안 돼.'

그린의 눈이 휘둥그레졌다. 이게 겨우 예고편이었다니. 오빠는 대체 무슨 매직을 부린 거야.

이 좋은 걸 25년 동안 모르고 살았다는 게 억울할 만큼 황홀했는데. 하이라이트만 모아 놓은 티저라고 해도 과언이 아닐 만큼 찬란하고 눈부셨는데.

 첫날밤이지만 진짜 첫날밤까지는 가지 못한 첫날밤. 오늘 같은 밤을 뭐라고 불러야 좋을까. 절반의 실패. 하지만 절반의 성공.

 이 정도면 완벽했던 리허설, 화려한 전야제. 아늑한 정한의 품 안에서 그린은 스르르 혼곤한 잠 속으로 빠져들었다.

chapter 13
반전에 반전

다음 날.

정한은 칼같이 일어나 한 치 빈틈없는 슈트 차림으로 출근 준비를 마쳤다. 방을 나서기 전, 길쭉한 손가락과 부드러운 입술이 작은 얼굴과 드러난 어깨 위를 살며시 어루만졌다. 잠시 후, 정한은 최대한 발소리를 죽이며 살그머니 침실을 나섰다.

회사에 도착한 정한은 습관처럼 커피부터 내리고 데스크톱의 전원을 켰다. 정한에게는 평소의 정해진 루틴을 따라 하루를 보내는 것만큼 쉬운 일이 없었다. 수면. 식사. 학업. 운동. 업무. 휴식. 공적이고 사적인 모든 활동을 분, 초에 맞춰 칼같이 스케줄을 정해 놓고 완벽하게 설계된 플랜에 따라 진행했다. 인생의 먼 앞날까지의 계획이 빼곡하고 정갈하게 줄을 짓고 있었다. 그런 정한을 한마디로 정해 주는 수식어는 예전부터 꽤 많은 편이었다. 김기계. 김컴퓨터. 한번 정한 건 바꾸지 않는 남자. 정해진 길만 가는 인간.

하지만 요즘 정한의 일상은 지금까지의 삶과 정 반대로 움직이고 있었다. 오늘도 새벽에 일어나 칼같이 제 시각에 출근했지만 업무는 시작조차 하지 못했다. 정한의 가늘게 뜬 눈이 조여지더니 환영 같은 장면이 몇 번이고 반복해서 펼쳐졌다. 달뜬 신음 소리와 고혹적인 눈빛. 귓가를 간질이던 웃음소리와 속삭임. 부끄럼 많고 수줍기만 할 거라고 생각했던 우리 집 뽀시래기는 보기보다 호기심도 강하고 대담했다. 배우면 배우는 대로 금방 따라오고 제 방식으로 소화해 응용까지 하는 우수한 학생이었다.

'후우우우우.'

벌써 몇 번째, 다시 뜨거운 기운이 치밀어 올라온 정한은 결국 모니터를 꺼버렸다. 동시에 문이 열리더니 진우가 흐느적거리며 들어왔다.

"하아아아아."

신음인지 한숨인지 알 수 없는 소리를 뱉으며 진우는 벌렁 소파에 드러누웠다. 평소 같으면 서릿발 같은 정한의 한 소리가 떨어지고도 남았을 상황이었다. 하지만 오늘은 진우의 한숨 소리에 생전 느껴보지 못했던 동지 의식마저 생길 지경이었다. 다시 사무실 안이 고요해졌다.

"미쳤지. 내가."

"하아아. 미치겠네."

동시에 둘의 입에서 같은 언어가 튀어나왔다. 순간 정한은 진우를 향해 날카로운 시선을 돌렸다. 여기는 회사인데, 그리고 지금은 업무 중인데, 자타공인 유명한 금사빠. 하진우가 내뱉은 감탄인지 넋두리인지가 방금 자신의 입에서 똑같이 흘러나왔다는 사실이 충격이었다. 미처 정한의 탄식을 듣지 못한 진우는 꾸물꾸물 엎드려 턱받침을 괴며 중얼거렸다.

"정한아, 내가 어제 클럽에서 무슨 일이 있었는 줄 아냐."

"……."

"어제 클럽에서 누굴 만났는데, 와아."

진우는 두 팔로 제 몸을 끌어안으며 몸부림을 치기 시작했다.

"그런 여자는 처음이야. 완전 미치는 줄 알았어."

정한은 속으로 '나만 하겠냐.'라고 대꾸했다.

"일이고 뭐고 다 때려치울까? 온 서울 시내라도 뒤져서 꼭 다시 만나고 싶은데. 아침에 일어났는데 번호 하나 안 남기고 사라졌어. 으아아아아."

나도 회사고 뭐고 다 때려치우고 싶다.

난 어젯밤, 그 돌아버릴 만큼 애태웠던 여자가 어디서 뭘 하고 있는지도 정확하게 알고 있는데. 이 건물 3층. 들어가자마자 오른쪽. 15미터 직진 영업 3팀 끝에서 세 번째 자리에 앉아 있거든. 정한은 복잡한 속내를 전혀 드러내지 않으려는 듯 꾸욱 입술을 다물었다.

"이런 적 처음이야. 내가 여자 때문에 정신 못 차리는 날이 올 거라고는 꿈에도 생각 못 해봤는데. 오는 여자 안 막고 가는 여자 안 잡는 이 하진우 님이!"

진우의 하소연에 정한은 그제야 정신이 번쩍 들었다. 현재

나의 위치와 처지를 알고 싶으면 가장 가까이에 있는 친구를 살펴보라고 했다. 가장 가까이에는 고작 하룻밤 만난 여자를 잊지 못한 하진우가 널브러져 있었다. 그리고 현재 김정한의 처지는 하진우와 조금도 다를 바가 없었다.

'한심하긴. 정신 차려. 여긴 회사야.'

정한은 못마땅하다는 듯 혀를 차며 다시 모니터를 켰다. 그때 휴대폰이 울렸다. 의외의 발신인에 정한의 눈썹도 치켜 올라갔다.

"류제하?"

[그래. 김정한.]

정한과 같은 대학. 같은 학부. 같은 학과에서 우열을 다투었던 같은 학번 동기. 친우라기엔 소름 끼치게 닮은 모습의 라이벌이었고, 라이벌이라기엔 한결같이 비슷한 성향에 친우에 가까운 사이. 지금은 치열하게 업계 싸움을 벌이는 그는, 현재 바론바이오 대표로 있는 류제하였다.

"웬일이야."

[부탁이 있어.]

어조는 통보였지만 제하는 분명 부탁이라는 단어를 사용했다. 정한의 치켜 올라간 눈썹이 이번에는 진짜 놀란 듯 꿈틀거렸다.

"부탁?"

[검토해보니 현재 너희 회사에서 개발 중인 붕소 중성자 포획 치료기. 우리 바론바이오가 협력하면 아시아 최초로 품목

허가 완료가 가능하겠더군.]

정한은 순간 귀를 의심했다.

"뭐라고? 너 지금……!"

[제정신 맞고. 한편으론 돌기 직전인 것도 사실이고.]

제하의 입에서 나온 말은 그만큼 맨 정신에서 나올 수 있는 내용은 아니었다. 정한의 기색이 심상치 않았는지 진우도 소파에서 벌떡 몸을 일으켰다.

"갑자기 그런 제안을 한 이유가 뭔데."

[영감님을. 평생 처음으로 들이받아 볼까 하고.]

제하가 말하는 영감님이란 친아버지이자 바론바이오의 모회사인 류류제약의 류 회장을 말하는 것이었다.

정한의 머릿속에 번뜩이는 생각이 스쳐 갔다.

'설마, 부친의 뒤통수를 치겠다는 얘긴가?'

정한이 대꾸할 틈도 없이 제하는 다음 말을 이었다.

[그 대신 나는. 잠시 자리를 비울 예정이고. 두 달쯤.]

제하의 의도를 알 수 없어 정한은 일단 침묵을 지켰다.

[그래서 한 가지 더 부탁할 게 있어. 동생이 경영 수업을 받는 중인데 그 동안 넥스트메딕에 파견을 좀 시켜도 되나? 협력업체 자격으로.]

"동생?"

[음. 내가 없는 두 달 동안 허송세월 하느니 네 밑에서 확실하게 배우는 게 나을 것 같아서.]

잠시 망설이던 정한이 마우스를 틀어잡았다.

"이력서 보내 봐."

채 1분도 안 되어 파일이 하나 전송되었다.

"류제오라. 아직 어린데?"

[늦둥이. 정보 하나 주자면 나랑은 달라. 강아지처럼 순박한 녀석이라 데리고 있기는 편할 거다.]

정한의 미간이 서서히 조여들기 시작했다. 이상해. 이건 류제하답지 않은 행동이었다. 그 대단한 자존심에 머리를 조아린 건 아니었지만 전적으로 불가능하고 뻔뻔한, 협상도 아니고 제의도 아닌 제안. 아니, 류제하는 분명 부탁을 하고 있는 중이었다.

"무슨 일인데. 이 바쁘고 중요한 시기에 두 달이나 자리를 비워야 하는 이유가."

[지금 놓치면 평생 후회할 일을 하나 해결하러 가야 해서.]

흠칫. 정한의 머릿속에 어떤 예감 하나가 번개처럼 스쳤다.

"류제하. 너."

[……]

"혹시 여자 때문이냐?"

[어.]

하, 돌겠네.

입 밖으로 소리 내어 말하지는 않았지만 여자에 미친 인간이 여기 또 하나 있었다. 가장 가까이에 미친놈이 둘. 아마도 이 중에 가장 미쳐 있는 김정한까지 합이 셋. 이쯤 되면 서른 초반의 멀쩡한 성인 남자를 공격하는 새로운 바이러스라도 출현한 건 아닌지 합리적인 의심까지 해 봐야 될 정도였다. 끄응. 신음을 뱉은 정한이 물었다.

"동생, 언제 보낼 건데."

[내일. 당장 오늘 밤에 출발해야 해서.]

전화를 끊으려다 말고, 제하는 문득 생각난 이야기를 덧붙였다.

[참.]

"뭐가 또 남았어?"

[곧 KINS(한국 원자력 안전 기술원)에서 실사 나오는 거 알지?]

"그게 왜."

[그 현장 실사 나오는 PM이.]

제하가 살짝 말을 멈추었다.

[세아더라.]

"……홍세아?"

[음. 나도 어제 알았어. 우리 협약하는 거 알려지면, 이번 감사는 질릴 정도로 치밀하게 할 거다.]

수화기 너머, 제하가 초조한지 마른침을 삼키는 소리가 들렸다. 하긴 누가 달가우랴. 온 캠퍼스의 선망을 사던 공대 여신 홍세아의 첫사랑이자 전남친. 그가 바로 제하와 통화를 하는 김정한인데. 류제하의 불가능에 가까운 부탁 때문에 헤어진 전여친을 KINS의 프로젝트 매니저(PM)라는 슈퍼 갑으로 다시 만나야 되는 건 더없이 엿 같은 상황이었다. 정한의 침묵은 그리 오래가지 않았다.

"제하야."

[어.]

"그거. 지금 놓치면 평생 후회할 거 같다는 그 일."

[그 일이…… 왜.]

"놓치지 마라."

[……그럴 일 없어.]

뚝. 전화가 끊기자 정한의 우뚝한 코에서 깊은 한숨이 새어나왔다. 제하의 상황을 확실히 알 수는 없었지만 할 수 있는 건 뭐라도 다 해보고 싶은 절박한 심정이 느껴졌다. 겉으로 무릎만 안 꿇었지 비굴하다 싶게 매달리는 거나 다름없었기에 결국 부탁을 들어주긴 했지만.

'홍세아.'

생각지도 못했던 기억이 끄집어내진 정한의 얼굴에, 복잡한 표정이 아로새겨졌다.

퇴근 후 미래호텔.

정한은 평소보다 더 늦을지도 모른다며 기다리지 말라는 연락을 해왔다. 그래서 그린은 오늘 저녁, 김홍삼 사장과의 부부 싸움으로 심기가 상한 순옥의 기분을 풀어주기로 했다. 엄마인 영은과 송천댁 아주머니까지 불러내고, 순옥이 평소 좋아하는 호텔 중식당에 예약을 넣어 두었다. 1층 로비를 가로

지르던 그린은 별안간 얼음처럼 굳어 버렸다. 맞은편에서 뜻밖의 얼굴이 걸어오고 있었다. 그쪽에서도 그린을 알아봤는지 또각거리던 걸음이 멈추었다.

"민그린? 맞지?"

맞은편에서 다가온 사람은 조가연이었다.

그린 역시 흠칫 놀라는 얼굴로 발걸음을 멈추었다. 이번에는 진짜였다. 그린은 전에도 수없이 이 장면을 떠올려본 적이 있었다. 출근길, 퇴근길. 로비에서, 엘리베이터 앞에서, 화장실에서, 식당에서 언젠가는 조가연을 마주칠 수도 있다고. 마음 한구석에 은근한 불편함과 두려움을 지니고 싶지 않아서 속으로 몇 번이나 어깨 위에 비둘기를 얹은 조가연을 상상하곤 했다.

하지만 그 모든 상상의 무대는 언제나 회사였다. 이렇게 뜻밖의 시간, 뜻밖의 장소에서 마주칠 거라고는 전혀 예상하지 못했다. 아찔한 기분이 들더니 그린의 머릿속이 텅 비어 가기 시작했다.

"오.랜.만.이.다?"

인사를 건네는 가연의 새빨간 입술이 일그러졌다. 오늘 하루는 다시 떠올리기도 싫을 만큼 엉망이었다. 퇴근 직전, 벌써 4번이나 작성한 가연의 기획안은 올려 보내기 무섭게 반려되었다.

  ─ 조가연 파트너! 오늘 안에 못 하겠으면 차라리 내일 성의
    있게 다시 해와요! 보여주기 식으로 폰트나 바꾸고 딱 세

군데 손댄 거 확인도 안 했냐고 나까지 박살이 났잖아!

있는 성질, 없는 성질을 다 낸 승 팀장은 정한의 말을 그대로 읊고 씩씩거리며 퇴근했다. 정한은 그 짧은 시간 안에 한 줄 한 줄 꼼꼼하게 다 읽어본 모양이었다. LTE급 속도로 되돌아 오길래 혹시나 하고 살짝만 바꿔 봤는데. 내가 뭐 실수한 거 있나? 내 기획안에 설마 문제가 있는 거야? 머릿속에 오만 생각이 꼬리에 꼬리를 물고 끊이지를 않았다. 사실, 팀원들 앞에서 티는 안 냈지만 마음 한구석으로는 자꾸만 서럽고 풀이 죽었다.

혹시…… 대표님이 날 미워하나? 에이. 말도 안 돼. 가연은 세차게 고개를 저었다.

"그럴 리는 없어. 대표님한테 미움을 살 만한 짓은 전혀 한 기억이 없잖아."

이유도 없이 괜히 사람을 미워한다는 게 말이 돼?

하지만 다시 생각해 봐도, 분명 김정한 대표가 저를 미워한다는 생각밖에 떠오르지 않았다. 그리고 누군가에게 이유 없이 미움을 받는다는 상상은 생각했던 것 이상으로 힘들고 괴로웠다. 스트레스가 미친 듯이 쌓였다. 그래서 가끔 연락해 가볍게 만나는 남자와 이곳, 미래호텔에서 약속을 잡은 것이었다.

호수를 대고 키를 받은 가연은 객실 엘리베이터로 향하던 길에 흠칫 시선을 옮겼다. 저쪽에서 엇갈려 걸어오는 얼굴이 어딘가 낯이 익었다. 맞지? 학교 때와 많이 달라지진 않았지만 한편으로는 많이 달라진 모습. 민그린이었다. 뽀얀 얼굴에 오목조목 가지런한 이목구비, 어딘가 시선을 끄는 고아한 분위기는 여전했다. 하지만 그뿐만이 아니었다.

'쟤가 저렇게까지 예뻤었나?'

장밋빛으로 상기된 뺨에 은은하게 미소를 지으며 걷는 모습이 우아하면서도 사랑스러운 분위기를 자아내고 있었다.

고급스럽고 세련된 옷차림에 들고 있는 가방도 고가의 물품이었다.

저 찐…… 습관적으로 익숙한 단어를 뇌까리고 싶었지만 앞에서 걸어오는 민그린은 예전에는 잘 어울렸던 찐따라는 별명과는 가장 거리가 먼 모습이었다.

안 그래도 속이 뒤틀리는데 뜻밖에 마주친 사람은 학창 시절, 제 밥이나 다름없었던 민그린. 가연은 화풀이 상대, 가지고 놀 장난감을 찾은 들고양이처럼 흡족한 표정을 지었다. 한쪽 입술이 치켜 올라가다 못해 한껏 뒤틀린 썩소를 지으며 가연이 다시 거리를 좁혔다. 감히 내 영역에 침범을 해? 라는 듯 잔인한 표정으로.

"너 같은 가난뱅이 찐따가 이런 특급 호텔에 웬일이야? 우리, 졸업하고 처음이지?"

'조가연 너랑 내가 안부를 물을 정도 사이는 아니지 않나.'

속으로만 생각하며 그린은 희미하게 고개를 끄덕였다. 그렁해지는 눈에 힘을 주고 아무리 들여다봐도 조가연의 어깨 위는 텅 비어 있었다. 비둘기는 끝내 나타나지 않았다. 대신 가연의 새빨간 입술이 공포 영화의 한 장면처럼 슬로 모션으로 느껴졌다.

"너. 우리 회사 들어왔더라?"

네까짓 게. 감히. 지을 수 있는 최대한 무시의 표정을 한껏 지으며 가연이 야멸찬 뒷말을 찔러 넣었다.

"학교도 거지 같은 데 나온 주제에."

모멸에 찬 가연의 말에 그린은 살짝 놀란 듯 눈썹을 치켜올렸다.

'어? 뭐지?'

가연의 말이 전혀 협박처럼 들리지 않는다는 생각이 들었기 때문이었다. 예전처럼 끔찍한 공포감이 밀려오지도, 온몸이 굳어 꼼짝도 할 수 없는 것도 아니었다. 오히려 불쑥 화가 치밀어 올랐다. 내가 누구 때문에 입시를 망쳤는데. 학폭 트라우마로 불안 장애까지 와서 수능도 힘겹게 치렀는데. 그리고 우리 학교가 뭐! 순간 발끈한 그린은 말아 물었던 입술을 풀었다.

"등급은 내가 너보다 더 높았어."

"뭐라고?"

가연이 황당한 표정으로 눈을 부릅떴다. '방금 내가 뭘 들은 거지?'라는 표정이었다. 반대로 그린은 죽을 때까지 나오지 않을 거라고 생각했던 받아치기를 하고 나자, 속 깊은 곳에서부터 무언가가 꾸물꾸물 올라오는 게 느껴졌다. 그리고 네 회사라고 부르는 그 회사, 나랑 한집에 사는 오빠 거거든! 나 어제 그 오빠랑 할 거 다 하고 거의 직전까지 갔거든! 순간 얼굴이 확 달아올라 버렸다.

잠깐, 이건 아닌데. 나오라는 비둘기는 안 나오고 하필 이 타이밍에 오빠가 튀어나온 걸까. 어젯밤 내내 나른하게 휘어 있던 입꼬리. 내내 가빴던 그린과 달리 얄미울 정도로 여유 있고 느긋하던 숨소리. 귓가에 듣기 좋게 울리던 나직한 웃음. 아슬아슬하게 걸려 있던 오빠의 파자마는 어느새 침대 아래 바닥으로 스르륵 흘러내린 지 오래. 바지를 벗은 오빠는 입고 있을 때와는 비교도 할 수 없을 만큼 뻔뻔했다.

쿵. 어젯밤 일을 생각하니 심장이 빠른 속도로 내려앉았다. 비둘기 대신, 조가연 대신, 밤새 숨 막히게 아찔했던 오빠가 어느새 머릿속을 가득 채우고 있었다. 한편 가연은 기가 차다는 얼굴로 그린을 노려보았다. 하. 우리가 졸업을 한 지 오래되기는 했나 보다. 앞에 서기만 해도 창백한 표정으로 얼어붙던 미래고 공식 찐따 주제에.

'감히 나한테 대들어?'

가연은 가소롭다는 듯 '훗' 웃음을 흘렸다.

"야."

손가락을 들어 그린의 이마를 톡 밀어낸 가연이 이기죽거렸다.

"너 많이 컸다?"

한 번 더 톡 밀어내려고 손가락을 뻗어 낸 순간.

"이봐요! 왜 남의 집 귀한 딸한테 삿대질을 해요!"

느닷없는 고함 소리에 가연이 화들짝 놀란 표정을 지었다.

"영은아! 저, 저 눈깔 치뜨는 거 봐라!"

"순옥 성님. 내도 봤어예. 어디 문디같은 게 우리 공주한테 손가락질이고!"

갑자기 벌어진 상황에 넋이 나간 가연보다 더 혼비백산한 표정을 한 그린이 고개를 돌렸다.

"그린아! 그 여자 누구야? 아는 사람이야?"

매섭게 치켜 올라간 눈으로 영은이 잡아 죽일 듯 레이저를 쏘았다. 양 옆에는 순옥과 송천댁이 소매를 걷어붙이고 있었다. 그린의 머릿속이 다시 한번 아찔하게 비어버렸다. 얼마 전 직접 눈앞에서 확인했던 영은의 화려한 욕설. 결혼 3년 내내 익히 보고 들어 잘 알고 있는 순옥의 걸쭉한 언사와 폭력적인 성향. 그린의 일이라면 무조건 눈을 뒤집고 거품부터 무는 송천댁.

지금 뒤에 서 있는 조가연 따위가 문제가 아니었다. 헐. 방금 내가 조가연을 '조가연 따위'라고 부른 것도 문제가 아니었다. 없는 호랑이가 아니라 진짜 호랑이마저 두 손 네 발 다 들고 엉금엉금 기어나갈 정도로 강력한 3명의 엄마가 무시무시한 포스를 내뿜으며 다가오고 있었다.

"너 잠깐 거기 있어 봐라!"

시작은 순옥이었다.

"저저! 여시 같은 게 어데 손꾸락을 들이대노. 호맹이로 찍어 뿔라!"

반전에 반전 453

일찍이 서울로 올라와 이젠 억양이 거의 없어지다시피 한 송천댁도 얼마나 화가 났는지 찰진 사투리를 쏟아 내고 있었다. 가연은 특유의 짜증 가득한 새치름한 목소리로 애꿎은 그린에게 화살을 돌렸다.

"이 여자들 뭐야? 뭔데 나한테 저렇게 소리를 질러?"

"그린이 엄마다!"

어느새 바로 코 앞까지 온 세 엄마가 동시에 합창을 질러댔다.

"그런 너는 뭐 하는 년이길래 우리 그린이한테 시비를 걸고 지랄이냐!"

"하이고! 성님. 그거 아이가. 따악 술집 새끼마담같이 생겨가 우리 이쁜 공주 보니까 괜히 배알 틀리는 갑소!"

"이봐요! 나 우리 그린이한테 큰소리 한 번 내본 적 없어! 당신이 뭔데 삿대질이야!"

조가연도 결국, 전형적인 강약약강일 뿐이었다. 세 엄마들이 살기등등하게 에워싸고 듣도 보도 못한 욕을 퍼붓기 시작하자 가연은 바로 겁에 질린 표정을 지었다. 달달 떨리기 시작하는 이를 꽈악 문 가연은 그린에게 도와달라는 눈빛을 보냈다. 보고도 믿기 힘들었다. 조가연도 이렇게 겁에 질린 표정을 짓는구나. 고요한 호텔 로비에서, 어쨌든 소란스러운 상황은 수습해야 하기에 그린은 가연에게 빨리 가라는 눈짓을 보냈다.

"오해하지 마세요. 잘못 보신 거예요. 그냥 길 물어보는데 멀리서 그렇게 보였나 봐요."

물론 그린이야말로 뭐가 예뻐서 가연을 감싸 주고 있나 하는 마음도 있었다. 하지만 죽도록 미웠던 조가연의 안녕이 이렇게 걱정된 적은 처음이었다. 그만큼 세 엄마의 포스는 강력했다.

하얗게 질린 가연은 허둥지둥 줄행랑을 쳤다.

"하이고! 그년 쌍판떼기에 심술이 덕지덕지한 게 길을 물어볼라믄 곱게 물어볼 것이지. 감쪽같이 오해할 뻔했다 아이가!"

그린은 문득 '풉' 웃음을 터트렸다. 그 후로도 한참이나 엄마들은 씩씩대며 가연을 씹어 댔기 때문이었다. 지켜보는 그린의 가슴 속에서 한없이 따뜻한 기분이 차올랐다. 남들은 하나만 있어도 세상 무서울 게 없고 든든한 엄마가, 알고 보니 나는 무려 셋이나 있었다.

정한은 잠자리에 들 시간을 훌쩍 넘겨 집으로 돌아왔다. 현관에 가지런히 놓인 구두가 두 켤레. 눈에 익은 그린이의 것과 나머지 하나는 모친인 순옥의 것이 틀림없었다.

잠시 후 정한의 침실.

허리춤에 커다란 타월 하나만 두른 정한이 뚝뚝 물을 흘리며 걸어 나왔다.

텅 비어 있는 침대 위를 내려다보는 굵은 눈썹이 못마땅하다는 듯 꿈틀거렸다. 고작 하루, 딱 하루 온밤을 붙어 있었을 뿐인데 텅 비어 있는 침대가 그렇게 쓸쓸할 수가 없었다. 미간 사이에 짙은 주름을 새기며 생각에 잠겨 있다가, 정한은 휙 몸을 돌려 방 밖으로 나왔다. 오늘 오전, 여자 하나 때문에 정신을 못 차리는 하진우의 마음이 십분 이해되는 밤이었다. 옷도 제대로 갖춰 입지 못하고 다급하게 아래층으로 내려가는 제가 가장 미친놈이라는 생각은 아예 들지 않았다.

아래층 거실에는 불이 환하게 켜져 있었다. 정한은 살그머니 그린의 방문을 열어 보았다. 곧 재빠른 눈길이 침대 위에 홀로 동그마니 누워 있는 작은 몸집을 포착했다. 주저 없이 들어간 정한은 단숨에 그린을 안아 들고 방을 나섰다.

마침 욕실에서 옷을 추스르며 나오던 순옥이 정한을 보고 뜨아한 표정을 지었다. 한달음에 다가간 순옥은 솥뚜껑만 한 손바닥을 치켜들었다. 철썩!

'잘 자는 애를 뭐 한다고 데려가!'

소리를 죽여 입 모양으로 타박을 줬지만 소용 없었다. 드러난 맨 등짝이 그새 시뻘게진 채로, 정한은 기어이 2층 계단에 발을 올렸다. 순옥은 그린이 깰까 봐 안절부절못하였다. 안 그래도 회사 다니느라 피곤한 애를. 상처 많은 과거를 털어놓으며 훌쩍거리느라 진이 다 빠진 애를.

'괜히 깨기 전에 다시 데려다놔!'

헛손질 두어 번을 했지만 정한은 듣는 시늉도 하지 않았다.

평생 처음 보는 세상 무심하고 차가웠던 둘째의 낯선 모습. 아무리 그래도 하루도 못 떨어져 있겠는지, 이건 분명 제 속으로 낳고 기른 아들의 모습이 아니었다. 순옥이 더 잡지 못하고 멀거니 바라보는 동안, 정한은 당당한 발걸음으로 2층으로 올라가 버리고 말았다.

'그래도 부부 간 금슬은 좋아 보여 안심이네.'

흐뭇하던 심정도 잠시, 방으로 돌아온 순옥은 텅 빈 침대를 보며 혀를 찼다.

"어휴. 저 미친놈! 지 에미는 뭘 덮고 자라고 이불채로 싸 들고 갔다냐."

그린은 아까와는 다른 이질적인 느낌에 무거운 눈꺼풀을 들어 올렸다. 잠이 덜 깨 비몽사몽한 가운데 정신을 차려보니, 무언가가 가슴 위를 가로질러 단단하게 내리누르고 있었다. 그보다 훨씬 굵고, 훨씬 묵직한 무언가가 허벅지 위에도 하나 더. 덜컥 겁이 난 그린의 눈이 또렷해졌다. 옴짝달싹도 할 수가 없는 데다 방 안이 칠흑같이 어두워 지금 이게 무슨 상황인지 확인할 길이 없었다.

그린은 차렷 자세로 묶여 있던 몸을 살짝 뒤척여 보았다. 몸 위를 내리누르던 힘이 조금 더 강해지더니 순식간에 조이듯 감겨왔다. 잠시 후, 따스하면서도 규칙적인 바람이 귓불과 목덜미 언저리를 간질였다. 그제야 여기가 어딘지, 저에게 무슨 일이 일어난 건지 알 수 있었다. 지금 이곳은 정한의 침대 위, 따스하고 단단한 정한의 품 속. 그린은 어안이 벙벙한 얼굴로 또르륵 눈동자를 굴렸다.

어제 저녁.

영은은 순옥과 송천댁에게 그린의 이야기를 전하며 울먹거렸다. 순옥은 영은에게 간략하게 들은 얘기만으로 속이 뒤집어지고 분통이 터지는 모양이었다. 그도 그럴 것이 그린은, 며느리이기 이전에 절친의 딸. 나고 걷는 시절부터 평생을 지켜본 사이였다. 순옥이 얼굴도 모르는 썩을 것들에게 한참이나 욕을 퍼붓는 동안, 송천댁은 눈물을 훌쩍이며 그린의 손을 몇 번이나 어루만졌다. 그리고 집에 돌아온 순옥은 그린을 끼고 앉아 한참이나 씩씩거렸다.

— 세상에. 가슴이 다 두근거리고 분해서 잠도 안 올 것 같다. 오늘은 나랑 같이 자자. 정한이 이 녀석은 보나마나 또 오밤중에 기어들어올 텐데.

— 네에!?

그린은 당황한 얼굴로 순옥을 바라보았다. 언제는 2층으로 못 올려보내서 안달이시더니. 어젯밤 등을 떠밀던 어머님이 오늘 밤엔 발목을 잡으신다.

결국 그린은 눈물을 머금고 순옥과 함께 잠자리에 들어야 했다. 그런데 한밤중에 눈을 떠보니 견고하고 아늑한 정한의 품에 포옥 안겨 있는 게 아닌가. 오빠는 외계인이 아니라 마술

사가 분명했다. 마치 꼭 맞는 제자리를 찾아 들어온 퍼즐 조각이 된 기분이었다. 그제야 안심한 얼굴로, 그린은 꼼지락거리며 정한의 속으로 파고들었다. 촉감 좋은 면으로 된 오빠의 티셔츠에서 청량하고 시원한 향이 한 겹. 파고들면 들수록 단단하게 감싸 안는 건장한 팔이 두 겹. 잠에 취한 숨이 이마며 관자놀이 근처를 몇 번이나 부비는 감촉이 세 겹. 몇 겹이고 꼬옥 감싸 주는 정한의 다정함에 가슴 속에서 몽글몽글 설레는 감정이 자꾸만 솟아올랐다.

참 신기했다.

한 점 빠져나갈 틈도 없이 조일 듯 옭아매는 오빠의 품 안. 그린에게는 그 품 안이 전혀 답답하지 않은 데다 세상에서 제일 포근하고 안전하게 느껴졌다. 이제는 단 하루도 떨어져서는 잠들지 못할 것 같다는 예감. 신기하면서도 한없는 행복감이 밀려들었다. 그린은 정한의 가슴팍에 얼굴을 묻으며 다시 가물가물 잠에 빠져들었다.

다음 날 아침, 부스스 일어난 그린의 커다란 눈망울이, 생각에 잠긴 듯 찬찬한 깜빡임을 반복했다.

'오빠는 전생에, 빨판이 100개쯤 달린 문어가 아니었을까.'

어젯밤, 한참을 비비적거리고 쪽, 쪽 소리가 날 정도로 입을 맞추던 정한은 충분히 숙면을 취한 모양이었다. 오늘도 아침부터 오빠는 끈질기고도 집요했다.

칼같은 하루 일과에 맞추어 시계처럼 정확하던 습관은 어디에 갖다 버린 건지, 혹시 휴일이라고 착각하는 건 아닌지 걱정될 만큼 느긋해 보이기도 했다. 결국 늦겠다는 그린의 성화에 정한은 아쉬운 얼굴로 마지못해 집을 나섰다.

정한의 욕실 거울 앞.

잠옷을 젖혀 흘끗 뒤돌아본 그린의 얼굴이 발개졌다. 날개뼈 근처. 새하얀 피부 위에 인주라도 찍어놓은 듯, 붉은 흔적이 흐드러지게 피어 있었다. 다시 떠올려도 뜨거운 불꽃놀이 아래 선 듯, 목덜미까지 화끈거리는 느낌이었다. 차마 몸 앞쪽은 확인할 엄두도 안 났다. 급하게 옷을 추스른 그린은 두 손으로 양 뺨을 감쌌다. 참을성이라곤 온데간데없이 사라진 오빠가 과연 다음 주 토요일까지 기다릴 수 있을까. 고개를 절레절레 흔들던 그린에게는 또 다른 걱정거리가 기다리고 있었다.

'그것보다 당장 내려가서 뭐라고 해야 되지?'

밤새 2층에 머무르다가 이제는 민망한 얼굴로 어머님을 마주할 타임이었다.

'자다가 눈을 떠 보니 오빠의 품 안이었다는 말을 어머님이 과연 믿어 주실까?'

베개를 껴안은 그린은 살금살금 1층으로 내려왔다.

"어?"

그린의 방은 텅 비어 있었다. 한쪽에 놓여 있던 순옥의 캐리어도 사라지고 없었다. 금슬 좋은 둘째 아들 내외를 방해하기 싫었던 순옥이 김홍삼 사장을 불러 새벽 일찍 집으로 돌아간 것이었다. 순옥에게 자초지종을 들은 그린은 쑥스러운 표정으로 통화를 마쳤다.

넥스트메딕 1층.
조금 이른 시각에 출근한 그린은 마침 도착한 엘리베이터 문이 열리자 흠칫 하는 표정을 지었다. 지하 주차장에서 올라온 가연도 놀란 듯 눈썹을 치켜들었다.
그린은 굳어진 얼굴로 3층 버튼을 눌렀다.
"야. 넌 사람을 봤으면……!"
"부탁인데."
뾰족하게 내지르던 가연의 말이 싸늘한 반응에 바로 끊겨 버렸다.
"괜히 아는 척하지 말자."
그린은 떨리는 목소리에 필사적으로 힘을 주며 냉담한 언어를 뱉었다. 아직도 조금 긴장이 되는 건 사실이었지만 더 이상 물러날 수는 없었다. 같은 건물에 근무하는 이상 이런 일은 앞으로도 얼마든지 일어날 수 있으니까.
"뭐라고?"
"어제 말 하려다 못 했는데, 너랑 내가 안부 주고받을 사이는 아니잖아."

그린은 용기를 내어 침착한 목소리로 받아쳤다. 가연은 기가 막힌 얼굴로 팩 소리를 질렀다.

"야! 민그린!"

그때 바로 다음 층에서 엘리베이터 문이 열렸다.

"어? 일찍 왔네요?"

투자팀의 김영민 파트너가 헤벌쭉한 표정으로 웃고 있었다. 가연은 사납게 치뜬 눈을 내리깔며 표정을 가다듬었다.

"네. 뭐……."

가식적인 환한 미소로 화답하려던 가연의 대답은 이번에도 끊겨버렸다.

"민그린 파트너. 맞죠? 지난번에 인사도 제대로 못 해서."

"아. 안녕하세요."

"내가 그날 좀 귀찮게 했죠? 그 노트북에 꽤 중요한 자료가 많아서 마음이 급했거든요."

"아니에요."

"이러지 말고 시간도 남는데 커피나 한 잔 마실까요?"

"네. 좋아요."

문이 열리고 그린이 먼저 내렸다. 마치 엘리베이터 안에 가연은 존재하지 않는 것처럼 영민은 자석처럼 그린의 뒤를 따라갔다. 혼자 남은 가연은 황당한 표정을 지었다. 얼굴 똑바로 들고 받아치던 민그린도 황당했지만.

"김영민 저 인간. 미친 거 아니야?"

가연만 보면 치근덕거리던 영민의 180도 달라진 태도에 속에서 미칠 듯 천불이 났다.

그린은 영민을 따라 1층 카페로 내려왔다.
"민그린 파트너랑 아침부터 커피를 마시다니, 오늘 로또라도 사러 가야 되나?"
영민의 너스레에도 별다른 대꾸 없이 먼저 앞서 카페로 들어간 그린이 계산대 앞에 섰다.
"오늘은 제가 살게요."
"아이. 놔둬요. 어떻게 그린 씨한테 얻어먹어요?"
김영민 파트너가 손사래를 쳤다. 고집스럽게 카드를 내민 그린은 커피를 받아 들고 그중 한 잔을 내밀었다.
"지난번에 말씀도 없이 주고 가셔서 계속 마음에 걸렸어요."
"에이. 뭘 미안해하고 그래요? 이깟 커피야 매일이라도 사다 줄게요."
"그게 아니고⋯⋯ 부담스러워서요."
"네?"
예상 밖의 야무진 대꾸에 김영민은 '으잉?' 하는 표정으로 작고 뽀얀 얼굴을 내려다보았다.
"이 커피. 지난번 거 갚는 거예요. 제가 신세 지고는 못 사는 성격이거든요. 그럼 먼저 올라가 볼게요."

그린은 꾸벅 고개를 숙인 뒤 칼같이 돌아섰다. 멍하니 입을 벌린 김영민 파트너의 갈 곳 잃은 시선이 끔벅거렸다.

그 시각, 뜻밖의 방문객을 마주한 정한은 얼빠진 듯 입을 벌린 채 한동안 말을 잇지 못했다.

"안녕하십니까. 바론바이오 류제오입니다. 오늘부터 두 달간 잘 부탁드립니다. 열심히 하겠습니다!"

우렁차게 인사를 뱉고 치켜든 해사한 얼굴이 환하게 빛났다.

"……!"

정한의 머릿속이 순식간에 엉켜버렸다. 생각도 못 한 반전이었다. 바론바이오에서 파견을 나온 류제하의 동생 류제오는 바로 그 애송이 재호였다. 한동안 침묵을 지키던 정한에게서 튀어나온 첫마디는 그것이었다.

"제하, 아니 류 대표 지금 어딨습니까?"

"저도 몰라요. 형 휴대폰도 끄고 잠수 탔…… 아니 저희 대표님. 현재 연락 두절 상태십니다."

끙 하는 얼굴로 한숨을 내쉰 것도 잠시, 정한은 곧바로 표정을 가다듬으며 사무적인 말투를 뱉었다.

"일단 미래전략팀에 배치할까 하는데. 두 달이 짧긴 하지만 하는 데까지는 해봅시다."

"네! 두 달을 2년 같이 열심히 하겠습니다."

"19층 승기석 팀장 찾아가세요."

꾸벅 고개를 숙인 제오는 비장한 표정을 지으며 정한의 집무실을 나섰다. 오늘부터 주어진 두 달이라는 시간. 그 안에 그린의 마음을 쟁취할 생각에 각오가 단단히 선 모습이었다.

제오가 내려간 뒤, 정한은 산더미 같은 업무를 처리하느라 바빴다. 그러다가도 이따금씩 밀려오는 상념 안으로 침잠해 들어갔다. 결국 길쭉한 양 손가락을 마주 세운 정한은 의자에 깊숙이 몸을 묻어버렸다.

어제저녁, 제하가 세부적인 사항을 조율하기 위해 정한을 찾아왔다. 제하는 별다른 말없이 딱딱하고 간결한 태도로 업무 협약에 관한 이야기만 하다 돌아갔다. 정한도 더 이상 묻지 않았다. 하지만 류제하에게서 간간이 뿜어 나오는 아우라는 초조함과 떨림. 당장이라도 그 자리를 박차고 나가고 싶은데 거의 초인적인 노력으로 자제하고 있다는 게 여실히 느껴졌다. 그래서 정한 역시 최대한 빠르게 자리를 마무리했다.

─ 마지막으로. 제하 네 동생. 뭘 가르쳐주라는 얘기지?

─ 경영 전반에 관한 것. 사업 전략이나 투자 유치. R&D 시스템. 대외 프로젝트. 최종적으로는 우리 집 꼬맹이가 바론바이오를 이끌어 가야 하니 최대한 많이 보고 듣고 파악할 수 있게.

─ 두 달이라는 짧은 시간에 그게 가능할 거라고 생각해?

─ 겉핥기식이라도 괜찮아. 식견만 넓히게 해줘도 큰 도움이

될 거야.

역시 무리한 요구였는지 정한은 흔쾌히 받아들이지는 못하는 기색이었다. 제하가 불쑥 물었다.

― 지금 잠깐 부를까? 한 번 볼래? 멍청이는 아니니까 알아서 눈치껏 배워갈 거야.

정한은 더없이 초조한 표정을 짓고 있는 제하를 지그시 바라보았다. 부서져라 쥐고 있는 양 주먹에는 힘줄이 투두둑 솟아 있었다. 마음이 약해진 정한은 결국 고개를 끄덕일 수밖에 없었다.

― 됐어. 한 번 알겠다고 한 거 뒤집거나 번복은 안 해. 바쁜 거 같으니까 그만 가봐라.

말이 떨어지기가 무섭게 벌떡 일어난 제하는 곧장 사무실을 떠났다. 다급하게 떠난 제하의 뒷모습과 오늘 아침, 세상을 다 가진 표정으로 들어오던 애송이. 알고 보니 류제하의 동생 류제오가 그 애송이 재호. 정한은 자신답지 않은 성급함에 탄식을 내질렀다. 시작부터 무척이나 거슬리고 신경이 쓰인다.

"애송이 녀석."

아까 열심히 하겠다는 말과는 달리 재호, 아니 제오의 얼굴엔 분명 '싸우자'라고 써 있었다. 두 달을 2년처럼 쓰겠다는 말도 분명 허투루 뱉은 말이 아니었다. 그 말은 어쩌면 그 두 달 안에. 아니. 세상 기죽을 일도 무서울 것도 없는 새파란 저 애송이는 분명 한 달이 지나기가 무섭게 그린이에게 고백을 할 게 분명했다.

갑자기 미칠 듯 초조함이 밀려왔다. 문득 제 감정을 인지한 정한의 얼굴에 당혹한 기색이 고스란히 드러났다.

'대체 뭐가 이렇게 불안해서.'

어제, 잃었던 소중한 것이라도 되찾은 듯 밤새 끌어안고 있었지만 부족했다. 부서질까 조심스러워 하면서도, 닿는 모든 곳에 삼키듯이 입술을 가져다 댔지만 부족하고 또 부족했다. 옆에 있는데도 보고 싶고 한시라도 떨어져 있으면 초조해졌다. 별것 아닌 애송이의 도발에도 쉽게 불안해졌다.

지난 3년 내내, 반짝이며 발끝을 적시던 민그린이라는 물보라에 서서히 침윤당하고 있었던 걸까. 생전 처음으로, 정한은 머리가 아닌 마음을 더듬어 따라가 자각한 감정에 충격을 받았다.

완벽하고 빈틈없이 흘러가던 인생이라고 자신했는데, 갑자기 톡 끼어든 뽀시래기 하나가 멀쩡하게 제 길 잘 가던 삶 하나를 파괴할 정도의 영향력을 미칠 거라고는 상상도 해본 적 없었는데. 어느새 민그린이라는 파도는 거대한 해일처럼 김정한을 온통 적시고 삼켜버리고 말았다.

순간, 통증처럼 밀려드는 감정에 정한은 눈을 감아버렸다.

……사랑이었다.

미래전략팀 마케팅본부.

미리 연락을 받고 기다리던 승 팀장은 살짝 놀란 표정을 지으며 제오에게 악수를 청했다. 바론바이오에서 파견을 나온 류제오는 어리다 못해 뽀송뽀송한 애송이였다. 하지만 바론바이오 대표인 류제하의 친동생이라니 마냥 얕잡아 볼 수도 없었다.

서글서글 쾌활한 제오는 금방 팀원들 사이로 녹아들었다. 잠깐의 휴식 시간. 제오는 눈인사만 주고받았던 가연과 탕비실에서 마주하는 중이었다.

"뭐야. 미리 연락이라도 해주지. 깜짝 놀랐잖아."

가연의 투정 섞인 핀잔에도 제오는 싱긋 웃을 뿐이었다.

"참. 가연아. 너 혹시 그린이 만났어?"

"민그린?"

순간 날카로워진 가연의 반응을 눈치채지 못할 만큼 제오는 들떠 있었다.

"같은 회사니까 마주칠 일 많지? 그린이는 몇 층에 있어?"

누가 봐도 설레는 표정이었다.

떨떠름한 표정을 짓고 있던 가연이 갑자기 푹 고개를 숙였다.

"제오야……. 그린이 얘기는 하지 말아줘."

"왜? 무슨 일 있어?"

스르르 들어 올린 가연의 눈꼬리에 금방이라도 떨어질 듯 눈물이 맺혀 있었다.

"가연아. 왜 그래? 너 지금 울어?"

제오가 놀라며 묻자 가연은 와락 울음을 터트렸다.

"그린이가……."

가연은 제오가 급히 뽑아준 티슈를 받아 눈물을 찍어 냈다.

"그린이? 그린이가 왜?"

"훌쩍. 그린이는 아직도 내가 싫은가 봐……."

"그건 또 무슨 말이야?"

"회사에서 아는 척하지 말래……. 나만 보면 재수가 없다고, 흑."

"말도 안 돼!"

믿을 수 없다는 듯 제오의 목소리가 높아졌다.

"그린이가 그런 말을 할 리가 없잖아!"

"제오 네가 몰라서 그래."

가연은 정말 억울한 얼굴이었다. 처진 눈꼬리가 파르르 떨리더니 다시 살짝 눈물이 맺혔다.

"걔가 얼마나 음흉한 앤데. 학교 다닐 때부터 이랬단 말이야. 앞에서만 얌전한 척하는 거라고. 민그린 걔, 과거 세탁 하려고 동창들하고 연락도 안 하는 거야. 그때 일 다 덮고 싶으니까."

제오는 당연히 믿을 수가 없다는 표정이었다. 그러다 문득, 그린이 회사 앞으로 찾아왔던 일이 떠올랐다. 그전에 카페에서 놀란 제오를 내버려 두고 간 게 미안하다며 그린은 밥을 사겠다고 했다. 식사를 마칠 무렵, 그린이 조심스럽게 입을 열었다. 사실 자신은 학교 다닐 때 좋은 기억이 거의 없었다고. 상상도 못 했던 고백에 제오는 의아한 표정을 지었다.
 ― 왜? 그린이 너, 고등학교 때 공부도 잘하고 인기도 많았잖
   아. 이제 와서 하는 말이지만, 그때 너 좋아하던 애들이
   얼마나 많았는데.
 잠시 망설이던 제오는 용기를 내어 아쉬운 마음 한 자락을 덧붙였다.
 ― 그리고, 그 애들 중에 사실은……
 그린은 차갑게 날이 선 표정으로 선을 그었다.
 ― 미안한데 내 앞에서는 고등학교 때 얘기 안 했으면 좋겠
   어.
 단호한 그린의 태도에 제오는 시무룩하게 고개를 끄덕일 수밖에 없었다. 물론 당시에도 지금도 제오를 비롯한 남자애들은 꿈에도 몰랐다. 그린이 여자애들 사이에서 은밀한 따돌림과 괴롭힘의 대상이었다는 것. 가연이 주로 화장실에서나, 남자 애들이 없을 때 주도적으로 일을 꾸몄기 때문이었다.
 제오는 혼란스러운 표정을 지었다. 고등학교 때 일은 다시는 꺼내지 말아 달라던 차가운 표정의 민그린. 예전부터 그린에게 이유 없는 시비를 당했다며 울음을 터뜨리는 조가연. 가연은 처량하게 눈꼬리를 내려뜨리며 마지막 쐐기를 박았다.
 "못 믿겠으면 네가 직접 확인해 봐. 민그린이 분명히 오늘 아침에 그랬다니까? 회사에서 마주쳐도 아는 척하지 말라고."
 그때 기나리가 탕비실 안으로 들어섰다. 제오는 굳은 표정으로 묵례를 한 뒤 나가버렸다.

"둘이 원래 아는 사이에요?"

기나리는 노골적인 호기심을 드러냈다.

"제오랑 나. 같은 고등학교 나왔어요."

"어머 진짜?"

살짝 머뭇거리던 나리가 물었다.

"저기. 들어오기 전에 잠깐 들었는데. 가연 씨랑 류제오 씨. 그 여자 얘기 하고 있었죠? 경영지원팀?"

"아. 들었구나······."

가연은 아련한 미소를 흘리며 고개를 끄덕였다.

"맞아요. 걔도 우리랑 같은 고등학교 출신이에요."

"정말요? 어떻게 이런 우연이 있어? 그런데 그 여자, 원래 그렇게 예뻤어요?"

"걔가요?"

가연은 떨떠름한 표정을 지었다.

"요즘 남직원들 모이면 경영 3팀 신입 얘기밖에 안 해. 나도 지나가면서 유심히 봤는데 예쁘긴 예쁘더라. 학교 다닐 때도 인기 많았죠?"

부글부글 끓어오르는 속을 간신히 가라앉히며 가연은 고개를 흔들었다.

"지금처럼 많지는 않았어요. 사실, 내 입으로 이런 말 하긴 좀 그렇지만······. 민그린 걔. 소문이 그렇게 좋진 않았거든."

기나리의 눈과 입이 동시에 벌어졌다.

"무슨 소문?"

"자세한 건 몰라요. 난 공부밖에 몰라가지고. 건너서 들은 거라 잘은 기억이 안 나요."

가연은 무해한 표정으로 딱 잡아뗐다. 하지만 소문과 스캔들을 유난히 좋아하는 기나리는 끈질겼다.

"뭔데요? 대충 어떤 소문인지는 기억날 거 아냐?"

그린에 대한 악의는 전혀 없는 척, 가연은 무구한 표정으로 고개를 갸웃거렸다.

"으음. 아마도……, 남자 문제로 좀 시끄러웠었나?"

"대박. 남자들이랑 막 문란하게 놀고 그랬어요?"

기나리의 말 속에 묻힌 뼈는 의문이 아닌 확신이었다.

"에이. 다 지난 일인데 들춰서 뭐 해요."

가연이 생긋 웃으며 나리의 손을 꼬옥 그러잡았다.

"나리 씨. 방금 들은 거. 절대 비밀로 해줘요. 나 원래 다른 사람 뒷담화 하고 그런 거 너무 싫어해."

"당연히 알죠! 절대 비밀 지킬게요."

대답과는 달리 기나리는 이 흥미진진한 소식을 퍼트릴 생각에 무척이나 들뜬 표정이었다.

김영민 파트너에게 커피를 건네자마자, 그린은 떨리는 발걸음으로 그 자리를 벗어났다.

아까 엘리베이터 안에서 쌀쌀맞게 조가연의 말을 끊어버렸을 때도 딱 이랬지. 겉으로는 아무렇지도 않은 척했지만 속으로는 어찌나 두근거리는지. 출근하자마자 퇴근하고 싶어질 정도로 무섭고 조마조마한 기분이었다.

― 앞으로 회사에서 조가연을 마주치면 나 믿고 설쳐.

정한은 분명 그렇게 말했었다.

그랬다고 이렇게까지 설치고 다녀도 되는 것인가. 엘리베이터에서는 조가연을 까고, 로비 카페에서는 김영민 파트너를 까고. 아침부터 크게 두 건이나 저질러버렸네. 이런 적이 난생처음인 그린의 기준에서는 충분히 무례한 행동이었다.

'아니야. 오빠랑 상관없이 이 정도는 해도 돼! 되, 되겠지? 평화로운 회사 생활을 위해서잖아.'

겁먹고 쫄아 버린 심장을 몇 번이나 다독이며 그린은 자리로 향했다. 옆자리의 유지화는 말없이 고개를 숙인 채 조용히 앉아 있었다.

조는 건가? 평소 웃음이 많은 지화답지 않게 심각한 표정을 짓고 있었다. 그린은 들고 있던 커피를 살그머니 지화의 책상에 놓아주었다.

"아. 그린 씨 왔어요?"

그제야 상념에서 깨어난 지화가 반색을 하며 커피를 집어 들었다.

"땡큐. 그렇잖아도 카페인 엄청 땡겼는데."

커피를 한 모금 호로록 마신 지화가 물었다.

"참. 주말에 워크숍 갈 거죠?"

"워크숍이요?"

지화의 입에서 나온 생소한 단어에 그린의 동그래진 눈에 호기심이 가득 들어찼다.

"네. 워크숍!"

지화가 들뜬 표정으로 고개를 끄덕였다. 워크숍. 일박 이 일 세미나를 빙자한 직장인 MT. 물론 혁신과 능률을 표방하는 넥스트메딕은 조금 달랐다. 회식은 물론, 창립 기념행사나 시, 종무식도 최대한 간략하게 하는 데다 참석도 자유였다. 그런데 부서 재량껏이라는 단서를 달아 놓은 게 화근이었을까. 엉뚱하게 죽이 맞은 미래전략팀과 경영지원팀은 작년에 이어 올해도 함께 춘계 워크숍을 진행하기로 했다.

공교롭게도 두 팀 다, 워낙 음주가무를 즐기는 팀원들로 구성되어서일까. 대부분의 멤버가 꼬박 이틀간 술독에 빠졌다 나온 덕분에 며칠간 회사에서 술 냄새가 진동을 한다는 우스갯소리가 들릴 정도였다. 언뜻 들어본 거 같기는 한데 의미를 확실히 몰랐던 그린이 고개를 갸웃했다.

"워크숍이 뭔데요?"

"그러니까! 한마디로 MT같은 거예요. 난 작년에 처음 가봤는데 진짜 재밌었어요. 게임도 하고 보물찾기도 하고. 맞다! 저녁에 바비큐도 해요."

지화는 SNS에 올린 지난 워크숍 사진을 보여주며 그린을 꼬드겼다.

"이번 주말에 별일 없으면 그린 씨도 같이 가요. 원래 출근은 안 해도 워크숍은 꼭 가봐야 된다고 했어요. 안 가면 후회한다니까요?"

결국 지화의 영업에 넘어간 그린은 눈을 반짝거리며 열심히 귀를 기울였다. 학창 시절, 심한 왕따에 시달렸던 그린은 수학여행에 참가하지 않았다. 가 봤자 심한 괴롭힘에 시달리다 올 게 뻔했기 때문이었다. 대학에 가서도 마찬가지였다. 늘 혼자 다니는데다 딱히 동아리 활동도 하지 않아 MT는 꿈도 못 꿔봤다. 그런 그린에게 지화의 달콤한 꼬드김은 도저히 거부할 수 없는 유혹이었다. 아까 가연에게 질렸을 때와는 다르게 이번에는 부푼 기대감에 가슴이 두근거리기 시작했다.

오후가 되자 허 팀장은 시간을 확인한 뒤 놀란 표정을 지었다.

"이런, 벌써 이렇게 됐네."

외근을 나가기 위해 재킷을 걸친 허 팀장은 책상 위의 두툼한 파일 뭉치를 한데 모았다.

"유지화 씨. 대표님 집무실 좀 다녀와요."

"네?"

지화는 놀란 표정으로 번쩍 고개를 들었다.

"어, 어디요? 20층이요?"

"응. 결재는 내일 하실 거니까 전해만 드리고 오면 돼요."

"싫어요!"

지화는 화들짝 놀란 표정으로 고개를 저었다.

"……?"

반전에 반전

"아, 아니 싫은 게 아니고. 저 지금 화장실이 너무너무 급해서요! 대리님 시키세요!"

허 팀장의 당황한 얼굴을 뒤로하고 지화는 쏜살같이 사무실을 빠져나가 버렸다.

"맞다. 아까 기술팀에 깜빡 하고 못 전한 말이 있었네."

지화를 따라 차도훈 대리도 급하게 사무실을 빠져나가 버렸다.

"허 참."

허 팀장은 어깨를 으쓱 하고는 그린을 향해 파일을 내밀었다.

"민그린 씨. 대표실 어딘지 알죠? 20층 맨 안쪽. 이거 좀 전달해 드리고 옵시다. 부탁해요."

chapter 14

역대급 고백

 엘리베이터가 20층에 섰다. 차도훈 대리야 지난번 왕창 깨진 후로 대표님만 보면 숨도 제대로 못 쉬니 그렇다고 쳐도.
 '이상하다. 평소 같으면 지화 씨가 먼저 보내 달라고 난리일 텐데.'
 지화는 20층에서 귀신이라도 마주칠 것처럼 겁먹은 얼굴로 도망가 버리고 말았다. 그린은 고개를 갸웃거리며 진우의 방을 지나 정한의 집무실로 향했다.

> 오빠, 지금 결재 서류 가지고 올라가요.

 정한에게는 올라가며 문자를 보내 두었다.
 김 비서는 잠깐 연구실에 보낼 테니 바로 들어오라는 답장에 그린은 곧장 문 앞으로 다가가
 노크를 한 뒤 문을 열었다. 빼꼼 내민 얼굴을 확인하기가 무섭게, 손목을 끌어당긴 정한의 품 안으로 자그마한 몸체가

빨려 들어가듯 안겼다. 탕! 문이 닫히기도 무서웠다.

"오빠? 무슨 일 있……?"

급하게 닫힌 문에 기대 올려다 본 앙증맞은 입이 열린 것도 순식간이었다. 고개를 숙인 정한이 보드랍게 벌어진 입술을 다급하게 집어삼켰다. 빈틈없이 맞물린 입술 사이. 격하게 끓는 욕망이 여린 속살을 한껏 베어 물고 희롱했다. 거세게 틀어쥔 가느다란 허리와 목덜미를 섬세하게 받치고 있는 커다란 손마디. 100미터를 전력 질주라도 한 것처럼 격해진 호흡. 온몸이 찌릿찌릿 전기에라도 감전된 듯 떨림이 멈추지 않았다. 올려다보는 붉게 부푼 입술을 엄지로 덧그리듯 쓸어 내며, 정한은 타들어 가는 속내를 뜨겁게 내뱉었다.

"어쩌지. 다음 주까지 도저히 못 기다리겠는데."

못 기다리겠다는 건 말뿐만이 아니었다. 정한의 눈빛도 단 몇 분도 못 참겠다는 듯 성마른 빛을 내고 있었다. 바로 알아들었는지 복사꽃같이 달아올랐던 얼굴이 활짝, 정한의 가슴 속 가득 피어올랐다. 흐드러지게 붉어진 눈가는 금방이라도 뚝, 하고 곱디고운 꽃물이 떨어질 것만 같았다. 그마저도 아까울 정도로 달아 보여 정한은 허겁지겁 뜨거운 날숨을 가져다 댔다. 입술 끝에 파르르 걸리는 속눈썹에도 애간장이 녹았다. 한편으로는 허탈한 웃음도 치밀어 올랐다. 넥스트메딕 신사옥 입주 전, 입사 전인 그린이에게 구경이라도 시켜줄 겸 집무실에 데리고 왔을 때만 해도 복사기 앞에서 얼굴을 붉히는 모습에 그런 생각을 했었는데.

─ 설마, 일 시켜놓고 덮치기라도 하겠냐. 세상에 어느 변태가.

일 시켜놓고 덮치는 그 변태가 바로 여기 있었다. 무슨 자신감이 넘쳐 그리 당당하게 코웃음을 쳤나. 한번 불이 붙으니 집요한 소유욕이 걷잡을 수 없이 끓어올랐다. 이렇게 날것인 상태의 제 감정을 다 드러내 보이는 날이 올 거라고는 꿈에도 생각해 본 적 없었다.

픽 웃어버린 정한의 커다란 손이 자그마한 턱을 치켜들었다. 투명할 정도로 말간 눈망울. 손 안에 고스란히 느껴지는 부드러운 뺨의 온기. 정한은 몇 번이나 되뇌듯 졸아드는 속을 달랬다.

'이것만으로도 과하다. 이미 차고 넘쳤다.'

간질이듯 부드럽게 왕복하는 길쭉한 손가락의 움직임에 도톰하게 부풀어 오른 핑크빛 입술이 슬며시 벌어졌다. 정한이 다시 조심스레 숨결을 불어 넣으려던 순간.

"근데 나 이번 주는 시간이 안 될 것 같은데?"

구슬같이 청아한 목소리가 질척해진 공기를 단숨에 갈랐다. 금방이라도 잡아먹을 듯 이글거리던 눈에 어김없이 황당한 기색이 들어찼다.

"왜?"

주말에 있을 빼곡한 스케줄을 깡그리 밀어 버리기로 한 오빠의 과감한 결정이 무색하게.

"이번 주말에 워크숍 있대요. 거기 가기로 지화 씨랑 약속했어요."

무정한 뽀시래기는 들뜬 표정으로 선약을 통보해 버렸다.
"나랑 한 약속이 먼저잖아."
억울한지 뚱해진 정한의 반응에, 그린은 머쓱한 얼굴로 옷자락을 만지작거렸다.
"그치만 엄밀히 말하면 우린 딱히 약속을 한 것도 아니고. 그거……, 한 주 미룬다고 큰일이 나는 것도 아니잖아요."
그린의 말이 틀린 건 아니었다. 정한이 일방적으로 계획을 누설한 것일 뿐, 다음 주 주말에 꼭 같이 있자고 손가락 걸고 약속을 한 건 아니었지. 3년을 무늬만 부부로 지냈는데, 3년 1주일이든, 3년 2주일이든, 한 주 더 당기거나 미루는 게 얼마나 대단한 차이라고. 그것보다는 뽀시래기의 다음 말이 정한의 신경을 긁었다.
"나 워크숍 꼭 가고 싶은데."
뭐? 어디를 가? 뭐가 너무 가고 싶다고? 안 그래도 그린이 이름이 종종 직원들 입에 오르내리는 걸 알고 있었다. 그런데 이번 워크숍에 그린이 참가하게 된다면 그중 누군가는 진지하게 접근을 할지도 모를 일이었다. 순간 그린은 정한의 미간에 바코드가 새겨진 건 아닌지 하는 착각이 들었다.
"이번엔 불참하면 안 되나?"
"왜요?"
그린의 눈에 당황한 기색이 깃들었다.
"워크숍은 무슨. 그런데 가서 뭐 하게."
"그치만 지화 씨랑 약속했는데."

"워크숍이 뭔 줄 알고 덜컥 약속을 해?"
"MT 같은 거라고 했는데."

유지화 파트너. 설명은 간결하고 정확하게 제대로 했네.

이어지는 말에 안 그래도 서늘한 정한의 눈매가 한층 더 사나워졌다.

"진짜 재밌다고 했어요. 바비큐도 하고, 게임도 하고. 지화 씨가 안 가면 후회한다고 꼭 가야 된다고 했어요."

하. 유지화. 그린이가 마음을 터놓고 많이 의지하는 걸 알고 있기에 고마운 마음만 간직하고 있었는데. 맥주 한 잔만 마셔도 알딸딸해지는 어린양에게 대체 얼마나 엉뚱한 환상을 심어 놓은 건가. 순간 지화에게 배신감이 치밀었다. 한숨을 내쉰 정한은 달래는 목소리로 그린을 구슬리기 시작했다.

"그러지 말고, 우리 주말에 여행 갈까? 부산이든, 제주도든. 가고 싶은데 아무 데나 말해봐."

"……."

그린은 시큰둥한 표정이었다.

"특급 호텔 풀 바에서 수영하고 바비큐 먹는 거 어때? 워크숍보다 몇 십 배는 더 재미있을 거야."

"아니. 워크숍."

와 미치겠다. 정한은 한숨을 내쉬며 벅벅 머리를 헝클어뜨렸다. 저렇게 열성적으로 눈동자를 반짝거리는 어린양의 고집은 익히 잘 알고 있다.

"불허. 꿈도 꾸지 마. 워크숍."

역대급 고백

"오빠가 뭔데요?"

억울한 듯 삐죽 나온 입술마저 미치게 귀여웠다. 정한은 약해지려는 마음을 추스르며 단호하게 고개를 저었다.

"민그린 남편. 법적인 보호자."

"아무리 남편이어도. 회사에서 공식적으로 하는 일까지 상관하는 건 너무 치사하잖아요."

"하필이면 내가 이 회사 사장이기도 하네?"

정한의 여유 넘치는 목소리에 그린은 설마 하는 표정을 지었다.

"알고 있겠지만 경영지원팀과 함께 워크숍을 가는 미래전략팀은 CEO 직속 부서이고. 갑자기 이번 주말, 중요한 프로젝트 때문에 불시에 소집을 당할 수도 있는 일이고."

정한의 말대로 미래전략팀은 CEO 직속 부서였다. 그렇다고 업무 시간 외에 불시에 소집을 하거나 필요 이상의 과중한 업무를 떠맡긴 적은 단 한 번도 없었다.

하지만 지금 정한은 유치한 협박을 해서라도 그린을 붙잡고 싶을 만큼 다급한 심정이었다.

"진짜 나빴다! 어떻게 아무렇지도 않게 그런 말을 할 수가 있어요?"

씨익, 씨익. 숨을 몰아쉬던 어린양이 울컥 원망의 말을 뱉었다.

"미워!"

그린은 여유 만만한 표정의 정한을 밀치고 사무실을 빠져나왔다. 엘리베이터 앞에서 버튼을 누르려다 말고 옥상으로 향하는 통로로 발걸음을 옮겼다. 아직 쌀쌀한 날이 이어지는 3월이었다. 하지만 표정 하나 안 바뀌고 CEO 직속 부서를 들먹이던 정한을 생각하니 속이 끓어올랐다. 이대로 평온한 얼굴로 사무실로 돌아갈 자신이 없었다.

"치사해. 사장이면 다야?"

한편으로는 조심스럽게 나온다는 캔슬 의견에 정한이 진짜로 힘을 실을까 걱정도 밀려왔다. 터벅터벅 계단을 올라가 찬 바람에 달아오른 얼굴을 식히려는 찰나.

"어?"

이런 곳에서 볼 거라고는 전혀 예상치 못했던 얼굴.

"제오야!"

"그린아!"

놀라움과 반가움의 외침이 교차했다.

"여긴 웬일이야?"

제오가 두 달간 넥스트메딕으로 파견을 나온 사실을 까맣게 몰랐던 그린은 어리둥절한 얼굴이었다.

잠시 후, 제오에게 상황을 전해 들은 그린의 얼굴에는 반가움만 남아 있었다. 하지만 제오가 마케팅 본부에 있다는 말에 그린의 얼굴에 설핏 스쳐간 건 분명 심란한 기색. 제오도 이번에는 단번에 알아보았다. 분명 조가연 때문이겠지. 제오의 얼굴에 망설이는 표정이 떠오르던 것도 잠시.

"그린아. 저기……, 마케팅 본부에 그 있잖아. 우리 동창."

역대급 고백

제오의 말에 기다렸다는 듯 차가운 언어가 튀어나왔다.

"'우리'라고 하지 말아 줄래?"

난생처음 보는 서늘한 눈빛. 제오는 놀란 숨을 들이켜며 그린의 기색을 살폈다.

"내 앞에서 조가연 얘기 하지 마."

찬바람이 쌩 도는 말투. 문득 제오의 머릿속에 가연의 풀 죽은 얼굴이 떠올랐다. 머뭇거리던 제오가 심각한 표정으로 입을 열었다.

"그럼 딱 한 가지만. 그린이 너 오늘 아침에 말이야. 혹시, 조가연한테 회사에서 마주쳐도 아는 척하지 말라고 했어?"

"응."

그린의 태도는 담백하고 단호했다. 어떠한 설명도, 변명도 없었다. 그린은 짤막한 대답을 끝으로 아무것도 덧붙이지 않았다.

"그럼 난 바빠서 먼저 들어가 볼게."

그저 차게 몸을 돌릴 뿐이었다. 혼자 남은 제오는 혼란에 빠진 모습이었다. 그전에 학교 얘기가 나왔을 때는 두려움에 떨다 불안 장애까지 올 뻔했는데, 오늘은 차갑게 날이 서 찬바람만 쌩쌩 불었다. 상처가 깊어 가리는 건지, 가연의 말대로 과거의 치부를 덮어버리려는 건지. 갈팡질팡하던 마음에 가연의 말이 맞았다는 확인을 한 제오는 마음이 무거워졌다. 직접 그린의 입으로 사실을 듣고 나니 새로운 의문이 꼬리에 꼬리를 물었다.

'그린이는 왜 가연이를 싫어하는 걸까?'

마케팅 본부로 돌아온 제오는 일하는 틈틈이 가연을 관찰했다. 가연은 학교 다닐 때 제오의 기억 속 그대로의 모습이었다. 밝은 표정에 잘 웃고 싹싹했다. 사람들 일도 먼저 자청해서 잘 도와주는 친절한 성격. 남녀를 가리지 않고 두루두루 잘 지내는 상냥함. 가연은 제오의 기억 속 그대로였고, 그린은 제오의 기억에 오류가 생긴 듯 낯선 모습을 보여주었다.

제오는 복잡한 표정으로 한참이나 고민에 빠졌다. 제오가 알던 민그린은 앞과 뒤가 다르고, 누군가를 미워하고, 공격적으로 날을 세우는 사람이 아니었다. 그렇다고 해서 제오가 아는 가연 역시 거짓말을 하거나 없는 일을 만들어 내는 사람은 아니었다. 풀이 죽은 가연 앞에서, 보란 듯 그린과 어울릴 수도 없고, 그렇다고 가연의 눈물만을 믿고 그린을 멀리할 수도 없었다.

우정이냐, 사랑이냐. 아무리 고민을 해봐도 도저히 둘 중 한 명의 편에 설 수가 없었다.

그린과 정한의 티키타카는 퇴근 후 집에서도 이어졌다. 어떻게든 모험과 환상의 세계로 넘어가고 싶은 어린양. 죽어도 악의 구렁텅이로는 어린양을 밀어 넣고 싶지 않은 법적인 보호자. 둘의 기 싸움은 하루를 넘기고 이틀도 넘겼다.

드디어 워크숍 전날. 며칠째 부글부글 끓어오르는 속을 필사의 노력으로 가라앉히며 정한은 차분하게 달래듯 설득을 시작했다.

"그린이 네가 아는 평범한 워크숍이 아니라고."

"그걸 내가 어떻게 알아요? 워크숍을 한 번이라도 가봤어야 평범의 기준을 잡죠."

비스듬히 앉은 그린은 새초롬한 언어를 뱉어 냈다. 정한이 뭘 걱정하고 있는지는 잘 알고 있었다. 일할 때는 열심히, 놀 때는 더 열심히. 워낙 흥이 넘치는 팀원들이 많으니 주말을 불태우다 혹시 사고라도 날까 걱정되는 거겠지. 그래도 지금은 오빠의 의견에 따라 주고 싶지 않았다.

"가는 버스 안에서부터 술판이라고. 술도 못 마시는 사람이 무슨 재미로 거기를 따라가?"

"지화 씨가 그랬어요. 술 한 잔도 안 마셔도 된다고. 절대 강요하는 사람 없다고."

"분위기에 휩쓸려서 한 잔, 두 잔 하다가 제어가 안 될 수도 있다니까."

와락 인상을 구기는 정한. 그린도 질 수 없다는 듯 팽팽하게 맞섰다.

"어쨌든 누군가의 강요가 아니라 제 선택이라구요! 그리고 지화 씨하고 꼭 간다고 이미 약속까지 했단 말이에요."

"유지화 파트너가 가자고 하면 지옥이라도 따라 갈 거야?"

"지옥이면 당연히 안 갔죠."

"그래서, 워크숍을 기어이 가겠다고?"

단호한 정한의 태도만큼이나, 그린 역시 단호하게 고개를 끄덕였다.

"기꺼이!"

둘 다 한 치의 양보도 없었다.

"하나만 물어보자. 그게 왜 그렇게 가고 싶은 건데."

푸흐, 입바람으로 앞머리를 날린 정한이 물었다.

"혹시, 내가 뭐 잘못한 거 있나? 그래서 나한테 시위하는 거야?"

그린은 시무룩한 표정으로 고개를 저었다.

"……나 고등학교 때 수학여행도 못 갔고, 대학교 때 MT도 한 번도 못 가봤어요."

뜻밖의 동기에 정한의 눈이 놀라움에 크게 뜨였다.

"오빠가 걱정하는 것도 알겠고, 가봤자 별거 없는 것도 알고 있어요. 그렇지만, 꼭 한 번은 해보고 싶었어요. MT 가서 재밌게 노는 거."

그날 밤. 정한은 자리에 누워 한참을 뒤척였다. 아쉬움이 가득한 그린의 모습이 마음에 걸려 그는 늦게까지 잠을 이룰 수 없었다.

다음 날 이른 아침.

그린은 가벼운 나들이 복장에 배낭을 메고 살금살금 집을 나섰다. 숨을 죽여 정원을 가로지르고 대문을 나선 그린은 전력 질주를 시작했다. 결국, 정한은 끝까지 동의하지 않았다.
― 늦었다. 그만 가서 자.

짤막한 밤 인사를 끝으로 성큼 2층으로 올라가버린 게 끝이었다. 다 큰 성인이 이런 일에 허락을 받는 게 어이가 없기는 했지만 정한의 말대로 정한은 그린의 법적인 보호자이자 존중받아 마땅한 동거인이었다. 하지만 그린은 어떻게든 이 워크숍을 가고 싶었다. 일단은 지르고 보자. 다녀와서 어떻게든 풀어주면 되겠지. 회사에 도착한 그린은 줄 지어 서 있는 버스를 향해 서둘러 다가갔다.

"그린 씨! 여기!"

지화가 환하게 웃으며 손을 흔들었다. 얼마나 설렌 건지. 지화를 향해 뛰듯이 다가가던 어린양의 발걸음이 화들짝 멈추었다. 지화의 뒤로 불쑥 솟아오른 익숙하고 커다란 그림자. 주말 내내 펼쳐질 일탈의 현장을 다 쓸어버리러 온 민그린의 남편. 아니, 서늘하다 못해 험악한 표정을 지은 파수견. 우뚝 서 있는 정한이 팔짱을 낀 채, 이글이글 그린을 쏘아보고 있었다. 오늘은 더없이 선명하게 보였다. 정한의 미간 사이에 또렷하게 새겨진 바코드가.

'오빠. 지금 나랑 해보자는 건가요.'

꼬옥 배낭끈을 틀어쥔 그린의 두 주먹에 저도 모르게 힘이 들어갔다. 어쩐지 어젯밤 말없이 물러나는 정한을 보고 뭔가 이상하다 싶었다. 지독하다 지독해. 기어이 회사 앞까지 따라와서 못 가게 하려는 계획을 세웠던 거냐고. 지독한 건 정한의 오기 어린 집념뿐만이 아니었다.

"봤어? 대표님 오늘 화보 찢었다."

"우리 김슈트님은 어떻게 등산복을 입어도 멋지냐!"

기럭지 부자. 잘생김 부자. 정한은 별명 부자이기도 했다. 그중 가장 많이 불리는 별명은 단연코 김슈트. 슈트가 김정한 발을 받는다고 할 정도로 남다르게 우월한 핏의 심쿵사 장인. 오늘 같이 회사에선 쉽게 볼 수 없는 캐주얼한 옷차림도 지독하게 멋있었다. 긴 다리를 감싼 맵시 있는 검정색 바지. 그 위에 걸친 새하얀 고어텍스 점퍼가 눈이 부실 정도로 빛나 보였다. 아직 쌀쌀한 날씨가 이어지는 3월이었지만, 이곳만은 봄이었다. 정한의 주위에서만 이른 봄 찬란한 햇살 같은 후광이 빛나고 있었다. 오빠가 후광에 감싸여 빛나고 있거나 말거나.

"그린 씨! 밥 안 먹었죠?"

정한을 한껏 노려보던 그린의 입 안으로 불쑥 무언가가 들어왔다. 달콤한 콩고물이 묻어 있는 인절미였다. 지화가 으쓱한 표정으로 '렛 인절미 인트로듀스 마이 셀프'를 시작했다.

"이거 우리 동네 떡집에서 파는 건데 이게 인절미계의 샤넬루라니깐요! 내가 새벽부터 지키고 서 있다가 방금 뽑은 거 받아 왔어요!"

아닌 게 아니라 아직 따끈한 온기가 남아 고소하고 말랑한 게 입 안에서 쫀득쫀득 춤을 춘다.

"맛있죠? 맛있죠?"

그린은 비장한 표정으로 인절미를 씹으며 고개를 끄덕였다. 커다란 두 눈은 변함없이 정한을 쏘아보는 중이었다.

'여기까지 따라와도 소용없어요. 워크숍은 이미 시작됐으니까.'

정한의 등장에 어수선해진 건 그린뿐만이 아니었다. 한쪽에 모여 있던 이번 워크숍의 집행부 멤버들도 사색이 된 얼굴로 떨고 있었다.

'왜? 대체 왜?'

갑작스러운 정한의 등장에 소리를 죽여 가며 의문을 표해 봤지만 누구 하나 짐작하는 사람은 없었다. 그도 그럴 것이, 지난 3년간 일에 미쳐 있던 정한이 이런 자리에 나타나는 것은 전무후무한 일이었으니까. 산더미 같은 업무량에도 넥스트 메딕에 근무하는 직원들의 만족도가 높은 이유. 업계 평균을 훌쩍 뛰어넘는 급여와 업무 외적인 일에는 윗선의 간섭 최소화라는 당근 때문이었다. 어쩔 수 없는 시무식이나 종무식, 취임식 등의 커다란 행사도 최대한 간단히.

회식은 부서별로 알아서 재량껏. 김정한은 오직 자신에게만 죽어라 채찍을 휘두르는 일중독 형 CEO였다.

그런데 하필 오늘 왜! 워크숍이라 쓰고 광란과 일탈의 현장에 모습을 드러낸 건가.

"오늘 워크숍 일정표 어딨습니까."

뚜벅뚜벅 걸어온 정한이 무시무시한 소리를 내뱉었다. 둘러선 직원들의 동공에 지진이 일어났다. 일정표? 그건 뭔가요.

씹는 건가요. 뱉는 건가요. 1박 2일 동안 죽자고 놀러가는 이런 경사스러운 날 일정표가 왜 궁금하신 건가요.

"대표님. 오늘 가신다는 말씀 따로 못 들었는데. 어떻게 이렇게 갑자기……."

"그동안 사내 행사에 너무 무심했던 거 같아서 와봤습니다. 하진우 이사도 곧 오기로 했는데 연락 못 받았나요?"

정한의 말에 둘러선 직원들의 얼굴에 안도의 빛이 스쳤다. 하진우 이사. 일체의 권위와 형식은 벗어던지고 스스럼없이 직원들과 어울리는 바람직한 공동 대표님. 일명 회식의 신 하느님이 오신다니! 그나마 조금 숨통이 트일 거라는 생각에 다들 슬며시 번지는 웃음을 감추지 못하는 찰나, 정한은 일정표를 받아들고 굳은 표정으로 훑어보았다. 곧 무시무시한 소감이 튀어나왔다.

"그래도 명색이 워크숍인데 내용이 너무 부실하군요."

정한은 무시무시한 기세로 빠르게 일정표를 수정하기 시작했다.

"여기 비는 시간에 팀 빌딩 프로그램을 하나 더 넣으면 되겠네요. 각 팀 특성에 맞는 교육 프로세스와 보고서 작성 스킬 트리에는 베테랑 팀장들 중심으로 아이디어 하나씩 내주세요. 레저나 레크리에이션이 하나도 없는 건 좀 그렇군요. 내일 새벽. 단체 산행으로 심신 수련과 팀워크을 다지는 걸로."

출발도 전에 다 죽어가는 직원들의 얼굴 너머. 정한은 한껏 기대에 차 있는 뽀시래기에게 이글이글 레이저 같은 눈빛을 쏘았다.

'오냐. 그렇게 가고 싶다는 워크숍. 뼈에 새길 만큼 알차고 유익하게 만들어주지.'

집행부 팀원들이 사색이 되어 떨고 있는 동안, 한쪽에서는 여직원들이 환호성을 지르고 있었다. 넥스트메딕의 독보적인 비주얼 투 탑, 하진우 이사도 워크숍에 참가한다는 소식이 알려진 까닭이었다. 늘상 딱딱하게 굳은 표정의 정한과 달리 진우는 뽀얗고 곱상한 얼굴의 서글서글한 웃상이었다. 남녀를 가리지 않고 전 직원에게 인기 만점인 하진우 이사. 마침 진우가 제 말을 하는 걸 알았는지 들떠 보이는 직원들 사이로 불쑥 모습을 드러냈다.

"하아. 김정한 놈. 휴일인데 쉬지도 못 하게. 가려면 혼자 가지."

'내 팔자야'를 중얼거리며 머리를 박박 긁던 진우가 고개를 들었다.

"허얼!"

저도 모르게 순간 터져 나오는 고함. 진우의 눈에 놀라움을 넘어선 경악의 빛이 들어찼다.

"그쪽은!"

유령이라도 본 듯 흔들리는 진우의 손가락이 가리킨 끝에는.

"그날 클럽!"

맞은편에 서 있던 지화의 눈 역시 튀어나올 정도로 커다래졌다. 잽싸게 튀어 나간 지화는 손에 든 인절미를 진우의 입에

쑤셔 넣었다.

"하진우 이사님 오셨어요! 아침 안 드셨죠!"

"으읍! 으으으읍!"

"맛있죠? 맛있죠? 괜히 샤네루절미가 아니라니까요! 하나 더 드세요!"

일단 하진우의 입을 찐득한 떡으로 봉인한 지화가 섬뜩한 눈빛을 쏘며 고개를 저었다.

'하지 마. 아는 척하지 마. 클럽 얘기 하지 마. 말하면 죽여 버릴 거야.'

꾸울꺽!

가까스로 떡을 목구멍으로 넘긴 진우는 겁에 질린 얼굴로 몇 번이나 고개를 끄덕였다.

강원도의 한 리조트, 분 단위로 설계된 지옥의 워크숍이 시작되었다. 정한은 모든 일정을 한 치의 오차도 없이 선두에서 진두지휘했다. 그렇다고 누구 하나 불평하는 사람은 없었다. 대표님의 카리스마 넘치는 모습에 그저 모이라면 모이고, 하라면 하고, 쉬라면 쉬는 진풍경이 펼쳐졌다.

희한하게도 시간이 갈수록 술이나 먹고 노느니 이게 더 낫다는 소리가 들려오기 시작했다. 팀워크를 발휘해 도전한 챌린지가 하나씩 달성될 때는 환호성이 터져 나왔다. 간만에 건

설적인 주말을 보내 뿌듯하다는 생각까지 몰려오게 만드는 김정한 대표님의 마법이었다.

잠깐의 휴식 시간, 지화는 굳어 있던 어깨를 돌리며 화장실로 향했다. 다행히 진우는 그 후로 지화에게 더 이상 아는 척을 하지 않았다.

하지만 오늘의 진우는 누가 봐도 평소의 하진우가 아니었다. 회식이면 회식, 워크숍이면 워크숍, 평소에는 나이도 직위도 벗어던진 채 신나게 동참하는 하진우인데, 오늘은 잠잠하다 못해 너무 고요했다. 진우의 따가운 시선은 한 번씩 탐색하듯 지화를 향하고 있었다. 태연하게 일정을 소화하던 지화는 화장실에 가서야 굳어 있던 표정을 풀 수 있었다.

"아. 신경 쓰여 죽는 줄 알았네."

칸막이 안에 한참 주저앉아 있던 지화는 다시 한번 푸우 한숨을 내쉬었다. 미쳤는지 홧김이었는지 난생처음이었던 원나잇 상대가 하진우가 될 줄 누가 알았나. 같은 회사였지만 업무상 마주칠 일은 희박하니 도망만 잘 다니면 될 줄 알았지.

'그만 나가자. 이렇게 숨어 있는 거. 유지화답지 않다.'

끄응 소리를 내며 일어서려는 순간.

"정말요? 민그린 씨 그렇게 안 봤는데. 완전 깬다."

안쪽 손잡이를 잡은 지화는 그린의 이름이 들려오자 쫑긋 귀를 세웠다.

"학교 때 문란하게 노는 걸로 유명했대요."

"그럼 지금까지 얌전한 척하면서 뒤에서 끼 부리고 다닌 거야?"

"거기다 할아버지 믿고 엄청 설치고 다녔대요."

"민그린 할아버지? 할아버지가 뭐 하는 사람인데요?"

"나도 몰라. 조폭인가?"

속닥거리던 여직원들이 와르르 웃기 시작했다. 콰당! 지화가 칸막이 문을 부서질 듯 열어 젖혔다.

"누가 그래요? 그린 씨가 문란하게 놀았다고?"

모여 있던 여자들은 동시에 움찔 지화를 쳐다보았다.

"유지화 파트너……, 안에 있었어요?"

지난번 탕비실에서 가연에게 그린에 대한 이야기를 들은 이후로 신나게 소문을 퍼트리고 다니던 기나리가 어색하게 인사를 건넸다.

"기나리 파트너가 방금 한 얘기, 사실이에요?"

지화가 바짝 다가서며 윽박지르듯 물었다.

"증거 있어요? 증명할 수 있어요?"

기나리는 겁먹은 표정으로 얼버무렸다.

"나도 전해 들은 얘기라서……."

"그러니까 누구한테요!"

"조, 조가연 파트너요!"

그때 가연이 화장실 안으로 들어섰다.

"마침 잘 만났네. 조가연 씨가 그랬다면서요?"

가연은 언제 들어갈지 타이밍을 보다 일부러 늦게 등장했다. 여직원들이 소문이 사실이냐고 물으면 난처한 듯 인정할

속셈이었다. 그런데 가연을 기다리는 건 다짜고짜 덤벼드는 유지화였다.

"그게 무슨 소리예요?"

"기나리 파트너가 그러던데요? 조가연 씨한테 들었다고. 민그린 씨가 학교 다닐 때 문란하게 놀았다는 거, 증명할 수 있어요?"

대답은 무시하고 몰아세우는 기세에 가연도 말끝을 흐렸다.

"그게. 나도 그냥 건너서 들은 얘기라……."

"확실한 것도 아닌데 말도 안 되는 소문을 퍼트리고 다닌 거예요?"

지화는 너 딱 걸렸다는 듯 가연을 몰아붙였다.

"민그린 씨가 무슨 끼를 부려요? 평소에 커피 한 잔도 그냥 얻어먹은 적 없는데? 누가 들이대면 만나는 사람 있다고 철벽 치는 사람이에요!"

지화의 말에 다들 움찔하며 불안한 눈빛을 교환했다.

"이런 식으로 뒤에서 비열하게 굴지 말아요."

"내가 언제 비열하게 굴었다는 거예요?"

가연이 억울하다는 듯 묻자 지화는 하! 코웃음을 쳤다.

"근거 없는 소문 흘려서 사람 매장시키고 있잖아요. 지금!"

가연이 휘둥그레진 눈으로 고개를 저었다.

"오해예요! 내가 뭘 어쨌다고 그래요?"

"오해? 모여서 뒷담화나 하고 여왕벌 놀이 하는 당신 같은 사람. 학교 다닐 때 한두 번 본 줄 알아?"

날카로운 팩폭에 가연은 할 말을 잃었다.

"처신 똑바로 하고 다녀요. 뒤에서 이딴 짓거리 한 거 회사 전체에 까발려버리기 전에!"

때리듯 던진 지화의 일침에 그제야 다들 '아차' 하는 표정을 지었다. 조가연을 제외한 모두의 머릿속에 같은 생각이 강타했다. 생각해 보니 민그린에 대한 그 모든 소문에는 어떠한 증거도 근거도 없다는 것. 이러다 유지화가 이 일을 회사에 퍼트리기라도 하면 불리해지는 건 자신들이었다.

"생각해 보니까……. 떠도는 말만 믿고 괜히 오해할 뻔했어요."

무리 중 한둘이 민망한 웃음을 흘리며 발을 빼기 시작했다.

"가연 씨도 확실하지도 않은데 이상한 소문 내고 다니지 말아요. 오늘 들었던 얘기는 못 들은 걸로 할게요."

떠난 둘을 시작으로 나머지 사람들도 슬슬 가연에게 등을 돌렸다. 태연한 척 표정을 가다듬었지만, 가연은 지독한 모멸감에 부서져라 어금니를 악물어야 했다. 지화는 사납게 가연을 노려본 뒤 마지막으로 화장실을 나섰다.

'열등감 쩌는 사람들끼리 모이면 뻔하지.'

씩씩거리며 세미나장으로 돌아오는 길이었다. 자리로 돌아가려던 지화는 우뚝 걸음을 멈추었다.

아까 지화가 앉아 있던 자리는 그대로 비어 있었다. 그 옆자리에 앉아 있는 그린은 환하게 웃고 있었다. 그리고 바로 뒷줄. 비스듬히 몸을 내밀고 앉은 진우가 그린을 보며 함께 웃고 있었다. 뭐가 그리 즐거운지. 크게 입까지 벌린 채.

지화는 충격을 받은 듯 굳어버렸다.

"하하하. 인정! 듣고 보니까 맞는 거 같네요?"

"하 이사님이 봐도 제 말이 다 맞죠?"

그린은 티 없이 맑은 표정으로 웃고 있었다. 지켜보던 지화의 머릿속에 아까 여직원들이 했던 말이 스쳐갔다.

— 얌전한 척 하면서 끼 부리고 다닌 거야?

순간 지화는 한없이 졸렬하고 치사해진 제 마음이 발치까지 툭 떨어지는 걸 느꼈다.

지화가 화장실에 간 후, 그린은 들고 있던 자료에 고개를 묻고 있었다.

"제수씨. 오늘 더럽게 재미없죠?"

그러다 불쑥 뒤에서 튀어나온 목소리에 기겁을 하며 고개를 들었다. 조그맣게 속삭이듯 물어왔지만 '제수씨'라는 단어에 그린의 동공이 무섭게 흔들렸다.

"하 이사님! 제발요······."

"지금 주위에 아무도 없는데 뭐."

뒷자리에서 고개만 내민 진우가 장난스럽게 고개를 까딱거렸다.

"어땠어요? 이번 워크숍?"

"너무 좋았어요. 듣던 거랑은 달랐지만."

의욕 넘치는 대답을 내놓는 말간 얼굴이 더없이 반짝거렸다.

"하하. 제대로 즐기고 있나 보네. 듣던 거랑은 뭐가 다른데요?"

"MT 같다고 해서요. 다 같이 모여서 놀고 게임도 하고, 그런 거 기대했거든요. 그런 거 한 번도 해본 적 없어서……."

그린이 수줍게 말끝을 흐렸다.

흐음. 알겠다는 듯 고개를 끄덕이던 진우가 갑자기 목소리를 낮추었다.

"제수씨. 나 물어보고 싶은 거 하나 있는데."

"뭔데요?"

"유지화 씨요."

"지화…… 씨요?"

뜻밖의 이름에 그린의 눈동자가 커다래졌다.

"어떤 사람이에요? 유지화 씨에 대해 알고 있는 거 다 말해줘요."

출입문 쪽을 힐끔 쳐다본 진우가 재촉하듯 속삭였다. 도대체 뭐 하는 여자인지 궁금해서 미칠 것 같았다. 그날, 클럽에서 만난 지화가 설마 넥스트메딕 직원일 거라고는 꿈에도 상상하지 못했다. 아침에 일어나 보니 흔적도 없이 사라진 미스터리한 여인. 긴장한 듯 답변을 기다리는 진우의 얼굴엔 초조함마저 어리고 있었다.

순간 그린의 얼굴이 형광등을 100개는 켠 듯 밝아졌다.

"엄청 좋은 사람이요!"

"좋은 사람?"

"네! 그리고 지화 씨는요. 밝고, 따뜻하고, 배려심도 넘치고, 정말 낙천적이에요. 음 그리고 또……."

기다렸다는 듯. 알록달록한 사탕처럼 달콤한 칭찬이 쏟아졌다. 멍하니 듣고 있던 진우도 '하하' 웃어버렸다.

워크숍 도중 잠깐의 휴식 시간. 팀장들 곁을 지나던 정한의 발걸음이 뚝 멈추었다.

"아까 팀 빌딩 프로그램 때 그 신입. 잘하더라."

"아. 민그린 파트너! 안 그래도 경영지원팀이라는 얘기 듣고 깜짝 놀랐지 뭐야."

"그렇죠? 기획력도 우수하고 발표할 때도 핵심만 짚어서 깔끔하게 전달하고. 마케팅 팀원들 반성 좀 해야 돼."

"그래서 승 팀장이 계속 눈독을 들였구만!"

평가지를 추리던 마케팅 본부의 승기석 팀장이 고개를 끄덕였다.

"맞아요. 요즘 일도 많아져서 증원 요청 하려고 했는데. 어떻게 부서 이동 안 되나? 허 팀장님! 민그린 파트너 전공이 뭐라고 했죠?"

뒤쪽에 앉아 있던 허 팀장이 차분하게 대답했다.

"언론정보학과."

"언론정보면 우리 팀에 딱이네. 허 팀장님. 어떻게 긴급 트레이드 안 됩니까?"

승 팀장의 우스갯소리에 자르르 웃음이 번졌다.

허 팀장은 웃음기 없이 담담하게 답했다.

"부서 이동? 승 팀장이 윗선에 한 번 정식으로 요청해 봐."

멈칫한 채 듣고 있다가 그대로 뚜벅뚜벅 걸어가는 정한의 미간이 사정없이 구겨져 있었다.

잠시 후, 리조트 안의 세미나장 입구를 서성거리던 정한을 향해 허 팀장이 다가왔다.

"대표님. 무슨 일로 전화를?"

"허 팀장님. 잠깐 얘기 좀 할까요?"

허 팀장은 말없이 정한을 따라나섰다.

"조금 전, 평가 시간에 팀장들끼리 나눈 얘기. 지나가다 잠깐 들었습니다."

한적한 곳에서 꺼낸 정한의 말에 허 팀장은 알겠다는 듯 고개를 끄덕였다. 정한이 나직하게 그러나 분명히 마음에 들지 않는다는 투로 물어왔다.

"민그린 씨 부서 이동, 윗선에 정식으로 요청을 하라니. 무슨 의도로 그런 얘기를 한 겁니까?"

"……말 그대로입니다. 제가 인사권을 쥐고 있는 건 아니니까요."

정한은 단호한 표정으로 고개를 저었다.

"누차 얘기했지만 민그린 씨는 아직 트라우마도 완전히 극복 못 했고. 겉으로는 괜찮아 보여도 많은 어려움을 느끼고 있을 겁니다. 입사한 지 얼마 되지도 않았는데 부서 이동이라니 너무 갑작스러운 거 아닙니까?"

물끄러미 정한을 올려다보던 허 팀장이 잔잔한 말투로 답했다.

"민그린 씨도 같은 의견인가요? 부서 이동이 민그린 씨한테는 오히려 좋은 기회 아닌가요?"

"형! 도대체 왜 그러는 거야!"

결국 정한이 답답하다는 듯 소리를 내질렀다.

허 팀장은 흔들리지 않는 시선으로 정한을 올려다보았다.

"정한아."

잠시 침묵을 지키던 허 팀장이 차분하게 물었다.

"민그린 씨. 평생 사무 보조로 놔 둘 거야?"

"그게, 무슨 말이야?"

흔들림 없는 허 팀장의 시선과 대답에 정한은 잠시 멍한 표정을 지었다.

정한이 허 팀장을 찾아온 건 그린의 입사 직전 즈음이었다.

— 언질드린 대로 민그린 씨가 학창 시절에 힘든 일을 겪어서 적응하는 데 좀 시간이 걸릴 겁니다.

당시 정한은 그린이 먼 친척뻘이라며 얼버무렸다. 하지만 정한이 그린에게 가진 관심은 일반적인 친척이나 지인이 가지는 걸 넘어서 있었다. 친한 대학 선배이자 창업 멤버 중 한 명. 그동안 한 번 나서는 법 없이 그림자처럼 조용히 정한을 서포트

해 주던 허 팀장의 경영 3팀에 일부러 그린을 배치하고 신신당부를 한 것만 봐도 알 수 있었다. 허 팀장은 거침없이 정곡을 찔러 왔다.

"잠깐이지만 데리고 있어보니 우리 팀에서 썩히기엔 아깝다."

"형네 팀이 뭐가 어때서. 별로였으면 내가 그 팀에 민그린 씨를 넣었을 리도 없고……."

당황한 정한은 저답지 않게 얼버무렸다.

"우리 팀도 좋은 팀이지. 없으면 안 되는 부서고. 그런데 오늘 민그린 씨 너도 봤잖아. 그동안 우리 팀에서 단순 업무에 투여해서 굴리던 게 미안해질 정도던데."

"그럼 형은? 형이 그 팀에 있는 거. 나는 아깝다고 생각 안 하는 줄 알아?"

"나야 뭐. 신장도 한쪽 없고 가진 건 빚밖에 없는 놈. 정한이 네가 잡아줘서 이렇게 버티고 있는 거고."

할 말을 잃은 정한은 지그시 이를 물었다.

"마케팅 본부 가면 여기보다 배우는 것도 많을 거고."

희미하게 미소를 지은 허 팀장은 툭툭 정한을 두드리며 따스한 언어를 건넸다.

"민그린 씨. 정한이 네 생각보다 훨씬 강단 있는 사람일 거다."

진우가 자리로 돌아간 후, 그린은 세미나장으로 들어오는 정한을 발견했다. 정한은 이쪽에는 시선도 주지 않고 굳은 표정으로 자리로 돌아갔다. 알면서도 서운함이 밀려왔다. 종일 빠듯한 워크숍 일정을 진행하느라 제일 바쁜 사람은 정한이었으니까. 그래도 잠깐 눈이라도 마주쳐 주면 안 되나. 끝까지 아는 척 한 번 해주지 않는 모습에 괜히 고집을 부려 화를 돋운 건 아닌지 위축이 됐다.

작아지는 마음은 거기서 끝이 아니었다. 화장실에 다녀온 지화는 갑자기 싸늘한 공기를 내뿜고 있었다. 씁쓸하고 또 씁쓸했다. 그 모습에 이질감이 느껴지지 않는다는 게. 생각보다 많이 슬프거나 괴롭지도 않다는 게. 그린은 애써 울컥하는 마음을 다독거렸다. 괜찮아. 이런 거, 익숙하잖아. 조금 전까지만 해도 옆에 있던 친구가 갑자기 등을 돌리는 순간, 함께 웃고 함께 놀던 시간들이 예고 없이 아득히 멀어지는 날들. 그린의 얼굴에 쓸쓸한 그늘이 맺히기 시작했다.

그래도 여전히 많이 아프다. 아무리 태연한 척, 이런 일은 익숙하다 세뇌를 해 봐도 상처는 아프고 흉터는 슬펐다.

chapter 15

눈부시게 용감한 디데이

 오후 일정은 순탄하게 흘러갔다. 첫날 일정을 다 마친 뒤, 팀원들은 하나둘, 저녁을 먹으러 모이기 시작했다. 통나무로 지어진 바비큐장에 고기 굽는 냄새가 짙어지기 시작했다.
 바비큐 타임이 시작되자 하루종일 지쳐 있던 팀원들의 얼굴에 슬슬 화색이 돌기 시작했다. 회식의 신, 하진우 역시 어느 정도 정신을 차린 모습이었다. 하지만 하루 종일 팀원들을 몰아치던 정한은 웬일인지 한풀 꺾여 있었다.
 그린도 마찬가지였다. 갑자기 냉담해진 지화의 눈치를 보랴, 온종일 뚝뚝한 정한을 의식하랴 맘 편히 즐길 수가 없었다. 가뜩이나 심란한 마음에 밥도 먹는 둥 마는 둥. 그린은 빨리 자리를 끝내고 숙소로 돌아가고 싶은 마음뿐이었다.
 하지만 그린의 바람과는 달리 앉은 자리 주변에 한둘씩 사람이 늘어나기 시작했다. 시작은 제오였다. 고기와 소시지를 잔뜩 구워 들고 온 제오는 지난번 가연의 일로 서먹해진 사이를 회복하고 싶은 눈치였다. 그다음엔 진우가 찾아왔다.

― 많이 먹었어요? 고기만 먹으면 질리니까 같이 먹어요.

진우는 지화의 앞에 구운 피망과 양파, 버섯이 수북이 담긴 접시를 내밀었다. 지화가 어색한 듯 눈을 피하자 진우는 더 이상 말을 붙이지 못하고 저쪽 테이블에 앉은 정한을 호출했다.

― 김 대표! 이쪽으로 앉아요! 나 왔다 갔다 하기 귀찮아.

기다리고 있던 사람처럼 벌떡 일어나 다가온 정한이 그린의 맞은편에 앉았다. 김정한과 하진우. 그리고 류제오까지. 어쩌다 보니 모여 앉은 꽃 같은 세 남자를 따라 사람들이 몰려왔다. 결국 그린이 앉은 테이블이 바비큐장에서 가장 떠들썩한 자리가 되고 말았다.

식사가 끝날 무렵, 도란도란 이야기를 나누는 사람들과 술잔을 부딪치며 떠드는 무리가 자연스레 나뉘었다. 떠들썩한 무리의 중심은 물론 하진우였다. 진우의 옆에는 무표정을 하고 팔짱을 낀 정한이 앉아 있었다. 그린과 지화를 비롯한 여직원들. 마케팅 본부의 가연과 제오를 비롯한 몇몇 팀원들도 함께였다.

"소화도 시킬 겸 게임이나 할까요? 당연하지 어때요? 콜?"

신나게 웃던 진우가 의미심장한 눈으로 그린을 보며 물었다. 기다란 식탁에 둘러앉은 팀원들이 환호성을 질렀다.

"당연하지?"

"상대방이 하는 말에 무조건 '당연하지'라고 대답하는 게임이야. 못 하면 벌칙."

삐딱하게 묻는 정한에게 진우가 간단하게 설명을 한 뒤, 쩡

굿 눈을 깜빡였다.
"그럼 연습 게임 한 번 해볼까요?"
기다렸다는 듯 다시 환호성이 터졌다.
"첫 번째 타자는 김 대표!"
상대는 누구를 시켜야……. 순간 긴장한 표정이 역력한 제오가 진우의 시야에 포착되었다. 진우의 속내를 대번에 간파한 정한이 험악한 표정으로 굵은 눈썹을 치켜올렸다. 이를 악물고 단호한 거절의 말을 흩뿌리려는 순간…….
"제가 하면 안 될까요?"
번쩍 손을 치켜든 한 사람이 있었다. 바로 가연이었다. 가연은 오늘 그린이 혼자 스포트라이트를 독자치하는 것 같아 하루종일 속이 부글거렸다. 저녁을 먹는 내내 어떻게 그린을 밟아줘야 할지 머리를 굴리고 있었는데 뜻밖에도 기회는 금방 찾아왔다. 당연하지 게임의 첫 상대로 정한이 소환된 것이다. 순간, 가연의 머릿속에 기가 막힌 생각이 번뜩였다.
진우는 이내 어깨를 으쓱했다.
"안 될 건 없죠."
가연은 깍지를 낀 두 손 위에 턱을 얹고 도발적인 시선으로 정한을 바라보았다.
"대표님."
"네."
정한이 무감한 얼굴로 가연을 마주 보았다.
"민그린 씨 있잖아요."

뜻밖의 이름이 언급되자 미동도 없던 정한의 눈썹이 꿈틀 움직였다. 가연은 속으로 쾌재를 부르며 준비한 말을 던졌다.

"아까 들어보니까 낙하산으로 들어왔다는 얘기가 있던데."

사람들의 무의식은 의외로 암시에 잘 걸린다. 게임 중 가볍게 장난으로 한 말이라고 해도.

"민그린 씨. 정말 낙하산 맞나요?"

특히 정한처럼 권위와 파워가 있는 사람이 한 말엔 더더욱 신뢰를 갖는다. 정한의 눈빛이 날카롭게 번뜩였다. 가연은 느긋하게 입술을 핥았다. 대답 없이 술을 마셔도 인정. 그냥 대답하면 공식적으로 인정. 가연을 똑바로 쏘아본 정한이 천천히 입을 열었다.

"당연하지."

가연의 한쪽 입꼬리가 크게 휘었다. 처음 프레임을 씌우는 게 어렵지 한번 각인된 이미지는 쉽게 재생산되고, 반복이 이어질수록 견고해진다. 민그린은 낙하산이라고 방금 CEO가 제 입으로 인정한 꼴이 됐다. 가연은 익숙하게 밀려드는 승리감을 만끽했다. 하지만 들뜬 기분은 잠시였다.

"엄밀히 따지면. 낙하산은 아니고."

정한이 단호한 말투로 웅성거리기 시작하는 소리를 갈랐다.

"그 비슷한 거지만."

정한은 고개를 돌려 똑바로 그린을 응시했다.

"뭐, 낙하산이라고 칩시다."

확신에 찬 묵직한 중저음에 순식간에 주위가 조용해졌다.

"민그린 씨가 낙하산을 타고. 내 마음에 착륙했으니까."

순간 정적이 흘렀다.

가장 먼저 침묵을 깬 사람은 진우였다.

"정한아? 지금 농담하는 거지?"

얼마나 놀란 건지 허물없는 반말이 튀어나왔다.

— 농담 아니고. 진심인데.

흔들림 없는 표정에 당사자가 아닌데도 절로 가슴이 심쿵하는 확고한 말투.

그린의 얼굴에서 순식간에 핏기가 빠져나갔다.

하. 오빠는 왜 또 나서고 난리야. 이러면 더 역효과라구요.

생각지도 못한 오빠의 돌발 행동에 복잡하던 머릿속이 하얗게 변해버렸다.

안 그래도 조가연이 하는 짓을 보며 뒤집히는 속을 간신히 누르는 중이었다. 제 버릇 개 못 준다더니 학교 다닐 때 하던 짓을 여기에서까지. 더 이상은 참을 수 없었다. 가만히 있는 날 왜 끌어들이냐고, 정색을 하려던 순간, 맞은편에 앉은 오빠가 역대급 사고를 쳐버리고 말았다. 가연의 도발에 가슴이 철렁했던 것과는 비교도 되지 않을 만큼 심장이 조여들었다.

정한은 순간 싸해진 분위기는 신경도 쓰지 않는 것처럼 보였다. 느릿하게 팔짱을 낀 정한이 자리에 앉은 사람들을 둘러보며 말했다.

"오늘 하루 민그린 파트너의 활약, 인상 깊게 지켜봤습니다. 짧은 시간 안에 비전과 목표를 공유하고 로드맵을 만드는 기획력, 팀원들과의 커뮤니케이션 능력, 문제 해결을 위한 순발력이 대단하더군요."

정한의 고백은 그린뿐 아니라 자리에 있던 모두에게도 전혀 뜻밖이었다.

"그런 의미에서 민그린 씨는 나한테 낙하산을 타고 넥스트메딕을 찾아온 특공대처럼 든든하게 느껴집니다."

트, 특공대!

가장 먼저 빵 터진 사람은 진우였다.

"푸하하하. 특공대라니. 요즘 누가 그런 말을 쓰냐!"

진우가 박장대소를 하자 나머지 사람들도 손뼉을 치며 웃음을 터트렸다. 순식간에 분위기가 다시 화기애애해졌다. 정한은 굳은 표정으로 스윽 자리에서 일어섰다.

"먼저 들어갑니다. 참가는 자율이지만 내일 새벽 산행을 대비해서 일찍 마무리하세요."

네에. 대표님 푹 쉬세요. 인사가 오가는 가운데 정한이 가연에게 다가가 차가운 눈빛으로 내려다보았다.

"그리고 조가연 파트너."

"네?"

갑자기 이름이 불린 가연이 정한을 올려다보았다.

"아무리 게임이라고 해도. 다른 사람을 깎아내리고 매도하진 말아야죠."

훈훈하던 바비큐장에 초강력 한파가 몰아닥친 듯 싸늘한 눈빛.

"민그린 씨는 당당하게 제 실력으로 들어와 열심히 하고 있는데, 생각 없이 던진 말에 이상한 오해라도 받으면 억울하지 않겠어?"

"아…… 네……."

가연은 울컥 치밀어 오르는 모멸감을 꾹 누르며 입술을 깨물었다.

"……라는 게 여기 대부분의 사람들 생각일 거 같은데요."

정한이 의미심장한 시선으로 좌중의 사람들을 훑어보았다.

"조가연 파트너. 자꾸 이런 식으로 하다가는 뒤에서 비열하게 소문이나 내고 이간질하는 사람으로 각인이 될 것 같네요."

쐐기를 박듯 으르렁거린 후, 정한은 뒤도 돌아보지 않고 떠나버렸다.

'뭐야, 대표님이 지금, 반말하는 척 나 먹인 거야? 고작 민그린 하나 쉴드 쳐주려고?'

가연의 얼굴은 난생처음 맛보는 굴욕감과 수치심으로 벌겋게 익어버렸다.

정한이 떠난 후, 게임은 시시하게 마무리가 되고 말았다. 그만큼 정한의 한마디는 임팩트가 컸다. 대표님의 마음에 착륙한 여자, 표면적으로는 일 잘하고 능력 있는 사원으로서 인상

깊었다는 얘기였다. 하지만 그 자리에 있던 모든 사람들은 분명 다른 신호도 느낄 수 있었다.

특히 그 자리에 있던 남자들은 분명히 느낄 수 있었다.

'농담 아니고. 진심인데.'

민그린은 내 여자니 건들지 말라는 가장 강하고 힘이 센 수컷의 선전 포고. 뒷덜미에 소름이 삐쭉 설 정도로 노골적인 으르렁거림이었다. 그리고 모두가 속 깊은 곳에서부터 자연스럽게 수긍을 하고 있었다. 김정한과 민그린. 누가 봐도 완벽하게 잘 어울리는 한 쌍이었다. 미모와 실력, 인성까지 갖춘 민그린이기에 김정한 대표의 마음을 흔들어 놓았을 것이고, 김정한 대표 정도의 남자가 아니면 그린에게 들이댈 생각을 하면 안 될 것 같았다. 제오 역시 남자들 사이에 은연중에 흐르는 포기와 인정의 분위기를 감지했다.

'말도 안 돼!'

제오가 애써 세운 야심찬 계획은 시도도 하기 전에 사라지고 말았다. 진우가 당연하지 게임을 제안한 순간, 제오는 번뜩이는 아이디어를 떠올렸다.

'민그린. 내가 너 좋아하는 거 알지?'

'당연하지.'

'내가 사귀자고 하면 오케이할 거지?'

'당연하지.'

그린과 마주 앉아 '당연하지' 게임을 하는 걸 상상하던 제오의 가슴이 두근거리기 시작했다.

이보다 더 완벽한 시나리오가 어디 있을까…… 했는데, 있었다.

조가연의 모략을 멋지게 역이용해 남자인 제오도 심쿵할 만한 멘트에 노련하게 그린을 감싸고 추켜올리는 스킬까지.

김정한은 역시 끝판왕이었다. 물밀듯 서러움이 몰려왔다.

'내가 먼저 좋아했는데! 내가 그린이를 얼마나 좋아하는데!'

지금도 완벽하지만 앞으로도 완벽할 김정한의 인생의 옆자리를 지키고 있는 게 그린이의 환하게 웃는 얼굴이 될 것만 같았다. 억울함을 삭이던 제오의 시야에 신경질적으로 입술을 짓씹는 가연의 얼굴이 들어왔다. 제오는 놀란 눈으로 찬찬히 가연을 주시했다. 힘주어 표정 관리를 하는 와중에도 한 번씩 그린을 노려보는 악독하고 표독스러운 눈빛. 항상 사람들에게 둘러싸여 당당하고, 모두에게 친절하고 밝은 조가연이 맞나 싶었다. 홀로 앉아 있는 가연에게 드리워진 그림자는 유난히 시커멓고 또렷해 보였다.

숙소로 돌아오던 지화는 뒤를 돌아보고 다시 한숨을 내쉬었다. 아까부터 아무 말도 못 하면서 잔뜩 주눅이 들어 쫄래쫄래 따라오는 귀엽고 사랑스러운 강아지 같은 눈망울. 금방이라도 눈물이 뚝 떨어질 것 같은데 애써 아무렇지 않은 척, 씩씩한 척, 계속 지화의 기분만 살피는 맑고 순한 얼굴. 그래.

예쁜 게 죄지. 그린의 곁에서 웃고 있던 진우는 즐거워 보이기도 했지만 그런 둘의 모습은 꽤 잘 어울려 보이기도 했다. 아까 진우 앞에서 활짝 웃고 있던 그린의 얼굴은 티 없이 순수해서 더 서글픔이 몰려왔다.

ㅡ 고아원 출신이. 주제도 모르고.

얼마 전. 헤어진 남친의 부모에게 받았던 모욕적인 말이 아직도 가슴에 깊이 박혀 있었다. 그런 내 주제에 질투라니 가당치도 않게. 지화는 씁쓸한 웃음을 삼켰다. 유지화를 평생 따라다니던 지긋지긋한 꼬리표. 그걸 달고 종합 병원의 병원장 아들이자 잘나가는 벤처 기업 대표인 진우와 굳이 엮이고 싶지 않았다. 지화는 남은 미련을 떨치듯 고개를 저었다.

'어차피 숙소도 둘이 써야 하는데 계속 이런 식으로 냉기만 뿌릴 수도 없고.'

세상 쿨하게 결론을 내린 지화는 객실에 카드 키를 대며 중얼거렸다.

"아. 저녁을 대충 먹었더니 배고프네."

쫑긋. 그린이 귀를 세우더니 허겁지겁 등에 멘 배낭을 뒤지는 소리가 났다. 객실로 들어온 지화에게 그린이 슬며시 초코바를 내밀었다.

"저기…… 이거 있는데……."

지화는 냉큼 초코바를 받아 까더니 입에 물었다.

"아. 맛있다."

슬쩍 그린을 돌아본 지화가 초코바의 절반을 뚝 잘라 내밀었다.

"같이…… 먹어요. 아까 보니까 저녁도 부실하게 먹는 거 같던데."

그제야 환해진 그린의 얼굴. 커다란 눈에 서서히 물기가 차오르기 시작했다. 아까부터 몇 시간을 쌀쌀맞은 지화의 곁을 맴돌며, 말 한번 붙이지 못하고 꾹꾹 눌러 참기만 하더니. 저렇게 안도하는 얼굴로 글썽거리면 어쩌라는 거야. 그 모습에 결국 마지막 남은 벽도 무너져 버렸다.

"참나. 왜 울고 그래요."
"아뇨! 안 울어요."

그린은 도리질을 치며 애써 웃었다. 그러다 진짜로 밝게 웃었다. 평생 처음이었다. 등을 돌려 멀어진 사람이 다시 돌아온 적은. 지화는 망설이다 한숨을 내쉬었다.

"그린 씨. 오해하지 말아요. 내가 아까는, 그러니까. 사실은, 하아. 그게……."

결국. 답답한 것도, 숨기는 것도 아무것도 담아 두지 못하는 유지화다웠다.

"나. 사실 시설에서 자랐어요. 운 좋게 후원자를 잘 만나서 자립도 수월하게 했고 학업도 끝까지 마쳤지만."

갑자기 톡 튀어나온 뜻밖의 고백에 그린은 멍한 표정을 지었다.

"그래서 아까는, 괜히 자격지심이 들어서. 그린 씨. 질투했어요."

눈부시게 용감한 디데이

"나를요?"

"응. 내 나름대로는 잘 해보려고 노력도 많이 했는데. 구김살 없고 밝은 모습만 보여주려고. 그런데 막판엔 그게 발목을 잡더라. 남자가 괜찮다고 하면 그 사람 가족들이라도. 부모 없는 애. 고아원 출신."

그린은 충격을 받은 표정을 한동안 감추지 못했다.

"뭐, 그린 씨가 내 처지 돼 봐요. 잠깐 질투하고 그럴 수도 있는 거지."

유지화는 어느새 그렁해진 눈으로 말없이 듣고 있는 그린을 보고 씨익 웃었다.

"왜. 실망했어요?"

"아뇨!"

그린은 화들짝 놀란 얼굴로 고개를 흔들었다.

예쁘게 말린 머리가 살랑 흔들리자 눈물이 톡 한 방울 떨어졌다.

"에이. 왜 울고 그래요? 내가 무슨 얘기를 했다고."

"어? 그러게. 슬픈 얘기도 아닌데 왜 눈물이 나지."

그린은 붉어진 눈시울을 훔치며 환하게 웃어 보였다.

잠시 후, 동시에 같은 말이 나왔다.

"고마워요."

"고마워요."

'내 얘기를 들어줘서.'

'나한테 그런 얘기를 해 줘서.'

둘은 얼굴을 마주치고 다시 환하게 웃었다.

"참. 이상하단 말이야. 나 그동안 누굴 만나도 내 입으로 먼저 말한 적 없었는데. 그린 씨한테는 이상하게 술술 털어놓게 되네. 그린 씨는 은근히 사람 마음을 편하게 해주는 그런 게 있어."

"내가요?"

"응. 평소에 말도 없고 조용한데 사람이 참 꾸밈이 없고 순수하구나. 하는 느낌도 들고. 내가 어린 나이에 산전수전 다 겪어봐서 보는 눈은 정확하거든."

그린은 감동 받은 얼굴로 지화를 바라보았다. 지화의 말대로 상대방의 마음을 편안하게 해주는 그런 대단한 사람이라고 생각해본 적은 없었는데, 생각지도 않은 따뜻한 칭찬에 몽글몽글 심장에서 예쁜 꽃이 피어나는 느낌이었다. 정한이 귀에 대고 나직하게 듣기 좋은 웃음을 뿌려줄 때와는 또 달랐다. 싹이 틀 때 가슴 속이 몽글몽글해지는 건 같지만 피어난 꽃은 색도 모양도 향기도 전부 다 달랐다. 그린의 마음 안에 예쁜 꽃을 피워준 유지화는 가라앉은 분위기를 살리려는 듯 비장한 표정으로 화제를 돌렸다.

"참! 아까 하진우 이사님이랑…… 무슨 얘기 했어요? 뭐가 그렇게 좋아서 웃고 있었는데?"

잠시 후 지화의 동공이 역대급으로 커다래졌다.

"대박! 그린 씨가 고백했다는 사람이 김정한 대표님? 그런데 남친이 아니고 남편이라고?!"

끄덕.

"……그래서 하진우 이사님이 그린 씨한테 제수씨라고 부른다고요?"

끄으덕. 이어진 다음 말에 지화는 딱 벌어진 입을 한동안 다물지 못했다.

"아까 둘이 한 얘기가 뭐냐면. 하 이사님이 나한테 와서 계속 지화 씨 얘기만 물어봤어요. 지화 씨도 하 이사님이랑 아는 사이였어요?"

"뭐, 뭐라구요? 그러니까 둘이……!"

지화는 진우와 그린이 나눈 이야기를 듣고 눈이 튀어나올 듯 놀란 표정을 지었다. 하지만 그린은 지화가 정한과 제 사이를 알고 놀란 걸로 착각해 머쓱하게 사과를 건넸다.

"미안해요. 일부러 속인 건 아닌데 말하기가 좀 그랬어요."

"뭐. 그래요. 그럴 수도 있죠. 그런데 하진우 이사님은……. 뭐야. 괜히 오해했잖아."

횡설수설하던 지화는 한참 후에야 정신을 차렸는지 믿기지 않는다는 감탄을 내뱉었다.

"와. 다시 생각해도 반전 어마어마한데? 그린 씨 남편이 김정한 대표님이라니. 아니, 우리 회사 사장님 와이프가 나랑 같은 부서 팀원이었다니."

씻으러 가자며 옷을 훌렁 벗어 던진 지화는 금세 발랄한 본연의 모습으로 돌아와 있었다.

"어쩐지. 아까 대표님이 '저 낙하산녀가 내 심장에 수직으로 꽂혔소!' 하면서 그린 씨 쳐다보는데 내가 다 설레더라."

지화를 따라 주섬주섬 옷을 갈아입던 그린이 쑥스러운 표정으로 말했다.

"에이. 오빠가 언제 그랬어요."

"헐! 오빠래! 오빠래애! 꺄악! 대표님이 어려운 사람이긴 하지만 잘생기면 오빠 맞지! 인정!"

바로 주접 모드로 돌아온 지화는 두 주먹을 입에 대고 동동 발을 굴렀다.

"와씨! 미쳤다! 그럼 그린 씨랑 19금 찍은 남자가 대표님이라고! 둘이 밤이면 밤마다 감독판도 찍고 검열 삭제 씬도 찍고 그러면서 회사에서는 시침 뚝 떼고 있었다고!"

"아뇨! 절대!"

그린은 혼비백산한 표정을 지으며 손을 저었다.

"에이. 몸이나 가리고 그런 말해요. 앞뒤로 치타를 만들어 놨는데 뭘."

달랑 속옷만 입고 있던 지화가 슬리브리스 차림의 그린을 훑어보더니 빙글거리며 웃었다. 지화의 말대로 뽀얀 그린의 피부에는 뜨거웠던 흔적이 여기저기 새겨져 있었다.

"어흥. 대표님 알고 보니 상남자였네."

그린은 금방이라도 터질 듯 얼굴이 빨개져 허둥지둥 옷을 갈아입었다. 음흉하게 웃던 지화는 이제야 알겠다는 듯 손뼉을 치며 감탄을 내뱉었다.

"아하! 그래서 아까 조가연이 개수작 부릴 때 철벽치고 막아줬구나!"

그러더니 빠직, 하는 표정으로 이마에 핏대를 세웠다.

"조가연 걔는 완전 또라이더라. 또라이. 왜 가만히 있는 그린 씨를 못 잡아먹어서 난리야?"

지화는 험악한 표정으로 주먹을 불끈 쥐었다.

"그린 씨. 세상에는 말이 통하는 사람이 있고, 안 통하는 사람이 있어요. 당연히 언어로 해결이 되는 게 있고 안 되는 게 있죠."

영문을 몰라 눈을 깜빡이는 그린의 시선에 맞추어, 지화가 양손을 치켜들었다.

"언어로 안 되면 뭐다? 행동으로 보여줘야지. 아까 그 조또라이 같은 애들 상대할 때는 말이죠. 이렇게 손가락을 쫘악! 구부린 다음에……."

지화는 효율적이고 간단한 동작으로 한 번 들어가면 절대 빠지지 않는 갈고리 기법을 알려준다며 한참이나 그린을 웃게 만들었다.

다음 날 아침, 집합 장소로 나온 가연은 먼저 나온 사람들을 둘러보았다. 어제 저녁 술자리 이후로 가연을 둘러싼 기류가 미묘하게 바뀐 기분이 들었다. 저쪽에서 무리를 지어 속닥거리던 기나리는 가연을 보고도 딴청을 부렸다. 배신감보다는 괘씸하다는 생각에 속이 뒤집어지는 느낌이었다.

가연은 끓어오르는 속을 짓누르며 줄 끄트머리에 섰다. 정한과 진우를 선두로 한 단체 산행이 시작되었다. 함께 가는 일행이 없던 가연은 점점 사람들을 앞서게 되었다. 산 중턱에 다다를 무렵. 앞쪽에 익숙한 뒷모습이 보였다.

"제오야!"

"어. 왔어?"

제오가 흘끗 돌아보며 고개를 끄덕였다. 가연은 제오의 뒤에 바짝 붙어 눈꼬리를 내려뜨렸다.

"제오야. 나 짜증 나 죽겠어."

"……"

"아니 어제, 기나리가 민그린 낙하산 맞다고 분명 그랬거든. 나보고 대표로 확인해 달라고 해서, 헉. 난 그냥 다른 사람들 말, 헉. 들어준 거, 헉. 뿐인데, 헉."

산길이 가팔라 힘들게 헉헉대면서 가연은 제오에게 하소연을 늘어놓았다.

"어이가 없어서, 하아. 숨차. 지들이 헉, 시켜놓고 헉. 오늘 아침에 안면 싹 바꾸고……"

"미안한데."

순간 서늘해진 목소리에 가연은 우뚝 멈추어 섰다.

"나 생각할 게 좀 많아서. 조용히 혼자 가고 싶은데."

"어……"

"그리고, 어제 가연이 네가 심하기는 했어."

가연은 기가 막힌 듯 헛웃음을 뱉었다.

"어쨌든 민그린은 손해 본 거 하나도 없잖아. 하루 종일 칭찬만 받고 대표님까지 나서서 감싸 줬잖아?"

뒤돌아보는 제오의 눈빛이, 그렇게 냉담한 건 처음 보았다.

"나도 엄연한 피해자야! 다른 여직원들이 부추겨서 대표로 물어본 거라니까!"

"가연이 네 말, 이제는 못 믿겠어."

가연은 피가 맺힐 정도로 입술을 짓씹으며 멀어지는 제오의 뒷모습을 노려보았다.

'결국은 너도 민그린이라 이거지! 두고 봐.'

산행보다는 수다를 떠느라 바빴던 그린과 지화는 어느새 맨 뒤로 처져버렸다. 마지막으로 앞에 서 있던 사람이 보이지 않은 지도 오래였다. 한참을 걷다 고개를 갸우뚱한 그린이 물었다.

"참. 지화 씨 하 이사님하고는 어떻게 아는 사이에요?"

"엄마야!"

그린의 말이 떨어지기가 무섭게 지화가 주저앉아 버렸다.

"괜찮아요?"

그린은 허겁지겁 지화의 상태를 확인했다.

"아야야! 잠깐 멍 때리다 돌이라도 밟았나 봐."

지화가 울상을 지으며 바지를 걷었다.

"많이 다쳤나 봐요!"

지화의 발목이 삽시간에 퉁퉁 부어오르기 시작했다.

"괜찮아요. 원래 발목이 약해서 툭 하면 삐고 그래요."

하지만 잘 모르는 그린이 보기에도 지화의 발목은 잠깐 삐끗한 거라기엔 심각해 보였다.

"잠깐만요."

허겁지겁 손수건을 꺼낸 그린은 지화의 발목을 꽈악 압박해 가며 단단히 묶었다.

"일어설 수 있겠어요?"

지화는 아픈지 찔끔 눈물을 보이며 고개를 저었다.

"119에 전화하는 게 나을 거 같아. 잠깐만요."

그린이 휴대폰을 꺼내든 순간.

"무슨 일입니까?"

앞쪽에서 익숙한 목소리가 울렸다. 고개를 들어보니 정한과 진우가 서둘러 내려오고 있었다. 뒤에 한참을 처져서 찾으러 내려온 모양이었다. 그린이 걱정스러운 표정으로 목소리를 높였다.

"지화 씨가 발목을 다쳤어요."

한달음에 성큼 내려온 정한은 허리를 구부리고 지화의 발목을 조심스레 살폈다.

"부러지진 않은 거 같은데……, 걷진 못하겠네."

정한이 대번에 한쪽 무릎으로 땅을 짚었다.

"업혀요."

다음 순간. 정한은 황당한 표정을 지으며 옆으로 나동그라져버렸다.

"아니. 내가 업을게. 넌 짐이나 들고 따라와."

정한을 우악스럽게 밀어낸 진우가 비장한 표정으로 지화에게 등을 들이대고 있었다.

얼마 후, 지화를 업고 내려가던 진우는 땀을 비 오듯 흘리면서도 절대 내려놓지 않았다. 정한이 교대하자고 해도 고개를 저으며 악착같이 산 아래까지 지화를 업고 내려갔다. 보다 못한 정한이 날듯이 산길을 달려 숙소로 돌아가 차를 가지고 온 지점까지. 정한이 운전석, 그린이 조수석에 탔다. 뒷좌석의 진우는 지화를 비스듬히 앉히고 제 허벅지 위에 지화의 발을 조심스럽게 올려놓았다.

"심각한 거 같아?"

제일 가까운 응급실을 검색해 차를 몰던 정한이 물었다.

"내가 보면 아냐. 가서 검사 해봐야지."

"직접 보고도 왜 모르는데요?"

괜히 미안하고 민망한 마음에. 지화가 톡 쏘듯 물었다.

"몰라요. 회계학과라 사진 없으면 맹탕이거든."

"회계학과요? 의사 아니었어요?"

순간 지화의 목소리에 와락 반가움이 돌았다.

"회계학과 아니고 핵.의.학.과."

"아."

진우가 또박또박 일러준 말에 지화는 노골적으로 실망한 표정을 지었다. 응급실에 도착하기 전, 진우의 연락을 받은 의료진이 미리 휠체어를 가지고 나와 대기하고 있었다.

"하진우! 이 산골짜기까지 웬일이냐?"

진우와 동기라는 의사가 직접 밖으로 마중을 나왔다. 진우는 지화를 조심스레 안아 휠체어에 앉힌 뒤, 그와 악수를 나누었다.

"앵클 스트레인인데 프렉처 같지는 않아. 텐던 인저리가 있을 거 같긴 한데."

빠르게 지화의 상태를 설명하는 진우는 누가 봐도 의사가 맞았다. 지화는 그 모습을 바라보며 씁쓸하게 고개를 떨구었다.

"일단 엑스레이부터 찍어보자. 아, 여친 분?"

지화가 붉어진 얼굴을 쳐들었다.

"아니거든요?"

날카로운 지화의 반응에 진우는 무감한 표정으로 어깨를 으쓱했다.

"뭐 그렇다고 하시네."

껄껄 웃은 의사는 둘을 안내해 응급실 안으로 들어갔다. 멍하니 보고 있던 그린은 응급실 앞 벤치에 털썩 주저앉았다. 새벽부터 일어나 1시간 넘게 산을 타고, 또 1시간 넘게 차를 탔더니 피곤이 몰려왔다.

"갈까? 집으로 바로 갈 거야."

눈부시게 용감한 디데이

어디를 갔다 온 건지 잠시 사라졌던 정한이 돌아왔다.
"기다렸다 어떤지 보고 가야죠."
"진우 있으니까 괜찮아."
고개를 끄덕인 그린은 새삼스러운 눈으로 정한의 차에 시선을 꽂았다.
"그런데 워크숍 올 때. 같이 버스 타고 오지 않았어요? 차는 언제……?"
"김 비서가 끌고 뒤따라 왔어."
역시 오빠는 철저하다.
"맞다. 가서 지화 씨 짐 챙겨야겠다."
"리조트에 연락 해 뒀어. 김 비서 편에 보내줄 거야."
"참 지화 씨는 집에 어떻게 가요?"
"택시 예약해 뒀어. 치료 끝나면 진우랑 바로 서울로 갈 거야."
아. 오빠는 항상 다 계획이 있었지.
고개를 끄덕인 그린은 더 이상 대답할 기운도 없는 듯 조수석에 몸을 실었다. 어제의 빠듯한 일정에 조가연의 도발, 아침에 산을 오르다 지화가 다치기까지. 급 피곤이 몰려와 꾸벅꾸벅 졸던 그린은 어느새 잠이 들어 버렸다.

한참을 달리던 국도 위, 신호를 받아 차가 멈추자 정한의 시선이 자석처럼 오른쪽을 향했다. 그린은 피곤한지 동그맣게 몸을 만 채 잠들어 있었다. 바라보는 정한의 표정에 착잡함이 어렸다.

그린이 워크숍에 가고 싶다고 했을 때, 가장 먼저 올라온 건 절대 안 된다는 감정이었다. 워크숍에는 순진한 어린양을 노리는 늑대들이 가득할 테니까. 거기다 조가연과 같은 공간에서 일박 이 일을 보내야 한다는 사실이 영 내키지가 않았다. 결국 그린의 안전을 위해 충동적으로 워크숍에 참가했다.

하지만 정한의 조바심은 기우였다. 그린은 모든 세미나와 팀 빌딩 프로그램에서 발군의 실력을 보여주었다. 그 결과, 마케팅 본부 승기석 팀장의 예리한 레이더에 포착되었다. 하필 요즘 마케팅 본부는 최고조로 바빠져 증원이 절실한 상황이었다. 신입을 뽑아 가르칠 일은 까마득하고 검증된 경력 사원을 추리고 뽑는 에너지는 쓰기 아까울 만큼 바쁜 시기였다. 기회를 놓치지 않는 승 팀장이 그린의 부서 이동을 요청할 것은 불 보듯 뻔한 일이다.

솔직한 마음은 싫었다. 산더미 같은 고된 업무에 시달리게 하고 싶지도 않았고, 굳이 학폭 가해자와 같은 공간에서 매일 마주치게 하고 싶지도 않았다. 아주 오랜 기간, 살얼음이 껴 있던 마음이 지글지글 끓고 있었다.

평생 나만 바라보는 뽀시래기로 제 안에 가두고 묶어 놓고 싶은 치밀한 소유욕이 차올라서.

그러면서도 어제 허 팀장에게 들은 얘기가 속을 어지럽혔다. 어쩌면 과보호라는 명목 아래, 그녀를 오롯이 독차지하려는 내가 가장 이기적이고 탐욕스러운 놈 아닐까. 굳이 상처 입게 하고 싶지 않다는 핑계로 찬란한 날개를 꺾으려는 건 아닐까. 그 후로도 한동안 정한은 알 수 없는 표정으로 묵묵히 운전대를 잡고 있었다.

정한의 차가 집 차고 안으로 미끄러지듯 들어갔다. 마침 눈을 뜬 그린은 창밖의 익숙한 공간을 확인하고 운전석을 바라보았다.
"도착한 거예요?"
"깼어?"
그린은 시트 등받이를 세우고 흐트러진 머리를 빗어 내렸다. 한참 잔 것 같은데도 계속 졸음이 몰려왔다. 바쁜 주말을 쪼개 워크숍에 다녀오고, 긴 시간 운전을 한 정한은 훨씬 더 피곤하겠지. 그 생각을 하니 괜히 워크숍에 간다고 고집을 부렸나 하는 생각이 들었다.
"미안해요. 운전하는 데 계속 잠만 자고······."
"조수석에 앉아서 할 일이 뭐가 있어."
하지만 정한은 역시나였다. 대수롭지 않게 넘기는 뚝뚝함에 차 안엔 다시 정적이 흘렀다. 아. 어색하다 어색해. 지난 며칠간의 냉랭했던 기류를 어쨌든 풀긴 풀어야 하는데 딱히 뭐라고 해야 할지 몰라 그린은 애꿎은 입술만 말아 물었다. 그러다 잠시 후 오늘은 정한이 먼저 입을 열었다. 어딘가 쑥스러운 표정으로.

"그린아."

"네?"

"그때 보니까 효과가, 있던데."

"그때?"

"그게. 음. 저기 어색한데 우리……."

아. 정한이 하려는 말을 단박에 알아들은 그린은 주먹을 꼭 쥐며 질끈 눈을 감았다. 속삭이듯 작은 목소리가 용감하게 튀어나왔다.

"그럼 난 오빠 방!"

그린이 용감하게 외친 말에 정한의 눈은 본 이래 가장 커다래져 있었다.

"……정말이야? 방금 그 말?"

수줍게 고개를 끄덕인 그린은 차 문을 열며 애써 대범하게 재촉했다.

"얼른 들어가요."

허겁지겁 고개를 끄덕인 정한도 차에서 내렸다. 손을 마주 잡고 정원을 가로지르는 동안, 머릿속은 하얗게 점멸되고 입안은 바짝바짝 말라왔다. 정한의 계획보다 딱 하루 늦었지만 드디어 오늘이 애타게 기다리던 그날이었다. 현관에 들어선 정한은 신발을 벗자마자 그린을 들쳐 안고 커다란 보폭으로 복도를 지났다. 보쌈이야 뭐야. 그린은 얼굴을 붉히며 허둥거렸다.

"내려줘요. 걸을 수 있어요!"

한 번에 두 계단씩 성큼성큼 올라가던 정한이 말했다.

"지금 손잡고 걸으면 너 넘어져."

정한의 말대로였다. 순식간에 2층 정한의 방 앞이었다. 축지법이라도 쓴 건지, 오빠 말대로 손잡고 갔으면 발이 아니라 옆구리로 계단을 올라왔을 뻔. 그린을 그대로 안은 채 손잡이를 밀어 어깨로 문을 연 정한이 빠르게 침대로 직행했다.

"안 씻어요?"

그린은 가볍게 나무라듯 정한의 팔을 톡 두들겼다. 오전 내내 산행을 하고 몇 시간이나 차를 타고 달렸더니 찝찝한 기분이었다. 고개를 끄덕인 정한이 다시 욕실로 향했다. 기다란 대형 거울 앞. 대리석으로 된 수납장 위에 조심스레 그린을 앉혀 놓고 정한은 욕조에 물을 받기 시작했다. 세심하게 물 온도를 조절하는 정한의 모습을 보며 미소 짓던 그린이 놀란 얼굴로 수납장 위에서 뛰어내렸다.

"지금 뭐 하는 거예요?"

셔츠를 훌렁 벗던 정한이 무심히 고개를 돌리며 물었다.

"뭐가?"

"오, 옷을 왜 벗어요?"

"나도 씻어야지."

"지금요?"

굳이 대답도 필요 없었다. 정한이 바지 허리춤에 손을 가져다 대자 그린이 기겁을 하며 물었다.

"미쳤나 봐! 설마 같이 씻자는 거예요?"

"미친 게 아니라 급한 거야."

"아무리 급해도 이건 아니죠!"

"왜?"

"오빠는 부끄러움이라는 것도 없어요?"

그린은 도망치듯 욕실을 빠져나갔다.

"나 1층에서 씻고 올게요. 옷도 갈아입어야 되고."

"어차피 벗을 건데 옷은 뭐 하러……!"

뒤에서 붙잡는 정한의 말은 애써 무시한 채 한달음에 1층으로 내달렸다.

온몸이 배배 꼬이고 귀까지 화끈거렸다. 오빠는 가끔 외계인에게 개조라도 당한 건 아닌지 걱정이 될 만큼 뻔뻔해질 때가 있었다. 주로 몸에 걸친 것이 적어질수록 그 정도가 심해졌다. 오늘은 거대 은하계의 코끼리별 이런 데서 오빠를 원격 조종이라도 하고 있는 걸까. 무심하게 케이크와 꽃다발을 읊조리던 세상 차분한 계획 집착남은 어디 갔을까. 환하게 불이 켜진 욕실에서 냅다 상의를 탈의하는 모습에 가슴이 떨려 주저앉을 뻔했네.

한참 후, 따뜻한 물 아래 한참이나 서 있던 그린은 화장대 앞에 앉아 꼼꼼하게 머리를 말렸다. 위잉. 드라이기가 꺼지고 찰랑거리는 머리에 몇 번이나 빗질을 하고 나니 더 이상 할 일이 없었다. 그제야 수줍어진 발걸음이 2층으로 향했다. 똑똑. 달각 문을 연 그린이 발그레해진 얼굴을 내밀었다. 침대에 앉아 있던 정한은 들어오라는 듯 턱짓을 했다.

"음. 민그린 씨 거는 일단 트렁크에. 아. 그건 경영 3팀 유지화 씨 집으로 주소 확인해서 퀵으로 보내요. 그리고 내일 ICP 매스, 원소 PPM 분석 결과지 출근하고 바로 볼 수 있게 준비해 줘요."

어깨와 턱 사이에 휴대폰을 낀 정한은 태블릿을 보며 바쁘게 무언가를 체크하고 있었다. 데자뷔를 보는 느낌이었다. 얼마 전 시어머니가 찾아와 뜻하지 않게 첫 동침을 했던 날, 그때도 저렇게 근육으로 꽉 짜인 상체를 드러내며 침대에 앉아 업무를 보고 있었는데. 그린은 떨리는 발걸음으로 천천히 침대로 향했다.

침대 옆에 서자 정한이 이불을 젖혔다. 정한은 오늘도 하늘하늘한 파자마 바지 차림이었다. 정한이 태블릿을 밀어 놓고 툭툭 제 다리 위를 두드렸다. 탄탄한 허벅지 위에 살포시 앉은 그린은 정한의 맨가슴에 뺨을 기댔다.

"하 이사한테는 내일 오전에 연락해요. 아니. 이번엔 슈퍼컴퓨터에서 계정 받기로 했다고 전해요. 출근하자마자 바로 연산 걸어 두고 분석 나오는 대로 보내달라고."

듣기 좋은 저음이 탄탄한 근육에 밀착한 귀를 지나 웅웅 온몸을 울려왔다. 통화는 제법 길게 이어졌다. 정한은 그린의 뺨이며 자그마한 귀를 어루만지다가 몇 번이나 고운 이마 위로 입술을 가져다 대었다.

"······오케이. 수고했어요. 내일 봅시다."

달칵. 협탁 위에 휴대폰을 내려놓는 소리가 들렸다. 정한이 인공지능 스피커를 흘끗 돌아보며 말했다.

"조명 은은하게."

조도가 어슴푸레해지더니 다시 방 안이 고요해졌다.

"무슨 생각을 하느라 이렇게 조용할까."

고개를 저은 그린이 나른한 목소리로 중얼거렸다.

"아무 생각도. 그냥······ 편하고 좋아요."

커다란 손이 자그마한 턱을 위로 치켜들었다. 촉. 물기 어린 두 입술이 살며시 붙었다 아쉬운 듯 떨어졌다.

"괜찮겠어?"

아까 욕실에서만 해도 누가 쫓아오기라도 하는 건지 세상 급해 보이더니, 정한의 숨소리는 언제 그랬냐는 듯 평소의 것대로 차분해져 있었다.

끄덕. 고개를 끄덕인 그린이 이번엔 먼저 정한의 목에 팔을 감더니 대담하게 입술을 벌렸다. 고개를 기울인 정한은 따스하고 말캉한 살결을 한 입 머금으며 타는 한숨을 토해 냈다. 뜨겁게 감겨 오는 숨을 그린은 몇 번에 걸쳐 헐떡이듯 삼켰다. 몸이 천천히 기우는 게 느껴지자 파닥이던 속눈썹이 꼬옥 내려 감겼다. 어느새 침대 위에 누운 그린의 몸 위로 정한의 단단한 상체가 겹쳐왔다.

"눈 떠봐. 보고 싶어."

그윽한 목소리에 깜빡깜빡 커다란 눈망울이 드러났다. 한참이나 홀린 듯 내려다보는 정한의 시선이 벅찰 만큼 아득하게 쏟아졌다. 차마 말로 형용할 수 없는 많은 감정을 담고 있는 눈빛이었다. 마주친 그린의 눈가도 절로 시큰해졌다. 가슴이 저릿한 것 같기도, 기쁜 것 같기도 한 통증이 밀려왔다.

"괜찮아. 괜찮아."

지금 이 순간 그린이 너무 긴장하고 떨고 있을까 봐. 정한은 몇 번이나 다정한 언어로 다독거렸다. 떨리는 숨을 흐느끼듯 삼키고, 그린은 모든 준비가 됐다는 듯 고개를 끄덕였다. 정한 역시 결심한 듯, 근육으로 쫙 갈라진 팔로 바닥을 짚고 거대한 상체를 일으킨 순간.

꼬르륵.

순간 방 안에 울려 퍼진 소리에 둘의 동작이 얼어붙은 듯 멈추었다. 처음에는 애써 못 들은 척했다.

하지만 또다시. 꼬륵.

그린은 붉어진 얼굴을 돌리며 중얼거렸다.

"괜찮아요. 그냥 해요."

꼬르르륵.

아무렇지도 않은 척하기에는 그린의 배에서 난 소리는 너무나도 또렷하고 크게 들렸다.

잠시 후. 미동도 없이 내려다보던 정한의 잇새에서 지그시 다물린 소리가 새어 나왔다.

"혹시. 일부러 그러는 거야?"

그린은 잔뜩 민망한 표정으로 아일랜드 식탁 앞에 앉아 있었다. 맞은편에 선 정한은 묵묵히 식빵 한 면에 쓱쓱 마요네즈를 바르는 중이었다. 닭 가슴살 훈제 햄, 양상추와 슬라이스 토마토, 달걀과 치즈가 차곡차곡 올라갔다.

"오빠."

대체 무슨 생각을 하고 있는 건지, 무표정을 하고 있는 정한은 냉랭해 보이기까지 했다. 혹시 화가 난 건 아닌가 싶어 그린은 떠보듯 말을 걸었다.

"아까 너무 긴장해서 그런 거예요! 지금은 아무것도 먹고 싶지 않아요."

입가에 슬쩍 호선을 그리며, 정한은 재료 위를 빵으로 덮고 단단하게 눌렀다. 곧 빵칼이 샌드위치를 보기 좋게 4등분으로 갈랐다. 샌드위치를 올린 접시를 스윽 밀어주던 정한이 부드럽게 물었다.

"우유 줘?"

"……"

그린은 잘근잘근 입술만 깨물었다. 냉장고 문을 연 정한이 우유를 꺼내 컵에 따랐다. 달그락. 그린은 앞에 놓여 있는 샌드위치와 우유를 물끄러미 바라보았다.

전혀 배가 고프지 않았다. 아니. 내일까지 하루 종일 굶는다 해도 몰려올 식욕까지 뚝 떨어져버렸다.

아까 침대 위에서 그린을 일으켜 1층으로 내려온 정한은 여전히 파자마 바지 하나만을 걸치고 있었다. 드러난 맨몸 아래 성난 근육과 달리 무표정한 얼굴은 흩어진 재료들을 깔끔하게 정리하는 데 몰두하고 있었다.

그 모습을 바라보던 그린의 마음 한구석에 한없는 원망과 한탄이 밀려왔다. 아까까지만 해도 둘 사이의 분위기는 더없이 달콤하고 예뻤다. 물론 일부러 그런 건 아니지만, 그래서 억울한 생각이 더 크긴 하지만…….

왜 하필! 그 절묘한 순간에 눈치도 없는 위장은 제 존재를 어필하겠다고 난리를 친 걸까.

"얼른 먹어."

식탁 위를 말끔히 치우던 정한이 정갈하게 놓인 샌드위치 쪽으로 시선을 두었다.

"먹여 줘?"

계속 가만히 있다간 진짜로 먹여 줄 기세였다.

"아뇨. 먹을게요."

그린은 조심스레 샌드위치 한 쪽을 집어 들었다. 손톱만큼도 안 되는 한 입을 베어 문 그린이 웅얼거리듯 물었다.

"혹시……, 화 많이 났어요?"

"응."

기다렸다는 듯 떨어진 대답에 놀란 눈동자가 커다래졌다. 정말이었네. 오빠는 정말 화가 난 게 맞았구나. 둘 다 그렇게 기대하던 오늘을 자신 때문에 망쳐버린 기분이었다. 도르래

끝에 달린 추처럼 그린의 자그마한 턱이 수그려졌다. 길쭉한 손가락을 구부려 식탁 위를 초조하게 두드리던 정한이 피식 웃어버렸다.

"나한테."

"……?"

"나한테 미칠 듯이 화가 나더라."

"오빠한테……?"

분위기를 망친 내가 아니라 오빠한테 화가 났다고? 상상도 못 했던 답에 그린은 멍한 표정으로 정한을 올려다보았다.

"새벽부터 하루 종일 끌고 다니면서 밥 한 끼 먹일 생각을 못 했다는 게. 집에 와서도 미친놈처럼 덤벼들 생각만 했다는 게."

상상도 못 했던 이유에 그린의 입이 벌어지고 말았다.

"당연히 배가 고팠을 텐데."

정한은 답답한 표정으로 벅벅 마른세수를 하며 짓던 말을 마무리 했다.

"일부러 애태우는 거 아닌가. 잠깐이라도 그런 멍청한 생각을 했다는 게 돌아버릴 만큼 화가 나."

올려다보던 말간 눈망울에 예쁜 춤이라도 추듯 흔들흔들 물기가 어렸다. 가만히 허리를 숙인 정한은 팔을 뻗어 그린의 뺨에 손을 가져다 댔다. 한없이 다정한 얼굴로 지그시 눈을 맞추었다.

"오늘은 먹고 푹 쉬어."

"그럼 오빠 계획이……."

목이 메는지 물기가 어린 목소리를 깊은 저음이 부드럽게 감쌌다.

"그딴 계획이 뭐. 네가 우선이야. 배가 고픈지, 힘들진 않은지, 지친 건 아닌지. 나한테 가장 중요한 건 그린이 너야."

마지막 한 조각의 샌드위치까지 사라지는 걸 지켜본 정한은 욕실까지 따라왔다. 정한은 묵묵한 얼굴로 그린이 양치를 하고 침대에 눕는 것까지 확인한 뒤, 이불을 목 위까지 끌어올려 꼼꼼하게 여며주었다.

방으로 돌아온 정한은 어이가 없다는 듯 절레절레 고개를 저었다. 아까 김 비서와 통화를 할 때만 해도 이성은 견고하고 사고는 명료했다. 맨가슴에 뺨을 기댄 그린의 나긋한 숨결에 더없는 충만감이 밀려왔지만 머릿속에서는 처리해야 할 업무가 긴박하게 돌아가고 있었다.

대체 어디서부터 엉켜버린 걸까. 아니. 그 정도면 엉켜버린 게 아니라 어떤 임계점이 찾아온 게 분명했다. 정한의 모든 사고와 감각을 이전까지와는 아예 다른 물질로 바꾸어버린 절대적인 한순간이 있었다는 얘기일 것이다.

아마 그 순간이지 않았을까. 제 아래 누워 있던 그린이 가느다란 팔을 뻗으며 대담하게 입술을 벌렸던 그 장면에서부터, 잔잔하고 느긋하던 마음이 압도적으로 날뛰고 격하게 몰아치기 시작했다. 그렇다고 해서 내 여자가 배가 고파서 그런 것마저 방해받은 거라고 오해할 줄이야.

그 시각, 이불을 꼬옥 그러잡고 있던 그린의 입에서는 참고 있던 한숨이 새어 나오는 중이었다. 후아아아아. 기뻐서, 떨려서, 고마워서. 채 1분도 누워 있지 못하고 그린은 벌떡 일어나 버렸다. 이불을 걷고 침대 아래로 내려온 그린은 용감하게 2층을 향해 돌진해 닫혀 있는 정한의 방문을 노크도 없이 활짝 열어버렸다.

정한이 걷잡을 수 없이 커져가는 소유욕과 조급함을 눌러야 한다고 다짐하던 순간. 문이 열리더니 발소리가 들리고 등 뒤에 따뜻하고 부드러운 무언가가 찰싹 달라붙었다. 태산같이 넓은 정한의 등에 찰싹 달라붙은 그린은 수줍은 소리를 꺼냈다.

"오빠는 괜찮아도 나는 너무 아쉬운걸."

전기에 감전이라도 된 듯, 굳어 있던 정한이 천천히 몸을 돌렸다. 애가 타는 표정으로 그린은 정한을 올려다보며 고개를 저었다.

"이대로 그냥 자기 싫어요."

말이 떨어지기가 무섭게 휘몰아치듯 정한의 건장한 상체가 숙여졌다.

결국 다시 임계점이었다. 정한은 낯설게 휘몰아치는 제 감정을 목격했다. 흘러나오는 탄식을 그보다 더 거세게 퍼지는 열기에 섞어 여린 입술을 열어젖혔다. 정한은 다소 거친 박자로,

하지만 어느 때보다 섬세하게 꽃잎을 어루만지듯 그린의 몸을 쓰다듬었다. 생크림보다 더 부드러운 살갗이 단단한 근육으로 쪼개진 팔과 복근 위에 나긋하게 달라붙었다.

그린을 가뿐하게 안아든 정한은 성큼 성큼 두어 걸음 만에 그린을 살포시 내려놓았다. 그린은 삽시간에 뜨거워진 제 몸이 화르르 침대로 낙하하는 걸 느꼈다. 밤을 새워 태워도 눈부시게 빛을 내며 떨어지는 운석이 되어버린 느낌이었다.

정한 역시 벅찬 눈으로 그린을 내려다보았다. 몇 번은 본 것 같은데 도무지 익숙해지지가 않는 경이로운 장면이었다. 매일 무감하게 누웠던 제 침대 위에 그린이 흐드러지게 누워 있는 모습은 심장이 아릿할 만큼 벅차고 떨렸다. 한없는 믿음을 담고 오롯이 올려다보는 눈빛. 그 촉촉한 시선을 삼킬 듯 바라보다 천천히 물기 가득한 숨결을 흘려 넣었다.

간간이 터져 나오는 아찔하고 짤막한 비명을 몇 번이나 삼켜 제 안에 녹여냈다. 작고 앙증맞은 턱을 지나 길고 매끄러운 목선을 따라 느릿한 호흡을 촘촘하게 흘렸다. 시선에 감기는 입술에 걸리는 모든 곳이 둥글고 예쁜 곡선이 아닌 곳이 없었다. 투명할 정도로 뽀얀 피부는 실크처럼 달콤하고 꿀처럼 부드러웠다. 정한은 자꾸만 애타게 벌어지는 입술 사이로 헛웃음을 터트렸다. 실크처럼 달다니. 꿀처럼 부드럽다니. 머릿속이 고장이 나도 단단히 난 게 틀림없었다.

"힘들면 바로 말해. 말 안 들으면 물어버리기라도 해."

탁해진 목소리가 거대하게 갈라진 지각을 뚫고 나오는 마그

마처럼 지글거렸다. 색정적인 남자의 눈빛이 어지러운 머릿속을 온통 휘저었다. 지금 오빠는 타오르는 본능과 치열하게 싸우며 최대한 누르고 눌러 참고 있을 것이다. 그린 역시 어렴풋하게 느끼고 있었다. 하지만 치열하게 타는 눈빛과는 달리 정한의 모든 행동 하나하나가 눈물이 날 만큼 섬세하고 부드러웠다. 금방이라도 머리끝에서 발끝까지 모조리 삼켜버릴 듯 파도처럼 몰아치다가도 몇 번이나 숨을 고르며 그린의 상태를 점검하고 기분을 살폈다.

그린은 몇 번이나 가쁜 숨을 정한의 탄탄한 근육에 파묻으며 애타는 신음을 흘렸다. 잠깐만 멈추고 싶었지만 돌이킬 수 없을 만큼 멀리까지 떠내려온 기분이었다. 그러다 어느 순간 마지막의 마지막까지 기다리다 폭발해버리고 만 초신성보다 더 빛나는 김정한이라는 거대한 존재가 온몸과 마음에 마이너스의 거리로 파고들었다.

아득할 만큼 긴 시간이 흐른 느낌이었다. 그린은 땀을 뚝뚝 흘리는 정한을 꼬옥 끌어안았다.

어릴 적 시골집 마당에서 수없이 올려다본 밤하늘이 떠올랐다. 까만 눈동자에는 한눈에 담기도 힘들 만큼 많은 별들이 박혀 있었다. 몇 겹을 이루어 촘촘히 펼쳐져 있던 빛나는 자락들. 오늘은 그 별보다 더 찬란한 빛이 한꺼번에 다 온몸으로 쏟아지는 느낌이 들었다. 쏟아지고 쏟아져서 온 심장을 두드리고 영혼 깊은 곳까지 박혀 찬란하게 반짝였다. 생애 최초로, 그리고 평생을 걸쳐 이렇게 눈부시게 빛나는 순간이 존재할 수 있다는 걸 상상도 해본 적 없었다.

자꾸만 눈꼬리를 타고 투명한 눈물이 방울방울 흘러내렸다.

"이런……."

짤막하게 혀를 찬 정한이 떨어지는 눈물을 할짝 핥아 올렸다.

"힘들면 말하라니까."

고개를 저은 그린은 풀리려는 팔에 세게 힘을 주었다. 끌어당긴 정한의 귓가에 칭얼거리듯 울먹거리듯 자잘한 숨짓을 속살거렸다.

"힘든 게 아니라 좋아서. 오빠가…… 너무 좋아서."

정한의 건장한 흉곽이 크게 부풀어 오르더니 그대로 굳어 버렸다. 흩어질듯 작고 예쁜 목소리가 제 심장을 세게 쥐고 흔드는 느낌이었다. 다급하게 흘러들어가는 숨결에 뜨거운 한마디가 섞였다.

"사랑해."

타버릴 듯 뜨거운 고백에, 치열하게 꾹꾹 눌러두었던 무언가가 한꺼번에 팽창하더니 격하게 폭발했다. 모든 것의 최초에 빅뱅이 있었다면. 우리의 최초의 밤에는 상상할 수 없을 만큼 아름다운 불꽃이 끝없이 쏟아지고 있지 않을까. 너무 환해서 까만 밤하늘이 환하게 빛나 보일 정도로. 아니. 진짜로 까만 밤을 지나 하얗게 날이 샐 정도로. 희뿌연 새벽이 밝아 올 때까지 정한은 품 안에 끌어안은 그린을 단 한순간도 놓지 않았다.

몇 시간 후.

번쩍, 거의 눈을 붙이지 못한 정한은 어김없이 정확한 시간에 칼같이 눈을 떴다. 품 안에는 동트기 직전에야 기절하듯 잠이 든 그린이 미동도 없이 누워 있었다. 그 순간 격한 충동이 속 깊숙한 곳에서부터 치밀어 올라왔다.

'하. 출근하기 싫다.'

그리고 다른 하나는…….

눈 뜨자마자 몰려오는 썩어 빠진 생각에 바로 미간이 구겨졌다. 혹시라도 그린이 깰까 봐 숨을 죽여 일어난 정한은 곧장 욕실로 직행해 샤워기를 틀었다. 얼음장처럼 차가운 물이 전신에 쏟아지자 그제야 조금 정신이 드는 것 같았다. 제 품에 파고들어 곤하게 자는 저 말간 얼굴을 두고 도저히 발걸음이 떨어질 것 같지 않았다. 난생처음 느껴보는 생경한 충동에 정한은 한참이나 차가운 물 밑을 벗어나지 못했다.

〈2권에 계속〉

순수한 유부녀 1

초판 1쇄 인쇄 2022년 11월 20일
초판 1쇄 발행 2022년 12월 12일

지은이 미래힐 | **펴낸이** 강성욱 | **책임 기획** 전주예 | **일러스트** 김스타
디자인 김한솔 | **기획 편집** 이진영 고현나 김민지 김지수 방은지 김선주 | **교정** 김마리
펴낸곳 테라스북 | **등록** 제 2022-000073호
주소 (04799) 서울특별시 성동구 아차산로 17길 26, 301호 (성수동2가, 규장각빌딩)
전화 070-4794-5826 | **팩스** 0505-911-5826
블로그 https://blog.naver.com/terracebook | **전자우편** terracebook@naver.com
ISBN 979-11-6728-185-2 (04810)
ISBN 979-11-6728-184-5 (SET)

ⓒ미래힐 2022 Printed in Korea

테라스북은 주식회사 스토리펀치의 임프린트 브랜드입니다.

잘못된 책은 구입하신 곳에서 바꾸어 드립니다.
이 책의 전부 또는 일부 내용을 재사용하려면 사전에 저작권자와 주식회사 스토리펀치의 동의를 받아야
합니다.